백성

백성

5

제2부 | 메아리가 묻혀오는 것

김동민 대하소설

문이당

차례

제2부 | 메아리가 묻혀오는 것

검은 시간 흰 시간

상촌나루터에 하루해가 저문다.

낙조에 물들어가는 강물은, 바람이 잔잔할 때는 붉은 천을 깔아 놓은 것 같고, 물살이 출렁이면 한 마리 붉은 용이 용틀임 치는 듯하다.

대나무, 느티나무, 참나무, 아카시아나무, 포구나무 등이 숲을 이루고 있는 강변 풍광은 흡사 한 폭의 그림처럼 아름답기만 하다. 나무가 사람보다도 빼어나고 생각이 더 깊어 보인다는 느낌이 드는 것도 이런 순간이다.

낮 동안 그렇게 시끌벅적하던 나루터가 이제는 조금씩 수심처럼 가라앉아간다. 그 대신 주막집 입구에 내걸린 '酒'라는 한자가 쓰인 등燈에는 마치 술꾼을 유혹하듯 붉은빛이 내비치기 시작한다. 그건 술어미의 붉고 요염한 입술 같다. 나무 기둥에 붙인 직사각형의 한지에 세로로 써 놓은 '막걸리'라는 우리글도 한잔하자고 말을 건네 오는 성싶다.

아직은 밝은 기운이 조금은 미련인 양 남아 있는 그 시각, 늙은이 등 허리처럼 약간 굽어 들어간 기슭 물가에 작은 그림자 하나가 서 있다. 오래전부터 꼼짝도 하지 않고 있는 게 움직이지 않는 정물화를 떠올리게 한다.

천얼이다. 그 어린 나이에 가슴 깊이 옹이로 박혀 있는 상처를 다스리기에는 아무래도 너무 무리인지도 모른다. 어머니 우정 댁과 원아, 비화가 말 그대로 혀가 닳도록 그렇게 타이르고 타일러도 또 어쩔 수 없이 강가로 향하는 발길이었다.

"이눔아! 니 아부지 원혼이 시방 물구신이 돼갖고, 닐로 그리 강에 불러내고 있는 기다. 알것나, 모리것나?"

"……."

얼이는 대답을 하지 않아도 생각은 한다. 정말 아버지가 남강 물귀신이 되었다고 믿으면 그런 소리를 할 어머니가 아니라는 것을. 지난 1월 중순 경인가 어머니가 그에게 했던 이런 말도 잊지 않고 있다.

"오늘은 멀리 나가지 말고 집에만 있거라, 알것제? 벌로 나돌아 댕기모 구신이 따라오는 기라, 구신이."

그날은 '귀신날(鬼神-)'이라는 거였다. 원행遠行을 삼가고 집에서 쉬어야지 만일 멀리 나다니면 귀신이 따른다는 날이었다.

"물에 콱 빠지서 뒤질라쿠모 강에 나가고. 뻘건 쎗바닥 쏘옥 내밀고 시꺼먼 머리카락 막 풀어 헤친 물구신이 그리 좋나?"

마치 직접 본 것처럼 물귀신 형상까지 들먹이던 어머니 말이 얼이 귀에 들러붙어 떨어질 줄 모른다. 얼이는 그만 몸서리를 친다. 눈을 질끈 감는다. 주먹은 벌써 꽉 쥐어져 있다.

석양빛을 받은 남강은 핏물의 강이다. 망나니 크고 긴 칼에 잘린 아버지 천필구 목에서 콸콸 솟구쳐 나온 피가 모여 흐르고 있다.

'아부지! 아부지이!'

아버지가 보고 싶다. 너무너무 그립다. 온 세상에 단 하나밖에 없는 아들이라고 그리도 애지중지해 주시던 아버지. 그렇게 일찍 혼자만 훌쩍 떠나실 것을, 너만은 절대로 땅 파먹고 사는 농사꾼으로 만들지 않겠다는 그 말씀은 왜 하셨던가. 그러실 바에는 차라리 부정父情을 느끼지 못할 비정非情한 아버지로 아들 기억에 남아 있게 했으면 훨씬 더 좋았을 것이다.

'오데 계실꼬?'

이럴 땐 꼽추 달보 영감님이 나룻배라도 태워주면 좋겠다. 그렇지만 이리저리 눈을 굴러 봐도 달보 영감은 물론 다른 뱃사공들도 잘 보이지 않는다. 하기야 그 자리는 적잖게 후미진 곳이어서 다소 인적이 드물기는 하다. 모두들 오늘따라 일찌감치 집으로 들어갔거나 주막을 찾아든 듯하다.

'어른들은 술이 그리키나 좋으까?'

아무래도 풀리지 않는 수수께끼다. 어떤 사물을 빗대어 말해도 알아맞힐 수 없는 그러한 놀이와도 같다.

'술 없으모 하로도 몬 살 거매이로 안 하나.'

술을 마시면 이러할까? 머리통이 흔들흔들한다. 아버지도 생전에 둘째가라면 서러워할 술꾼이긴 했었다. 그리고 이제나 그제나 그런 술꾼들을 대하는 사람들 인심은 참 후했다

"술꾼이 일꾼이다 아이가."

"술심보담 더 센 심이 없다카이."

"사내가 술 안 마시모 그거는 사내도 아인 기라."

"인간관계가 유지 안 되제."

그날 아버지 손에 이끌려 따라갔던 그 고갯마루가 자꾸만 눈앞에 살아 어른거린다. 거기 사람들 말로는 고을 수령들이 넘나드는 고개라 하여 '관술령'이라 한다고 했다.

길손들로 흥청대던 주막터와 마당 터가 아직도 머릿속에 생생하고,

이정표가 적혀 있는 관참官站이란 비석도 서 있었지 싶다.

그런데 어떤 지체 높아 보이는 사람 행차가 있었다. 그들은 주막에 들어 술이며 밥 등을 시켜 먹으면서 자기들이 몰고 온 말에게도 먹이를 주게 하고는 쉬는 중이었다.

"똥보담도 더러븐 것들!"

무심코 그들을 바라보고 있던 얼이는 별안간 등 뒤에서 들려오는 아버지 그 소리에 깜짝 놀라고 말았다. 저 사람들이 들으면 어쩌시려고?

'아부지…….'

어린 얼이 가슴이 더 '쿵' 하고 내려앉은 것은 아버지 얼굴 때문이었다. 그야말로 불을 담아 놓은 듯했다. 여차하면 당장이라도 와락 달려들어 사람이고 말이고 뭐고 가릴 것 없이 모조리 때려눕힐 것 같은 무서운 기세였다. 감사나운 짐승이 으르렁거리듯 했다.

"내 운젠가는 저런 것들을 모돌띠리 싹 쓸어뻴 끼다."

그 당시는 아버지가 무엇 때문에 느닷없이 그런 모습을 보이는지 도무지 알지를 못했다. 그렇지만 지금 와서 곰곰 되짚어보니, 그때부터 이미 아버지는 백성들 고혈을 빨아먹는 못된 벼슬아치들과 악덕 부자들에게 분노를 품고서, 세상을 뒤엎을 농민군의 싹을 남몰래 마음속 깊이 틔우고 있었던 것이다.

'어?'

그때였다. 나이에 걸맞지 않게 지난날들을 더듬던 얼이 마음이 현재로 돌아온 것이다.

'누고?'

문득 바람기가 거짓말같이 가셨다. 강물도 흐름을 딱 멈추는 듯했다.

'몬 보던 사람 겉다 아이가.'

저 하류 쪽 굴곡 심한 강기슭을 따라서 누군가가 혼자 걸어가고 있는

게 띄었다. 멀리서 봐도 위험할 정도로 크게 비틀거리는 품이 어디서 낮
술이라도 단단히 걸친 모양이다.

'술이 사람을 묵는다더이.'

돌재 아저씨와 밤골댁 아주머니가 운영하는 주막 밤골집이 얼이의 머
릿속에 자리 잡았다. 이따금 나루터집에 찾아와서 물장사가 생각보다
쉽지 않다며 푸념을 늘어놓곤 하는 그들 부부였다. 저 낯선 사람은 어쩌
면 그 밤골집에서 술을 마셨는지도 알 수 없다.

어쨌든 사내는 아무도 없는 강가를 혼자 계속 걷는다. 취중에도 뭔가
깊은 상념에 잠긴 듯하다. 아니면 하도 만취 상태라 길을 잃고 정신없이
헤매는 건지도 모른다. 아무래도 나중 쪽일 것 같다.

'아, 저라다가 큰일 나것다.'

지켜보면 볼수록 완전히 술기운에 점령당한 취객이다. 술이란 게 정
말 얼마나 좋지 못한 음식인지 실감이 나는 순간이다. 그런데도 그게 완
전히 없어지지 아니하고 계속해서 전해져 내려오는 것을 보면, 무언가
괜찮은 점도 있겠거니 여겨지기도 했다. 하지만 지금 당장에는 너무나
위험천만한 것이 아닐 수 없었다.

얼이의 그런 생각을 뒷받침해주는 건 그 사내가 해 보이는 엉뚱한 동
작이다. 그는 한참 걸어가다가 갑자기 그 자리에 딱 멈춰 서서는 이리저
리 사방을 둘러보더니만 오던 길을 다시 돌아 되짚어 간다. 그야말로 헛
걸음을 한 셈이지만 그나마 다행이다 여겨졌다.

'인자 알것는 모냥이제?'

그러나 그것도 잠시, 사내는 다시 정지하고 다시 주위를 둘러보고 다
시 되돌아온 길로 향하는 짓을 지루할 정도로 되풀이한다. 저러다간 밤
내내 강가를 왔다 갔다 하다가 날 새고 말 것이다. 어른들이 물에서 놀
기를 좋아하는 아이들에게 겁을 먹이기 위해 곧잘 들먹이는 물귀신에게

홀린 듯싶다. 사람이 물에 빠져 죽으면 물귀신이 된다고 들었는데, 그렇다면 물귀신도 불쌍하다고 생각한 적이 있었다.

'안 되것다. 내가 가갖고…….'

얼이는 사내에게 가서 길을 가르쳐주어야 하지 않을까 마음먹었다. 하지만 저렇게 만취한 낯선 사내에게 섣불리 접근했다간 도리어 무슨 봉변을 당할지도 모른다는 우려가 얼이를 망설이고 주저케 했다.

그동안 죽골 고향 집을 떠나 여기 상촌나루터에서 살아오면서, 세상 남자들이란 몸속에 술이 들어가면 얼마나 괴팍하고 사나운 짐승으로 돌변하는지 충분히 경험한 얼이였다. 어머니 우정 댁이 직접 술장사를 하는 것은 아니지만, 속을 푼다고 찾아든 술꾼들이 여간 성가신 게 아니었다.

그런데 바로 다음 순간이다. 갑자기 새로운 사태가 벌어졌다.

얼이는 홀연 눈을 크게 치떴다. 언제 어디서 나타난 것일까? 강 속에서 나왔는지 하늘에서 떨어졌는지 모르겠다. 술에 취해 헤매고 있는 사내를 향해 아주 천천히 다가가는 또 다른 사내가 있다.

처음에 얼이는 그들이 같은 일행이라고 보았다. 둘이서 술을 마시다가 한 사람이 먼저 강가로 나왔고 나머지 사람도 뒤따라 나온 거라고. 술도 좀 깰 겸 바람을 쐬러 나온 게 아닐까 했다.

'이전에 울 아부지도 술을 한거석 드신 날이모, 밖에 나가서 찬바람을 맞으모 술이 금방 깬다꼬, 내를 데꼬 나가서 이리저리 돌아댕기기도 안 하싯나.'

그런데 좀 이상하다. 그것은 뒤에 나타난 사내의 예사롭지 않은 행동 때문이다. 앞서 나타난 사내보다 훨씬 체구가 큰 그자는 여기서 봐도 무척 조심조심 접근해가고 있는 것이다. 꼭 먹잇감을 노리는 맹수를 연상시켰다. 작은 체구 사내는 워낙 만취한 나머지 큰 체구 사내를 전혀 알아채지 못하고 있다.

얼이는 감각이 발달한 야생동물처럼 뭔가 심상치 않은 공기를 감지하고는 무르춤했다. 해가 마지막 빛살을 거둬들이려는 그 시각, 굽어 들어간 지형 탓에 그곳 나루터에서는 가장 남의 눈에 잘 띄지 않는, 얼이가 가장 좋아하는 지점이다. 그런 장소에서, 이제 곧 무슨 일인가가 벌어지려 하고 있다.

얼이는 입안이 바짝바짝 타들어 갔다. 가슴이 마구 방망이질을 해댔다. 그때쯤 두 사내 거리는 불과 열 걸음 남짓할 정도로 아주 가깝다. 그래도 작은 사내는 여전히 아무것도 모르는 것 같다. 그뿐 아니라 지나치게 술기운에 점령당한 상태인지라 자기 존재마저 알지 못할 성싶다.

큰 사내는 안심이 되는 듯 점점 대담하게 스스럼없이 다가간다. 우선 둘의 체구도 엄청 차이가 나는 데다가 그렇게 인사불성이 될 정도로 퍼마신 상대니만큼 뭐 별로 신경 쓸 필요도 없어 보인다.

'아!'

마침내 이만치 떨어져 서 있는 얼이 눈에는 두 사내 몸이 겹쳐 보일 정도로 바싹 붙어 서 있다. 그러자 그제야 비로소 작은 사내가 큰 사내를 알아차린 듯싶었다. 그리하여 그는 취중에도 어떤 위기감을 느낀 듯 상대를 똑바로 쳐다보려고 매우 애쓰는 모습이다. 잠시라도 그를 눈에서 놓치면 안 되는 것처럼 보였다.

'저, 저?'

그러나 너무나도 취해버린 탓에 몸을 제대로 가누지 못한 채 금방 픽 쓰러질 사람같이 비틀비틀한다. 얼핏 이제 갓 걸음마를 배우기 시작한 어린아이가 간신히 서 있는 모습을 연상시킨다. 누가 손가락 끝으로 살짝 건드리기만 해도 그대로 썩은 짚둥우리처럼 무너지고 말리라.

작은 사내가 큰 사내에게 무슨 말인가를 하는 것처럼 보인다. 그리고 보니 아마도 둘은 서로 모르는 사이는 아닌 듯하다. 그런데 큰 사내가 무슨 말을 했는지 모르지만, 갑자기 작은 사내가 덜덜 떠는 모습이 이만큼 멀리서 봐도 역력하다. 그러더니 작은 사내가 두 손을 비비며 애원하기 시작한다.

'분명하다! 살려 달라고 비는 것이다!'

얼이뿐만 아니라 누구 눈에도 그렇게 비칠 것이다. 하지만 큰 사내는 코웃음 치는 것 같다. 넌 내 그물에 갇힌 물고기다, 그렇게 말하는 것처럼 느껴졌다.

'해나 내가……'

어쩌면 아직 어린 얼이 자신이 잘못 보고 있는지도 모른다. 순간적인 착각일 수도 있다. 그렇지만 그쪽으로부터 풍겨오는 분위기는 그만큼 무섭고 살벌하기만 하다. 공기 속에 무슨 칼날 같은 게 감춰져 있는 듯 섬뜩한 기운까지 자아냈다.

사람이 마지막 숨 끊어지기 직전에는 대단히 정신이 맑아진다고 하였던가? 어두워지기 직전의 강가는 문득 환해지는 느낌이 든다. 밤의 태양이 뜨는 성싶다. 그리고 그 투명한 공간 속에서 얼이는 똑똑히 목격했다.

큰 사내가 작은 사내를 참으로 우악스럽게 강으로 끌고 가는, 경악을 금할 수 없는 그 광경을 두 눈으로 똑똑히 보았다. 그리고 제대로 저항한 번 해보지도 못한 채, 마치 짚둥우리로 만든 허수아비처럼 그대로 강 속에 처박히고 마는 작은 사내였다.

바로 그 찰나, 얼이 눈에 겹쳐 보이는 것이 있다. 고개를 있는 대로 내저으며 눈을 크게 떠봐도 사라지지 않는, 바로 아버지 천필구의 처형 장면이다. 망나니의 무지막지한 칼에 목이 뎅겅 달아나는 그 효수형 장면이었다.

'아부지! 아부지!'

물총새도 물가 흙 벼랑에 구멍을 파고 만든 둥지를 찾는 날갯짓을 하는데, 한 번 먼 저승으로 떠나가 버린 아버지는 영영 사랑하는 가족들을 찾아오지 못하시는가? 목 윗부분이 없으니 눈이 없어 보실 수 없고 입이 없어 물으시지 못해 오고 싶어도 오는 것을 포기하셨는가?

'저 작은 남자 가족들은 올매나 슬플꼬?'

한밤중에 아들 몰래 마당가로 나가 감나무 밑에서 달을 올려다보며 울던 어머니. 그러면 달은 어머니 온몸에 노란 빛살을 우산처럼 펼쳐주고 있었지.

'저 큰 남자는 눈데 지가 사람을 막 죽이는 기고?'

그 무서운 광경에 눈앞이 아찔하고 머리가 몹시 혼미해지는 중에도 이런 생각이 든다.

'인간백정이가, 머꼬?'

얼이가 가까스로 정신을 차려 바라보니 큰 사내는 그새 재빨리 도주하기 시작하고 있다. 이대로 보고만 있을 수 없다. 사람을 살려야 한다는 생각이 자신을 독촉했다.

'얼아, 퍼뜩!'

그러나 마음과 몸이 제각각 따로 논다. 그 자리에서 한 발짝도 움직일 수 없다. 큰 사내 눈에 띄기만 하면 얼이 자기 목숨도 위태롭다는 것쯤은 알 만한 나이다. 그 살해 현장을 본 사람이니 세상 끝까지라도 쫓아와서 죽이려 들 것이다. 발각되면 마지막이다. 들키지 않기 위해서는 작은 숨소리도 내서는 안 된다.

'흡.'

이윽고 큰 사내는 얼이 눈앞에서 바람과도 같이 흔적도 없이 사라져 버렸다. 겁날 정도로 엄청난 체구에 비해 굉장히 날렵한 사내다. 그래

설사 작은 사내가 그런 만취 상태가 아니었다고 하더라도 도저히 저 거한에게는 적수가 되지 못할 것이다. 아니다. 세상을 통틀어 그자를 상대할 수 있는 사람은 몇 되지 않을 것 같았다.

'오데 있노?'

얼이는 작은 사내가 빠졌음 직한 곳을 황급히 바라보았다. 그러나 강은 한 생명을 몽땅 삼키고도 전혀 아무 일 없었다는 듯 시치미를 똑 따고서 그저 얌전한 모습으로 조용히 흐르고 있을 뿐이다. 인간 생사 따윈 안중에도 없다는 것처럼. 아니, 실컷 먹고 포만을 한 짐승과도 같았다.

그때 얼이 머릿속에 구원처럼 떠오르는 얼굴 하나가 있었다. 이곳 상촌나루터 터줏대감인 꼽추 영감 달보. 그래, 달보 영감님이라면……

'얼릉!'

얼이는 냅다 뛰기 시작했다. 짚신 밑에서 모래알이 튀었다. 얼이 어린 판단에도 여기 나루터에서 꼽추 영감만큼 큰 힘을 가진 사람은 없었다. 특히 그는 땅 위보다도 물속에서 더 펄펄 나는 물개다. 그에게 이 사실을 알려 물에 빠진 사람부터 구해야 한다.

'그란데 오데 가서 찾노?'

또다시 막막했다. 지금 그가 서 있는 곳이 말로만 들었던 사막 같다. 까마득하게 크고 넓은 불모不毛의 모래벌판이었다.

'아즉 배를 젓고 계시까?'

애간장이 다 녹아내리도록 조바심이 일었다.

'아이모, 집이나 주막에 가싯으까?'

우선 강가부터 돌아보기로 했다. 다람쥐같이 달렸다. 내 걸음에 사람 목숨 하나가 달려 있다고 생각하니 힘든 줄도 몰랐다. 눈과 발이 한꺼번에 움직였다. 하지만 나루턱에 대놓은 나룻배들만 보일 뿐 어디에고 사람 그림자도 없다. 어쩌다 어떤 물체가 눈에 들어 사람인가 싶어 얼른 보면 나무다.

'하기사! 밤이 다 돼삣는 기라.'

사위는 이미 어두컴컴하다.

'여서 이랄 끼 아이다.'

온종일 노 젓는다고 텅 빈 뱃속도 좀 채우고 컬컬한 목도 축일 겸 주막으로 갔을 것이다. 하루를 마감할 시각이다.

'그라모 달보 영감님은…….'

평소 술을 즐기는 꼽추 영감이 밤골집에 잘 간다는 생각이 났다. 참, 엉뚱한 데서 헤맬 게 아니라 진작 거기부터 가볼걸. 얼이는 앞뒤 잴 틈도 없이 막 내달렸다. 숨이 턱까지 차오른다.

"헉헉."

꼽추 영감이 물에 빠진 사람을 건져 올려 인공호흡으로 소생시키는 것을 여러 번 보았던 얼이였다. 늦게 찾아낸 사람은 이미 익사체가 되어 결국 다시 살려내지 못한다는 사실도 알았다. 중요한 것은 시간이다.

"얼이 아이가?"

주막 안으로 헐레벌떡 뛰어든 얼이를 본 밤골 댁이 놀라 물었다.

"니 와 그라노? 무신 일이 있는 기가?"

얼이는 그 말에는 대답할 여유도 없다는 듯 허둥지둥 정신없이 그 안을 둘러보았다.

"다, 달보 영감님 아, 안 오싯어예?"

그러자 순산 집이 물기 묻은 손을 행주치마로 닦으면서 알려주었다.

"요게는 안 오싯고 너거 집에 가싯을 끼다. 어짓밤에 술을 하도 한거석 드시갖고 속 풀이 하실라꼬."

"우리 집에예?"

"그거는 그렇고, 와 영감님을 찾……."

"⋯⋯."

그러나 얼이는 벌써 몸을 돌려세우고 있다. 허겁지겁 달려가는 얼이의 뒷모습을 멍히 바라보다가 밤골 댁과 순산 집은 서로 얼굴을 마주 보면서 똑같이 고개를 갸우뚱했다.

얼이가 바로 옆에 붙은 나루터집에 뛰어 들어갔을 때, 꼽추 영감은 마당가 평상에 앉아 콩나물국밥을 먹으려고 막 숟가락을 드는 참이었다.

"하, 할아부지예! 크, 큰일 났어예! 사, 사람이!"

얼이가 마구 소리쳤다. 그러자 수십 년 동안 숱하게 들어온 말인지라 꼽추 영감은 금세 알아듣고 자리에서 벌떡 몸을 일으키며 급하게 물었다.

"사람이 강에 빠짓다꼬?"

"예, 예."

두 사람 다 말이 제대로 되지 않았다.

"오데, 오데서?"

"저, 저어서예!"

얼이는 손짓으로 무작정 강 쪽을 가리켰다.

"니 내하고 쌔이 거 가보자."

꼽추 영감은 평상 밑에 놓였던 신발도 꿰차는 둥 마는 둥 했다.

"후딱 앞장서라 고마."

얼이는 얼른 등을 돌려세웠다.

"예, 할아부지."

비화나 우정댁, 원아가 무어라고 말을 붙여볼 겨를도 없이 꼽추 영감과 얼이 모습은 금방 그곳에서 사라졌다.

'역시 달보 영감님 아이가.'

그 급박한 경황 속에서도 얼이는 내심 크게 감탄하지 않을 수 없었다. 그렇게 든든하게 느껴질 수가 없었다.

'우짜모!'

꼽추 영감은 젊은이 못지않게 발걸음이 빨랐던 것이다. 수십 년을 강물에 몸 담그며 노를 저어온 그의 근력은 거짓말같이 대단했다. 가끔 얼이보다도 더 앞서 뛰다가 갈 방향을 몰라 잠시 멈춰 서서 기다리기도 했다. 그리고 그럴 때마다 그의 입에서 나오는 말이 이랬다.

"퍼뜩! 얼릉!"

이윽고 두 사람은 현장에 닿았다. 그때쯤 강가는 완전한 어둠의 늪에 잠겨 있었다. 물과 모래의 경계, 하늘과 땅의 경계도 분명치 않았다.

"어, 얼아."

꼽추 영감이 가쁜 숨을 몰아쉬며 물었다.

"요 자리가 확실한 기가? 맞는 것가?"

얼이도 숨을 헐떡이며 대답했다.

"예, 할아부지. 확실해예. 맞아예."

꼽추 영감은 매서운 눈초리로 강을 노려보기 시작했다. 그런 꼽추 영감이 얼이 눈에는 강 속에 산다는 용왕님보다도 더 근엄해 보였다. 강은 꼽추 영감에게 삶의 터전인 동시에 죽음에로의 통로였다. 그의 처음이자 마지막이자 곧 전부였다.

수많은 사람과 짐을 태우고 실어 나르는 반복적이고 오랜 세월 속에서 꼽추 영감 스스로 터득한 게 하나 더 있었다. 사람은 흙에서 나서 흙으로 돌아가는 것만이 아니라 물에서 나서 물로도 돌아간다는 사실이 바로 그것이었다. 지금까지 그가 거기 강에서 건져 올려 소생시킨 사람도 부지기수였지만 익사체로 발견한 사람도 그 수를 헤아리기 어려웠다. 그런 사람은 물로 돌아간 게 아니고 무엇이랴.

"얼이 니도 잘 찾아봐라."

꼽추 영감이 주문했다. 그러잖아도 벌써부터 그러고 있는 얼이였다.

"예, 그라고 있어예."

꼽추 영감은 눈은 계속 강에 둔 채 더없이 초조한 목소리로 말했다.

"쌔이 몬 건지모 죽는 기라."

얼이도 너무 불안했다.

"죽……."

잘 보이지 않는 강은 죽음의 강 같았다. 언제나 자기 품에 안고 있는 활어처럼 싱싱하게 살아 있는 강이었는데.

"모든 거는 시간에 달리 있는 기라."

꼽추 영감은 이제 얼마 남지 않은 이승에서의 자기 여생餘生을 말하는 것같이 보였다. 아직도 살아갈 날들이 쇠털같이 많은 어린 얼이였지만 그런 느낌이었다.

"예, 할아부지. 그란데 너모 어듭네예."

얼이 그 말이 떨어지기 무섭게 꼽추 영감이 옷을 훌훌 벗어 제쳤다. 그러자 아직 탄탄한 몸매가 어둠을 젖히고 그대로 드러났다.

"안 되것다. 물속에 들가서 찾아야것다."

그러는 꼽추 영감을 얼이가 놀라 말렸다.

"이, 이험해예. 캄캄해서 아모것도 안 비이예."

꼽추 영감 목소리는 더 캄캄했다.

"그래도 이 방법밖에 없다."

얼이는 손을 내밀어 꼽추 영감을 붙잡을 것처럼 했다.

"하, 하지만도 그, 그라시다가……."

그러나 꼽추 영감은 어느새 강에 몸을 담그고 있다. 어둠이 거대한 아가리를 크게 벌려 사람을 통째로 삼키는 것 같았다. 강은 물귀신을 하수인으로 거느리고 있는 검푸른 빛의 괴물이었다.

"얼아, 너모 걱정 마라."

꼽추 영감이 얼이를 안심시켰다.

"이 강 속은 내 맹갱 알맹캐 훤히 알고 있제."

그랬다. 여러 십 년 뱃사공 노릇을 해 온 꼽추 영감이 그 강에서 들어가 보지 않은 곳은 없었다. 뽀얗게 부서지는 거친 물보라가 천만 송이 백합보다도 더 고와 보이고, 매캐한 물때 냄새마저 아름다운 숲의 향기 같이 느껴지는 그였다.

"우짜모 하매 저 밑으로 한거석 떠내리가 삣는지도 모린다."

꼽추 영감 말에 얼이는 울상을 지었다.

"그라모 우째예?"

낮 동안 강 위를 날아다니던 그 많은 물새들은 다 어디로 갔을까?

"우쨌든 쌔이 찾아보자."

"예, 할아부지."

꼽추 영감은 물속에서, 얼이는 물가에서 하류 쪽으로 계속 쭉 내려갔다. 오늘이 며칠일까? 달은 아직 떠오르지 않고 있다.

역시 꼽추 영감은 물개였다. 땅 위에서 따라가는 얼이가 더 지쳐 금방 쓰러질 형편이었다. 얼이는 한 번씩 캄캄한 강을 향해 헉헉거리는 소리로 묻곤 했다.

"하, 할아부지! 오데 계, 계시예에?"

그러면 아무것도 보이지 않는 어둠 저편 물속으로부터 꼽추 영감 목소리가 어김없이 곧장 들려오곤 했다.

"내 여 있다."

그것은 얼이 귀에 물귀신 소리처럼 들리기도 했다.

"괘안타 캐도?"

"조심하이소, 할아부지."

와락 울음이 터져 나올 것 같은 얼이 목소리였다. 하지만 꼽추 영감 음성은 비록 숨 가쁜 듯했지만 담담했다.

"니나 안 엎어지거로 조심해라. 다칠라."

"예."

"내 걱정은 하지 말고."

"예."

그렇게 대답하면서도 얼이는 꼽추 영감이 몹시 염려되었다. 밤의 강은 참으로 무서웠다. 낮의 강과는 너무나 달랐다. 강은 두 개의 얼굴을 하고 있었다.

"시간이 너모 마이 가고 있다."

"……."

시간이 갈수록 꼽추 영감 목소리는 한층 초조하고 다급해졌다. 도대체 물에 빠진 사람이 누구인지, 어떻게 해서 그가 물에 빠졌는지, 아직 그 어떤 것도 전혀 알지 못하고 있는 꼽추 영감이었다. 그러면서도 한목숨을 구하기 위해 한없이 허둥거리고 있었다.

그것은 얼이도 마찬가지였다. 얼이 또한 자세한 상황 설명보다도 우선 사람부터 건져야 하겠기에 무슨 말을 할 여유가 없었다. 시간이 돈이 아니라 생명이었다.

그러고도 얼마나 애타는 시간이 더 흘렀을까? 문득 검은 장막 같은 강 속으로부터 이런 소리가 들려왔다.

"아, 여게 머시!"

비록 낮기는 해도 아주 흥분한 목소리였다.

"머, 머를 찾았으예?"

얼이는 직감적으로 알았다. 드디어 꼽추 영감이 무엇을 발견했다.

"어, 얼아! 거, 거 서라!"

"예? 예."

얼이는 또래들 누구도 따라오지 못할 만큼 운동신경이 뛰어난 아이답게 얼른 그 자리에 딱 멈춰 섰다. 그러고는 두 귀를 잔뜩 곤두세웠다. 그렇지만 제대로 보이지 않는 검은 강에서는 더는 아무런 소리도 전해지지 않았다. 얼이는 더한층 무서워졌다. 침묵의 강, 바로 죽음의 강이었다.

지난날 아버지 천필구가 망나니 긴 칼에 이슬로 사라져 간 그 처형장과도 같은 무서운 고요만 온통 주위를 감쌌다. 지금 강은 죽음의 세계 그 자체였다. 아까부터 그랬지만 밤의 강이 이렇게 소름 끼치는 곳일 줄은 미처 몰랐다. 어떻게 낮과는 이런 큰 차이가 있을까? 사람만 믿을 수 없는 게 아니라 자연도 믿을 수 없는 것일까?

"할아부지!"

얼이는 또 소리쳐 달보 영감을 찾았다. 그러지 않고서는 잠시도 견딜 재간이 없었다. 밤의 강이 거대한 검은 손아귀로 목을 옥죄는 것 같았다.

"오데 계시예?"

"……."

"괘안아예?"

"안 들리예?"

대답 대신 첨벙대는 소리만 났다. 꼽추 영감은 물속에서 무언가를 확인하는 듯했다. 얼이 심장이 펄떡거리는 활어처럼 함부로 뛰었다.

'인자 찾았는갑다. 지발 살릴 수 있어야 할 낀데.'

천주학 신자인 전창무와 우 씨 부인이 기도하던 모습을 떠올렸다.

'죽으모 우짜노? 하느님, 지발 도와주이소.'

그러던 얼이는 드디어 보았다. 비록 환상 속의 그림처럼 매우 흐릿하게 비치기는 하지만 꼽추 영감이 축 늘어진 무슨 시커먼 물체 하나를 물가로 끌어내고 있었다.

'맞다! 그 사람이 맞다!'

얼이는 직감적으로 느꼈다. 꼽추 영감의 동작은 참으로 빨랐다. 그는 물 밖으로 나오자마자 다급히 그 사람 옷 앞섶을 풀어헤치고 아주 익숙한 솜씨로 인공호흡을 시키기 시작했다. 어느 누가 그를 칠순 노인네라고 하겠는가?

늦장꾸러기 달이 그제야 빠끔 얼굴을 내밀었다. 희뿌연 빛살이 흡사 멍석 위에 뿌려지는 쌀가루같이 강가에 뿌려졌다. 그러자 어둠에 푹 파묻혀 있던 강변의 나무들도 비로소 숨결을 틔우는 듯 약간씩 그 자태를 드러내었다.

"아……."

얼이 눈에 모든 게 좀 더 또렷이 들어오기 시작했고 그만큼 긴장감도 더 커졌다. 목이 모래알을 삼킨 듯 깔끔거리고 바짝바짝 타들어 갔다.

"푸! 푸!"

꼽추 영감은 가쁜 숨을 몰아쉬며 막 건져 올린 사람을 소생시키기 위해 안간힘을 다했다. 얼이는 가만히 지켜보지 못하고 안달 나 자꾸 물었다.

"사, 살것어예, 할아부지?"

"……."

"살릴 수 있것어예?"

"……."

"몬 살것어예?"

그러나 꼽추 영감은 짧게 대꾸할 여유도 없는지 노 젓기로 단련된 강한 두 손으로 그 사람 가슴 부위를 꾹꾹 누르는 일에만 급급했다.

'심든 모냥 아이가.'

얼이는 밤빛보다도 짙은 불안감을 느끼기 시작했다. 죽음의 그림자가 어른거리는 듯했다. 어린 나이임에도 아버지의 마지막을 지켜본 그였기에 그런 면에서는 남들과는 비교도 할 수 없을 만큼 더 민감할 수밖에 없었다.

'아, 우짜노? 물을 너모 마이 뭇으까?'

아니나 다를까, 이윽고 꼽추 영감 입에서 이런 소리가 흘러나왔다.

"심장마비를 일으킨 거 겉다."

"아, 그라모?"

얼이 심장이 멎는 듯했다. 잠시 후 꼽추 영감이 물었다.

"해나 이 사람 술 안 묵었더나?"

얼이가 얼른 대답했다.

"한거석 뭇던데예. 비틀비틀 함시롱 잘 걷지도 몬해서예."

꼽추 영감은 강이 내려앉을 정도로 깊이 탄식했다.

"그랬구마."

"우째예?"

잠시 시간을 두었다가 꼽추 영감이 말했다.

"암만캐도 틀릿다."

"예?"

절망과 낙담의 끝에 가 닿은 소리가 나왔다.

"하매 내 손에서 벗어나삤 기라."

얼이 가슴이 모래 탑처럼 와르르 내려앉았다.

"아, 몬 살것다, 그 말씀이라예? 예, 할아부지?"

탈기한 꼽추 영감 목소리가 얼이 귀를 때렸다.

"술을 억수로 마신 상태서 물에 빠지는 통에……."

"……."

"고마 심장마비를 일으키고 만 기라."

마침내 꼽추 영감은 포기한 모양이었다. 모든 동작을 멈추고 멍하니 있었다. 더 이상 할 수 있는 일이 없는 사람의 허망함이 느껴졌다.

"흑흑."

얼이가 어깨를 들썩이며 울먹이기 시작했다.

"우지 마라, 얼아."

꼽추 영감이 젖은 목소리로 말했다.

"오데 사는 눈지는 몰라도, 이 사람 목심 줄이 이거밖에 안 되는 모냥 아이가."

얼이는 목이 메는 소리로 불렀다.

"할아부지!"

그 외침은 밤의 강가에 모래알처럼 흩어져 내렸다. 한 사람의 몸과 마음을 이루고 있던 성분도 그렇게 분해되어 스러지고 말게 되리라.

"하늘이 하는 일을 사람이 우찌 말리것노?"

꼽추 영감 음성은 밤의 강보다도 더 깊고 캄캄했다.

"내가 웬간하모 모돌띠리 살리내는데, 이러키 애를 써도 소생 몬 하는 거 보모, 이 사람 운맹이 요기꺼진 걸다."

바로 그때 어둠 저 너머에서 어지러운 발자국 소리가 났다.

"얼이야아!"

"영감니임!"

"오데 있어예?"

비화와 우정 댁과 원아다.

"후~우."

꼽추 영감이 고개를 숙이며 한숨을 폭 내쉬었다.

"앙!"

얼이는 마침내 울음보를 터뜨렸다. 그렇게 애썼는데 아무 보람도 없었다.

"옴마!"

"이, 이기 무신 일고?"

"우짜노?"

잠시 후 가까이 달려온 그들은 모랫바닥에 쓰러져 있는 물체를 발견
하고는 놀라 소리를 질렀다. 무덤 속처럼 고요하던 강가가 갑자기 큰 소
란에 빠지기 시작했다.

"흐, 대체……."

"와 이런?"

그러자 그때가 오기만을 기다렸다는 것일까, 문득 달빛이 호롱 심지
에 불을 붙인 것같이 확 밝아졌다.

"헉!"

그 순간이었다. 비화 입에서 엄청난 비명소리가 터져 나온 것이다.

"이, 이 사, 사람은?"

말끝을 잇지 못하는 비화에게 꼽추 영감이 물었다.

"아는 사람인감?"

그러는 음성도 크게 흔들렸다. 비화는 금방 숨이 넘어갈 듯했다.

"소, 소긍복, 소긍복이라쿠는 사, 사람이라예! 지 아부지, 친구 분이
고예!"

밤에 봐도 사람 얼굴이 아닌 것 같았다.

"아, 아부지 치, 친구 분?"

모두가 경악한 눈빛으로 비화 얼굴만 멍히 바라보았다. 그녀 얼굴은
달보다도 창백했다. 금방이라도 찢어질 것 같은 한지로 만든 탈을 연상
시켰다.

"이, 이분이 와 이리 됐지예?"

도저히 믿을 수 없다는 비화 물음에 꼽추 영감이 등에 나 있는 혹을 더욱 숙인 채 짧고 굵은 목을 푹 꺾었다.

"내가 최선을 다해봤지만도 몬 살린 기라."

몹시 안됐다는 표정으로 고개를 절레절레 흔들었다.

"술 묵고 고마 강에 발을 헛디딘 거 겉거마는."

그러자 듣고 있던 얼이가 얼른 큰소리로 일깨워주었다.

"아이라예!"

그 소리에 거기 사람들이 모두 얼이를 바라보는 것 같았다.

"그기 아이고예······."

얼이는 숨을 헐떡이며 말을 계속했다.

"덩치가 이러키 큰 우떤 사람이예, 억수로 술에 취해 있는 이 아자씨를 강에 처넣어삐고 달아났어예!"

그 말이 떨어지기 무서웠다.

"머? 머라꼬?"

꼽추 영감이 얼굴을 번쩍 치켜들었다. 늘 선량하고 온후한 기운이 감돌던 두 눈에 보기만 해도 섬뜩하고 예리한 칼날 같은 빛이 일렁거렸다.

"어, 얼아! 그, 그라모 그, 그?"

비화가 미처 입 밖으로 내지 못한 이름, 민치목이었다.

그날 참으로 우연찮게 밤골집 주방에서 민치목과 몽녀가 주고받는 밀담을 엿듣고 그들이 소궁복을 해치려 한다는 사실을 알게 된 비화였다. 그 이후로 세상이 더욱 무서워지고 사람이 한층 두려워져서 길을 걷다가 자신도 모르게 뒤를 돌아볼 때도 있었다.

그렇지만 설마 했었다. 물론 그런 극단적인 결정을 내릴 때는 저들 나름대로 그럴 만한 사유가 있겠고, 그래서 처음에는 행동에 옮기려고 하다가 시간이 좀 더 가면 그 위험한 계획을 그만 접겠지 여겼다. 아무리 헤아려 봐도 살인이란 것은 누구나 그렇게 쉽게 할 수 있는 일이 결코 아니다. 귀중한 생명을 영원히 이 세상에서 없애 버리는 짓이 아닌가 말이다.

그러나 가능성이 희박하다고 여겨왔던 그 일이 막상 현실로 닥치고 보니 비화는 도저히 정신을 추스를 수가 없었다. 몸이 강 위에 둥둥 떠다니는 듯했다. 살인자가 누구인가? 피살자는 또 누구인가? 아무래도 그건 남의 일 같지가 않았다.

강물은 증오나 반발 같은 노란 달빛을 안은 채 어딘가를 향하여 그 흐름을 멈추지 않고 있었다. 마치 세상 사람들에게 그 일을 알려주기 위해서인 듯했다.

그날 이후 비화는 여러 날 머리를 싸매고 자리보전을 했다.

어쩌다 깜빡 잠이 들었다 하면 입에 올리기조차 싫은 지독한 악몽에 시달렸다. 민치목이 그녀의 아버지와 어머니를 강 속에 빠뜨리고 있었다.

어떨 땐 부모가 아니라 비화 자신이기도 했다. 그런가 하면, 그녀와 가까이 지내는 사람들이기도 했다. 그는 얼마든지 그럴 수 있는 극악무도한 자였다.

"아, 그리 실한 우리 새댁이 우찌?"

상촌나루터에 천주학 전도 활동을 하러 왔던 전창무와 우 씨 부부가, 비화가 몹시 심하게 몸져누웠다는 말을 듣고 병문안 차 들렀다.

"그냥 일나지 말고……."

"이럴 때는 오즉……."

그들은 상황을 대강 알고 왔는지 일어나 앉으려는 비화를 억지로 자리에 눕게 하고, 그저 하느님께 기도를 드리는 게 제일이라는 말만 되풀이했다. 기실 인간이 제 능력의 한계에 부닥쳤을 때는 그렇게 하는 것만큼 바람직한 것도 다시없을지 몰랐다. 그래서 신앙인은 믿음을 가지려 하는 것이다.

그런데 잠시 후였다. 전신만신이 방바닥에 착 깔리는 느낌으로 손끝 하나 까딱하기 힘들었던 비화가 그만 소스라치며 벌떡 자리에서 몸을 일으킨 것은, 우 씨 입에서 흘러나온 이런 놀라운 이야기 때문이었다.

"그란데 새댁, 마이 아파 누우 있는 사람한테 이런 이약해서는 안 되 것지만도, 암만캐도 해주는 기 좋을 꺼 겉애서 말이제."

비화는 이번에도 가까스로 입을 열었다.

"예……."

거기까지는 그래도 괜찮았는데 그다음에 우 씨가 창무를 보며 하는 말이 예사롭지 않았다.

"아까 우리가 여 오는데, 새댁 집 밖에 누가 얼쩡거리고 있는 기라."

"예에? 누, 누가예?"

비화는 순간적으로 그게 민치목일 거라는 짐작을 했다. 소긍복을 죽인 그 손으로 이제 이 비화를 죽이려 한다. 아, 그게 아니라고, 내가 지금 지나치게 신경과민에 시달리고 있다고, 내가 그에게 죽임을 당할 정도로 원수진 일을 한 게 어디 있겠느냐고, 이성은 그렇게 타일러도 감정은 그러질 못했다. 아무래도 소긍복의 죽음이 몰아온 후유증이 너무나 큰 탓이었다.

"그 사람……."

어쨌거나 확인을 하고 단단히 대비를 해두어야겠다는 마음에 비화는 이마에 밴 땀을 닦을 생각은 하지 않고 황급히 물었다.

"덩치가 산겉이 큰 남자 맞지예?"

그런데 돌아오는 답변이 예상 밖이었다.

"남자는 맞는데, 덩치는 그리 안 크던데?"

"덩치가 안 커예?"

비화가 그게 아닐 텐데 하는 어조로 다시 묻자, 우 씨는 또 창무더러 동의를 구하듯 했다.

"그냥 보통 사람 덩치더마."

창무도 고개를 끄덕였다.

"그라모 그 사람이 아인데……."

비화는 한층 눈을 크게 뜨고 열병 앓는 사람이 헛소리하듯 혼잣말로 계속 중얼거렸다.

"그라모 누꼬? 누꼬?"

"멤 너모 그리 조급시리 묵지 말고, 쉬엄쉬엄 함 생각해보소. 해나 누 떠오리는 얼골 없는가……."

이번에도 우 씨가 다독이듯 말했다.

"음."

창무는 그 특유의 심각한 표정으로 뭔가를 한참 짚어보는 빛이었다.

"글씨예."

그러던 비화 머릿속에 홀연 번쩍 하고 불이 켜졌다. 그 불꽃은 마구 흔들렸다. 엄청난 불기둥이 쑥 솟았다가 쿵 무너지는 듯했다.

"그 사람!"

비화는 이제까지와는 비교가 아니게 그야말로 방문이며 방 벽이 크게 흔들릴 만큼 목청이 높아지고 있었다. 그것은 평상시 그녀 모습이 아니었다.

"그 사람, 우찌 생깃던고 자세히 말씀해주이소, 퍼뜩예!"

"새댁?"

그러자 창무와 우 씨도 심상찮은 기분이 들었는지 얼굴을 마주 보더니 또 우 씨가 먼저 입을 열었다.

"우리도 첨에는 그냥 예사로 봤는데, 그 사람이 우리를 보고는 고마 아조 깜짝 놀래기에, 우리도 상세히 보기 됐는데……."

우 씨가 숨이 가빠 하는 듯하자 창무가 말을 이었다.

"그가 급하거로 막 달아나더마는."

이번에는 우 씨가 고개를 끄덕였다.

"아, 그짝에서 먼첨 달아나예?"

여전히 조급한 비화 물음에 다시 우 씨가 말했다.

"지풀에 그리키 놀래갖고 막 도망치는 거로 봐서는, 무작하고 나쁜 사람은 아인 거 겉더마."

여간해선 남의 말을 중도에 끊거나 가로채지 않는 비화가 물었다.

"좀 여자맹캐 안 생깃던가예?"

그러면서 도대체 무슨 말로 표현해야 상대가 내 말뜻을 좀 더 잘 알아들을까 무척 애태우는 모습을 보였다.

"여자?"

우 씨 반문에 이어 창무도 되뇌었다.

"여자맹캐 말인감?"

"예."

비화는 더없이 복잡한 낯빛으로 바짝 귀를 곤두세웠다.

"글씨……."

"함 잘 생각해주시이소."

무릎걸음으로 다가앉을 것같이 하는 비화였다.

"우쨌든 무신 큰 특징은 없고, 그냥 팽범하거로 생긴 거 겉더마."

우 씨가 애매모호한 답변을 했고, 창무는 이렇게 덧붙였다.

"맞소. 팽범하거로 생깃다쿠는 말이 젤 맞거마는."

그렇게 말하는 창무더러 우 씨가 물었다.

"키는 똑 당신만 하지예?"

창무는 기억을 되짚어보는 표정이었다.

"키? 키는…….."

그러나 그들 말을 끝까지 듣기도 전이었다. 비화가 앉은 자리에 불이라도 붙은 듯 벌떡 일어섰다.

"그, 그 사람, 우, 우떤 쪽으로 가, 가던가예?"

그렇게 소리치는데 완전히 도깨비를 본 얼굴이다.

"우떤 쪽으로 말입니더!"

어쨌든 한 번 더 그러고는 누가 대답하거나 붙잡을 틈도 없이 비화는 방 밖으로 달려나가고 있었다. 영락없이 미친 여자였다.

"아, 새댁이?"

그들 부부가 허둥지둥 나루터집 바깥으로 뒤따라 나왔을 때, 비화는 길 위에 서서 정신없이 누군가를 찾고 있었다.

"새, 새댁! 와 그라요, 와?"

우 씨가 떨리는 목소리로 물었고, 비화 입에서 울부짖는 소리가 터져 나왔다.

"그 사람, 지 남핀이 틀림없어예!"

부부는 소스라치게 놀라면서 '남핀? 아, 색시 남핀?' 하는데, 비화는 그대로 서 있기조차도 힘겨워하는 모습이었다.

"분맹합니더. 그이가 왔던 기라예!"

당장 그 자리에 폭 거꾸러질 사람 같았다.

"우짜노? 우짜노?"

우 씨는 어쩔 줄 몰라 하며 발까지 동동 구르기 시작했다. 그러고는 너무나 후회스럽다는 얼굴로 말했다.

"그런 줄 알았으모, 우리가 딱 붙잡아 놓는 긴데, 우리가."

창무도 걷잡을 수 없을 만큼 흔들리는 목소리로 안타까움을 드러냈다.

"우리가 우정 댁하고 원아 처자한테서 대충은 이약을 들었지만도, 새 댁 남핀이 여꺼정 왔을 줄은 상상도 몬 했다 아인가베."

창무보다 우 씨가 더 충격을 받은 빛이었다.

"그런께 말입니더, 그런께."

비화 입에서 신음 소리가 새 나왔다. 저만큼 흘러가는 강물과 그 위를 날아다니는 물새들이 내는 소리도 어딘가 목이 메어 있는 성싶었다.

"아, 여보."

비화 입에서는 연이어 그런 소리만 나왔다. 세 사람은 날벼락 맞은 나무들처럼 한참이나 우두커니 서 있었다.

"……."

뻣뻣하게 굳어버린 듯한 그들 옆으로는 온갖 물품을 취급하는 숱한 장사치들과 소달구지며 마차 등의 행렬이 끊이지를 않았다. 또 저쪽 나루터에서는 꼽추 영감 달보를 비롯한 뱃사공들이 젓는 나룻배가 계속해서 사람이며 짐을 싣고 풀어놓기에 바빴다. 상촌나루터 풍광은 무정한 듯 여느 때와 똑같고 아무 변화가 없어 보였다.

"몸도 상구 안 좋은데 고마 안 들갈라요?"

얼마나 그러고들 있었는지 이윽고 우 씨가 걱정이 되는지 비화를 보고 그렇게 말했다.

'씨잉.'

강바람이 그러잖아도 제대로 손질을 하지 못한 비화 머리칼을 제멋대로 나부끼게 하며 지나갔다.

"우선에 몸부텀 낫아갖고 천천히 찾아보모 설마 몬 찾것소."

우 씨가 가만히 비화 팔을 잡아끌었다.

"너모 상심하지 마소."

창무가 등 뒤에서 위로의 말을 건넸다.

"그리 멀리는 안 갔을 끼거마는."

"……."

마치 기도하듯 말했다.

"아이지, 금방 돌아올 끼요."

앞뒤 사정 이야기를 들은 우정 댁과 원아는 무척 놀라면서도 자기 일 같이 기뻐했다. 역시 한 집에서 함께 부대끼는 사람들은 뭐가 달라도 달랐다.

"된 기라, 인자 된 기라."

"기다린 보람이 있다 아입니꺼?"

다시 방에 들어와 누운 비화는 말 그대로 꿈만 같았다. 몸이 다 나은 느낌이었다. 아니었다. 뼈마디까지 쑤시고 결렸다. 혼이 천장에 붙었다, 벽에 붙었다 하는 성싶었다.

드디어 남편이 돌아왔구나.

비어사 진무 스님 말이 되살아났다. 부자가 돼 있어야 남편이 돌아온다던. 그 생각을 물고 비화는 애가 타들어 갔다. 아직은 부자가 아니다. 그렇다면 그이는 다시 가버렸을까? 어디로 숨어버렸을까?

어쨌든 간에 그가 그녀 곁을 맴돌기 시작했다는 사실은 실로 감격스럽고 가슴 벅찬 일이 아닐 수 없었다. 완전히 단절되었던 끈이 아슬아슬하게 다시 연결되고 있는 기분이었다.

'아아, 여보! 여보!'

그건 그렇고, 결코 짧다고 말할 수 없는 그 긴 세월 동안 남편 박재영은 도대체 어디서 무엇을 하고 있었을까? 같이 있던 그 여자와는 헤어진 걸까? 또 다른 여자가 생겼을까? 혹시 이도 저도 아니라면?

비화 상념은 꼬리에 꼬리를 물고서 이어졌다. 어쩌면 한 인간의 인생 역정은 우주의 순환보다도 더 복잡하고 심오한 것인지 알 수 없었다.

그새 어떻게 변했을까? 비화 자신의 큰 손에 비하면 여자같이 조그맣고 흰 손은 숱한 고생에 까칠해지지는 않았을까? 건강이 많이 나빠지지는 않았을지. 행여 관아에 잡혀갈 나쁜 짓을 저질렀다면? 아, 그리고 무엇보다 아직도 이 비화를 각시로 생각하는 마음이 남아 있을까?

"인자 곧 좋은 일이 있을 끼거마는. 아, 솔직히 배북이도 낯짝이 있는 벱인데, 그 사람, 지가 지은 죄가 있는데, 각시 앞에 퍼뜩 지 얼굴 비일 수 있것나."

"하모. 이렇든 저렇든 간에, 지 각시 근처에 와갖고 얼쩡거린다쿠는 거는 에나 좋은 일 아인가베? 시상에 이리 좋은 일이 또 오데 있으까이?"

우정 댁과 원아는 바쁜 가게에 나가 장사할 생각은 하지 않고 비화 머리맡에 붙어 앉아서 그녀를 위로하느라 여념이 없었다.

"흑."

비화는 기어코 눈물을 보였다.

"참말로 고눔의 정이라쿠는 기 머신고?"

그리고 나서 '팽' 하고 코를 푸는 우정댁 두 눈에서도 눈물이 반짝거렸다. 그녀는 누구의 눈치도 보지 않고 무언가를 향해 저주를 퍼붓듯 했다.

"우리 비화 조카매이로 당찬 사람을 울거로 맨들고 말이제."

비화는 그 황망한 중에도 우정댁 눈물 속에 어려 있는 얼이 아버지 천필구 모습을, 비운의 농민군을 보았다.

"흑, 흑흑."

원아도 세상을 등지듯 돌아앉아 소리 죽여 가며 운다.

"동상!"

우정 댁이 이번에는 원아를 향해 악독하고 모진 시누이처럼 악다구니를 써 댄다.

"고마 탁 죽어삐모 되지, 청승시럽거로 울기는 와 우노?"

"으흐흑."

원아는 더 울고 급기야 우정 댁도 따라 울먹였다.

"혼자서 몬 하것으모 내하고 둘이 죽어삐모 되제."

"성님."

원아가 머리를 흔들어가며 흐느꼈고, 우정 댁은 과수댁 설움을 날려 버리려는 듯했다.

"하나모 외롭것지만도 둘인께네."

원아는 한화주와 둘이 함께했던 지난날을 못 잊어 하는 빛이었다.

"둘, 둘……."

비화는 원아 등 뒤에 앉아 그 가녀린 어깨를 가만가만 쓰다듬고 있는 사내, 한화주를 보았다.

그리고 말 없는 손님처럼 호롱불 밝히고 혼자 앉았을 때, 바람벽에 비친 비화 자신의 그림자 속에서 남편의 모습을 보았다.

여자보다 아들이

아버지 술천과 어머니 이 씨에게서 아내 비화가 저 남강 상촌나루터
에서 콩나물국밥집을 한다는 말을 들었을 때, 박재영은 입을 달싹하기
는 고사하고 고개조차 제대로 들지 못했다.

"쯧쯧. 이 천하에 몬난 눔 겉으니라고!"

"……."

"그리키 참한 지 각시 저리 되거로 내삐리고 달아났으모 넘들 앞에서
떵떵거림시로 살 일이제."

"……."

"그래, 오데 채일 데가 없어서 여자한테 채이갖고 집구석에 도로 기
들어와? 똑 비루묵은 개새끼매이로?"

술천의 노기는 하늘 밑구멍을 찌를 듯했다. 하지만 이 씨는 풀 죽은
아들이 너무 가여워 재영의 손을 부여잡고 눈물만 줄줄 흘리다가 이런
말로 다독거렸다.

"괘안타. 괘안타."

재영은 허나연과의 사이에서 생겨난 자식 이야기는 차마 입에 올리지

못했다. 자기 혼자 돌아와도 저렇게 야단 난린데 애까지 달고 온 줄 알면 아예 집 안에 발도 못 들이게 할 아버지였다. 내 목에 시퍼런 칼이 들어와도 아들은 처음부터 없었던 것이라고 혼자 독하게 마음먹었다. 아내 비화도 절대 용납하지 않을 일이었다.

'내하고는 몬 맺을 인연을 맺었던 기라.'

그러나 자꾸만 보고 싶은 아들이었다. 이상하게 나연은 잊겠는데 되레 아들만은 잊을 수 없었다. 그나마 근동에서 제일가는 부잣집 업둥이로 들어간 게 더할 수 없이 다행스러운 일이지만 아비로서 갈등이 일어나고 괴로운 건 마찬가지였다.

'아, 시방 내가 또 오데로 가고 있노?'

무엇을 쫓듯이, 아니면 무엇에 쫓기듯이 허둥지둥 마구 내닫다가 어느 순간 문득 길바닥에 선 채로 사방을 둘러보았다.

'두 분 다시는 몬 그라거로 요놈의 발목때기를 짤라삐야 안 되것나.'

처음 골백번 다짐했던 것과는 달리 아들을 버린 그 집으로의 발길을 좀체 끊을 수 없었다. 그리하여 온종일 단 두 군데, 곧 상촌나루터의 나루터집과 임배봉의 대저택 근처만 그저 서성거렸다. 아내와 자식을 바로 코앞에 두고서도 만날 수 없는 그의 신세가 너무나도 한스럽고 기구하여 그저 죽고 싶을 따름이었다. 눈에 보이는 건 뛰어들고 싶은 깊은 강과 목을 매달 나뭇가지뿐이었다.

'그래도 내 아내 비화가 다린 남자한테 안 가고 혼자 살고 있는 기, 너모나 염치없는 생각이지만도 에나 고맙고 다행한 일인 기라.'

앞뒤 순서 없는 이런저런 상념만 끝없이 솔솔 피어올랐다.

'저리 참한 아내를 놔두고, 고 야시 겉은 년한테 홀리서 헤매고 댕긴 거 생각하모, 내가 눈이 삐이도 한참 안 삤나.'

주먹으로 아프도록 제 눈을 쥐어박았다.

'요런 눈깔 갖고 살 끼라꼬? 내 겉은 늠은 죽어도 사람 안 될 끼거마는.'

이따금 은빛 물고기만 수면 위로 솟구쳤다가 '첨벙' 소리와 더불어 동심원을 남기면서 금방 다시 내려가는 남강 물가에, 다리가 저리도록 청승맞게 쭈그리고 앉아 하염없이 강물을 바라보고 있는데, 아버지의 호통소리가 다시 들려오는 듯했다.

– 이늠아! 니늠이 그래도 사내라는 소리 들을라쿠모, 시방이라도 쌔이 니 각시한테 바로 달리가갖고, 무르팍 꿇고 싹싹 빌어라쿤께네? 니 각시가 닐로 용서해줄 때꺼정 몇 날 며칠이고 안 있나? 만약시 그래도 용서를 안 해줄라쿠모, 니 각시 보는 바로 앞에서 쎗바닥을 콱 깨물고 죽어삐라. 땅바닥에 대가리를 꽝 부딪쳐서 죽어삐라. 구차시럽거로 살아갖고 우리 가문에 더 흙칠하지 말고.

강을 사이에 두고 있는 반대편 산기슭에서 불어오는 바람 끝에 어머니 음성도 실려 있다.

– 그기 무신 소리요? 사내가 지 에핀네한테 물팍 꿇고 빌라이, 그기 말이라꼬 하요? 아, 사내가 바람 쪼매 피울 수도 있는 기지 머. 아범아, 그랄 필요 하나도 없다. 지 서방이 나타난 줄 알모 에핀네가 쌩 바람겉이 단걸음에 달리와야제, 뻐개보자쿠는 기가 머꼬? 오데서 에핀네가…….

목에는 황갈색과 흰색의 알록달록한 무늬가 있고 다리가 진홍색인 물총새 한 마리가 재영의 머리 바로 위에서 빙빙 돌더니, 어느 순간 총알처럼 날쌔게 물속으로 들어갔다 나왔다. 놈의 긴 부리 끝에는 꽤 커다란 은빛 물고기가 물려 있다. 원래 물고기를 잡는 솜씨가 매우 뛰어난지라, 사냥을 잘하는 호랑이나 늑대에 빗대어서 어호魚虎, 혹은 어구魚狗라 한다더니 과연 그럴 만했다.

'내 신세가 저 물괴기하고 가리방상하다. 아부지 말도 몬 듣고 또 어머이 말도 몬 듣고, 내는 우째야 된다 말고?'

헝클어질 대로 헝클어진 머릿속에 떠오르느니 또 자식이다. 달아난 여자가 아니다.

'아, 물총새 울음소리가 와 내 귀에는 우리 아들 울음소리맹커로 들리노?'

그때 나룻배 한 척이 막 나루턱에 와 닿았다. 다른 사람들 눈에는 무척 한가롭고 평화로워 보일지 모르지만, 그의 눈에는 '죽음의 배' 같이만 비쳤다.

'시상 끝꺼지 가는 배는 없는 기가? 그런 배가 있으모 당장 타것다.'

그런 허랑한 생각까지 하면서 배에서 내리는 사람들을 바라보다가 무심코 뱃사공을 향한 재영 눈이 커졌다.

'어, 꼽추 아이가? 에나 폭삭 늙은 할배다. 그란데 참 노도 잘 젓거마는. 안 내리고 곁에 있는 할매는 째보네? 부부 겉다.'

재영의 두 눈에 눈물이 핑그르르 돌았다.

꼽추 남편과 언청이 아내.

그렇지만 재영에게는 그들이 이 세상에서 가장 큰 복을 받은 사람들로 보였다. 언청이 노파 손에 조그만 장바구니가 들린 걸 보니 장 보러 온 모양이다. 영감이 젓는 나룻배를 타고 왔다가 또 그 배를 타고 돌아가는 할멈은 참 좋겠다. 자기 배에 할멈을 태우고 있는 영감도 참 좋겠다.

그런데 다음 순간이다. 꼽추 뱃사공 눈이 문득 화살처럼 날아와 재영에게 꽂힌 것은. 그 표정이 어쩐지 버거움을 품게 했다.

'여 있다가는 안 되것다.'

왠지 모를 어떤 위기감 비슷한 것을 느낀 재영은 쫓기듯 부리나케 그 자리를 벗어나기 시작했다. 그러고는 넘치는 인파 속에 섞여 슬쩍 뒤돌아보니 꼽추 뱃사공은 새로 강을 건널 사람들을 태우고 있다.

'허, 그 영감태이 눈빛 하나 무섭거마는.'

부르르 몸을 떨고 간담을 쓸어내렸다.

'간 널찌는(떨어지는) 줄 알았다 아이가.'

아내가 보고 싶어 아내 곁을 맴돌면서, 또 아들이 보고 싶어 아들 곁을 맴돌면서, 명색 남편이자 아버지인 재영은 자신이 지은 죄 때문에 하찮은 일에도 '쿵' 하고 가슴이 내려앉곤 했다.

'요서 이랄 끼 아이다.'

재영의 발길은 저절로 그곳에서 가장 으슥하고 후미진 곳을 향했다. 그로서는 전혀 알 리가 없지만, 거기는 얼이가 곧잘 찾는 단골 장소였다. 바로 민치목이 소긍복을 살해한 그 장소였던 것이다.

'저게가 괘안컷다.'

재영은 저만큼 강이 바라다 보이는 제법 무성한 나무숲 속으로 들어섰다. 강바람을 받아 살랑대는 나뭇잎이 어서 이리로 오라고 손짓을 하는 듯했다. 거기는 그래도 뜨뜻하게 군불을 지핀 안방처럼 아늑한 느낌이 드는 곳이었다. 무엇보다 안전지대로 보였다.

'진즉 요 올걸. 사람들 눈에 잘 안 띄것고.'

숲과 강 사이는 꽤 넓은 공간의 백사장이다. 서녘으로 기우는 햇살을 받은 잔 모래알이 붉게 반짝인다. 조그만 홍옥이 끝없이 널려 있는 듯하다. 아름답기만 한 그 풍경에 그의 심사는 더한층 썰렁하고 혼란스럽기만 했다.

'밥집 이름이 머라 캤제?'

재영은 큰 외로움을 타는 아이같이 속으로 혼자 묻고 혼자 답했다.

'나루터집, 나루터집…….'

나루터집이란 상호가 왠지 그렇게 마음을 끌어당길 수 없었다. 산에는 산지기가 있듯이 이곳에서 영원한 나루터지기로 살아가면 얼마나 좋을까 그런 생각도 들었다.

'손님도 에나 째뼛더마는.'

미리 점 찍어둔 표적물을 노리는 도둑처럼 멀찍이서 남들 몰래 훔쳐보면서 한참 서성거리던 국밥집이었다.

'그라다가 상촌나루터 바닥 돈 싹쓸이 하것데.'

사위가 적막하니 궁상스러운 생각이 났다.

'후우. 그런 거 생각하모 내 팔자가 더 처량타.'

짝없이 외롭게 나는 물새가 따로 없었다. 아니, 그보다도 못하다. 그래도 실제 물새들은 어디로든 훨훨 날아갈 수 있는 날개라도 있지.

'이래 살모 머하것노.'

모든 게 부질없어라. 낙엽 바스라기와도 같은 인생. 구멍 뚫린 낙엽 사이로 저 혼자 청승맞게 걸어가고 있는 한 사내 모습이 보인다. 단매로 때려죽이고 싶도록 미운 인간이다.

'하기사 하매 죽어삔 목심 아인가베.'

탈진한 채 등짝을 기댄 느티나무 둥치가 너무나 차갑고 딱딱하게 느껴진다. 또다시 왈칵 눈물이 솟는다. 강물이 몸 안으로 들어와 그렇다면 차라리 산중으로나 떠나갈까? 아니다. 너 같은 것은 받아줄 수 없다고 어느 곳에서나 매몰차게 내쫓을 것이다.

'아아아.'

해 저무는 그 시각, 갈 곳 없는 제 신세가 미물들보다 못하다. 그가 갈 수 있는 곳은 한 곳도 없으니, 죽으나 사나 부모가 있는 집뿐이다. 신접살이? 그따위 말은 혓바닥에 올리지도 말아라. 혀가 만 발이나 빠져 죽을 놈아.

'그나저나 내 요년을?'

재영은 달아난 나연을 찾아내어 죽이기 위해 참으로 많은 곳을 헤매고 다녔었다. 너무나 악에 받친 탓에 힘든 줄도 먼 줄도 모르고 무작정 길을 나섰다. 그에게서 예전의 그의 모습은 발견하기 어려웠다. 좋은 쪽으로든 나쁜 쪽으로든 바뀌어도 참 많이도 바뀌었다. 그 스스로 돌아봐도 그는 그가 아니었다.

'니년 쥑이삐고 내도 죽어삐모 고만이제.'

앞뒤 돌아보지도 않고 시간이 어떻게 흐르는지도 알지 못한 채 그저 복수의 화신이 되어 벌건 눈알을 하고 나연을 찾아 나섰다. 그것만이 그가 이 세상에 태어난 유일한 목적이자 이유로 보일 지경이었다. 그만큼 나연을 향한 증오심과 배신감의 포로가 돼버렸다는 증거였다.

'옛날 어른들 말마따나 시방꺼정 내가 당해온 이약을 수레에 실으모 열 수레도 더 넘을 끼다. 내가 아즉 안 죽고 살아 있는 것도 기적 아인가베.'

사실이 그러했다. 위험한 경우를 만나 목숨을 잃을 뻔한 적이 한두 번이 아니었다. 지금 와서 뒤돌아봐도 가장 소름 끼치는 게 바로 저 육십령六十嶺에서의 사건이었다. 그건 그가 직접 겪은 일이면서도 아직도 남의 일같이 느껴질 때가 많았다.

어떻게 그 인적 드물고 험한 육십령 쪽을 수색할 생각을 했는지 모르겠다. 그건 아마도 그곳이 도망쳐 숨어다니는 자들에게는 가장 안전하여 그들이 좋아하는 곳이라는 사람들 얘기 때문이었을 것이다. 찾아도 또 찾아도 보이지 않는 나연은 틀림없이 그런 곳에 은신해 있으리라 나름대로 판단을 내렸다. 그러지 않고서야 이렇게 찾아도 못 찾을 리가 없다고 보았다. 아니, 그보다도 이성을 잃어버린 탓에 무작정 달려갔다는 게 더 맞는 소리였다.

육십령, 그곳은 실로 대단한 고개였다. 동남쪽으로 엇비스듬하게 흘러내리는 덕유산 한 자락이 금원산과 기백산, 월봉산을 힘껏 치밀어 오르게 하여 거창과 함양으로 나누었다. 그런가 하면, 또 다른 한 자락은 서남 방향으로 덕운봉과 백운산 그리고 저 깃대봉을 마무리하면서 경상도와 전라도를 갈래 지우고 있다. 굽이굽이 육십 굽이. 소백산맥 준령 틈 사이로 연결된 그 고개야말로 한양 천 리 지름길이 아니고 무엇이랴.

재영이 나연을 수소문하고 다니다가 우연히 만난 거기 토박이 노인은, 무척이나 심심하던 차 말벗이 하나 생겨 참 잘됐다는 듯이, 늙은이가 기력도 좋게 이런저런 이야기들을 많이도 들려주었다. 소쿠리째로 쏟아놓는다는 말이 더 옳았다.

"내 안 봐도 불 보듯기 훤언히 안다."

노인 말에 재영은 잔뜩 기대 실린 목소리로 물었다.

"그라모 거게?"

노인은 검지와 중지로 자기 눈을 찌르는 시늉을 했다.

"눈 뺄 내기를 해라. 틀림없이 육십령 오덴가에 딱 엎디리서 숨어 있을 끼라."

나이 육십 고개를 한참 더 넘었을 노인은 자신 있게 말했다.

"이전 겉으모 도적떼한테 안 잽히 갔으까이."

재영이 심약한 천성을 고스란히 드러내듯 기겁을 했다.

"도, 도적떼예?"

그런 재영을 한심하다는 표정으로 보고 있더니 노인이 말했다.

"에이, 남자가 돼갖고 여자겉이 놀래기는?"

그러면서 다시 한다는 말이, 저 신라 시대부터 그 도적들에게 약탈당하지 않기 위해 한두 명이 아니라 예순 명씩 무리를 지어 고개를 넘었기 때문에 그 고개 이름이 육십령이라는 거였다.

"예에."

재영이 받아들이기에 다른 것은 몰라도 신라 시대 이야기는 들어맞는 것 같았다. 그 고개 위에는 신라군이 쌓은 성터와, 그 당시 군사들이 매복하여 병기를 보관했다고 전해지는 군장동軍藏洞이 있었던 것이다.

"깃대봉도 와 깃대봉이라쿠는가 하모……."

그 지역을 유람하러 온 게 아니고 여자 하나를 찾으러 온 사람에게 엉뚱한 소리만 자꾸 늘어놓았다. 게다가 그 노인은 이야기 효과를 보다 높이기 위한 듯 한참 간격을 두고 천천히 말을 이어가는 버릇이 있는 사람 같았다. 재영은 시간이 없다고 말하고 싶었지만 그러면 늙은이가 토라져 버릴까 봐 계속 듣고 있을 수밖에 없었다.

"마 그거는, 그때 신라군과 백제군이 서로 먼첨 깃대를 꽂을라꼬, 진짜 처절한 전쟁을 벌인 데라서 그라는 기라."

억지로라도 장단을 맞춰주지 않으면 안 될 처지까지 돼 버렸다.

"참혹했것네예."

정말 참혹한 사람은 나라고 자조하는 재영더러 노인은 주름진 얼굴을 더욱 보기 싫게 찡그렸다.

"아암, 그 정도가 아이고 지옥이었제, 지옥."

노인은 정말 기력도 좋았다. 그가 사는 마을은 남덕유산과 할미봉이 보살펴주는 좋은 데라고 자랑삼기도 했다. 그 옛날 천지개벽 후 온 세상이 물에 잠겼는데, 한 봉우리에서 할미꽃 한 개가 보여 그곳을 '할미봉'이라고 부른다는 말을 해줄 때, 노인의 얼굴에는 어쩐지 아련한 그리움 비슷한 빛이 엿보여, 어쩌면 할멈 없이 혼자 살아가야 하는 슬픈 홀아비가 아닐까 하는 마음이 들기도 했다.

'오데로 가나 사람 산다는 기 그냥 그렇거마.'

결국, 시간만 날려 보낸 채 나연을 찾는 일에는 도움이 되는 그 어떤 것도 얻지 못하고 돌아서면서도 재영은 이런 소리를 할 수밖에 없었다.

"고맙심니더. 어르신 덕분에 찾을 수 있을 거 겉심니더."

노인은 아직도 할 이야기가 더 남은 모양이었다.

"와 더 안 듣고 그냥 갈라꼬?"

"예, 갈 길이 멀……."

"그리 안 서둘러싸도 금방 코앞에 와 닿는 기 우리 인생의 마즈막 길 아인가베."

저 임진년에는 왜구를 물리치기 위해 우리 관군들이 진을 치기도 했다는 고개. 그곳에서 재영이 만난 사람들 가운데에는, 인근 고을에서 거둬들인 세미稅米를 운반하고 있는 백성들도 있었다. 그가 얼핏 들으니 충청도 충주 가흥창인가 하는 어딘가로 운반해 가는 쌀가마니라고 했다.

그러고 보니, 그가 장가들기 얼마 전 천필구에게서 '칼 맞은 산' 이야기를 들으면서 함께 길을 갈 때, 세미를 가지고 가다가 쉬고 있는 이들을 본 기억도 있었다. 그때 필구는 무척 분노를 느끼고 있는 빛이었다. 그래선지 몰라도 그 무거운 짐을 짊어지고 험준한 고갯길을 넘고 있는 민초들을 보고 있으려니, 재영도 조정을 겨냥한 원망의 마음이 풀썩 일기도 하였다.

그러나 말 그대로 집도 절도 없는 신세로 전락하고서 배신한 여자만을 무작정 찾아 헤매는 그 자신의 모습도 그에 못지않게 초라하고 비참하고 힘겹게 여겨져서, 거기 인적 드문 깊은 골짝으로 몸을 날려버리고 싶었다. 그러면 영원토록 누구의 눈에도 띄지 않고 세상 사람들에게서 서서히 잊혀 갈 것이다.

그런데 나연을 찾아 한 바퀴 돌던 조동마을에서 올라 저 멀리 전라도 장계고을이 바라보이는 고개 근처에 이르렀을 때였다. 나중에 들으니 '도둑놈 곰터'라고 불린다는 곳이었는데, 저 아래로는 바윗덩이도 한참 굴러 내릴 까마득한 절벽이었다.

"으악!"

재영은 갑자기 앞을 막아서는 사내들을 보고 그만 혼비백산하였다. 옴팡진 골짜기에 숨어 있다가 튀어나왔는지 어쩐지는 모르나, 그가 느끼기에는 그야말로 땅밑에서 불쑥 솟아난 지신地神들 같았다.

"몸에 갖고 있는 거 다 내놔!"

얼굴이 꼭 숯 검댕을 칠해 놓은 듯이 시커먼 사내가 소리쳤다. 옆에 서 있던 버쩍 마른 자도 겁을 먹이는 투로 말했다.

"시상에 지 목심 안 아까븐 사람은 하나도 없을 기랑께."

"어이쿠!"

재영은 자신이 살아 있는 것 같지가 않았다. 숨을 쉴 수도 없었고 다리가 마구 후들거려 서 있을 수도 없었다. 여기에 아직도 산적들이 있었다는 말인가?

"내, 내가 가, 가진 거는……."

그때 재영이 몸에 지니고 있는 것이라고 해봤자, 고작 이 삼 일 먹고 자고 할 수 있는 돈이 전부였다. 하지만 그것이라도 내놓지 않을 수 없는 상황이었다. 그는 산적들에게 그 돈을 내보이며 덜덜 떨리는 목소리로 애원했다.

"이, 이거라도……."

그러자 몸이 장작개비 같은 사내가 달려들어 재영 손에 들린 돈을 낚아채듯 빼앗아갔다. 번개를 방불케 하는 동작이었다.

"진짜 이거뿐이당가?"

"예, 예."

손뿐만 아니라 온몸으로 비는 재영에게 피부 검은 사내가 으르렁거리듯 말했다.

"다른 거도 모도 내놓으랑께. 우리는 산신령겉이 도가 통한 사람들이

랑께. 거짓말한다 싶으모 콱 쥑이고 말 개비라."

"지발 좀 봐주이소."

재영은 그 경황 중에도 나를 죽이지는 않겠구나 싶어 안도의 한숨이 흘러나왔다. 그리고 그들은 옛날부터 그곳을 지나 가는 행인들을 약탈했다는 도적떼는 아닌 듯했다. 모르기는 해도, 하도 먹고살기가 어려워 도적 행세를 하는 백성이겠거니 싶었다.

그러나 설령 그렇다고 하여 마음을 놓을 일은 절대 아니었다. 그들은 비록 본래 선량한 백성들이었다고 할지라도 강도짓을 했고, 더군다나 자기들 얼굴을 알아버린 사람을 쉽게 풀어줄 것 같지도 않았던 것이다.

과연 그들은 서로 눈길을 마주치며 뭔가 무언의 의논을 하는 것처럼 보였다. 아마 그냥 돌려보내도 괜찮을까, 아니면 어떻게 해버릴까 망설이는 빛들이었다.

'으으.'

재영은 달아나야겠다고 마음먹었다. 도망치다가 붙잡혀 죽는 한이 있더라도 이대로 서서 고스란히 당할 수만은 없었다. 이쪽 몸을 뒤지다가 돈이라든지 물건이 더 나오지 않으면 실망하고 화난 김에 정말 해칠지도 모른다. 그렇지만 도무지 다리를 움직일 수가 없었다. 손가락 발가락 하나도 놀리기가 힘들었다.

그런데 바로 그 순간이었다. 저만큼 떨어진 풀숲에서 무언가가 어른거리는 게 재영 눈에 얼핏 비쳤다. 자세히 보이지는 않았지만, 남자가 아니었다.

'여자?'

재영은 지금 너무나 겁을 먹고 당황한 나머지 내가 헛것을 본 게 아닐까 싶었다. 여자가 거기 있을 리 만무했다. 그 도적들과 한 패거리인 다른 남자 도적이라면 또 모르겠지만, 그런데 여자였다. 고양이같이 작은 체구며 특히 머리 모양으로 보아선 분명 여자였다. 나이라든지 얼굴 생김새는 알 수 없지만, 남자가 아닌 것만은 확실했다.

그러자 재영 몸속에서 갑자기 힘이 솟아났다. 이상한 현상이 아닐 수 없었다. 왜 그들 가운데 여자가 섞여 있다는 사실을 알자 달아날 기운이 생기는지 실로 묘한 노릇이었다. 어쩌면 사내들 중 누군가의 아내이거나 딸이 아닐까 여겨졌다. 그렇다면 그들은 인근에 살고 있는 지역민들일 가능성도 높았다. 그게 아니고 설혹 먼 곳에서 온 자들이라고 할지라도 어쨌든 전문 도적떼는 아니었다.

'살 가망이 있는 기라.'

재영은 도주하기 시작했다. 그 찰나, 사내들이 더없이 당황한 듯 하나같이 급히 손들을 내밀어 그의 몸을 붙들려고 하면서 고함쳤다.

"서, 서랏!"

"자, 잡아랏!"

"노, 놓치면 안 된당께?"

그러나 재영은 더욱 재빨리 달아났다. 사내들이 그림자같이 따라붙었다. 하지만 더 급한 쪽은 재영이었다. 하나 있는 목숨까지 달려 있는 일이었다. 죽임을 당하지 않을지라도 붙잡히면 크나큰 곤욕을 치를 것은 뻔했다. 자기들 신분이 드러날 것을 우려한 나머지 눈이나 팔다리를 어떻게 하여 병신으로 만들어버릴지도 모를 위험도 있었다. 그건 되레 죽는 것보다도 못할 노릇이었다.

재영은 본디 뜀박질을 잘하는 편은 아니었다. 그렇기는 해도 그때 그 순간만은 달랐다. 사람이 다급해지면 초인적인 힘이 생긴다더니 그 당시 재영이 그랬다. 엄청난 위기 앞에 그는 완전히 다른 사람이 돼 있었다.

"거 몬 있것어?"

"헉헉."

재영과 사내들과의 간격은 점점 더 크게 벌어지기 시작했다. 나무와 바위들은 인간들이 하는 짓 따윈 관심이 없는지 방관하듯 멀거니 바라보고 있는 것 같았다.

"서, 서랑께?"

"헉헉."

급기야 사내들은 뒤쫓기를 그만 포기해버리는 듯했다. 그 자리에 멈춰서거나 땅바닥에 털썩 주저앉기도 했다. 그러고는 연방 재영을 손가락으로 가리켰다.

"저눔, 저눔을!"

어쩌면 그들은 재영보다도 한층 더 기진맥진한 상태들이었는지도 몰랐다. 아주 막다른 골목에 다다른 자들이 살아남기 위한 최후의 비상수단으로 산적이 되기로 작정한 것이 아닐까 싶었다. 결국, 못된 탐관오리들에게 수탈당한 힘없는 민초들의 마지막 발악이자 탈출구로서 재영을 겨냥한 것이었는지도 알 수 없었다.

그것은 그렇다 치고, 또 기묘한 것이 인간 심리였다. 그 화급한 상황 속에서도 재영은 달아나면서 뒤쪽을 돌아보았던 것이다. 어째서 그랬던가?

'그기 해, 해나 나, 나연이 아이었으까?'

그 여자, 고갯마루 옆 풀숲에 숨어 있던 여자, 그 여자가 혹시라도 나연이 아니었을까 싶었다. 물론 그 여자가 나연이라고 할지라도 다시 돌아갈 형편은 못 되었지만, 그래도 그 미련이 발목을 휘어잡는 것이다.

'나연이 고년은 아일 끼거마는.'

고개를 다 달려 내려와 이쯤이면 이제 안전하다고 여기면서도 도망쳐 온 곳을 계속해서 살펴보았다. 그러다가 하도 다리가 아픈 나머지 길가에 있는 커다란 바위에 걸터앉아 숨을 몰아쉬며 재영은 생각했다.

'상세히는 몬 봤지만도, 나연이보담은 나이 더 마이 묵은 여자였던 기라. 얼골 색깔도 안 하얬고.'

어쨌거나 그게 나연이였든 나연이 아니었든 간에 두 번 다시는 떠올리고 싶지 않은 지옥 같은 기억이었다. 참으로 힘들고 몸서리쳐지는 육십령이 아닐 수 없었다. 세상 사람들은 육십령이라고 부르지만, 그에게는 '육백령', '육천령'이라고 할만했다.

'내한테는 그 고개가 사람들이 장 이약해쌌는 아리랑고개매이로 안 여기지나.'

그때였다. 거기 상촌나루터에 오기 전까지 그 자신이 겪었던 예사롭지 않은 이런저런 과거 일들을 떠올리며 그렇게 혼자 설움에 잠긴 채 서 있던 재영은, 홀연 무슨 인기척을 듣고 소스라치게 놀랐다. 인간의 천성은 어쩌지를 못하는 듯, 그 무수한 고비를 넘겼음에도 불구하고 그는 여전히 오달지지를 못했다.

'헉!'

갑자기 강 속에서 나오기라도 한 것처럼 바로 앞쪽에 두 사람이 나타났다. 재영도 미처 몰랐지만, 그들도 자기들 이야기에 빠져 재영의 존재를 깨닫지 못하고 있었다. 재영은 관졸들에게 쫓기는 죄인처럼 급히 큰 나무둥치 뒤로 몸을 숨겼다.

남자와 여자였다.

공교롭게도 그들 남녀는 지금 재영이 은신해 있는 나무에서 불과 몇 걸음 떨어지지 않은 모래밭에서 걸음을 멈추었다. 그러고는 자기들 바로 뒤통수 쪽에 사람이 있다는 사실을 까마득히 모른 채 무척 심각한 얼굴로 깊은 대화를 주고받기 시작했다.

"그렇께 아재 말로는, 바로 여게가 그 장소다, 이거지예?"

여자는 여전히 믿어지지 않는다는 말투다.

"에나 맞아예?"

어떻게 들으면 모래 위에 후드득, 빗방울 듣는 것 같은 느낌을 주는 음성이었다.

"허, 참 내."

사내는 부아가 크게 치미는 모양이었다. 머리뿐만 아니라 몸 전체를 흔드는 모습을 해 보였다.

"아, 몇 분이나 이약해야 내 말을 믿것심니꺼?"

재영은 더욱 숨을 죽였다. 굵은 사내 목소리는 거칠고 사나운 기운을 뿜어내고 있었다.

"여게가…… 여서……."

계속 그렇게 되뇌던 여자는 입이 마른 듯 기침을 한 번 하고는 잠시 말없이 강만 바라보았다.

재영은 뭔가 수상하다는 느낌부터 받았다. 어쩐지 무슨 큰 비밀에 싸인 인물들 같았다. 별안간 음산하고 으스스한 공기가 주위를 엄습하는 듯했다.

'사람이 아이고 똑 구신 같다 아이가.'

잎을 매달고 옆에 서 있는 나무들도 머리칼을 제멋대로 풀어헤친 귀신을 방불케 했다.

'저 강에서 나온 물구신들일까?'

그런데 재영이 하마터면 비명을 지를 뻔했던 것은 사내의 이런 말 때문이었다.

"소긍복이 그눔, 지가 제아모리 용빼는 재조가 있다 쿠더라도, 저 강에서 몬 살아나왔을 낍니더. 하매 물괴기 뱃속에 들가 있것지요."

재영은 전신에 쫙 소름기가 끼쳤다. 그 말 내용도 살점이 떨릴 정도로 매우 섬뜩하지만 사내 음성이 너무나도 잔인하고 차가웠다.

"물괴기 뱃속……."

그렇게 되뇌고 있던 여자가 홀연 이상야릇한 웃음을 흘렸다. 그것은 여귀女鬼가 내는 소리를 떠올리게 했다.

"흐흐흐."

재영은 으슬으슬 추위를 느꼈다. 머리가 찡하고 사지에 파들파들 경련이 일고 입을 굳게 다물어도 이빨이 딱딱 부딪혀 소리를 내는 듯했다.

'해나 이 소리를 들을라.'

여자 웃음은 사내 목소리보다도 한층 듣는 사람 마음을 졸아붙게 했다. 계속해서 기이한 웃음을 떨구는 여자에게 사내가 말했다.

"내사 참말로 이해 몬 하것심더."

그건 재영이 하고 싶은 소리였다. 그런데 여자는 사내를 마치 보채는 아이 대하듯 하는 태도였다.

"머를 이해 몬 한다 말입니꺼?"

강바람이 좀 더 강해지고 있는 걸까? 강물 소리가 더욱 거세어지는 것 같았다. 모래알이 휘날릴 조짐마저 보였다. 사내는 기필코 알아야겠다는 어투였다.

"인자 더 이상 기실 것도 없어 하는 소린데……."

병든 갈색 나뭇잎 하나가 약간 날리는 듯 휙 떨어지더니 재영의 발등을 덮었다. 재영은 자신도 모르게 짚신 속의 발가락을 꼼지락거렸다.

"운산녀하고 소긍복이 둘 사이는 알 만한 사람은 모도 압니더."

그들 남녀는 다른 남녀를 입에 올리고 있었다. 그 남자도 그 여자도 생면부지인 재영이 받아들이기에 그랬다.

묵묵히 그 말을 듣는 여자 얼굴은 수많은 빛이 엇갈려 있는 것 같기도 하고, 아무것도 없는 무표정한 것 같기도 했다. 그 속을 알 수 없도록 몇 굽이나 돌아 들어간 소라고둥 같은 여자였다. 재영이 느끼기에 성격이

54

단순한 허나연과는 달라도 너무나 달라 보였다. 그런데 그다음에 사내 입에서 나오는 말이 더욱 이상했다.

"그란데 살을 섞던 정부情夫를 이 민치목이한테 없애 달라꼬 핸 거 는?"

'머?'

그러잖아도 잔뜩 긴장한 채 귀를 세워 듣고 있던 재영은 이미 제정신 이 아니었다.

'저, 정부를 없애?'

그렇다면? 민치목이란 저 사내가 운산녀라는 저 여자의 살인청부업자 가 되어 소긍복이란 남자를 이 근처에서 살해했다는 이야기가 아닌가?

'흐.'

재영은 팔딱팔딱 뛰는 심장 소리가 그들 귀에까지 들릴 것만 같아 두 손으로 가슴팍을 움켜쥐었다. 한겨울 강바람보다도 더 싸늘하고 앙칼진 여자 목소리가 들렸다.

"소긍복이 그 인간, 이 운산녀 비밀을 너모 짜다라 알고 있었던 기 죄 지예."

"죄……."

남자는 말이 없는 가운데 여자 입에서 다른 사람 이름도 나왔다.

"하지만 배봉이 고 인간한테 폭로하것다꼬 내를 헙박만 안 했어 도……."

"음."

그 와중에도 재영이, 배봉은 또 누구지? 운산녀라는 저 여자와는 서 로 어떤 관계이기에? 하고 이상할 정도로 신경을 쏟고 있는데, 이런 말 이 또 나왔다.

"그자를 쥑일 생각꺼지는 안 했을 끼라요."

여자는 생긴 것도 그렇지만 말하는 것도 여간 야물지가 않았다. 웬만한 사내 서너 명은 단숨에 작살을 내버릴 것 같은 여자였다.

"독사 아감지(아가리)에 손가락 집어넣고, 또 머꼬, 모가지에 사잣밥을 매달고 댕긴다더이."

말하는 본때도 듣는 사람이 혀를 휘휘 내두를 판국이다. 정말이지 나연은 저 여자에게 비하면 말 그대로 '새 발의 피'라고 재영은 생각했다.

"오데서 누한테 감히 그런 짓을 할라꼬?"

여자는 끝없이 지껄이고 민치목이란 사내는 계속 듣고만 있다.

"그만치 흠빡 둘러쓰고도 남을 정도로 돈을 줬으모 됐지 올마를 더 얻어야 성이 찰라캤던고?"

그 여자의 시퍼런 서슬이 길게 뻗쳤는지 물새들도 저 멀리 떨어진 곳에서 우는 소리가 들렸다. 어찌 들으면 저 사람들을 조심하라고 제 동족들에게 경각심을 일깨워주고 있는 게 아닌가 싶기도 했다.

"시상에서 최고로 심들고 에려븐 기, 돈 버는 기란 거 아즉 몰랐던가베?"

"……."

발아래 모래펄에 '퉤' 침이라도 뱉을 태세였다.

"돈 나는 모티이(모퉁이) 죽는 모티이라쿠는 소리도 몬 들었던가베?"

운산녀라는 여자는 곱씹을수록 분노가 치민다는 기색이었다. 나중에는 이런 소리까지도 서슴없이 해댔다.

"흥! 이 운산녀 성깔 건디리는 눔은, 왕관 쓴 눔이라도 내가 살리두는가 봐라."

사내는 갑자기 벙어리가 돼 버린 듯하고 여자 저 혼자서만 한정 없이 나불댄다. 사내가 움찔하는 게 재영 눈에 똑똑히 비쳤다. 재영 자신보다도 두 배는 되는 거구지만 여자가 버겁고 두려운 모양이었다.

'내도 저 남자보담 저 여자가 상구 더 겁나거마는.'

그런데 잠시 침묵이 흐르는가 싶더니만 별안간 이제까지와는 완전히 다른 장면이 벌어지기 시작했다. 그것은 재영이 상상도 할 수 없었던 일이었으며, 너무나도 색다른 시간과 공간으로 돌입하기 위한 일종의 전초전이라 할 만했다.

"그거는 그렇고, 아재!"

문득 여자 목소리가 다른 사람같이 변했다. 순간적이지만 재영은 그곳에 다른 여자 하나가 또 나타난 줄 알았다.

"예? 와 그랍니꺼?"

사내도 여자의 갑작스러운 변화에 대단히 얼떨떨한 기색이었다. 그러자 여자가 사내에게 슬그머니 몸을 기대듯이 했다.

"아재하고 내는 친척이라꼬 하지만도, 사실 따지고 보모 피 한 방울도 안 섞인 넘 겉은 사인 기라요."

그 목소리가 사뭇 요상했다.

"그, 그래서예?"

사내가 한 걸음 물러섰다. 그러나 여자는 두 걸음 다가섰다.

"아재사말로 와 그랍니꺼? 진짜 아재답지 않거로."

그러면서 여자가 주위를 둘러보는 바람에 재영은 자신도 모르게 황급히 몸을 움츠렸다. 혹시 들키지 않았을까 오금이 저리고 머리털이 쭈뼛이 곤두섰다.

"시방 여게 우리 두 사람 말고 또 누가 있심니꺼? 안 그래예?"

재영의 마음에 팔색조 같은 여자였다.

"그, 그거는 그렇지만도……."

사내 얼굴이 주홍빛 노을 속에서도 파랗게 비쳤다. 여자 말은 갈수록 끈적거렸다. 아니, 구렁이 수십 마리가 엉겨 붙어 서로 몸뚱이를 비비고 있는 듯한 느낌을 주었다.

"머보담도 인자부텀 아재하고 내하고는 암만 떨어질라 캐도 떨어질 수 없는 사이가 돼삔 기라예."

사내는 선뜻 입을 떼지 못하고 있는데 여자는 그야말로 아무런 거리낌도 두려움도 없어 보였다. 여자는 재영이 듣기에 세상에서 가장 무서운 말도 거침없이 내뱉었다.

"우리가 모이(모의)해갖고 사람을 쥑잇다 아입니꺼?"

그 말을 들은 사내가 마치 눈앞에 보이는 거미줄을 걷어내듯 허겁지겁 두 손을 내저었다.

"고, 고만!"

여자 얼굴에 실로 야릇하기 그지없는 웃음기가 번졌다. 그녀는 거의 협박조였다.

"동냥자루도 마조 벌려야 들어간다꼬, 우리가 심을 잘 보태서……."

동냥자루를 들고 구걸하는 쪽은 여자가 아니고 남자였다.

"내, 내는 그, 그냥 우, 운산녀가 시, 시키서 해, 핸 짓이오."

사내가 크게 더듬거리자 여자 입에서 희한한 웃음소리가 나왔다.

"호오홍. 덩치 아깝심더. 이 운산녀가 그리 무섭심니꺼? 호오홍."

"아아."

그 체구로 보면 세상에 두려울 것이 없을 것 같은 사내 입에서 흡사 고문당하는 듯한 소리가 새 나왔다.

"내한테 누가 있심니꺼?"

여자는 신파조로 읊조리는 투였다.

"소긍복이도 저 시상으로 가뿟고요."

그리고 다음 순간이었다. 말을 다 마치기도 전에 여자가 꼭 무엇에 떠밀린 것처럼 사내 몸 위로 픽 쓰러진 것이다. 그 서슬에 사내가 그만

58

모래밭에 엉덩방아를 팍 찧었고 여자 몸에 깔려버렸다. 남녀는 물에 빠져 허우적거리는 사람들을 방불케 했다.

'저, 저!'

재영은 더욱더 꿈속을 헤매는 느낌에서 헤어날 수 없었다. 지금 내가 있는 여기가 다른 세상이 아닌가 싶기도 하고, 그들 남녀는 외계에서 온 괴물들일 거라는 억측에 싸이기도 했다. 나를 홀리려고 저러는 것인지도 모르겠다는 강한 의혹마저 들었다.

'퍼, 퍼뜩 도망치야 하것는데 모, 몸이 말을 안 들으이 이, 이거를 우짜노?'

하지만 실랑이는 그렇게 오래가지는 않았다. 그런데 그들이 하는 그 짓거리는 남녀가 치정을 다루는 마당극을 연출하는 것 같았다. 처음에는 잔뜩 몸을 사리던 사내가 시간이 지날수록 여자보다도 더 적극적으로 나왔다.

재영은 입에 불을 머금은 것 같았다. 혀도 말라붙어 도무지 움직일 수 없었다. 아니, 몸 전체가 그대로 바윗덩어리로 변해 굳어버리는 느낌이었다. 아직도 빛살이 미련처럼 엷게 남아 있는 강가 모래밭 위로 차마 두 눈 뜨고는 지켜볼 수 없는 일이 펼쳐졌다. 물새도 그만 입을 다물고 강물도 그곳에서 벗어나려고 서둘러 흘러가는 듯했다. 나무숲 저 위에 있는 하늘이 구름으로 자기 눈을 가리고 있었다.

그로부터 얼마나 지났을까? 여자가 자지러지는 소리를 질렀다가 죽은 사람처럼 축 늘어져 버렸다. 물살에 떠밀려 강 언저리 모래펄로 나와 널브러져 있는 물고기 사체를 방불케 했다.

재영의 자꾸만 감기려고 하는 눈에 나무가 뿌리째 뽑히고 모래바람이 몰아치면서 강물이 발칵 뒤집히는 것이 보였다.

외길에서의 만남

나루터집이 밝아졌다. 아니, 온 상촌나루터가 등불을 켠 듯 환하다.

"우리 비화 조카, 참말로 운도 좋고 재조도 좋다. 우짜모 저리키나 이 쁜 동상을 둘 수 있노?"

원아는 해랑한테서 잠시도 눈을 떼지 못했다.

"효원이라꼬? 에나 귀엽기도 안 하나."

우정 댁은 새끼 기생 효원에게 더 마음이 끌리는 모양이었다. 만일 남편 천필구가 농민군 하다가 비명에 가지 않았다면 늦둥이라도 꼭 여 식 하나 두었을 것이다. 실제로 얼마 전 꿈속에서는 남편이 그대로 살아 있고, 그들은 예쁜 딸을 낳고 굉장히 기뻐하고 있는 모습도 보였다.

"......."

얼이는 우정댁 뒤에 숨어서 효원을 훔쳐보았다. 그건 애꿎은 짐승이 나 꽃 모가지를 마구 비틀어 대던 행동과는 전혀 동떨어져 보였다. 그 자신이 누군가에게 목덜미를 틀어 잡힌 듯한 모습이었다.

손님들도 너나없이 해랑과 효원 쪽을 연방 힐끔거렸다. 그녀들을 바 라보느라 정신이 빠진 탓에 수저를 놀리는 이는 보이지 않았다.

"언가 니가 장사할 줄 에나 몰랐네."

그렇게 말하는 해랑의 눈빛이 젖어 있다. 그 말이 비화 귀에는 이런 소리로 들렸다.

'옥지이 내가 기생 될 줄 에나 몰랐네.'

비화의 눈언저리도 붉어졌다.

'니가 이랄라꼬?'

동지섣달에 베잠방이를 입을망정 다듬이 소리는 정말이지 듣기 싫다고 하던 해랑, 아니 옥진이었다. 그렇게 여자가 집안에서 응당 해야 할 일을 거의 저주하다시피 하더니 결국 기방으로 나돌며 살아갈 길을 택했던가?

'흐……'

그런데 야무지게 생긴 비화 입에서 울음이 터져 나오기 바로 직전이었다.

"어? 오늘이 무신 날인갑다."

원아가 제일 먼저 알아보고 큰소리로 모두에게 일러주었다.

"진무 스님도 오신다 아이가!"

그 소리를 듣고 마당 어귀를 얼른 바라본 비화 눈이 휘둥그레졌다. 비어사 주지 진무 스님뿐만 아니라 안골 백 부잣집 염 부인도 함께 막가게 안으로 들어서고 있다. 너무나도 뜻밖인지라 비현실적으로 비칠 지경이었다.

"안녕하싯심니꺼?"

"퍼뜩 오시이소!"

모두가 그쪽에 대고 반갑게 인사들을 했다. 언젠가 태양이 머물렀다는 애틋한 사랑 이야기가 전해지는 저 솔모루에서 진무 스님을 만난 적이 있는 해랑과 효원도 서둘러 일어나 고개를 숙여 보였다.

"허, 귀한 얼굴들을 여기서 다 보게 되는구먼."

그러면서 염 부인을 돌아보는 진무 스님 얼굴에 웃음기가 가득하다. 아마도 이리로 오는 도중에 두 사람이 우연히 만난 모양이다. 염 부인은 학지암 가는 숲속 길에서 임배봉에게 겪어서는 안 될 일을 당한 후로는, 불공드리는 절집을 진무 스님이 주지로 있는 그 고을 북쪽 골짜기의 비어사로 바꿨는지 모른다.

'잘된 일인 기라.'

비화는 가슴이 천 갈래 만 갈래로 쪼개지고 빠개지는 것 같은 아픔 속에서도 기대 섞어 생각했다.

'진무 스님이라모 염 부인 아픈 상처를 아물거로 해주실 수 있을 끼다.'

배봉에게 능욕을 당하던 염 부인 모습이 악몽처럼 되살아났다. 무릇, 그 마음씨가 고우면 옷 앞섶이 아문다고 했던가? 겉모양에도 아름다운 마음씨가 그대로 잘 나타나는 대갓집 안방마님이다. 그렇게 비단결 같은 심성을 가진 고귀한 신분의 여인이 그런 고통스러운 일을 겪고 있을 줄은 비어사 대웅전 부처님도 모를 것이다.

'내가 시방 머하고 있노?'

비화는 먹장구름처럼 계속해서 피어오르는 그 어두운 생각들을 떨쳐버리기 위해 고개를 크게 흔들었다. 그러고는 가족들 같은 그들에게 콩나물국밥 한 그릇씩 대접하기 위해 막 주방 쪽으로 몸을 돌리려 할 때였다.

옛말에, 동네 굿이 나면 한꺼번에 난다고 하던가? 아니다. 이건 마魔가 끼어도 한참을 끼었다. 저 악령의 장난이고 저주다. 그렇지 아니하고서 어떻게 이런 사태가 벌어질 수 있겠는가 말이다.

'아!'

비화는 갑자기 온 세상이 하나의 거대한 검은 원 안에 갇혀버리는 느낌을 받았다. 결코, 빠져나올 수 없는 뇌옥과도 같았다. 빙글빙글 돌고 돌아 사람을 미치게 몰아가는 망가진 바퀴와 같은, 검은 점이었다.

억호다!

정녕 천만뜻밖에도 오른쪽 눈 아래에 커다란 검은 점이 박힌 억호가 아내 분녀와 함께 그 모습을 드러낸 것이다.

비화 눈이 반사적으로 향한 곳은 당연히 해랑의 얼굴이었다. 해랑은 도저히 지금 눈앞의 일을 믿을 수 없다는 표정이었다. 어찌 안 그러겠는가? 죽어 땅속에 묻혀도 영원히 잊지 못할 저 대사지의 악몽. 그 못물에 빠져 익사 직전의 고통에 시달리는 것처럼 지내온 나날들이었다.

'으으.'

비화는 사색이 돼 버린 해랑 얼굴을 도저히 바라볼 수 없어 고개를 돌려버렸다. 그런데 이번에 비춰든 건 염 부인 얼굴이다. 염 부인 또한 해랑 못지않게 큰 충격을 받은 빛을 감추지 못했다. 그가 누구인가? 배봉의 자식 억호다. 염 부인에게는 배봉만큼이나 만나기 싫고 저주스러울 상대다.

비화 시선이 마지막으로 불화살처럼 날아가 박힌 곳에는 개기름 번지르르한 억호 낯판이 있었다. 억호는 죽은 생모를 통해 어떤 대갓집 마님이 제 아비 마수에 걸려 엄청난 돈을 착착 갖다 바친다는 사실은 알고 있었지만, 그 장본인이 지금 그곳에 있는 염 부인이란 것은 꿈에도 모르고 있었다.

억호 눈은 오로지 해랑, 아니 옥진에게 결코 빼버릴 수 없는 대못과도 같이 박혀 있을 뿐이었다. 그의 충격 또한 비화나 해랑 못지않아 보였다. 떨리는 몸을 주체하지 못한 채 핏기 잃은 얼굴로 서 있었다. 짧은 순간, 비화는 그가 좀 변했다는 느낌을 받았다.

아무것도 모르는 사람은 분녀였다. 그녀는 화가 머리끝까지 솟구쳤다. 여자가 얼굴 좀 반반하다 싶으면 제 아내 앞에서도 아무런 거리낌 없이 끈적끈적한 눈길을 보내는 남편 버릇이 또 발동하고 있다고 여긴 것이다.

'흐응, 똥물에 튀길 년!'

분녀가 한층 더 기분이 상한 건 거기 곱게 치장한 젊은 처녀의 고운 자태 때문이었다. 몸매와 용모에 자신이 없는 분녀는 상대가 누구든 예쁜 여자라면 두드러기가 돋았다. 그 국밥집에 오자고 고집 핀 스스로에게 부아가 치밀었다. 후회가 막급했다.

"아, 나루터에 있는 서민 국밥집 음식 맛이 좋다모 올매나 좋것소?"

"장난이 아이라 안 쿠요."

"무담시 소문만 그런 기라."

"당신은 우째갖고 그리 안 믿을라쿠는 기 쌔삣소? 안 땐 굴뚝에 연기가 머 우떻고, 하는 소리가 있는데…….."

"미친 굴뚝인가베? 불도 안 땠는데 연기가 나거로."

"죽은 사람 소원도 들어 준다 안 쿠디요?"

"여 누가 죽었는데?"

비화가 운영하는 가게인 데다가 기갈이 여간 아닌 꼽추 영감 뱃사공한테 혼쭐났던 곳이라 억호는 오지 않으려고 했지만, 그 내막을 알 리 없는 분녀는 거의 병적일 만치 바득바득 우겼다. 더욱이 이번에도 무슨 일을 하려고 할 때면 항상 앞장세우곤 하는 동업을 들고 나왔다.

"우리 동업이 시상 기경 좀 시키주입시더, 야?"

"동업이 시상 기경?"

아직 눈만 붙어 있는데 세상 구경은 무슨 구경? 하고 떫은 표정을 짓는 억호더러 분녀는 무정하고 야속하다는 투로 말했다.

"시원한 강바람 한분 따악 쐬모 우리 동업이가 에나 좋아할 끼라요."

억호는 궁여지책으로 이랬다.

"잘몬하다가 고마 곳불 걸리모 우짤라꼬?"

분녀는 추궁이라도 하는 것처럼 단춧구멍 같은 눈으로 억호를 흘겨보았다.

"동업이 아바이가 돼갖고 우리 동업이가 안 좋은가베요?"

어찌 보면 아무것도 아닌 일인데 자꾸 물고 늘어지는 말꼬리가 좀체 거둬질 줄 모른다. 하긴 둘이 같이 살아가는 날이 많아질수록 그런 달갑지 않은 현상은 더 불어나고 있는 게 그들 부부의 불편한 관계다. 억호는 너무너무 억울한 모함을 둘러쓴 사람처럼 내뱉었다.

"시방 머라쿠고 있노?"

억호에게 시집온 뒤로 전에 없이 능글맞아진 분녀는 시큰둥한 얼굴로 응대했다.

"오데 언청이 아이모 째보라 쿠요?"

말로 여자 당할 남자는 없다고 했다.

"알것다 고마."

"알것는데 성은 와 내쌌소?"

동업을 선봉 삼은 분녀에게 결국 억호가 지고 말았다. 분녀는 대체 나루터집 여자들이 어떤 여자들이기에 근동에 음식 솜씨가 그리도 자자한 건지 너무 시샘도 나고 호기심도 불같이 일었다.

'밴댕이 소갈딱지 겉은 니 속아지(속)를 누가 모릴 줄 알고?'

무엇보다 분녀는 세상 사람들에게 자식 자랑하고 싶어 안달 나 하고 있다는 것을 억호는 모르지 않았다. 어떻게 얻은 아들인가? 그건 억호 자신도 다를 바가 없었다. 특히 도둑놈하고 바꿔 때려죽이고 싶을 정도로 밉살스러운 비화 고년한테 실컷 으스대고 싶었다. 십년 체증이 쑤욱 내려갈 것이다.

'내도 북어 뜯고 손가락 함 빨아 보까?'

하지만 이건 허위나 과장과는 거리가 멀다고 보았다. 어디까지나 있는 그대로의 현실인 것이다. 현실인 걸 가지고 누가 시비 걸랴.

'전생에 웬수가 이승에서 부부가 된다더이, 그 말이 딱 맞는갑다.'

소문에 듣자 하니 서방이란 자가 혼례 치른 지 몇 달도 안 돼서 집을 나가버렸다고 한다. 생과부로 사는 비화 앞에 떡하니 아들을 데리고 나타나 보이면, 고년 제 처지가 하도 서러워 남강에 몸을 던져버릴지도 모른다고 회심의 미소를 지었다. 그게 그곳까지 오게 된 가장 큰 이유였다.

비화는 그 경황 속에서도 우리는 참으로 얄궂은 운명들이구나 싶었다. 어쩌면 이렇게도 얽히고설킨 인생들이란 말인가? 누가 짜 맞춘다고 해도 절대 이 정도까지는 할 수 없을 것이다. 그리고 그건 단지 비화 혼자만의 생각은 아닌 듯했다.

해랑도 염 부인도 억호도 한참이나 정신을 차리지 못했다. 진무 스님이나 우정댁, 원아, 새끼 기생 효원도 뭔가 좀 이상하다는 눈치를 챈 것 같이 보였다. 그 길고도 짧은 순간의 미묘하고 야릇한 분위기를 깬 사람은 분녀였다.

"동업이 아부지!"

분녀는 세상천지 아무 거칠 것 없이 말하고 행동했다.

"인자 고마 보소. 오데 여자 첨 보요?"

보리로 담근 술은 보리 냄새가 안 빠진다고, 언제 어느 곳을 가도 제 본성은 그대로 지니게 되는지도 알 수 없다.

'씨~이.'

나중에는 상스러운 소리까지 입에 올리며 분녀는 억호가 줄곧 눈길을 거두지 못하고 있는 해랑을 사나운 눈초리로 째려보기까지 했다. 어쩌면 나루터에 있는 허름한 국밥집 사람들쯤이야 집안 하인들처럼 아무렇게나 막 대해도 상관없다고 여기는지도 모르겠다. 하기야 겉치레 하나로만 보자면, 화려한 나들이옷을 척 걸친 억호와 분녀는 귀인 같고, 음식점 일복을 입은 비화 등은 상민층 같다.

그런데 마음의 갈피를 잡기 힘들었던 비화가 문득 정신이 확 돌아온 것은 분녀의 그 말 때문이다.

'동업이 아부지.'

틀림없었다. 분녀는 분명히 억호더러 '동업이 아부지'라고 불렀다. 동업이 아부지…….

'그라모?'

비화는 반사적으로 분녀가 안고 있는 포대기에 눈이 갔다. 얼핏 보더라도 굉장히 값비싼 비단 천이다. 포대기엔 아기가 싸여 있다.

'저 아 이름이 동업이란 말이가? 그라모? 그라모? 지들 자슥이라쿠는 소리 아이가, 지들 자슥.'

거기까지 짚어 나가던 비화는 자신도 모르는 새 고개를 크게 가로저었다. 아니다. 그럴 리가? 천하없어도 그럴 리는 없다.

'내가 봤다 아인가베.'

비화는 또렷하게 기억해내었다. 언젠가 해랑과 함께 갔던 저 돌무더기 서낭당을. 그날 으리으리한 가마를 타고 삼월이와 오월이란 두 여종을 거느리고 온 분녀는 거기 모신 서낭님에게 빌었었다. 떡두꺼비 같은 아들 하나 점지해 달라고.

그로부터 시간이 꽤 흘러 분녀는 아이를 뱄을 수는 있다. 그렇지만 대강 날짜를 꼽아 봐도 저렇게 바깥나들이를 해도 될 정도의 아이는 생길 수 없다. 분녀가 지금 임신한 몸이라면 그 서낭님에게 기원한 효험이 대단하구나 하겠지만 배가 부른 상태도 아니다.

'그란데 동업이 아부지? 이기 우찌된 기고?'

비화는 이제 해랑이나 억호 존재는 잊은 채 분녀가 안고 있는 아기에게만 관심이 쏠리기 시작했다. 하지만 그럴수록 깊은 수렁에 빠지는 것처럼 정신은 더욱 혼미해지기만 했다. 그 아이는 사람을 홀리기 위해 마귀가 보낸 헛것이 아닌가 싶었다.

"스님, 다리가 마이 아푸실 낀데 그리 서 계시지만 말고 거 팽상에 앉으시이소. 따뜻한 국밥 말아 오것심니더. 다린 분들도예."

그렇게 말하며 원아가 옆구리를 가볍게 찌르는 바람에 비화는 정신이 좀 났지만, 여전히 그녀는 멍한 상태였다.

"조카, 이리 귀한 손님들 우 오싯는데, 퍼뜩 대접 안 해 드리고 머하노?"

우정 댁도 억호와 분녀 쪽을 힐끔거리며 말했다. 모처럼 찾아오신 귀한 분들 앞에서 괜한 환란 일으키고 싶지 않다는, 그중 나이 먹은 사람의 웅숭깊은 속내였다.

"여보."

그러자 억호는 애써 아무렇지 않은 얼굴로 분녀에게 말했다.

"앉읍시다, 우리도."

비화는 분명히 느꼈다. 해랑에게서 눈길을 거두는 억호 표정이 탐욕스러우면서도 어딘지 어색했다.

'흥! 애기 아부지가 되더이, 좀 사람이 되는 긴가?'

원아가 다시 재촉하는데도 비화는 그대로 선 채 생각을 이어갔다.

'아이다, 아이다. 그거는 아인 기라. 저 아아는 절대로 억호 자슥 아이다. 머가 우찌 된 영문인고는 모리것지만 이거는 확실타.'

비화는 주방으로 가려다 말고, 손님들의 시선을 한 몸에 받으면서 장승처럼 서 있는 해랑을 향해 입을 열었다.

"옥지이 니도 이리 오이라, 방에 가서 묵거로."

해랑이 그대로 있자 효원이 나섰다.

"그래예, 언니."

해랑에게 다가가 팔짱을 끼며 말했다.

"여는 사람이 너모 많아예. 조용한 방으로 들가이시더."

"……."

해랑은 그래도 여전히 넋이 빠져나간 여자같이 멍청히 서 있을 따름이다. 초점 잃은 두 눈은 어딘지 모를 허공을 향한 채였다.

'내 저눔을!'

그런 해랑을 지켜보는 비화는 당장이라도 억호에게 와락 달려들어 그 복장을 마구 뜯어 놓고 싶은 충동을 겨우 억눌렀다. 모든 게 알려지면 더 손해 보는 건 해랑이다. 억호야 천하가 다 아는 개망나니인 만큼 뭐 더 잃고 말고 할 것도 따로 없다. 해랑에게 또다시 상처를 입힐 순 없는 것이다.

"쌔이 들가자 캐도? 고만 갈래?"

비화는 그만 언성을 높이고 말았다. 아픈 지난 일을 낡고 더러운 옷 벗듯이 그렇게 훌훌 벗어 던지지 못하고 아직도 덫에 걸린 어린 짐승같이 하는 해랑이 너무나도 싫고 미웠다. 그쪽 세계를 잘 모르기는 해도, 관기가 되어 뭇 남정네들과 술자리도 많이 가질 터이니, 이제 어느 정도 어두운 기억의 담장을 뛰어넘을 만도 한데, 말이다.

비화의 그 고함소리가 효과를 나타냈다. 영원히 녹슨 사슬에서 풀려나지 못할 것 같았던 해랑의 몸이 움직이기 시작한 것이다. 해랑은 효원의 손에 이끌려 비척비척 비화 뒤를 따랐다. 비화는 그 와중에도 효원이가 옥진이 옆에 있다는 것이 참 다행이고 잘된 일이라 싶었다.

평상에 앉아 있는 손님들 시선이 더욱더 일제히 해랑에게 쏠렸다. 저마다 세상에 태어나 저렇게 곱고 아름다운 여인은 처음 본다는 빛들이다. 시켜 놓은 밥은 아예 먹을 생각도 잊은 사람들의 그런 모습이 비화에겐 한층 신경질이 났다.

'억호 이누움. 함 두고 봐라. 꼭 복수할 끼다.'

그때쯤 진무 스님도 억호와의 나쁜 기억을 되살려냈다. 읍내장터에서였다. 점박이 형제와 맹쭐이 천주학을 전도하는 전창무와 우 씨 부부를 함부로 괴롭히고 있을 때, 그가 나서서 구해주었던 적이 있다. 참 거지발싸개보다도 형편없는 것들이었다.

그러나 진무 스님은 억호를 전혀 알지 못하는 것처럼 아무렇지 않은 얼굴로, 그때까지도 난삽한 표정을 풀지 못한 채 그대로 서 있는 염 부인에게 권했다.

"마님도 이리 앉으십시오."

"예."

그러면서도 망설이기만 하는 염 부인이었다.

"갑갑한 방보다는 이 평상 위가 한결 낫지 않겠습니까?"

진무 스님은 장삼의 소맷자락을 들어 올려 온 세상을 휘감을 것같이 했다.

"저기 강도 보이고 산도 보이고 하늘도 보이고 말이지요."

하지만 억호 외에는 아무것도 보이지 않을 염 부인이었다. 어쩌면 염 부인은 두 번 다시는 상촌나루터에 오고 싶지 않을지도 모른다는 생각에 비화 가슴이 답답하기만 했다.

"이 모든 게 부처 아닙니까? 허허허."

진무 스님의 그 넉넉한 웃음소리를 등 뒤로 들으며 비화는 억호와 분녀의 존재가 별거 아니라는 자기암시를 주려고 애썼다. 이쪽에서 아예 싹 무시해버리면 아무런 문제가 없는 것이다. 그러면 세상만사 편하고 수월할 게 아니겠는가 말이다.

　그런데 정녕 이상한 일도 있다. 그들 부부보다 더 비화 마음 끝을 붙들고 놓지 않는 것은 분녀가 안고 있는 동업이란 아기였다. 아무리 헤아려 봐도 억호와 분녀 자식은 아닌 게 확실한 아기였다.

　'소태가 달고 소곰(소금)이 쉬모 쉬었제, 저것들 새끼일 리는 없는 기라.'

　그렇다면 저들은 대체 누구 자식을 데리고 저리 알 수 없는 짓거리를 하는가? 방을 향해 앞서 걸어가면서도 비화는 현기증이 일어날 만큼 머리가 혼란스러웠다. 머리에서 꿀렁꿀렁 소리가 났다.

　"해랑 언니, 지는 강가에 나가 나루터 기경 쪼매 할 낀께, 비화 언니하고 시방꺼정 서로 몬 한 이약이나 실컷 나누이소."

　영리한 효원은 두 사람만 나눌 무슨 비밀이 있다는 것을 눈치챈 듯 수저를 놓기 바쁘게 상머리에서 일어섰다. 효원이 나가는 문틈으로 바깥을 내다보며 비화가 말했다.

　"이 장삿집 첨 열 때부텀 어느 정도 예상은 했지만도, 저것들이 이리 퍼뜩 나타날 줄은 안 몰랐나."

　해랑이 줄곧 머리를 좀 낮추고 있었기 때문에 비화 눈에 비치는 부위는, 해랑의 눈같이 하얀 이마와 윤기 흐르는 새카만 머리카락이 덮고 있는 정수리 부분이었다.

　"저번에도 패거리들이 한꺼분에 우 몰리와갖고 막 행패 부리쌌다가 달보라쿠는 뱃사공 영감님한테 상구 혼나서 갔다라."

　"……."

　"진짜로 소리 안 나는 총이 있다쿠모 그냥 쏴 쥑이고 시푸다. 아이다. 소리 안 나는 기 아이고 소리 나는 총이라도 내한테 있으모 그리할 끼다."

마음을 가다듬기 위할 양으로 손님들 드나드는 소리에 잠시 귀를 기울이기도 했다.

"미안타. 내가 국밥집 안 냈으모 이런 일 안 당해도 됐을 낀데. 앞으로 여게 오지 마라, 옥진아."

"……."

"그라고 지발 부탁한다. 인자 고마 잊아쁘라, 응?"

해랑이 내내 숙이고만 있던 고개를 들었다. 그 얼굴을 본 비화 가슴이 '쿵' 소리를 내며 무너져 내렸다.

'저기 옥지이 맞는 기가?'

다 늙어 빠진 퇴기 하나가 앞에 있다. 찬비를 맞고 땅바닥에 떨어져 있는 썩은 목련 꽃 이파리가 따로 없었다.

"언가야."

이윽고 나오는 목소리도 평상시처럼 낭랑하지 못했다. 옥이 서로 부딪쳐서 나는 소리가 아니라 자갈 엇갈리는 소리에 더 가깝다. 그런 해랑이 비화는 너무나 서먹하게 느껴졌다. 그런데 하는 말은 더 귀에 설다.

"언가야, 니는 모린다."

비화는 멍했다.

"머?"

해랑이 한 번 더 말했다.

"아모도 낼로 모린다."

비화가 반문했다.

"몰라?"

해랑은 되새김질하는 소처럼 했다.

"모린다."

비화는 어쩐지 서운하다는 감정부터 일었다.

"모리기는 머를 몰라?"

도대체 무슨 소리인가? 그러나 그 순간까지도 비화는 몰랐다. 해랑, 아니 옥진 입에서 그런 소리가 나올 줄은. 아니, 누가 알겠는가?

"이참에 모돌띠리 털어놓을란다."

비화는 해랑이 무엇을 모조리 털어놓겠다는 건지 알지도 못하면서 숨부터 찼다. 그만큼 해랑의 표정이 더없이 심각하고 복잡해 보였기 때문이었다.

"언가 니 아이모 누한테 이약할 수 있것노."

그 말은 타인에게 한다기보다 해랑 자신에게 단단히 다짐해 보이는 것 같은 어감을 싣고 있었다.

"그라고, 말 안 하고 계속 내 멤속에만 숨기 놓으모, 심장이 있는 대로 터지서 죽고 말 끼라."

"이, 이약해 봐, 봐라."

비화는 스스로도 이해되지 않을 만큼 서두르고 있는 자신을 보았다. 해랑은 될 수 있는 한 이야기를 뒤로 늦추려고 하는 것 같기도 하고, 아니면 비화보다 더 조급해진 마음에 얼른 말이 나오지 않는 것처럼 비치기도 했다.

"꿈에, 꿈에 안 있나, 언가야."

"꿈?"

꿈도 꾸기 전에 해몽이라고, 듣기도 전에 가슴속에서 '후드득' 하고 찬 빗방울 떨어지는 소리가 나는 비화였다.

"으응."

무슨 잠꼬대 같은 소리를 짧게 내던 해랑의 눈에서 홀연 대장간에서 볼 수 있는 시퍼런 불꽃이 튀었다. 여리기만 한 음성 끝에도 예리한 날이 섰다. 비화는 순간적이긴 하지만 저 말티고개 근처에 있는, 그 고을에서 최고로 큰 대장간에 가 있는 착각에 빠졌다.

"내가 꿈에 홍 목사 만내갖고 사랑을 하는데 안 있나."

"……."

비화는 당장 한 방 호되게 맞은 기분이었다. 귀양 가 있는 사람을 만나 사랑을 한다.

"한참 사랑을 하다 보모……."

해랑의 말을 들으며 비화는 아쉬웠다. 그를 만나 정을 나누는 꿈을 꾸었다고 말하면 더 나을 텐데. 그런데 사랑을 한다?

비화는 난생처음으로 해랑이 천박하다는 비감에 젖었다. 역시 기생이 되더니 별수 없나? 일패기생一牌妓生은 안 그런 줄 알았는데. 그런데 대뜸 한다는 말이 또 묘했다.

"홍 목사가 다린 사람이 돼 있다 아이가."

자신도 모르게 묻는 비화였다.

"뭔 소리고, 그거는?"

"딴 사내라쿤께?"

그 소리는 천장에 부딪혀 방바닥으로 흩어져 내렸다.

"따, 딴 사내?"

어리둥절해하는 비화에게 해랑이 기습처럼 물었다.

"그기 눈고 아나?"

"……."

방문 위를 스치고 지나가는 게 구름인지 새 그림자인지 모르겠다. 하지만 한 가지 명확한 것은, 그 그림자들보다 훨씬 더 크고 시커먼 그림자가 다가오고 있다는 또렷한 직감 그것이었다.

"그기, 그기, 그기……."

먼저 말해 놓고 그저 더듬거리기만 하는 해랑이었다.

"말하기 좀 그러모 하지 마라."

그러는 비화더러 해랑은 흡사 시비라도 거는 사람같이 굴었다.

"와 안 해?"

그때 방문 턱을 넘어가고 있는 것은 일개미였다. 여왕개미나 수캐미에게는 있는 날개를 가지지 못한 일개미.

'내도 개미 아이가.'

개미 금탑 모으듯, 부지런히 조금씩 재물을 모아온 세월. 그 경황 중에도 비화는 저리는 가슴을 안고 해랑의 말에 귀를 기울였다.

"할란다. 몬 할 것도 없다 고마!"

"해, 해라."

그런데 해랑의 입에서 나오는 말이 기가 막혔다

"시방 밖에 와 있는 저 억호다, 그 말인 기라."

"어, 억?"

비화는 영락없는 귀신 소리를 들은 사람이었다.

"오, 오, 옥진아?"

해랑이 죽기 살기로 억지를 부리듯 했다.

"억혼 기라!"

똑똑히 상기시켜주기로 결심한 목소리였다.

"억호! 임억호!"

비화는 두 눈을 믿지 못했다. 지금 내 앞에 앉아 있는 사람이 강옥진이 맞는가? 두 귀를 의심했다. 옥진이 억호와 사랑을 하는 꿈이라니? 도대체 이것이 무슨 소리인가.

'하느님, 부처님……'

아니다, 아니다. 그건 안 된다, 안 된다. 아무리 꿈이라 한들 그럴 순 없다. 세상이 반쪽 아니라 산산조각이 나더라도 이건 아니다.

"으흐흑."

끝내 해랑이 흐느끼기 시작했다. 처음에는 어깨부터 출렁이다가 갈수록 온몸이 출렁이고 있었다. 급기야 방도 온통 출렁거렸다.

"흑."

비화도 그만 따라 울었다. 머릿속이 텅 비면서 그저 울음부터 터졌다. 언제 그칠지 모를 울음이었다. 상촌나루터 온 남강 물이 두 사람 몸속으로 흘러 들어갔다가 눈물로 변하여 흘러나오는 것 같았다.

"어?"

원아가 밖에서 방문을 열었다가 급히 닫아버렸다. 그녀는 남모르게 흘리는 진한 눈물의 비밀을 알 것이다. 그 고통의 무게와 부피도 알 것이다.

얼마나 눈물의 시간과 눈물의 공간에 속수무책으로 던져져 있었을까? 비화가 일에 찌든 손등으로 눈물을 훔치며 입을 열었다.

"오, 옥진아. 인자 고마 울어라, 응?"

비화는 오래전 옥진이 대사지 숲에서 점박이 형제에게 당한 그 사실을 들려주던, 그날로 되돌아가 있는 기분에서 벗어날 수 없었다. 그날의 그 솔개 그림자도 영원토록 떨쳐버릴 수 없는 운명의 한 조각처럼 눈앞에 어른거렸다.

"시방 밖에 아는 사람들이 한거석 와 있다 아이가."

먼저 울음을 멈춘 비화가 한참이나 달랬지만 소용없었다. 하긴 비화 스스로도 가까스로 눈물을 억누르고 있는 형편이었다.

"하기사 안 울고 싶을 때꺼정 우는 거도 괘안컷다."

결국, 비화는 해랑을 그냥 내버려 두기로 하고 막 일어서려는데 해랑이 울음을 뚝 그쳤다. 그러고는 크고 검은 눈동자로 비화를 바라보는데 그 모습이 꼭 빗물에 젖은 해당화처럼 애처롭고 아름다웠다.

그런데? 그 애처롭고 아름다운 꽃이 말했다. 아니, 아니다. 미쳐버린 저주의 꽃이 말했다. 관기 해랑은 강옥진이 아니었다. 단지 말을 할 수 있고, 남이 하는 말을 이해할 수 있는 해어화일 뿐. 아니, 아니다. 자신의 말도 이해하지 못하는, 세상에서 가장 못나고 추한, 꽃이라고 이름 붙일 수도 없는 꽃이다.

"언가야, 그 사람은 내 첨 남자다."

비화는 머릿속이 하얘졌다. 그 사람? 첨 남자?

"무, 무신 소리고?"

그러나 몰랐다. 비화는 해랑 입에서 그런 소리가 나올 줄은 몰랐다.

"억호 저 사람, 이 옥지이한테는 이 시상 최초의 남자다, 그 말인 기라."

"오, 옥진아! 옥진아……."

해랑은 비화의 숨통을 단숨에 탁 끊어 놓기로 단단히 작심한 여자임이 틀림없었다. 비화 숨통을 겨냥한 비수가 또다시 정통으로 날아왔다. 제멋대로 활개 치는 미친 칼이다.

"여자한테 처음 남자는 다린 남자하고 다리다."

비화 눈에 해랑이 열 사람 스무 사람으로 보였다. 자꾸자꾸 복제되고 있다.

"나, 남자……."

마침내 비화도 미치기 시작했다.

"니, 니, 미칫다!"

"그거를 인자 알았나?"

비화보다 앞서 해랑이 말했다.

"그래, 맞다. 내 돌았다!"

"우우우……."

돌아버린 해랑처럼 비화도 돌아버렸다. 사람이 도는데 세상 저라고 돌지 않을 수가 없다. 천장이, 방바닥이, 바람벽이, 방문이 돈다. 빙빙 돌아가는 지구에서 그대로 튕겨져 나와 까마득한 우주 어디인가에 거꾸로 처박히는 느낌이 이러할까?

"내 보고 옥지이라 부리지 마라. 옥지이는 미치서 죽어서, 없다."

미친, 여자 귀신이 발광을 부린다.

"으, 흐으."

급기야 너무 무서워, 옥진이 너무 무서워, 비화는 문지방 쪽으로 엉금엉금 기어갔다. 그러고는 덜컹 소리 나게 방문을 열어젖히고 밖으로 뛰쳐나오고 말았다. 마당 평상에 앉아 있던 모든 이들이 깜짝 놀라 비화를 보면서 소리쳤다.

"조, 조카! 와, 와 그라노?"

"새, 새댁! 새댁아!"

"나무관세음보살……."

억호와 분녀는 그새 아기와 함께 나간 것 같고, 효원과 얼이도 둘이 같이 강가에 갔는지 보이지 않았다. 비화 마음에는 세상도 없었다. 세상이 사라졌는데 사람이 사라지지 않을 리 없었다. 해랑도 없고 비화도 없었다.

"얼릉 여, 여……."

원아가 금방 쓰러지려는 비화를 얼른 부축해서 겨우 평상에 앉혔다. 비화는 폐병 환자보다도 더 하얗게 질린 채 가쁜 숨만 몰아쉬었다. 비화 눈에는 세상 누구도 들어오지 않았다.

"새댁아."

그 불의의 상황에 모두 경악을 금치 못하고 있는 가운데 염 부인이 무슨 생각을 했는지 차분한 목소리로 이렇게 말했다.

"필요한 기 있으모 머시든지 싹 다 말해라."

그녀 또한 주변 사람들은 보이지 않는지 계속 비화에게 좀 더 또렷한 목소리로 말했다.

"내 우리 재산 모돌띠리 털어서라도 새댁을 도울 끼다. 웬수를 갚아야제."

모두 갑자기 벌어진 눈앞의 그 사태에 완전히 넋들을 잃고 있었다.

"마님, 고정하십시오."

진무 스님이 심각한 얼굴로 천천히 입을 열었다.

"악업을 쌓으시면 아니 됩니다."

강가 쪽에서 평소 귀에 익숙하지 않은 물새 울음소리가 들려왔다. 혹시 새로운 철새들이 날아든 걸까?

"악은 악을 부르고 피는 피를 부르는 법이란 걸 누구보다 잘 알고 계시는 마님께서 그런 말씀을 하시다니요?"

염 부인이 비화를 향했던 눈을 진무 스님에게 돌리며 울부짖듯, 아니 패악 부리듯 했다.

"스님!"

그건 평소 사람들이 알고 있는 염 부인의 눈이 아니었다. 온후함은 온데간데없고 댓잎같이 시퍼렇고 칼날처럼 매서웠다. 목소리도 변했다. 나이에 비하면 무척 곱던 그 음성이 지금은 갈라 터진 듯했다.

"사람이 죽어 지옥 구디이에 빠지는 한이 있어도, 이승에서 반다시 갚아야 할 일도 있는 벱입니더. 더욱이 우리 새댁은……."

"염 부인 마님!"

상대방의 말을 중간에 끊어버리는 진무 스님 안색이 싸늘하게 바뀌었다. 찬바람이 씽 일었다. 진무 스님 역시 모두가 알고 있는 그가 아니었다.

"악을 선으로 갚는 사람만이 진실로 부처님의 길을 따르는 것입니다."

"……."

"비록 그 길이 우리 같은 범인凡人들에게는……."

염 부인은 꼭 무슨 말인가를 하고 싶어 하는 눈치였지만 간신히 억누르는 듯했고, 이번에 들리는 것은 그곳의 텃새 울음소리였다.

"그런데 지금 마님과 비화는, 이 빈승의 눈에는, 오직 원한을 풀기 위한 복수와 증오의 화신처럼 비칠 뿐입니다."

진무 스님의 버쩍 야윈 몸이 앙상한 겨울 나뭇가지 끝에 가까스로 매달린 채 삭풍을 받아 흔들리는 마른 잎사귀처럼 떨리고 있었다.

"참으로, 참으로 무섭고 두려운 일입니다. 못된 마귀의 장난에 휘둘리면 절대 아니 될 터, 나무관세음보살."

비화는 약간 정신이 돌아왔다. 진무 스님과 염 부인이 비화 자신에 관해 서로 어느 정도까지 이야기를 나눴는지는 모르지만, 진무 스님은 염 부인이 한 말에서 뭔가 불길하고 꺼림칙한 느낌을 받았음이 확실했다.

해랑은 여전히 방에서 나오지 않고 있다. 어쩌면 비화에게 그런 소리를 한 것을 굉장히 후회하고 있을 것이다. 더 나아가 그녀 스스로도 자신의 입에서 왜 그런 소리가 조금도 걸러지지 않고 그대로 흘러나왔는지 알 수 없어 하고 있는지도 모른다. 틀림없이 그럴 것이다. 아니다. 그래야만 한다. 그래야만 하는 것이다.

세상 사람아, 억호가 옥진의 최초의 남자라니…….

아아, 제아무리 여자의 정조니 여자의 절개니 하는 녹슨 덫에 걸려 혼이 나갔다고 해도, 다른 여자도 아닌 옥진 스스로가 그런 말을 입밖에 내비칠 수 있다니. 저 대사지의 연꽃은 '악의 꽃'이 되어 악의 씨앗을 온 누리에 퍼뜨리고 있는가?

효원과 얼이가 가게 마당으로 들어선 건 바로 그때다. 비화는 그 경황 중에도 또다시 적잖이 놀랐다. 하나의 작은 기적을 보는 것 같았다.

그렇다, 기적. 얼이 얼굴에서는 애꿎은 꽃대나 짐승 모가지를 마구 비틀어 대던 때의 그 포악하고 섬뜩한 빛은 찾으래야 찾을 수 없었다. 그저 더할 수 없이 평온하고 행복한 빛만 감돌았다. 그건 여느 때의 얼이와는 너무나 거리가 멀었다.

그런가 하면, 효원의 주먹만 한 얼굴도 한껏 상기되어 있다. 그 어린 나이에 어쩌다가 관기의 길로 들어서게 됐는지는 모르겠지만, 얼핏 명랑한 성품 같으면서도 어딘지 다소 어둡고 무겁게 느껴지던 기운이 지금은 어디에서도 보이지 않았다.

'그라모 해나?'

일순, 비화는 부르르 온몸을 있는 대로 떨지 않으면 안 되었다. 효원과 얼이에게서 발견해낸 것이다. 실로 어처구니없는 연상의 연결고리라는 것을 뻔히 알면서도 그랬다.

지난 시절의 옥진과 억호가 보인다. 대사지 연못에 빠져 한없이 허우적거리고 있는 옥진, 그리고 억호의 얼굴에 난 점에서 나오는 검은 웃음소리.

"나무아미타불 관세음보살."

진무 스님의 염불 소리만 당장이라도 질식할 것 같은 나루터집의 문간을 빠져나가 온 상촌나루터를 감돈다. 이른 봄에 눈이 녹지 않아도 춥지는 않다는 저 신비로운 절집, 비어사.

누구도 이제 말이 없다. 비화 머릿속에 꼽추 뱃사공 달보 영감과 그의 처 언청이 할멈의 모습이 자리 잡는다.

사랑. 사람과 사람을 옭아매는 가장 무섭고 강한 힘, 사랑. 그러나 비탄과 낙심과 저주의 힘, 사랑.

비화가 애타게 기다려도 옥진이 들어가 있는 방문은 끝끝내 열리지를 않았다. 그렇다. 옥진, 아니 해랑은 더 이상 날개를 가진 여왕개미가 아니다. 그녀의 최초의 남자를 위해 신명을 바칠 일개미가 돼 버린 것이다.

그곳 목牧에서 가장 노른자위 땅인 읍내의 번화가인 중앙통 자리에 터를 잡은 〈동업직물〉.

예로부터 비단으로 이름난 유서 깊은 이 고을에 개업한 그 포목점은 처음부터 비상한 관심을 끌었다. 온갖 종류의 베와 무명이 무진장 진열된 넓은 가게 안에 피륙을 구경하기 위한 손님들로 발 디딜 틈이 없을 정도였다. 팽팽하게 켕긴 종이나 가죽이 해져서 구멍이 나듯 그렇게 미어질 판이었다.

그러나 그 하고많은 사람 중에 상호商號가 왜 '동업'인지 아는 사람도, 크게 관심을 보이는 사람도 없었다. 어쨌거나 출입구 위쪽에 떠억 나붙은 커다란 간판에 쓰여 있는 '동업직물'이란 글씨체는, 잔뜩 거만하고 포만에 찬 표정을 짓고 제 발아래 점포에 열심히 드나드는 사람들을 내려다보고 있었다.

그때 한길 건너편에 서서 그 간판 글씨를 바라보며 기뻐 어쩔 줄 몰라 하는 남녀가 있다. 전신을 비단옷으로 친친 휘감은 억호와 분녀다.

"아부지가 우리 동업이 이름을 따서 상호를 지으실 줄 에나 몰랐소."

억호 말에 분녀도 부창부수하듯 했다.

"내도요."

억호는 만세 삼창이라도 부르고픈 심정이다. 그의 눈에는 하늘로 높이 쭉 뻗은 가로수 가지도 만세를 부르고 있는 형상이다.

"그만치 우리 동업이를 좋아하신다쿠는 거 아인가베."

가슴 벅차 하는 억호에게 분녀는 외씨같이 작은 눈을 깜짝이며 정신없이 묻는다.

"참말로 이기 그냥 꿈은 아이것지예?"

"꾸~움?"

말을 길게 늘어뜨리고 나서 억호는 부정 탈 소리라고 쥐어박듯 했다.

"시방 잠시롱 잠꼬대하는 기가?"

"그렇것지예?"

면박을 주든 말든 한사코 확인하려 드는 분녀였다.

"그렇다 쿤께네?"

하도 크게 끄덕이는 통에 빠질 것 같은 억호 목이다. 분녀는 어서 그렇게 되기를 무척 바라는 투였다.

"아버님이 돌아가시모 저 점포는 우리 동업이 앞으로 떨어지것지예?"

가로수 잎 하나가 죽어가는 생명처럼 길 위로 떨어진다. 노란 바탕에 녹색이 무늬 마냥 몇 개 박혀 있는 잎이다.

"내 말이 하나도 안 틀릿지예?"

현실을 재확인함으로써 더 큰 감격과 환희를 맛보려는 분녀에게 억호가 이렇게 말했다.

"아이라."

"야?"

억호는 금방 입과 눈이 샐쭉거리고 꼬부랑해지는 분녀 마음에 꼭꼭 새겨 넣어 주는 어조였다.

"우리가 먼첨 물리받았다가 난주 가갖고 동업이한테 넘기주는 기라."

분녀는 곧바로 붕어 입을 닮은 입이 헤벌어졌다.

"그거는 상구 더 기쁘고 반가븐 소리네예."

억호는 바람에 실려 그들 앞으로 날아온 가련한 그 가로수 잎을 발로 뭉개 버렸다.

"상구고 하구고."

둘이 똑같이 또 간판이 닳도록 바라보고 있었다.

"둥개둥개, 둥개둥개."

어린 동업을 어르고 있는 분녀는 세상에서 부러울 것이 하나 없는 여자로 보였다.

"우리 동업이가 복덩 기라요. 복디이."

"내가 이름을 잘 지이준 덕분인 기라. 업둥이를 꺼꿀로 해갖고."

억호의 자화자찬에 분녀는 입을 삐쭉거렸다.

"아, 또 그런 소리 벌로 할라요? 누 들으모 우짤라꼬."

억호는 겁 많고 옹졸한 여자 속은 어쩔 수 없다는 듯 말했다.

"들을라모 들으라 쿠지? 귀 놔 놨다가 그런 데 안 쓰고 머할라꼬?"

동업을 세상눈으로부터 감추듯이 품에 꼭 안으며 분녀가 이미 여러 차례 했던 말로 또 당부했다.

"큰일 날 소리 지발 고만하소. 넘들이 업둥인 줄 알모……."

고을 중앙통답게 시끌시끌한 온갖 소리들이 들린다. 사람 입만큼 요란한 것도 없다.

"지들이 우찌 알 낀데?"

자신만만해하는 억호 말에 분녀는 행인들이 많이 오가는 주위를 둘러보았다.

"낮말은 새가 듣고……."

할 일도 무지 없는 성싶다. 억호는 엇나가듯 눈을 꼭 감았다.

"아모것도 안 비이는 밤에도 새는 있다 고마."

참 보잘것없는 대화들이 오간다. 게다가 동업을 얻고 나서 기세등등해진 분녀는 전에 없이 꼬박꼬박 말대꾸다.

"낮에도 쥐는 있소."

억호는 눈 밑의 점을 씰룩거렸다.

"허, 에핀네가 말하는 거 좀 봐라야?"

그들이 그렇게 형편없는 이야기들을 속닥속닥 나누고 있는 동안에도 점포에는 끊임없이 손님들의 발길이 이어지고 있다. 억호 귀에 얼마 전에 아버지가 하던 목소리가 되살아나기 시작했다.

"애비 눈이 그대로 딱 적중한 기라. 인자 우리 갱상우도, 아이지, 아이지, 조선팔도 돈이 모돌띠리 이 임배봉이 끼다, 그 말이제. 하하핫!"

억호는 비록 아버지였지만 어쩐지 온몸에 소름이 쫙 끼쳤다. 억호 자신으로서는 도저히 넘을 수 없는 거대한 산맥과도 같은 존재가 아버지였다. 절대 건널 수 없는 대양과도 같은 아버지였다. 하지만 존경과 동경보다는 질투와 경계심이 앞서는 존재였다.

계모 운산녀가 뒷구멍으로 돈을 빼돌린다며, 단기간에 귀신도 땅바닥을 쳐가며 통곡할 수단과 방법으로 집안 재물을 모조리 자기 앞으로 돌려놓는 것을 지켜보면서 휘휘 혀를 내둘렀다. 돈에 관한 한 아버지를 따를 자가 세상에 있을 것 같지가 않았다.

'돈구신인 기라, 돈구신.'

그때 문득 들려오는 분녀 말소리에 억호는 정신이 돌아왔다.

"동업아이, 니 잘 봐라이. 저 점포 잘 봐라이."

'저 에핀네가?'

억호 눈에 분녀가 한창 굿판에 빠진 무당 같았다. 동네에서 가장 굿을 잘한다는 희자 어머니도 저리 가라 할 지경이었다.

"앞으로 우리 조선 땅에서 젤 크거로 될 포목점 이름이 니 이름 아이가."

분녀는 동업의 얼굴과 간판 글씨를 번갈아 바라보았다.

"동업, 동업직물. 호호호."

그러더니 분녀는 보듬고 있던 동업 몸을 바로 세워 점포 있는 데로 얼굴을 향하게 했다. 그러자 그 말을 알아듣기라도 한 것인지 동업이 눈 하나 깜빡이지 않고 점포를 뚫어지게 바라보는 것이다.

'저 눈…….'

그런데 억호는 어린애 그 눈빛에서 왠지 모를 서늘한 기운을 느꼈다. 아니, 서늘하다는 정도가 아니라 섬쩍지근했다. 억호는 고개를 갸우뚱했다.

'이상타. 저 아 눈을 보모 우짠지 장 가슴이 덜컥 안 하나. 그냥 똑겉은 사람 눈인데 와 그랄꼬?'

억호가 그런 의문에 싸여 있는데 분녀가 촉석루 기둥같이 굵은 다리를 놀려 걸음을 옮겨 놓으며 말했다.

"퍼뜩 안으로 들가 보이시더. 우리가 아버님 눈에 자조 비이거로 해야 저 가게가 진짜 우리 끼 되지예."

억호는 대단한 진리라도 깨친 얼굴로 얼른 분녀 뒤를 따랐다.

"하, 하모. 그래야것제."

하늘가에 드문드문 떠 있는 구름은 비봉산이 있는 쪽에서 성곽이 있는 쪽으로 조금씩 움직이고 있었다. 북풍이 부는 것이다.

"동업아이, 들가자."

억호와 분녀는 점포 안으로 자취를 감추었다. 그리고 그들이 남긴 발자국도 이내 행인들에 의해 덮이거나 지워지고 있었다.

나룻배에 실려 흘러왔는가

"어이구, 다리야. 다리가 내 다리 아인 거 매이다."

"지는 허리가 뿔라질 거겉이 아푸네예."

그로부터 얼마나 지났을까? 이번에는 그런 소리가 일정한 간격을 두고 서 있는 가로수들 사이를 감돌았다. 전창무와 우 씨 부부가 그 모습을 드러내었다. 이날도 여느 때와 마찬가지로 천주학 전도 활동을 하느라고 잔뜩 지쳐 빠진 그들은, 바로 조금 전 억호와 분녀가 서 있던 곳에서 동업직물을 건너다보았다.

"우리가 하느님의 귀한 말씀을 전하는 자리에도, 저리 사람이 한거석 모이들모 올매나 좋것소."

창무는 무척 부러워하는 눈길로 점포를 바라보았다.

"운젠가는 그리 되것지예."

우 씨는 그녀가 독실한 신자라는 것을 알게 해주듯 확신에 찬 목소리였다.

"그리 되까?"

"그리 됩니더."

그들 발밑에는 조금 전 억호가 짓밟은 그 잎이 무참한 모습으로 널브러져 있었다.

"니 뜻대로 될 끼라 하싯은께. 그보담도……."

거기까지 말하던 우 씨가 갑자기 낯을 크게 찡그리면서 몹시 괴로운 표정을 지었다. 그걸 본 창무가 놀란 목소리로 물었다.

"아, 또 몸이 안 좋은 기요?"

우 씨는 억지로 얼굴을 폈다.

"예, 쪼꼼."

"내가 머라 캤소?"

창무는 아내보다 그 자신을 더 나무라듯 했다.

"오늘은 내 혼자 한다꼬 임자는 집에서 푹 쉬라 안 쿠디요."

우 씨가 고개를 내저었다.

"그라모 몸은 팬할랑가 몰라도 멤은 안 그래예."

"에나 괘안컷소?"

좀처럼 걱정을 떨치지 못하는 창무를 향해 우 씨가 억지웃음 띤 얼굴로 부끄러운 듯 아주 조그맣게 말했다.

"이눔이 하매 지를 심들거로 하는가베요."

창무는 옆에 서 있는 플라타너스 가로수로 날아드는 잿빛 비둘기를 보았다.

"허, 퍼뜩 시상 기경을 하고 싶은 모냥이요."

우 씨는 지금 임신 중이었다. 하도 늦둥이인지라 남들 보기 너무 낯간지러워 그냥 비밀로 해오고 있었다. 정식 부부 사이에서 생긴 씨인데도 그랬다.

그런데 우 씨가 남편에게 평소 좀체 하지 않는 농담을 한 까닭이 있었다. 창무는 그렇게 원했으면서도 막상 아내가 애를 배자 마뜩찮은 눈치였다.

"우리가 본격적으로 활동할 시간은 인자부턴데……."

그렇게 말끄트머리를 흐리는 창무에게 우 씨는 그와 살아오면서 처음으로 짙은 섭섭함을 품었다. 그를 이해하지 못할 바는 아니었다. 나라에서는 또다시 천주학 탄압에 들어갈 분위기였다. 제발 그대로 좀 놓아두면 좋으련만. 한양에서 내려온 어떤 천주학 신자가 이런 말을 했다.

"지금 우리에게는 김대건 신부님 같은 사람이 매우 절실한 시기입니다. 어려울 때 자기 몸을 희생할 각오가 돼 있는 신자 말입니다."

그 말이 그들 부부 귀에는, 경상우도 지방 천주학은 당신들이 책임지라는 소리로 들렸다. 몇 해 전 성 밖 공터에서 유춘계를 비롯한 농민군 주모자들이 망나니들 퍼런 칼날에 효수형을 당하던 일이 어젠 양 또렷이 되살아났다.

'내가 그들맹캐 목이 달아나는 한이 있다 쿠더라도 하느님 나라를 맨드는 데 앞장서야 하는 기라.'

남편의 비장한 표정을 읽은 우 씨는 더 이상 그녀 뱃속에 든 아기를 들먹일 수 없었다. 그렇지만 마음은 갈수록 어둡고 무겁기만 하여 차라리 애를 배지 말았으면 좋았을 걸 하는 어처구니없는 생각까지 들었다.

그들이 그러고 있는데 울긋불긋한 옷을 차려입은 젊고 아름다운 여인들이 떼를 지어 그 점포 안으로 들어가고 있는 게 눈에 띄었다. 단체 손님이 몰려왔으니 매상은 한꺼번에 올라갈 것이다.

"아, 오데서 저리 이쁜 색시들이 짜다라 온 기지예?"

"기녀들인갑소."

"기녀……."

창무 대답에 우 씨는 해랑이란 관기 생각이 얼핏 났다. 하지만 아무리 눈여겨봐도 비화와 친자매같이 지내는 그녀 모습은 보이지 않았다.

"임배봉이라쿠는 저 인간, 땅뿐만 아이라 장사에도 아조 눈이 밝은 거 겉소."

시큰둥한 창무 그 말에 우 씨가 알 수 없다는 표정을 지었다.

"하느님은 와 몬된 인간들한테도 그런 능력을 주시는 기까예?"

아내의 신앙심을 믿어 의심치 않는 창무는 깊은 한숨을 내쉬었다.

"내 말이오."

우 씨는 발아래서 어지럽게 일렁이는 플라타너스 그림자를 내려다보았다.

"사탄을 떠올리모……."

"저런 인간 말종이 떵떵거림서 잘사는 거 보모 속이 확 뒤집히요."

창무가 탄복하듯 빈정거리듯 툭 내뱉은 말이었다.

"장 하느님 오른쪽에 앉아 계시는 예수님께서는 운제쯤이나 이 시상 인간들을 심판하로 내리오시까예?"

우 씨의 간곡한 염원이 담긴 목소리였다. 창무도 소망 섞어 말했다.

"그런게 말요. 심 없고 돈 없는 사람들을 마구재비 괴롭히쌌는 배봉이 집구석 인간들도 퍼뜩 심판하시야 되는데……."

우 씨는 육중한 것이 가슴을 짓누르는 듯 숨이 가빠왔다.

"사람이 돼갖고 우찌?"

천주학 포교를 위해 천지 사방 돌아다니지 않는 곳이 없는 그들 부부는, 임배봉의 악한 인간성에 관해 귀 따갑게 들어 익히 알고 있었다. 점박이 형제 이야기도 항상 같이 따라 나왔다. 부부 마음에 그들이야말로 이승에 있는 사탄의 무리였다.

"아, 저게 좀 보이소."

"머를?"

우 씨 말에 창무가 고개를 돌려보니 방금 그들이 얘기하고 있던 그 배봉이 점포 문 앞에까지 나와 서서 기녀들을 맞아들이는 모습이 비쳤다. 그 많은 종업원들을 두고 나잇살이나 챙겨 먹은 주인이 직접 나서서 설쳐 대는 꼴이 영 볼썽사나웠다.

"젊고 이쁜 기생들인께 저리 하는 기지예. 다린 손님들한테는 절대로 저리 안 할 낍니더. 하느님 앞에서는 만인이 팽등하다는 진리도 모리는 인간이……."

우 씨는 경멸과 조롱이 섞인 어조로 말하고는 고개를 돌려버렸다.

"히히히."

몹시 음험하고 진득진득한 배봉의 웃음소리가 큰길을 건너서 그곳까지 들려오고 있었다. 가로수가 흠칫, 몸을 떠는 듯했다.

그즈음 상촌나루터에 있는 밤골집은 불길하고 무거운 분위기에 휩싸여 있었다.

집 안 곳곳에는 침침한 기운이 거미줄처럼 쳐져 있었으며, 아주 크고 시커먼 거미가 꽁지에서 쉴 새 없이 허연 실을 뽑아내고 있는 듯했다.

밤골댁 안색이 썩 좋지 못했다. 한돌재는 그저 그녀 눈치 살피기에 급급했다. 밤골 댁은 아예 그 사람들을 대접할 마음이 없어 보였다. 주방에서 나와 보지도 않았다. 순산 집이 밤골댁 대신 술상을 차려 방에 들여놓았다.

"무신 이런 상을 다……."

아까 밤골집을 들어서면서 주인 내외 표정을 읽어낸 판석과 또술, 태용은 부담스럽고 머쓱한 빛을 지우지 못했다.

"그날 밤 똑똑히 대접도 몬 하고 보내 드린 거 죄송합니더."

돌재의 인사치레에 그 세 사람은 거의 동시에 입을 열었다.

"천만의 말씀이오."

"미리 연락도 안 하고 각중애 불쑥 방문한 우리가 더 미안합니더."

"오늘만 해도 그렇고예."

잠시 매끄럽지 못한 침묵이 가로놓였다.

"여꺼정 오신다꼬 상구 목들 타실 낀데 째이 드시소."

돌재는 주전자를 들어 그들 잔에 술을 넘치게 따르며 어서 마시기를 권했다.

"인자 우리 돌재 씨는 완전히 자리 잡은 거 겉소."

판석이 투박한 농군의 손으로 술잔을 만지작거리며 무척이나 부럽다는 목소리로 말했다. 또술과 태용도 똑같이 햇볕에 검게 그을린 고개를 끄덕였다.

"하모, 하모요."

"우리 겉은 사람들에게 이런 자리는 용상보담도 더⋯⋯."

강가에 면해 있는 가게라는 것을 일깨워주려는지 방문이 강바람을 받고 저절로 움직였다가 조용해졌다. 거기 강마을은 모든 게 그처럼 살아 있는 인상을 주는 곳이었다.

"자리는 무신?"

돌재는 붉어진 얼굴로 한숨 섞어 말했다.

"목심 붙어 있는 죄 없는 물괴기 잡아 쥑이서 번 돈 갖고 살아가는 이 신세가 죄 많고 한시럽소."

또술이 입에 댔던 잔을 개다리소반에 탁 소리 나게 내려놓았다.

"그런 말씀일랑 하지 마이소. 사람 목심을 포리나 모기 목심보담도 더 몬한 거로 아는 것들도 천지삐까리요."

울분을 터뜨리는 빛이 몹시 위험하기까지 했다. 방 안의 공기가 달라지기 시작했다. 벽지의 꽃잎 무늬가 낙엽이 되어 방바닥으로 굴러 내릴 듯 위태롭게 보였다.

"우짜든지 심부텀 길러야 하는 기요. 심이 없으모 제아모리 뜻이 있어봤자 말짱 도루묵 아인가베."

판석이 신음 같은 기침을 토해내며 말했다.

"내 볼 적에 전라도하고 충청도는 활기 넘친데, 맨 첨 들고일어났던 우리 갱상도가 도로 시들하이 그기 걱정 아인가베? 챙피시럽기도 하고 요."

얼굴이 가마노르께한 태용이 자위하듯 얼버무렸다.

"그기사 마, 우리가 안 할라쿠는 기 아이고 하도 나라 감시가 심한께 네……."

돌재 또한 또술처럼 앞에 놓인 네모반듯하고 다리가 민틋한 그 막치 소반 위에 술잔을 세게 내려놓았다. 그러고는 벌써 취기가 오른 사람처럼 거기 모두를 둘러보며 혀 굽은 소리로 말했다.

"맞심니더. 우리 초군들한테 혼이 마이 난 곳이라 놔서, 나라에서 더 시퍼렇기 눈을 막 키고 감시 안 하것심니꺼?"

차츰 술기운이 몸에 퍼지자 저마다 앞다퉈 입을 열기 시작했다. 그만큼 가슴속에 응어리져 있는 것이 넘친다는 증거였다.

"그거는 각오해야 하것지만도, 우리 농민군이 쪼꼼 더 조직적으로 움직이야 할 끼라꼬 봅니더."

"조직적, 조직적이라."

"하모요. 모도 그리 생각 안 하까예."

"유춘계 그 양반이 이끌던 농민군이 와 그리 무너져삣는고, 철저한 원인 분석도 해야 할 끼고예."

"아, 원인 분석!"

"맞심니더. 증말 잘 지적하싯심니더."

"하지만도 그기 오데 쉬븐 일이것심니꺼?"

"에렵지예. 그래도 반다시 필요한 일이지예."

"지당한 말씀입니더. 두 분 다시 패배 안 할라쿠모예."

"다시 패배…… 그 소리만 들어도……."

"우쨌든 우리 농민군 봉기를 나라에서 모리거로 극비에 부치야 합니더."

그런데 그들은 전혀 모르고 있다. 아까부터 벽 하나를 사이에 둔 바로 옆방에서 벽면에 귀를 바짝 갖다 붙인 채 몰래 엿듣고 있는 사람은 밤골 댁이다.

'우짠다꼬 또 온 기고?'

돌재가 또 그 위험한 농민군으로 활동하지 않기를 그렇게 바라고 있는데 그들 셋이 다시 찾아든 것이다. 더군다나 지금 들으니 갈수록 나누는 이야기가 사람 가슴을 바짝바짝 졸아붙게 하는 내용 일색이다. 광대 외줄타기 하듯 너무 아슬아슬하다.

'후, 몬 참것다.'

밤골 댁은 끝내 방을 뛰쳐나오고 말았다. 계속해서 듣고 있다가는 자신도 모르게 그 방에 뛰어들어 무슨 짓을 할지 몹시 두려웠다. 겨우 잡은 지금의 이 행복을 결코 놓치고 싶지 않다는 강렬한 욕망이 가시지 않았다. 어떻게 이룬 가정인가? 굽이굽이 열두 굽이도 더 넘어 가까스로 마련한 보금자리였다. 이런 우리더러 이기적이라고 손가락질하지 마라.

'하이고, 에나 안 죽것나.'

밤골 댁은 당장이라도 심장이 '쾅' 소리를 내며 터질 것만 같아 도망치듯 허겁지겁 주막 밖으로 빠져나왔다. 사방에서 불어오는 시원한 강바람을 쐬니 막힌 굴뚝처럼 꽉 막혔던 가슴이 조금은 틔는 듯하다. 하지만 눈알이 쓰리고 머리통이 지끈거리긴 마찬가지다.

'넘들은 다 잘사는 거 겉은데…….'

저쪽 배가 닿는 나루턱에서 나룻배를 타고 내리는 사람들은 하나같이 아무 근심 걱정도 없어 보인다. 괜스레 그들이 부럽기만 하다. 멀찍이 떨어져서 바라볼 때는 경사가 그저 완만하기만 하여 금방 오를 수 있을 것 같은 산 능선도, 막상 가보면 돌부리에 채고 나뭇등걸에 걸리는 등 굉장히 험준한 것처럼, 남들 사는 것은 그렇게 쉽고 간단해 보이는 법이다.

"후~우."

연방 절로 터져 나오느니 한숨이다. 예감이 나쁘다.

"밤골댁! 장사는 안 하고 우찌 나온 기요?"

별로 큰소리도 아닌데 그만 깜짝 놀라 돌아보니 나루터집 우정 댁이다. 흰 앞치마를 두른 모습이 영판 밥집 여인네다. 그녀에게서 농사꾼 아낙의 흔적은 찾아볼 수가 없다. 새삼 세월의 위력을 느끼며 밤골 댁이 물었다.

"우정 댁은 와 나와 섰소?"

우정 댁은 앞치마가 위로 들릴 만큼 숨을 크게 몰아쉬었다.

"내사 하도 답답해갖고요."

두 여자는 동갑내기여서 더욱 가깝게 지내는 터였다. 밤골댁 역시 숨통 틔우듯 했다.

"우정댁! 안 있소?"

나루터집 앞이나 밤골집 앞이나 사람들로 붐비기는 매한가지다. 그 가운데에서 달구지와 마차를 끄는 사람들 얼굴이 새카만 것도 닮았다. 가마꾼은 황색에 더 가까웠다.

"와요?"

우정 댁이 묻자 밤골 댁은 조심스러운 눈길로 유심히 주위를 둘러보고 나서 낮은 목소리로 비밀 얘기를 들려주듯 했다.

"돌재 저 양반도 얼이 아부지 꼴 될랑갑소."

우정 댁이 기겁을 했다.

"와, 와 그라요?"

마침 옆을 지나는 가마가 내려앉을 만큼 한숨만 폭폭 내쉬는 밤골 댁이었다.

"무신 일이 있는 기요?"

밤골 댁은 사내들이 모여 있는 주막 방 쪽을 보며 한층 작은 소리로 일러주었다.

"과거 농민군 하던 사람들이 시방 우리 집에 와 있소."

"야?"

순간, 우정댁 두 눈이 번쩍 빛을 발했다. 고무줄 늘어진 치마나 물에 젖어 풀기가 없는 종이처럼 후줄근해 보이던 사람이 금세 달라졌다.

"노, 농민군 하던 사람들이요?"

음성도 철저히 다른 사람처럼 변했다. 그런데 곧이어 한다는 소리가 이랬다.

"내, 내가 좀 만내볼 수 없것소?"

밤골 댁이 칠푼이 같은 얼굴을 했다.

"우정 댁이 그 사람들을 만내요?"

그러자 우정 댁은 얼른 밤골댁 앞으로 한 발 더 다가서며 애원하듯 했다.

"부탁하요. 꼭 좀 만나거로 해주소."

어른들 사이를 뚫고 아이들 몇이 마치 생쥐처럼 쪼르르 달려가고 있다. 자칫 서로 크게 부딪힐 뻔했던 어른들이 멈춰 서서 아이들 등에 대고 무어라 막 욕을 퍼붓는다. 그래도 전혀 아랑곳하지 않는 아이들. 어른들 그릇이 강만 하다면 아이들 그릇은 바다만 한 것 같다.

"그기 무신 이약이요?"

수레를 끄는 중년의 마부 하나가 나루터집과 밤골집을 번갈아 바라보는 품이 아마 무척 목도 마르고 배도 고픈 모양이다. 그렇지만 포기하고 그냥 가는 그 모습이 애잔하다.

"우정 댁이 저런 사내들 만내갖고 머할라꼬?"

그러나 알 수 없어 하는 밤골댁 그 말이 채 끝나기도 전이었다. 우정 댁은 냅다 밤골집 안으로 뛰어들었다. 밤골 댁이 미처 어떻게 할 틈도 없었다.

"우, 우정댁!"

"얼이 어머이!"

밤골 댁은 황급히 뒤따라가며 그녀를 불렀다. 하지만 어느새 우정 댁은 댓돌 위에 사내들 신발이 놓여 있는 방의 문고리를 낚아채고 있다.

"아!"

"어이쿠!"

졸지에 놀란 사내들 외마디가 터져 나왔다. 새파랗게 질린 얼굴로 방문 밖을 내다보는 사내들이 보였다.

"아, 우정댁 아이요? 여, 여러분들, 괘, 괘안심니더. 옆집 아, 아주머입니더."

돌재가 얼른 좌중을 안심시킨 후 우정 댁에게 물었다.

"얼이 어머이가 우짠 일입니꺼?"

"내가, 내가……."

우정 댁은 영락없는 광녀 같았다. 외간 사내들이 있는 곳이란 것은 아랑곳하지 않고 달려 들어간 것이다. 그러고는 노란 장판지가 깔린 방 바닥에 철버덕 주저앉으며 마치 악쓰듯 물었다.

"농민군 하던 분들이라꼬예? 그기 맞심니꺼? 맞아예?"

우정 댁은 사내들이 무어라 입을 열 틈도 주지 않고 혼자만 고사포 쏘듯 말을 쏟아냈다.

"우리 얼라 아부지가 농민군 하다가 죽은 천필구라쿠는 사람입니더!"

일순, 사내들 안색이 하나같이 노래졌다. 해바라기를 방불케 하는 얼굴들이었다.

"처, 천필구, 그, 그분의?"

"서, 설마?"

그러자 막 방안으로 들어와 우정댁 옆에 따라 앉던 밤골 댁이 일러주었다.

"맞아예."

그런 다음에 모두를 둘러보며 말했다.

"천필구라쿠는 사람 모도 아시지예? 바로 그 사람 아닙니더. 처예."

밤골댁 말이 천장이며 벽을 크게 울렸다. 그녀도 몹시 흥분하고 있다는 증거였다.

"허!"

"시상에?"

사내들은 좀처럼 충격에서 벗어나지 못하는 모습들이었다. 야사野史나 전설에 나오는 인물처럼 전해지고 있는 농민군 천필구의 식솔을 여기서 만나게 될 줄이야. 하지만 한층 더 놀라운 것은 밤골댁 말 뒤에 이어지는 우정 댁의 얘기였다.

"지는 이런 기회 오기만을 목을 빼고 애타거로 기다리고 있었어예."

"……."

그때부터는 그 방에서 말을 할 줄 아는 사람은 오직 우정댁 하나밖에 없는 것 같았다. 그 순간에는 물새 소리도 없었다.

"비맹에 간 지 남핀 웬수 갚을 기회 말입니더."

모두들 여전히 그 상황 판단에 익숙해지지 못한 상태로 멍해 있는 가운데 우정댁 입에서는 급기야 이런 말까지 나왔다.

"우리 아들 얼이도 농민군 하거로 끼아주이소. 아즉은 에리지만도 잔심부름 겉은 거는 잘할 끼라예."

"······."

사내들은 하얗게 질린 서로의 얼굴만 바라보았다. 지금 내가 무슨 소리를 들었나 하는 기색들이 역력했다.

"아주머이! 지발 진정하이소. 그기 무신 말씀입니꺼?"

이윽고 돌재가 큰일 날 소리 한다는 듯 아주 두려운 빛으로 안타깝게 만류해도 우정 댁은 단 한 발짝도 물러날 기세가 아니다.

"농민군이 서로 연락할 일 겉은 거 있으모 얼이가 딱이라예."

"얼이 어머이!"

이번에는 밤골 댁이 큰소리로 불렀지만 우정 댁은 역시 들은 척도 하지 않았다.

"안주 얼란께네 누도 으심 안 할 끼고예."

난데없는 웬 아낙의 말을 경악한 얼굴로 듣고 있던 사람들 가운데서 판석이 가장 먼저 환한 표정으로 입을 열었다.

"그렇네예? 그 생각을 미처 몬 했심니더. 농민군 지도자들도 알기 되모 굉장히 좋아할 낍니더. 아주머이, 고맙심니더."

또술과 태용도 잇따라 고개를 끄덕였다.

"우리 농민군에 그런 일을 할 아아가 있으모 에나 큰심이 되것지예."

"그냥 그 정도가 아이지예. 상대방한테는 치맹적이 안 되까예."

그 말을 마지막으로 방안에는 깊고 긴 침묵이 깔리기 시작했다. 다시는 그 누구도 선뜻 입을 열지 못했다. 모든 것들이 그 흐름을 딱 멈춘 성싶었다. 지금 그 방은 바깥세상과는 철저히 격리된 듯했다.

저 천필구의 원혼이 되살아나 그들 모두를 지배하고 있는 것 같았다. 비명에 간 지아비 원수를 갚기 위하여 아직도 어린 외동아들을 농민군에 꼭 가담시켜 달라고 매달리는 그 홀어미 심정⋯⋯.

그때 밤골 댁이 무거운 침묵을 깨뜨렸는데 그 또한 그냥 예사로운 소리가 아니었다.

"좋심니더. 시방부텀 지도 도울랍니더."

"이, 임자!"

돌재 입에서 놀라는 소리가 튀어나왔다. 하지만 밤골 댁은 돌재 쪽은 바라보지도 않고 계속 말했다.

"입은 가로 찢어져도 말은 똑바로 해라꼬, 솔직히 지는 돌재 씨가 농민군 다시 하는 거 불안하고 싫었어예."

머리가 아찔해질 극단적인 소리까지 나왔다.

"같이 안 살 작정꺼정 했고예."

좌중이 한층 조용했다. 그곳이 마치 깊은 물 속 같았다. 남강 밑으로 들어가면 이러할까? 그런 가운데 밤골댁 목소리만 파문처럼 퍼졌다.

"하지만도 인자 멤이 달라졌심니더."

돌재가 한 번 더 밤골 댁을 불렀다.

"임자!"

"더 들어보이소."

밤골 댁은 머리를 숙였다가 다시 들었다.

"주막집 해갖고 벌어들인 돈, 싹 다 농민군 활동비로 대줄랍니더."

"아, 아주머이⋯⋯."

태용이 더없이 울먹이는 목소리로 감사의 뜻을 표했다.

"고, 고맙심니더. 이런 이약 들으모 우리 농민군 모도 멤이 또 달라질 낍니더. 성공이 눈앞에 비입니더."

판석과 또술도 흥분을 감추지 못했다.

"억울하거로 죽은 혼들이 무덤 속에서 부리는 만세 소리가 들리는 거 겉심니더."

"감사합니더, 아주머이들예. 감사합니더, 아주머이들예."

어디선가 개 짖는 소리가 가까이 들려왔다. 무언가 나쁜 그림자를 쫓아버리려는 듯 우렁차게도 터뜨리는 그 소리는, 얼이에게 목을 졸리며 내지르는 비명소리는 결코 아닐 것이다.

"여보!"

돌재가 다른 사람들 눈을 전혀 의식하지 않고 밤골댁 손을 덥석 잡았다. 그러고는 그녀 얼굴을 말없이 바라보는 그의 두 눈 가득 투명한 눈물이 괴기 시작했다. 하지만 밤골댁 눈에는 불길이 이글이글 타오르고 있었다.

"이, 임자. 여, 여보. 당신이 우찌 그런 갤심을?"

더 말을 잇지 못하는 돌재의 까칠한 두 뺨을 타고 눈물이 계속 줄줄 흘러내렸다. 예전에 그네들이 살던 마을 앞산 자락에 있는 옹달샘에 괸 맑은 물 같았다.

비화는 시가가 있는 새덕마을에서 상촌나루터로 향하는 중이었다.

그녀의 발걸음이 그 어느 때보다도 가벼웠다. 남편 박재영이 가정을 버리고 나간 이후로 혼자 지키던 집 바로 앞에 있는 밭 2당을 사들인 것이다.

'이기 꿈은 아이것제? 꿈이모 지발 깨지 말거래이.'

눈만 뜨면 얼마나 갖고 싶었던 그 땅인가? 스스로 생각해 봐도 너무나 이상할 정도로 꼭 소유했으면 하던 땅이었다. 그런 땅을, 나루터집을 열어 콩나물국밥을 팔아 한푼 두푼 모은 돈으로 샀다. 순전히 그녀 혼자 힘으로 구입한 것이다.

'그래도 아즉꺼정 한거석 멀었는 기라. 하모, 멀고말고.'

세상 온 공기를 들이마실 듯 전신으로 들이켰다. 그러자 용기와 의욕
이 비 온 뒤 죽순인 양 쑥쑥 돋아났다.

'임배봉이 그눔한테 비하모 내 땅은 코딱가리만도 몬하다 아이가.'

보폭을 더 크게 하고 더 빨리 내달았다.

'그러이 쌔이 가서 돈 더 벌이야제.'

비화는 우정 댁과 원아가 열심히 일하고 있을 나루터집으로 바삐 걸
어가며 스스로를 다그쳤다. 무수히 옆을 오고 가는 온갖 장사치와 농군
들, 그들이 '워워' 하면서 몰아가는 소달구지며 마차의 바퀴 소리, 심지
어 아이들이 내달아가며 굴리는 굴렁쇠 소리마저 그녀 마음을 한없이
조급하게 만들었다.

그런데 그녀가 하늘이 폭삭 내려앉고 땅이 쩍 갈라지는 것 같은 그 일
을 당한 것은, 저 멀리로 나루터집이 나타나 보이기 시작할 바로 그때였
다. 한 걸음이라도 남들에게 뒤질세라 부지런히 오가는 인파들 속에서
누군가가 서성거리고 있다.

처음에 비화는 멀거니 그를 바라보았다. 모두가 살기 위해 정말 정신
없이 움직이고 있는 이곳 상촌나루터에 저렇게 한가한 사람도 있었던
가? 심지어 꼽추 달보 영감 같은 사람도 입에 풀칠하기 위해서 장애조
차 있는 그런 늙은 몸을 가만히 두지 않는데 말이다. 어디 그뿐이랴. 저
기 왜가리와 물총새도 먹잇감을 사냥하기 위해서 저렇게 끊임없이 푸르
고 깊은 남강 물에 자맥질하듯 하고 있잖은가?

'아, 가만?'

그런데 그다음 순간이었다. 비화의 그 의문은 이내 경계심으로 바뀌
었다. 불현듯 지난번 전창무와 우 씨가 하던 말이 떠올랐다. 나루터집

근처에 누가 얼쩡거리고 있더라는 것이다. 그녀는 그게 맹쭐 아버지 민치목일 거라고 추측했지만 그렇게 큰 덩치는 아니라던, 그냥 보통 체구의 남자. 지금 비화 시야에 갇힌 그 사람도 보통 체구 남자다.

'그, 그라모 저, 저 사람이?'

너무 허둥대며 서두르는 통에 두 다리가 엇갈려 비화는 하마터면 넘어질 뻔했다. 심장은 강풍에 부대끼는 문짝처럼 제멋대로 덜컹거렸다. 그녀는 가까스로 마음을 가라앉히고는 오로지 그 사람 등 하나만 보며 그렇게 조심조심 걸음을 옮겨갔다. 그 등에는 세상의 모든 수수께끼가 씌어 있는 것 같았다.

'흐.'

그 남자와의 거리는 점점 더 좁혀졌다. 비화 귀에 가쁜 제 숨소리가 들리는 것 같았다. 온몸의 세포가 빳빳하게 곤두서는 듯했다. 눈앞이 환해졌다가 캄캄해지곤 했다. 아, 저 사람, 저 사람…….

그런데 무슨 예감이 들었는지 모르겠다. 그 사람이 갑자기 고개를 획 돌리면서 이쪽을 바라보았다. 그리고 바로 그 찰나였다. 비화는 하늘이 내려앉고 땅이 갈라지는 것을 보았다. 뒤이어 그 사람 입에서 터져 나오는 외마디 소리를 들었다.

"아!"

그러나 그런 순간은 지극히 짧았다. 남자가 돌연 달아나기 시작한 것이다. 동시에 비화 입에서도 비명 같은 소리가 튀어나왔다. 그리고 그때부터 술래잡기를 연상시키는 일이 벌어지기 시작했다.

"헉헉."

그렇지만 비화가 한 발짝 달려가면 남자는 두 발짝 멀어져 간다. 비화가 아무리 다리를 재게 놀려도 그 자리에서만 계속 뛰고 있는 것 같다. 아니다. 땅이 거꾸로 가는 무슨 운반 기구처럼 사람 몸을 자꾸만 뒤로 싣고 가는 듯하다.

"아아아."

남자가 비화 시야에서 사라진 것은 그다지 오래지 않아서다. 비화는 끝내 무너지듯 털썩 땅바닥에 주저앉고 말았다. 그녀의 몸도 마음도 뒤엉킨 가시덩굴에 걸려버린 한 마리 나약한 산짐승처럼 옴짝달싹할 수 없었다. 온 세상이 일시에 그 흐름을 전부 멈춰버린 느낌이었다.

남편 박재영, 드디어 그가 돌아온 것이다.

비화가 신혼집 바로 앞에 있는 밭 2당을 새로 사들인 바로 이날, 남편 박재영이 모습을 드러낸 것이다.

"아, 길거리서 와 이라고 계시예?"

문득 들려온 그 소리에 비화가 퍼뜩 정신을 차려 올려다보니 놀란 얼이 얼굴이 하늘에 붕 떠 있다. 하지만 그 얼이 얼굴은 이내 남편 얼굴로 바뀌고 있다.

상촌나루터에 남편이 나타나다니. 나루터집 근처를 배회하고 있다니. 저기 남강 물속에 있는 용왕이 그를 불렀는가, 나룻배에 실려 여기까지 흘러왔는가?

"오, 옴마를 불러오까예?"

얼이는 어쩔 줄 몰라 했다.

"모, 몬 일어나것심니꺼?"

강물 소리와 바람 소리가 한데 뒤섞인 소리가 들려오고 있었다. 그리고 물새 소리가 후렴을 치듯 나고 있었다.

"그라모예……."

얼이가 비화 팔을 붙들고 일으켜 세우려 애쓰며 말해보지만, 비화는 그저 넋을 놓고 바라보기만 한다. 길 위를 오고 가는 수도 헤아릴 수 없는 남편 얼굴을.

눈물에 배를 띄우면

남강 상촌나루터의 12월은 춥고 을씨년스럽다. 그렇지만 그 날씨보다도 몇 곱절 춥고 을씨년스러운 사건이 온 나라를 꽁꽁 얼어붙게 했다.

백성들은 일손을 놓고 통곡했다. 일을 하면서도 울부짖었다. 소도 말도 오리도 그리고 개와 닭도 새와 더불어 울었다. 조선의 산천도 덩달아 함께 울어주는 듯했다. 그야말로 울음바다요, 울음산이었다.

비화가 살고 있는 곳이라고 예외일 순 없었다. 아니다. 갈수록 번창하여 이제 하루 2천 명을 훨씬 넘는 장사치와 농군들이 들락거리는 나루터인지라 소식은 더 먼저 전해졌다. 거기 사람들은 그 이야기로 낮 밤을 잊었다.

— 아, 철종 임금께서 돌아가시다이, 하느님도 무심하시제.

— 와 안 그렇노? 농민군을 들고일어나거로 한 삼정三政의 문란을 바로잡아 보실 끼라꼬 그리 애쓰싯는데.

— 머보담도 후사後嗣 없이 시상을 버리셨으이, 지하에 묻히시도 그냥 팬안하거로 눈 몬 감으실 끼라.

— 그라모 인자 누가 왕이 되는 기고?

- 누가?

- 우리들 상감은?

정신없이 말을 주고받던 백성들은 그 마지막 물음에는 하나같이 낯빛이 어두워지고 꿀꺽 마른침을 삼켰다. 모두가 입을 다물고 금기禁忌의 시간속으로 들어갔다. 조선 백성은 반드시 알아야 하지만 또 섣불리 알아서도 안 될 성질의 것이었다.

조선팔도를 다스리실 새 임금. 과연 어느 누가 무소불위의 그 최고 권좌에 오를 것인가? 오리무중 정도가 아니라 삼천리 방방곡곡이 안개 속을 방불케 했다.

그러니 한양에서 천 리나 떨어져 있는 남방 끝자락 고을에서 살아가는 일개 백성들이 그런 것을 어찌 알랴. 그저 모두가 벌통에 든 벌떼처럼 왕왕거렸을 뿐이다. 그러다가 제풀에 소스라치며 서둘러 입막음을 하기도 했다.

바로 그런 중요하고 민감한 시기에 해랑은 뜻하지 않게도 정석현 목사의 부름을 받았다. 저 훌륭한 의암별제를 만든 정 목사는 모든 관기들에게 대단한 인기였고, 정 목사 자신 또한 상당히 흡족해했다.

그런데 이날은 그의 표정이 흡사 돌로 빚어 놓은 사람처럼 무척이나 딱딱하고 무거웠다. 상감의 승하는 그 지위를 막론하고 하늘이 무너지는 큰 슬픔과 아픔이 아닐 수 없을 것이다. 이 땅에 있는 돌멩이도 잡초도 같은 심정일 것이다.

"새로이 등극하실 분, 그분이 뉘신 줄 아느냐?"

정 목사의 느닷없는 물음에 해랑은 몸 둘 곳을 몰라 하며 사실대로 고했다.

"지겉이 미천한 몸이 우찌 그런 거를 알것사옵니꺼?"

정 목사 눈빛이 복잡하고도 야릇하게 번득였다. 그는 더할 나위 없이 조심스러운 목소리였다.

"대왕대비 마마의 전교傳敎가 내렸다고 하느니."

해랑은 보슬비에 젖은 꽃잎이 떨리는 것 같은 입술로 되뇌었다.

"전교."

그의 입에서는 새롭고도 놀라운 말이 떨어졌다.

"흥선군 이하응 대감의 둘째 아드님 되시는 명복命福, 그분께서 보위를 이어받으실 거라는구나."

해랑은 결코 들어서는 아니 될, 모든 조화를 꾸미는 하늘의 기밀을 들은 사람처럼 음성이 크게 흔들렸다.

"맹복, 맹복이라 하옵심은?"

명복, 바로 다름 아닌 훗날의 고종을 이름이니, 그것은 곧 이 나라에 저 파란의 대원군 시대가 시작됨을 알리는 신호이기도 했다.

"내가 알기로는……."

"예."

어떤 경로를 통해서인지는 모르나 정 목사는 흥선군에 관해 줄줄이 꿰고 있었다.

"본디 그분은 혈통으로 살펴보면, 인조 임금의 셋째 아드님 되시는 인평대군의 6대손인 남연군의 넷째 아드님이었느니라."

"셋째, 넷째."

해랑으로서는 그 가닥을 잡아보려고 노력해도 제대로 연결이 되지 않는 왕가 살붙이의 계통이었다. 역시 왕족은 그냥 왕족이 아니었다.

"하지만 남연군이 아직도 한참 어리셨을 때 사도세자의 아들 은신군의 양자로 입적된 결과로……."

정 목사는 해랑이 생각할 수 없는 무엇인가를 가늠해보는 낯빛이었다.

"족보상으로는 사도세자의 가계가 되는 셈이지. 흐음."

이번에는 해랑 입에서도 이런 말이 나왔다.

"아, 뒤주에 갇히갖고 굶어죽었다쿠는 그 불행한 사도세자의?"

해랑은 아직도 어머니 동실댁 뱃속에 들어서기 전인 저 헌종 재위 시절 당시에 흥선군에 봉해진 이하응. 해랑이 받은 느낌으로는 실존 인물이 아니라 가상 인물로 다가오는 사람이었다.

"그가 말이니라."

"예, 영감."

정 목사도 침이 마르는지 혀로 입술을 축였다. 그의 입을 통해 듣는 이야기는 갈수록 해랑을 경악하게 만들었다. 사람이라고 다 같은 사람이 아니라는 실감이 났다. 그렇다면 나는? 속으로 반문하다가 해랑은 울고 싶었다.

"하늘을 나는 새도 그대로 떨어뜨린다는 안동 김 씨 가문을 찾아다니면서 구걸을 일삼아 궁도령宮道令이란 큰 비웃음을 사던 일도……."

정 목사는 길 가던 나그네가 거산巨山을 올려다보다가 무엇을 크게 깨친 사람처럼 비쳤다.

"결국에는 오늘과 같은 이런 날을 기약하기 위함이었다는 것을 내 이제 와서야 비로소 알겠느니."

"궁도령으로……."

해랑은 머리털이 곤두서면서 온몸에 오톨도톨 소름이 돋았다. 그런 갖가지 심한 수모를 겪어가며 지금에 이른 사람이라면, 이제 자기 아들이 그야말로 무소불위의 그 자리에 올랐으니 장차 무슨 짓을 어떻게 저지를지 누구도 모를 노릇이었다.

"참으로 두렵고 무서운 일이로고!"

해랑은 물론이고 정 목사도 알지 못했다. 흥선군이 그 당시 안동 김 씨 가문에 깊은 원한을 품고 있던 익종비 조 씨의 조카 조성하와 친교를 맺고, 그를 통해 대왕대비 조 씨에게 접근했다는 사실이었다.

"본관이 판단하기에는 이렇다."

정 목사는 방석을 고쳐 앉았다.

"안동 김 씨 가문에서 제대로 대비하지 못한 것 같아."

무슨 뜻인지 얼른 이해가 되지 않은 해랑은 어리둥절한 얼굴이었다.

"예?"

정 목사는 한숨 섞어 말했다.

"어쨌든 명복 그분은 아직 겨우 열두어 살밖에 되시지를 않았으니, 조대비가 섭정하고, 흥선군이 섭정의 대권을 이어받아 큰 권력을 행사케 될 것이거늘……."

해랑의 눈에 정 목사 몸 뒤쪽으로 세워져 있는 병풍이 금방 쓰러질 듯 위태로워 보였다.

"제발하고 이 나라가 권력의 중심 이동으로 인한 무서운 소용돌이에 휘말리지나 말아야 할 터인데……."

"……."

"허나, 자고로 인간들이란 그 지위고하를 막론하고 반드시 되갚아주려는 습성이 있으니 장차 이 일을 어이할꼬."

그 말을 마지막으로 정 목사는 눈을 감아버렸다. 두 번 다시는 눈을 뜨지 않을 사람처럼 하는 그를 보며, 해랑은 어쩐지 세상이 지금까지보다 한층 더 살기 힘든 곳으로 될 것 같은 불길하고 착잡한 기분에 젖었다.

'내한테 저런 이약을 하는 이유가 있을 낀데 그기 머시꼬?'

일개 관기 신분인 그녀를 불러 이런 심각한 이야기를 하는 정 목사의 심경을 잠시 헤아려보던 해랑은, 대사지 물결이 세차게 밀려드는 환영에 소스라치면서 정 목사와 마찬가지로 눈을 질끈 감고 말았다. 정수리가 찌르르 했다.

김호한과 강용삼 그리고 조언직이 오랜만에 만난 그 자리에서도 당연히 시국 이야기가 흘러나왔다. 그 무렵은 누구든 두 사람만 모여도 모두가 똑같은 소리였다.

　　"허어, 온 장안의 파락호로 알리진 이하응이 하로아츰에 임금의 생부인 대원군으로 승격했으이, 참말로 시상은 오래 살고 볼 일 아이것소."

　　부러움과 탄식이 절반씩 뒤섞인 용삼 말을 언직이 받았다.

　　"시정잡배들하고 어울려 댕김시로 난봉을 부리쌌던 그가, 신하의 예를 안 취해도 되는 특밸대우를 받거로 됐은께, 인자부텀 조선팔도는 이하응의 기침 소리 하나에도 덜덜 떨기 될 기라요."

　　술잔에 손을 갖다 댄 채 잠자코 듣고 있던 호한이 침통한 얼굴로 입을 열었다.

　　"문제는, 조대비와 이하응이 바라는 것이 안 같다는 깁니더."

　　"아, 그기 무신 소리지요?"

　　용삼이 물었다. 하지만 언직은 호한의 그 말뜻을 아는지 혼자서 고개를 끄덕거렸다. 이어지는 호한의 말은 듣는 사람 마음을 졸이게 했다.

　　"아마도 조대비 목적은, 대원군을 이용해갖고 시방꺼지 안동 김 씨 문중에 억눌리온 풍양 조 씨 가문을 새로 다시 일으킬라쿠는 거 아이것심니꺼."

　　갑자기 공기 속에 술 냄새가 진동하는 것 같았다.

　　"또 대원군은 대원군대로 우쨌든 외척세력을 몰아내서 왕권을 강화시키갖고 실권을 손 안에 넣을라쿨 끼니……."

　　용삼과 언직의 눈이 마주쳤다. 물과 물, 아니 불과 불이 부싯돌처럼 켜지는 듯했다.

　　"그들 세력다툼에 갤국 선량한 백성들만 또 피해를 입을 수밖에 안 없것소. 후우."

자리를 한 번 고쳐 앉은 후에는 미동도 하지 않고 끝까지 듣고 있던 용삼이 문득 떠올랐는지 언직에게 이런 말을 툭 던졌다.

"가마이 있자, 거는 풍양 조 씨 아이요?"

"각중애 그거는 와?"

용삼은 뜬금없는 그 소리에 어리둥절한 표정을 짓는 언직에게 계속 말했다.

"앞으로 조 행 문중에서 권력을 잡거로 되모, 니 운제 봤더노? 그리하시지 말고 부디 잘 봐주시오. 하하."

그러자 언직은 입에 가져가던 술잔을 상 위에 도로 내려놓으며 낯을 붉혔다.

"강 행! 농담이라도 그런 말씀일랑 마시오. 이 언직이가 그런 사람맹커로 비이요?"

용삼이 손을 내저었다.

"아, 내가 한 이약은 그런 기 아입니더."

언직은 옆에 앉은 다른 사람들이 이해하기 어려울 만큼 괴로운 표정을 지었다.

"압니더. 내가 오데 우리 강 행을 모립니꺼? 알기는 아는데……."

좌중의 분위기가 이상한 쪽으로 흘러가자 호한이 서둘러 끼어들었다.

"언직이 자네, 강 행께서 보통 때는 잘 안 하시던 농담 한 분 하시는 거 갖고, 그리키나 정색을 해싸모 우짜노?"

하지만 그 말을 들은 언직은 약간 풀리려던 얼굴이 다시 굳어졌다.

"솔직하거로 함 이약해보까?"

호한과 용삼도 낯빛이 딱딱해졌다. 언직은 단호한 어조로 말했다.

"내사 우리 가문이 새로 일어나는 거보담도……."

술상 위에 놓인 주전자와 잔을 번갈아 바라보고 있다가 말을 계속

했다.

"우짜든지 간에 대원군이 왕권을 쪼꼼 더 강하거로 해갖고, 나라로부 텀 돌아서삔 민심을 도로 찾거로 하모 더 좋것네."

용삼이 큰 체구를 좌우로 흔들며 언직더러 존경스러워하는 목소리로 말했다.

"역시나 이 용삼이 사람 보는 눈은 있능갑소."

이번에는 호한과 언직의 눈이 마주쳤다.

"이거는 절대 입에 발린 소리가 아인데……."

숨을 한 번 몰아쉰 용삼의 말이 이어졌다.

"우리 조 행 겉은 사람만 있다쿠모, 이 나라가 시방매이로 이리키나 마구재비 흔들리지는 안 할 끼요."

"과, 과찬의 말씀을?"

언직이 쑥스러운지 그 소리만 하고 가만히 있다가 잠시 후 호한에게 말했다.

"그거는 그렇고, 자네 여식 비화 말인데, 증말 대단하더마는."

난데없는 딸자식 이야기에 호한은 눈을 끔벅거렸다.

"내 여식이 우째서?"

술안주로 나온 부침개를 나무젓가락으로 집어 들며 언직은 자기가 자랑스러워하는 모습이었다.

"상촌나루터 바닥 돈은 모돌띠리 벌어들인다쿠는 소문이 자자하던 데?"

그 소리에 호한이 용삼의 눈치를 보며 말했다.

"에이, 무신 소리고? 그거는 아이다. 아, 여자가 장사해갖고 돈을 벌 모 올매나 벌 끼라꼬."

용삼의 목이 꺾이고 있다. 꺾이는 것은 목만이 아닐 것이다.

"다 넘의 말을 하기 좋아해쌌는 사람들이 지이낸 헛소문 아인가베."

호한은 그 이야기는 그만했으면 하는데 언직은 모르는 소리 말라며 또 말했다.

"자네사말로 무신 소리고? 오데 넘의 일이라꼬 다 말하는 줄 아나? 말할 만한 그 가치나 소용이 있은께네 하는 기지."

고개를 푹 떨어뜨린 채로 혼자 깊은 생각에 잠긴 용삼 표정이 어둡기 그지없었다. 보는 사람마다 입맛을 다시던 딸 옥진이. 금이야 옥이야 길렀던 자랑스럽던 딸이 관기가 될 줄이야.

'내 여식이지만도 참말로 안 이쁘나. 그런 딸아가 고마 우짜다가 기생의 길로 들어서고 말았을꼬?'

연기같이 피어오르는 용삼의 상념은 술기운이 몸에 들어갔음에도 불구하고 끊어질 줄 몰랐다.

'비화는 지애비가 집 나가고 없어도, 저리 지 앞가림 잘함서 사는데 안 있나.'

그러자 아내 동실 댁이, 가까운 친척처럼 잘 지내오던 호한 아내 윤씨와 자꾸만 거리를 두려고 하는 게 떠올라서, 용삼도 그만 어서 그 자리에서 벗어나고 싶었다.

'집사람이 머 땜새 그리하는고 인자사 그 이유를 쪼매 알것거마는. 아녀자 밴댕이 소갈머리라꼬 장 퉁을 줬더이만.'

그 깨달음 뒤끝에 실로 불온한 감정이 일기 시작했다. 언직은 물론이고 호한마저 갑자기 싫어지는 것이다. 심지어 언제나 그를 친아버지같이 대해주는 비화마저 동시에 미워졌다. 그러자 술상을 탁 엎어버리고 싶은 충동마저 일었다.

'아아, 내가 와 이라노?'

그것은 지금까지 상상도 하지 못했던 정녕 무섭고 두려운 감정의 변화였다. 그의 마음을 어느 누군가가 모조리 점령해버린 느낌마저 들었다. 용삼은 옹춘마니로 변해버린 자신을 호되게 나무라며 속으로 탄식해 마지않았다.

'아, 앞으로 호한 집안하고 우리 집안 사이에 무신 안 좋은 일이 있을라꼬, 내한테 이런 얄궂은 멤꺼정 다 생기는 기고?'

그의 두 손이 부서져라 술잔을 우악스럽게 움켜쥐었다. 호수처럼 잔잔하던 술이 풍랑을 만난 바닷물처럼 출렁거렸다. 그리고 난파선 위에 올라 있는 사람은 용삼 자신이었다.

비화는 장사가 손에 잡히지 않았다.

남편 박재영은 그 뒤로 그림자도 안 보였다. 지금까지 하루 이틀 기다려온 것도 아닌데 내가 왜 이리 조급증을 내는가 하고, 억지로 그를 마음에서 몰아내려고 애썼다. 술법을 행하는 주문 외우듯 하기도 했다.

'참아야제. 우짜든지 참고 기다리야제.'

그런데 가까스로 비운 그 자리를 또 채우는 게 옥진이다. 그렇다, 옥진. 해랑이라고 하기 싫다. 해랑이 뭐냐? 옥진이가 더 좋다. 하지만 옥진이가 그런 소리를 하다니. 저 대사지 나무숲에서 점박이 형제가 옥진한테 가했던 그 천인공노할 짓이 옥진에게 그렇게 엉뚱한 생각을 심어주다니.

'으, 억호가 옥지이 지 최초의 남자라이?'

최초의 남자, 최초의 남자…….

비화 눈에 옥진이 어느 방향으로 어떻게 튈지 모르는 청개구리처럼 비쳤다. 어린 그녀를 짓밟아 기생의 길로 들어서게 만든 원흉에게 그런 어처구니없는 감정을 품고 있다니. 오직 집 나간 지아비 하나 믿고 노심초사 기다리고 있는 비화로서는 참으로 풀 길이 없는 수수께끼였다.

'하기사 옥지이나 내나 지 증신이 아이기는 가리방상한갑다.'

어떻게 장사를 하는지도 모른 채 내내 허둥거리고 있는데, 언제나 바쁜 전창무와 우 씨가 걸음을 했다. 그런데 부부 얼굴이 전에 없이 밝아 보였다.

"해나 무신 좋은 일이 있으신 기라예?"

원아가 기대 섞어 궁금해 하자 우 씨가 먼저 입을 열었다.

"우리 천주교인들한테 빛이 내릿지예, 빛이."

"빛?"

우정 댁이 비화를 보며 고개를 갸웃하자 이번에는 창무가 북쪽으로 눈길을 던지면서 말했다.

"대원군 말입니더."

뜻밖의 이름이 아닐 수 없었다. 솔직히 그는 우리 같은 서민들과는 완전히 다른 세계를 살아가고 있다고 치부해오고 있는 터였다.

"대원군예?"

비화의 눈이 빛났다. 창무가 하는 말이 희망적이었다.

"천주학에 상구 관대하다 안 쿱니꺼."

우정 댁과 원아가 한꺼번에 물었다.

"아, 그래예?"

"우떤 이유로 그라지예?"

비화도 도시 믿기지 않았다. 창무는 여전히 입가에 웃음을 머금은 채 대단히 활기 찬 목소리로 답했다.

"한양서 전도할라꼬 여게 내리오신 신부님 말씀이, 대원군이 이이제이夷以制夷 정책을 팰칠라꼬 하기 때문이랍니더."

모두 한입으로 반문했다.

"이이제이예?"

창무가 좀 더 설명해주었다.

"말하자모 한 천주학 국가를 이용해갖고 다린 천주학 국가를 갠재(견제)할라쿠는 그런 정책이지예."

우 씨가 남편 말을 이어받았다.

"그분 에나 대단하다 아입니꺼. 우리 고장서 일어났던 농민군 사건 안 있어예?"

그 순간, 비화는 말할 것도 없고 우정 댁과 원아의 얼굴도 싹 돌변했다. 그렇지만 우 씨는 기쁘고 흥분한 탓인지 미처 그것을 눈치채지 못했다.

"그기 갤국 환곡 문제 땜에 일어난 일이 아이었심니꺼?"

"……."

나루터집 식구들은 서로가 서로를 외면하고 말았다. 가게 마당 가장자리에 서 있는 키 큰 대추나무 가지에 앉아 우는 까치 소리가 이날은 방정맞게 느껴졌다.

'까까까, 까까까까.'

그리고 어떻게 보면 평소 그녀답지 않게 수다스럽기까지 한 우 씨였다.

"그란데 대원군은, 지방관이 환곡을 중간에 착취해삐거나 불법으로 가로채모, 가차 없이 처벌한다 안 쿱니꺼."

언제나 과묵한 창무도 부쩍 말수가 늘어났다.

"그거뿐만이 아이지예. 당쟁하고 부패의 온상이 돼삔 서원書院 문제 해갤도 조정에 지시했다데예."

비화를 비롯한 여인들 귀에는 그저 생소하게만 들리는 이야기였다. 하지만 어쨌든 간에 새로 권력을 잡은 대원군은 훌륭한 통치자구나 하는 생각을 했다. 그러면 우리나라가 제대로 돌아가겠구나 싶기도 했다.

맞았다. 그때까지만 하더라도 어느 누구도 앞을 내다보지 못했다. 그 대원군이 훗날 수천여 명의 천주교인들을 체포해 잔혹하게 처형시키는 저 끔찍한 '병인박해'를 일으킨 장본인이 되리라는 것은. 역사의 수레바퀴는 그 고을 아이들이 굴리며 노는 저 굴렁쇠보다도 더 천방지축인 것인지도 모른다.

"그라고 또⋯⋯."

"그 이약은 와 안 해드립니꺼?"

부부는 얼핏 장 보러 온 사람들을 모아 놓고 크게 떠벌리는 읍내장터 약장수를 떠오르게 했다. 그 또한 여태 없던 모습이었다.

"아, 당연히 해드리야제. 안 그래도 시방 할라쿠고 있소."

"퍼뜩예."

이윽고 창무 부부 이야기가 어느 정도 끝이 났을 때였다. 우정 댁이 걱정스러운 얼굴로 조심스레 우 씨에게 물었다.

"살이 술찮이 빠진 거 겉은데, 해나 오데 아팠던 기라예?"

"예?"

그러자 뜻밖에도 우 씨 얼굴이 매우 빨개졌다.

"그, 그거는⋯⋯."

창무도 당황하는 빛을 띠었다. 창무가 무슨 말을 하려는데 우 씨가 얼른 말렸다.

"아, 아입니더. 몸이 그대론데예 머."

처녀처럼 수줍게 웃는 그녀를 찬찬히 살피던 우정 댁이 고개를 갸우뚱했다.

"그대로가 아인데?"

비화 눈에도 우 씨 몸이 야위어 보였다. 특히 지난번 봤을 때 비하면 배가 아주 홀쭉하다. 부부가 하는 언동이 약간 이상하긴 했지만, 자꾸

캐물을 수도 없었다. 그들은 다른 데로 전도하러 가야 한다며 서둘러 나루터집을 나갔다.

그들은 애를 낳았다는 사실을 끝까지 숨겼다. 무엇보다도 그 나이에 얻은 늦둥이를 입에 올리기가 낯이 부셔서였다. 친정어머니에게 잠시 맡겨 놓은 아이를 보기 위해 친정집을 찾아가는 우 씨 발걸음이 창무 눈에 그야말로 새털처럼 가벼워 보였다.

그런데 진정 알 수 없는 노릇이었다. 창무는 그런 아내가 어쩐지 너무 불안했다. 아내가 좋아하고 행복해할수록 남편인 그의 마음은 도리어 무겁고 어둡기만 한 것이다. 부부는 일심동체라고 하는데 대체 무슨 조화인지 알 수 없다.

'내가 와 이 모냥이고? 모든 거는 다 멤이라 글 캤는데 말이다.'

길은 쭉 뻗어 있는 것 같다가도 또 어느 지점에 이르니 크게 꺾이는가 싶더니 또 갑자기 돌아가기도 했다.

"멤이 자꾸 이리 안 좋은 쪽으로 흘러가모 안 되는데, 안 되는데.'

비가 장대같이 쏟아지고 있다.

그 엄청난 빗줄기 속에 갇혀버린 상촌나루터는 인적이 뚝 끊어져 여느 때와는 달리 참 한산하기만 하다. 꼽추 영감 달보를 비롯한 뱃사공들도 그네들 집으로 가서 뜨뜻한 아랫목으로 기어들었는지 아무도 눈에 띄지 않는다.

남강 물새들도 비를 피해서 일찌감치 둥지로 찾아 들었을 그때, 나루터에는 전에 없던 큰 행차 하나가 그 모습을 드러내기 시작했다. 한눈에 봐도 여간 대단한 가마가 아니다. 앞뒤에서 멜빵에 걸어 메게 된 그 탈것을 둘러싸고 걸어가면서 호위하는 사람도 많았다.

대체 그 가마 안에는 누가 타고 있는 걸까? 가마는 나루터집과 밤골집 근처를 지나 상류 쪽으로 향하고 있다. 이런 세찬 빗속에서 어디를 가고 있는 것인가?

'저런 가매가 우찌?'

박재영이다. 재영은 비가 내리니 더한층 마음이 울적하여 그 차고 굵은 빗발을 고스란히 맞아가며 아내 비화의 가게 근처로 왔다. 그렇지만 여전히 비화 앞에 나타나지는 못하고 거기 서 있는 키 큰 두충나무 아래에 서서 비를 그으며 멀찍이 바라보고 있던 참이었다. 그의 고향에도 그런 두충나무가 자라고 있었는데, 유난히도 벌레가 많이 꾀는 그 나무껍질을 자르면 흰색의 젖 비슷한 것이 나왔다.

'아, 에나 지체 높은 고관대작 행차인갑다.'

구멍 숭숭 뚫린 두충나무 잎사귀만큼이나 마음에 구멍이 나서 그 속으로 비바람이 몰아치는 느낌이었다.

'저런 사람은 올매나 행복할꼬?'

곱씹어볼수록 제 신세가 처량하고 저주스럽기만 하다. 또다시 남자와 아이를 버리고 어딘가로 달아난 허나연을 겨냥한 증오심이 부글부글 끓어오른다. 남의 집에 업둥이로 줘버린 아들이 보고 싶다. 너무나 후회가 된다. 하긴 후회막심한 것이 어디 그 하나뿐이겠는가? 돌아보면 모두가 그러했다.

재영은 슬프고 분한 마음을 억누르기 위해 가마에 시선을 모았다. 하나같이 건장해 보이는 가마 호위꾼들이 비를 막으려 머리에 쓴 모자가 이날 따라 유난히 신기하게 비쳤다.

아래가 넓은 저 고깔 모양의 모자는 기름종이로 만들어서 빗물에 젖지 않을 것이다. 비가 그치면 쉽게 접어 주머니에 넣고 다니다가, 비가 오면 꺼내어 쓰는 저 모자는 정말 얼마나 간편하고 실용적인가 말이다.

'후~우. 내 사는 거도 저리 팬하거로 몬 되까?'

아무리 비가 많이 내려도 머리에 둘러쓰면 여유롭게 사방을 둘러볼 수도 있는 모자였다.

'누보담도 내한테 딱 필요하것다.'

재영은 얼굴을 가릴 수 있는 모자 하나를 마련해야겠다고 마음먹었다. 지금 저 모자처럼 머리를 완전히 덮으면 남들이 잘 알아보지 못할 것이다. 그러나 그에 앞서 재영 자신이 알아보지 못했다. 아니, 재영 아닌 누구라도 잘 알아보지 못했을 것이다.

그 가마 주인은 대원군 명에 의해 전국 서원과 천주학 실태를 조사하도록 한양에서 내려보낸 많은 관리들 중 하나였다. 이 고장에도 무서운 피바람을 불러일으킬 작업이 비밀리에 착착 진행되고 있다는 사실이었다.

'가네? 좋다, 싹 다 가뿌라 고마. 어차피 내는 혼자다 아이가. 아내도 없고 자속도 없는 독불장군인 기라.'

가마는 재영 눈앞에서 잠시 나타나 보였던 환영같이 점점 사라져갔다. 재영 눈길은 다시 비화가 있는 나루터집을 향했다. 지금쯤 아내는 오랜만에 한가한 틈을 타서 동업하는 여인네들과 더불어 따뜻한 이부자리 속에 발을 깊이 파묻고 이 빗소리를 노랫소리 삼아 정담들을 나누고 있으리라.

"으흐흐흐."

재영은 금세 터질 것 같은 심장을 억누르며 억수로 퍼붓는 빗속을 미친 사람처럼 마구 달리기 시작했다. 빗물에 흠뻑 젖어 몸에 찰싹 달라붙은 옷 때문에 거동이 자유스럽지 못했지만 그래도 엎어질 듯 고꾸라질 듯 내달았다. 눈으로 귀로 입으로 그리고 마음으로 빗물이 대책 없이 흘러들었다.

쏟아져라, 비야. 이 한 몸 비에 씻겨 녹아버릴 때까지.

바로 그 시각, 비화는 마루 끝에 혼자 나와 앉아 줄기차게 내리는 빗줄기를 하염없이 바라보며 남편을 생각하고 있었다. 비는 여인의 마음을 때로는 세차게, 또 때로는 차갑게 적시며, 세상을 끝장내 버릴 심산인 듯했다.

'그이, 독하지도 몬 한……'

그날 아내를 발견하자마자 정신없이 도망치던 남편. 차림새도 남루할 뿐더러 새카만 얼굴과 버쩍 마른 몸매가 완전히 다른 사람이 돼 있었다. 강산이 변하는 것보다 사람이 바뀌는 것이 훨씬 더 심하고 빠른 모양이었다.

'지지리도 몬난 양반.'

차라리 원망하고 증오하는 마음이라도 생기면, 이다지 힘들고 괴롭지는 않을 것이다.

'처를 내삐리고 갔으모, 갔으모.'

추녀 끝에서 잠시도 쉬지 않고 떨어지는 빗방울을 무연히 바라보았다.

'잘살다가 올 것이지 그 꼴이 머시고?'

또 눈물이 주르르 뺨을 타고 흘러내린다. 이 두 눈에서 내리는 눈물을 모두 받아 모으면 하늘에서 내리는 저 빗물보다도 많을 것이다.

아, 그 눈물에 나룻배를 띄우면 남편에게 닿을 수 있을까?

고을 중심지에 개업한 포목점 동업직물이 어느 정도 자리를 잡아갈 무렵이었다. 배봉과 점박이 형제는 머나먼 한양 길에 올랐다.

"암만캐도 한양에 한분 올라가갖고, 거게 사는 사람들 옷 입는 거를 직접 내 눈으로 함 보고 와야것다."

배봉이 갑갑하다면서 약간 열어 놓은 사랑방 방문을 통해 마당을 내다보며 그런 계획을 밝혔을 때, 무척 흥분한 점박이 형제는 신바람 붙은 아이들처럼 함성이라도 지를 품새였다.

"하, 한양에예?"

"우리도 같이 데꼬 갑니꺼?"

그러자 무슨 큰 선심이라도 쓰는 듯 거만하게 굵고 짧은 고개를 연해 끄덕거리며 배봉이 한바탕 떠벌렸다. 그럴 때 보면 천지로 춘화를 팔러 다니는 저 꽁지 수염 반능출을 빼다 박았다.

"에, 자고로 이 사업이라쿠는 거는 안 있나."

아버지 말에 두 아들은 앞다퉈 입을 열었다.

"아, 예, 사업."

제가 언제부터 사업을 시작했다고, 배봉은 그것에 도를 통한 사람같이 행세했다.

"장 넘들보담도 더 정확하고 앞선 정보를 가지야만 성공할 수 있는 기다."

온통 돈으로 도배를 해 놓은 것 같은 사랑방 안 집기들이 조롱하는 웃음을 보내는 성싶었다.

"안 그라고 벌로 장사할 끼라고 나섰다가는 걸베이가 되고 만다 고마."

언제나 서안 위에 장식용으로 놓여 있는 서책을 힐끔 보고 나서 말했다.

"먼첨 안다쿠는 거는 에나 중요하제."

점박이 형제는 고분고분 말 잘 듣는 착한 아이들처럼 굴었다. 그들이 그렇게 하는 꼴은 흔하지 않았다.

"예, 아부지."

"딱 맞심니더. 아부지 말씀이 공자 말씀 아입니꺼."

정말이지 죽어라 하기가 싫은 공부에, '공자 말이 개 말'이라고 함부로 공자를 폄훼하던 그들이었다. 어쨌거나 배봉은 하루가 다르게 자꾸만 불어나는 몸을 전후좌우로 흔들어가며 뱀같이 혓바닥을 놀렸다.

"장차 이 시상은 안 있나, 정보하고 돈하고가 최고로 큰 심이 될 날이 반다시 올 낀께네 함 두고 봐라."

사군자 중에서 난초가 제일 좋다며, 고가로 구입한 분盆에 올려놓은 희귀종 난을 게슴츠레한 눈빛으로 바라보고 있는 배봉이었다. 그렇지만 자식들에게는 한갓 잡풀에 지나지 않아 보이는 것이었다.

"정보예?"

"돈은 심이 된다쿠는 거를 알것는데, 정보라쿠는 거는 쪼매 그렇네예."

자식들이 아무래도 이해를 하지 못하는 눈치를 보이자 배봉은 다짐받듯 했다.

"한양서부텀 먼첨 시작해갖고 차차 시골로 유행이 번지는 거 아이것나."

억호가 대뜸 하는 소리가 이랬다.

"하모예, 유행 따라 살아야지예. 그래야 오데 가서도 촌눔 소리 안 듣지예."

그러자 만호는 반대를 위한 반대처럼 했다.

"유행 따라 살다가는 지조 없다꼬 손까락질 받을 끼다."

억호와 만호가 또 어쩌니 저쩌니 실랑이를 벌이자 배봉이 목에 핏대를 세우며 소리를 높였다.

"우쨌든지 간에 그런 사실을 멤에 딱 새기야 할 끼다. 알것제?"

모든 재산을 거머쥔 아버지 심기를 건드려 득이 될 건 하나도 없다는 것을 누구보다 잘 알고 있는 그들은 얼른 입씨름을 멈추고 합창하듯 했다.

"잘 알것심니더."

"와 몰라예?"

정말 알아서 그러는 건지 아니면 모르면서도 그러는지, 하여튼 자식들은 한양행行 때문에 근래에 보기 드문 효자가 되었다.

"유행뿐만 아이라 모돌띠리 그렇거마. 애비 말 알아묵것제?"

"예, 예, 아부지."

하지만 그렇게 대답만 꼬박꼬박하던 억호와 만호는 얼마 있지 않아 더 참지 못하고 저들 꿍꿍이를 드러냈다.

"운제 갈 낀데예, 아부지?"

"이왕 말 나온 거, 낼이라도 당장 떠나시더."

점박이 형제는 사업보다도 난생처음으로 한양을 구경한다는 기대감에 들떠 있었다. 무엇보다 한양 여인들을 보고 싶었다. 조선에서 최고 큰 곳에 살고 있는 그녀들은 분명 모두가 세련되고 멋들어진 치장을 하고 있을 것이라고 믿었다. 피부는 뽀얗고 목소리도 엄청 고울 것이다. 배봉도 같은 심정이었다.

"알것다. 애끼모 똥 되고, 쇠뿔도 단숨에 빼라 캤제."

잘못 빼려고 하다가는 되레 크게 다칠 수도 있는 쇠뿔이다. 그렇게 해서 무엇에 쫓기듯 찾아온 한양이었고, 직접 와서 보니 과연 듣던 대로 그곳은 조선의 도읍지다웠다. 특히 광화문 앞의 넓은 거리는 큰 재갈이라도 물린 듯 사람 입을 내내 다물지 못하게 했다.

"아부지, 저 조랑말 좀 보이소. 갈기하고 꼬랑지털이 에나 안 멋집니꺼?"

만호는 보는 사람이 어지러울 만큼 눈알을 핑핑 굴리며 연방 주둥이를 놀려댔다.

"내는 조랑말 타고 있는 관리가 더 볼 만하거마는."

억호 말도 맞다. 그런데 안장 위에 엉거주춤 앉은 관리는 바라보는 사람들이 불편할 정도로 긴장한 자세다. 번쩍거리는 등자에 다리를 바싹 갖다 붙인 채 두 손으로 안장의 앞 고리 끈을 힘껏 붙들었다. 배봉이 똥배를 쑥 내밀고는 점잖게 한 소리 했다.

"허, 그 종자들 에나 불쌍타. 그라이 사람은 돈이 째삣든가 세도가 높든가, 두 가지 중에 한 가지는 꼭 갖차야 하는 기라."

"돈, 세도."

점박이 형제는 재갈을 잡고 길을 안내하는 종자 둘과 자칫 관리가 말에서 굴러떨어지지 않도록 좌우에서 엉덩이를 꽉 붙들어주고 있는 종자 둘을 번갈아 바라보았다. 참 희한한 모습들이다. 무슨 광대놀이를 하는 것도 아니었다.

그때 자기도 넋을 놓고 구경하고 있던 배봉이 지나가는 행인들이 들을세라 낮은 소리로 자식들을 꾸짖었다.

"이것들아! 우리가 조랑말 새끼 기경할라꼬 요 먼 한양꺼정 온 기가?"

자식들은 예리한 물체에 찔린 듯 몸을 움찔했다.

"여게 한양 사람들이 옷을 우찌 입고 댕기는가 눈깔이 쏙 빠지거로 단디 챙기 보고……."

배봉은 두 눈을 하늘에 박고 한양 하늘 구름도 우리 고을 구름과 똑같이 생겼구나 하는 생각을 했다.

"우리 포목점에 그런 옷감 천지로 갖다 놓고 멋지거로 선전해서 장사 잘 할라꼬 하는 거 아이가, 으잉?"

한 번 꾸짖기 시작하면 신물이 날 정도로 끝이 없는 배봉이었다.

"아, 알것심니더, 아부지."

"그, 그리하께예."

점박이 형제는 머쓱해져서 읍내장터에 나온 촌닭처럼 눈알을 이리저리 굴려 가면서 주변을 두리번거렸다. 아버지에게 점수를 잃지 않으려면 한양 사람들 옷을 보는 흉내라도 내야 한다. 하긴 이런 기회도 쉽진 않을 것이니까.

'햐!'

'역시나 했더이 역시나다.'

다른 것들 전부 제치고 우선 여인들부터 눈에 들어온다. 그들로서는 극히 당연한 일이지만. 여자들은 다 기생처럼 보이는 점박이들이었다.

그녀들은 대부분 연한 녹색이나 분홍색 테두리를 두른 겉옷을 몸에 걸쳤다. 소매 없는 그 장옷은 머리에서 발아래까지 덮이는데 가장 마음을 잡아끄는 색깔이다.

"저런 옷감이 잘 팔릴 꺼 겉심니더."

제딴은 신중함을 실어 꺼내는 억호 말에 배봉이 고개를 끄덕였다. 만호도 형에게 질세라 한마디 한다.

"가마이 본께 모자만 검고, 비단옷은 검은색이 없네예."

"그렇거마."

이번에도 고개를 끄덕여 보이는 배봉에게 억호는 맏이 값을 해야겠다는 생각을 했는지 사업과 관련되는 이야기를 늘어놓았다.

"시상이 발전할수록 사람들 옷 색깔은 흰색이나 검은색 겉은 단색보담도, 화려한 색깔을 짜다라 섞은 옷이 더 판칠 낍니더."

배봉이 오랜만에 흡족한 표정을 지으며 자식들 칭찬하는 말을 했다.

"잘 봤다. 역시나 이 배봉이 새끼들이다."

배봉은 한양에 왔지만, 산적 두목같이 덩치도 크고 인상이 남을 위압하는 든든한 자식들 때문에 조금도 주눅이 들지 않았다.

"두고 봐라이. 이 애비가 조선팔도서 최고로 큰 직물사업 할 낀께네. 흐흐."

그런데 배봉의 그 말이 미처 떨어지기도 전이었다. 굼벵이만큼이나 느릿느릿 가고 있는 조랑말을 앞질러 어떤 교자轎子 하나가 그야말로 숨 가쁘게 내닫는다. 과연 종일품 이상 및 기로소耆老所 당상관이 타는 남여藍輿답게 더할 나위 없이 대단한 행차다. 헐레벌떡 달려가는 교자꾼들과 뒤로 목을 딱 젖히고서 거드름 피우는 고관 모습은 매우 대조적이다. 그러자 숱한 인파 속에서 이런 소리들이 흘러나오기 시작했다.

— 대원군 부름을 받고 급히 입궐하는 고관이 틀림없어.

— 도대체 이 나라를 어떻게 바꾸고 싶어 날마다 저런 모습들이지?

— 두고 보시오들. 우리 조선 땅에 반드시 엄청난 소용돌이가 휘몰아칠 것이오.

— 벌써 몰아치고 있소이다.

그 소리에 그만 목이 서늘한지 배봉이 뭉툭한 손가락을 들어 황소같이 굵은 목을 쓱쓱 문지르며 자식들에게만 들릴 소리로 말했다.

"앞으로 몇 배 더 돈이 큰소리칠 날이 온다 고마."

점박이 형제는 또다시 서로 질세라 한입으로 되뇌었다.

"돈!"

배봉은 자식들을 단단히 훈계시키기 위해 계속해서 돈 이야기 일색이다.

"함 두고 봐라. 시상이 시끄럽고 어지러블수록 돈, 돈이 마이 있어야 하는 기라."

점박이 형제는 닭이 모이 쪼는 듯한 소리를 냈다.

"돈. 돈. 돈."

광화문 드넓은 광장에 돈이 낙엽이나 휴지 조각처럼 날리는 듯했다. 배봉의 입에서 예언자 같은 소리도 나왔다.

"한양에 참 잘 와봤다. 인자 우리 사업은 호래이 날개 달린 거맹캐 번창한다 고마. 그리 안 되모 내 모가지를 빼라."

그들 눈에 한양 사람들 목은 더 연약해 보였다. 만호가 허파에 구멍 난 소리를 했다.

"요 한양 땅에는 없는 기 없다쿤께, 날개 달린 호래이도 안 있으까예? 찾기 되모 우리가 돈을 한거석 주더라도 사가이시더."

억호가 좋은 핀잔거리를 얻었다는 표정을 지었다.

"호래이 발목아지 달린 독수리도 있다, 와?"

그곳에 오기 전에 들었던, 한양에는 없는 것 빼고는 모두 다 있다던 아버지 말을 떠올리며, 만호는 심드렁한 어조로 대꾸했다.

"그라모 그거도 사뻬모 되제."

억호는 기분 팍 상한 얼굴이었다.

"니가 그리 돈이 째뺏나?"

한양에까지 와서도 서로 아버지한테서 더 인정을 받으려고 철천지원 수처럼 끝까지 아득바득 우기는 점박이 형제였다.

"요것들아! 호래이하고 독수리가 싸우모 둘 다 피를 본다, 피를 봐!"

배봉 말에 점박이 형제는 저마다 두꺼운 어깨를 으쓱한다. 호랑이와 독수리가 된 기분인 것이다. 그러자 한양 땅이 우습게 보이기 시작하면서 한양 사람들에게 괜스레 시비라도 걸고 싶었다.

종이 공방工房

"우리가 이래도 되는가 모리것소."

치목이 손으로 운산녀 몸을 찾으며 말했다.

"사람도 쥑잇는데 머가 무서버서 그라요?"

살인을 남의 집 개 이야기하듯 아무렇게나 하며 치목 말을 일축해버린 운산녀는, 두 눈을 게슴츠레 뜨고 일부러 졸리는 목소리를 지어내었다.

"시방은 아모 다린 생각을 하지 말고……."

처음부터 여자에게 밀리고 있는 기분에 자존심이 상한 치목은 끝까지 듣지도 않고 불쑥 말했다.

"알것소."

운산녀가 마녀 웃음소리를 냈다.

"호호."

그 웃음이 썩 마음에 들지 않는지 치목이 목을 옆으로 꺾어 운산녀 모르게 상을 찌푸리면서 말했다.

"내는 아즉도 도통 믿을 수가 없소."

그 소리가 듣기 싫은지 운산녀는 고개를 바로 세워 치목이 뻔히 알아보게 상을 찌푸리면서 말했다.

"아이, 또 머시 그리 궁금해요? 복잡한 시상 하로 이틀 살아본 거도 아임시로."

그새 베개 두 개는 어디로 달아났는지 모르겠다.

"그냥 대충 대충 알고 지내모 되지라. 안 그렇소잉?"

운산녀가 생뚱맞게 전라도 말씨를 한번 쓰면서 코맹맹이 소리를 냈다. 치목 입에서 비수 튀어나오듯 말이 나왔다.

"소긍복이 말요."

"소긍복?"

순간, 운산녀의 몸놀림이 딱 멈추었다. 그러자 그 방에 있는 모든 것들이 저마다 숨을 죽이는 모양새였다.

치목은 날카로운 창끝에 찔린 것처럼 가슴이 뜨끔했다. 자신도 모르게 빨라지려던 동작을 정지했다.

"씨이."

운산녀가 험한 욕설과 함께 손바닥으로 거칠게 사내 가슴팍을 와락 떠밀었다. 실로 당돌하기 이를 데 없었다.

"내가 몇 차례나 씨부렇는고 모리것거마."

그러면서 매섭게 쏘아보는 그 눈빛에는 살기마저 감돌았다. 쇳덩이마저도 그것에 쏘이면 깡그리 녹아버릴 것 같았다.

"그 인간 이약은 고마하라 안 캤소?"

사정없이 다그치는 운산녀에게 치목은 궁색한 변명 늘어놓듯 했다.

"내, 내는 그, 그냥……."

치목은 요동치는 난파선을 타고 있는 아슬아슬한 기분이었다.

"그냥이고 동냥이고!"

거북 등 무늬의 안방 문짝이 쿵 넘어지면서 사람을 와락 덮칠 분위기였다.

치목이 아무런 대꾸가 없자 운산녀는 방바닥에 깔려 있는 비단 이부자리에 대고 침이라도 뱉을 기세였다.

"머시든지 싹 다 물어봐라꼬."

이건 순전히 아랫것들 다루는 형세다. 눈이 시어 못 지켜보겠다.

'허, 하는 말투가야?'

치목도 오기가 불끈 솟았다. 제까짓 게 돈 좀 있다고.

'니가 낼로 그리 무시하모 안 되제.'

멀쩡한 제 서방 놔 놓고 다른 데로 눈을 돌리는 화냥년 아니냐. 하지만 그 다른 데 있는 대상이 바로 이 치목이라는 것에 생각이 미치자 억지로 화를 삭였다.

"우선에 멤을 좀 갈앉히소."

그런데 여자라는 게 또 대뜸 한다는 말이 영 그랬다.

"배가 물에 갈앉으모 고마 죽제 살 수 있는 줄 아는가베? 그라고 요 자리서 죽으모 사람들이 머라 쿠것소? 남자하고 여자하고 둘이서 우짜다가……."

본디 그렇게 소갈딱지 없는 계집인 줄은 익히 알고 있었지만 갈수록 하는 언행이 천박하고 상스럽기 짝이 없었다.

"그리 죄인 취급 마소."

치목 낯이 화덕처럼 벌겋게 달아올랐다. 얼핏 송사訟事라도 걸 사람으로 보였다.

"내가 무신 죄가 있다꼬."

"죄인요오?"

운산녀 말꼬리가 눈꼬리와 더불어 그 끝을 알 수 없게 치올랐다.

"하모요, 죄인."

조금 전에 그들이 베고 있던 붉은 베개와 푸른 베개가 저만큼 밀려나 있었다.

"내는 거기가 시키는 대로 했을 뿐 아인가베?"

따지려 드는 치목을 보자 운산녀는 제멋대로 앙탈 부리는 여자 같았다.

"누가 언청이 아이모 째보라 쿠요?"

누가 밖에서 흔드는 것처럼 방문이 흔들렸지만 두 사람은 조금도 신경을 쓰지 않는 모습으로 내내 다투었다.

"그런께 다 말을 해 준다 안 쿠디요?"

씨부렁거리는 운산녀를 향해 치목은 집채만 한 몸뚱어리로 눌러 죽여 버릴 동작을 취하며 물었다.

"긍복이를 와 쥑이라 캤소? 내 알기로는……."

여우 그것 같은 운산녀 입언저리가 묘하게 일그러졌다.

"내 알기로는 우뚷다 말이요?"

치목은 얻을 것도 없는 일에 더 이상 시비하고 싶지 않아 얼버무렸다.

"아, 그냥 그렇다쿠는 이약이요."

그쯤하면 됐으련만 운산녀는 끝까지 해보자는 투였다.

"시상에 그런 말이 오데 있소?"

아무래도 지금 운산녀는 그 고을 사람들이 간간이 들먹이는, '중앙통 거리에서 뺨 맞고 뒤벼리에서 눈 흘기는' 격이었다. 치목은 또 밀리는 못난 자신에게 부아가 치밀었다.

"그라모 내가 시상에 없는 말을?"

운산녀는 치목을 한참 동안 물끄러미 바라보더니 별안간 광기 들린 언동을 보이기 시작했다.

"호호, 호호호."

그 웃음소리는 거침이 없어 한양에 가 있는 배봉과 점박이 형제의 귀에까지 들릴 정도였다.

"시방 이런 판에 웃음이 나오요?"

울 것 같은 표정을 짓는 치목에게 운산녀는 한 수 가르쳐주는 식이었다.

"우리가 처녀 총각으로 만낸 거도 아인데, 아이제, 피 한 방울 안 섞이도 맹색이 친척 간인데……."

방 벽에 붙여 세워놓은 커다란 거울 속에 비치는 자신과 치목을 무척 재미있다는 눈으로 바라보았다.

"요로콤 앉아 있는 꼬라지, 넘들 눈에는 에나 볼 만할 끼라요."

그러면서 요리조리 놀리는 운산녀의 허리가 치목 눈을 잡아끌었다.

'증신 채리라, 치목아.'

치목은 또 넘어가지 않기 위해 마음을 다잡았다. 아직도 답을 듣지 못한 상태였다.

'요 기집이 백야시다, 백야시. 천 년이 아이라 만 년은 묵었것다.'

배봉이 고런 인간도 조런 여편네를 옆에 두고 살아가자면 정말이지 한 세상 살기 안 쉽겠다 싶었다. 아내 몽녀가 떠오르자 도리질을 했다.

'하기사 곰 겉은 기집보담은 낫제.'

치목은 외간 사내와 눈이 맞은 제 아내 족치듯 운산녀를 세게 몰아대기 시작했다.

"퍼뜩 말해 봐라 쿤께?"

하지만 운산녀는 그냥 넘어갈 심산인지 사람 몇 잡아먹을 능글능글한 목소리였다.

"머를요?"

치목은 이참에 반드시 알아야 하겠다고 마지막 경고장을 던지는 투로 물었다.

"와 내 보고 긍복이를 쥑이 달라꼬 핸 기요?"

"흐응!"

이제 여우가 아니라 암사자가 포효하는 듯한 운산녀 얼굴에서 웃음기가 싹 가셨다. 그와 동시에 훈기가 느껴지던 방안이 엄동설한 얼음판으로 바뀌는 분위기였다. 그 조화에는 하늘도 혀를 내두를 성싶었다.

"무신 걸고리를 치고 싶어서 자꾸 이라요."

운산녀는 서릿발보다 싸늘한 목소리로 강렬한 독기를 내뿜는 독사처럼 내뱉었다.

"전번에 내 다 이약 안 해줬소?"

치목은 더는 입을 달싹이지 않고 가만히 있기만 했다. 운산녀가 으스름달밤에 무덤가에 나타난 소복 입은 여귀처럼 느껴졌다. 홀연 방이 귀신들이 자주 출몰한다고 소문나 있는 선학산 공동묘지 같았다.

"고 족제비 겉은 인간이 감히 이 운산녀를 협박했던 기요."

운산녀는 손바닥으로 소리 나게 자기 가슴을 쳤다. 저러다간 시퍼렇게 멍이 들지 싶었다.

"해, 협박?"

치목이 반문하자 운산녀는 오리발 내밀지 말라고 했다.

"조선 사람이 조선말도 몬 알아묵소?"

"으."

치목은 영락없이 협박받는 사람으로 비쳤다. 운산녀가 입가에 묻은 피를 닦아내는 여귀처럼 손등으로 입술을 훔치며 조롱과 저주 퍼붓듯 했다.

"행편없이 어리석은 눔."

그 행편없이 어리석다는 대상이 긍복인지 치목 자신인지 헷갈리게 했다. 어쨌든 치목은 도저히 믿을 수 없다는 빛이었다.

"머로 햅박을 했던 기요?"

바보 같은 그의 표정이 누구 눈에도 참 보기 싫을 것이다. 찌푸린 얼굴로 치목을 보던 운산녀는 중환자를 진단하는 의원처럼 했다.

"해나 근망정(건망증)이 심한 거는 아이요?"

치목은 방바닥에 깔린 현란한 빛깔의 비단 요褥 모서리에 걸려 있다시피 한 붉은 베개같이 벌겋게 달아오른 얼굴로 말했다.

"근망정요?"

"야."

운산녀는 무표정했다. 어찌 보면 백치 같다.

"에나 듣자듣자 하이?"

치목은 손을 쳐들었다 내려놓았다. 아내 몽녀에게 하던 버릇이 자신도 모르게 또 나왔던 것이다.

"전번에 듣고도 무신 악취미요?"

운산녀는 그런 치목의 행동이 너무나도 가소롭다는 듯 픽 웃음을 터뜨리며 말을 계속했다. 그런데 갈수록 태산이다.

"인간백정 민치목이, 에나 나뿐 사람이거마는."

치목이 다시 한번 발끈했다. 바깥주인이 집을 비운 사이에 불륜의 남녀 사이에서 벌어지는 그 진풍경은 상식의 잣대로는 도저히 설명이 불가능했다.

"인간백정 민치목?"

그 서슬에 한쪽으로 밀쳐 있는 비단 이불이 한층 더 웅크리는 모양새였다. 치목은 말을 엿가락 늘어뜨리듯이 했다.

"이인가안배액저엉?"

운산녀 입가에 번졌던 웃음기는 사라졌지만 그렇다고 해서 두려워하는 빛은 조금도 엿보이지 않았다. 치목은 당장이라도 덤벼들어 상대 목을 조를 것 같은 사나운 기세로 윽박질렀다.

"쭉 찢어진 입이라꼬, 그리 마구재비 놀리도 되는 긴가?"

거기 거울을 깨뜨려버리고 싶은 충동을 가까스로 억눌렀다.

"사람 감정이라쿠는 기 우떤 기요?"

"후~우."

아무 대꾸가 없던 운산녀가 갑자기 한숨을 폭 내쉬더니 자조하는 목소리로 말했다.

"내가 미친년 맞제. 환장한 년인 기라."

운산녀는 실제로 광녀처럼 보이도록 하려는 의도인지 머리칼이 제멋대로 헝클어질 만큼 머리를 함부로 흔들어대며 말했다.

"눈깔 시퍼렇기 살아 있는 지 남핀 오데다가 던지 놔놓고, 다린 사내들하고 요런 행오지나 해쌓고 있은께."

운산녀 그 말이 치목 귀에는 아내 몽녀의 이런 말로 바뀌어 들렸다.

'눈깔 시퍼렇기 살아 있는 지 아내 오데다가 던지 놔놓고, 다린 기집들하고 조런 행오지나 해쌓고 있은께.'

입속으로 욕설을 섞어가며 무어라 투덜거리고 있을 때였다.

"돈, 돈이 머신고?"

이번에는 홀연 돈 귀신으로 변해버리는 운산녀였다.

"돈."

치목도 돈 귀신과 같기는 매한가지였다. 만약 돈이 아니면 왜 이따위 짓을 하고 있으랴 싶었다.

"지눔이 달라쿠는 대로 안 주모 우짠다 캤는 줄 아요?"

운산녀는 거울에 비치는 치목의 얼굴을 보면서 말을 이었다.

"남핀한테 모돌띠리 까발리것다꼬……."

치목은 곧장 눈앞에 나타나 보이는 배봉의 얼굴을 애써 지웠다.

"남편한테?"

"허, 천하의 이 운산녀를 협박하는 꼴 봤으모, 참."

"그, 그래서 쥑일 작정을 하, 한 기요?"

치목은 아무리 담대해지려고 해도 또 어쩔 수 없이 음성이 떨려 나왔다. 운산녀가 거울 밖의 치목에게로 고개를 돌렸다.

"그라모 우짤 끼요?"

운산녀는 그들의 불륜 현장을 내려다보고 있는 천장 어딘가로 허한 눈길을 보냈다. 그러고는 한참 후에 비결을 알고 싶다는 듯 말했다.

"무신 뾰족한 수가 있으모 대답을 함 해보소."

"그, 그거는……."

치목은 그만 입을 다물고 말았다. 대저 문제가 있는 곳에는 답도 있는 법이라지만, 이건 아니다 여겨졌던 것이다. 그래서 농민군도 들고일어날 수밖에 없었던 게 아니었을까 하는 생각이 잠깐 들기도 했다.

"넘들 눈에는 그런 식으로 안 비이것지만도, 그기 아이요."

운산녀는 눈을 내리깐 채 장담했다.

"소긍복이 그눔, 그냥 말로만 겁을 멕이는 기 아이고, 에나 그리하고도 한참 남을 인간 말종이오."

"허, 그런 자라꼬요?"

둘 다 죽은 긍복을 떠올리며 잠시 침묵이 흐르다가 치목이 먼저 입을 열었다.

"그래도 살을 섞고 뼈를 부딪친 사인데 그럴 리가?"

"살? 뼈?"

운산녀 목소리가 날카롭게 날아왔다. 치목은 또 농민군의 무기인 죽창과 몽둥이와 농기구 등이 눈앞에 어른거렸다.

"그기 무신 소용 있소?"

치목은 방패로 막듯 했다.

"와 소용이 없다 말요?"

운산녀는 꼭꼭 씹어 먹고 싶다는 투였다.

"먼첨 배신한 쪽은 고 인간인데……."

거기 있는 이부자리로 덮어진 것같이 숨이 막힌 치목은 자신도 모르게 이렇게 묻고 있었다.

"만약에, 만약에 내가 그리해도 내를 쥑일 끼요?"

그러자 운산녀는 조금도 망설이지 않고 즉각 대답했다.

"거는 더 참혹하거로 쥑일 끼요."

치목 눈에 거울이 '쩡' 갈라지고 있었다. 갈라진 거울의 유리 조각들이 그의 전신을 향해 날아와 박히고 있었다.

"더, 더 차, 참혹하거로!"

치목은 말을 잇지 못했다. 그렇지만 운산녀는 기름이라도 칠했는지 입을 매끄럽게 잘도 놀렸다.

"우짤 낀고 함 들어볼라요?"

운산녀는, 사람을 잡아먹는 귀신이 있어, 사람 몸을 요리하는 칼질이라도 하는 것 같은 동작까지 지어 보였다.

"낫으로 사지를 가리가리 찢어삐고, 작두로 모가지를 싸악 베삐리고, 장도리로 눈깔을 확 빼서……."

능지처참, 부관참시는 아예 저리로 가라 할 판이었다. 치목은 머리끝에서 발끝까지 끼쳐드는 소름을 눈치 채이지 않으려고 필요 이상으로 언성을 높였다.

"그짝에서 그라기 전에 안 있소."

운산녀가 방 곳곳에 미리 뿌려 놓은 무슨 향수가 언제부터인가 치목

코에는 비릿한 피 냄새로 바뀌고 있었다.

"내가 먼첨 그짝을 그리해삘 낀데?"

"낼로 먼첨?"

잠시 날카로운 눈빛으로 상대를 노려보았다.

"하모요."

"그기사 두고 보모 알것제."

운산녀가 가소롭다는 듯 말에 힘도 넣지 않고 가볍게 툭 대꾸했다.

"누가 먼첨 염라대왕 얼골 기경할 낀고는 말임시."

"여, 염라대왕……."

치목은 말을 크게 더듬거리면서도 내심 절대로 물러설 수 없다고 굳게 다짐했다. 한번 여자에게 얕잡아 보인 사내가 얼마나 불쌍하고 비참한 처지에 내던져지는가를 그는 익히 알고 있었다.

"이 민치목이는 소긍복이하고는 다리요."

"이 운산녀가 상대하모 똑겉소."

치목은 그만 입을 다물고 말았다. 솔직히 운산녀를 당해낼 자신이 없었다.

"와 무서븐 기요?"

그러는 운산녀의 육감적인 입술에 비웃음이 잔뜩 서려 있다.

"무섭기는!"

치목은 오히려 무서운 표정을 만들어 보였다. 그렇지만 운산녀는 잔뜩 업신여기는 빛을 노골적으로 드러냈다.

"겁낼 꺼 하나도 없소."

치목은 그런 걱정 덜라고 했다.

"겁 안 내요. 낼라 캐도 안 나요."

"긍복이맹커로만 안 하모 된께네."

그런 후에 운산녀가 갑자기 목소리를 밑으로 착 깔았다. 그건 대가리를 빳빳이 치켜들고 있던 뱀이 몸통을 땅바닥에다 찰싹 갖다 붙이는 느낌을 자아냈다.

"한 사람 더 쥑이줄 수 있것소?"

"머요?"

　치목의 놀란 외마디가 천장으로 치솟았다가 사방 벽으로 날아가 부딪쳤다.

"또, 또 누, 누를 쥐, 쥑이라쿠는 기요?"

　헝클어진 머리카락 사이로 내다보이는 운산녀 두 눈이 광녀의 눈만큼이나 노랗게 번득였다. 말에도 비슷한 빛이 서렸다.

"요분에는 여자요."

　치목의 목소리가 부들부들 떨리고 있었다.

"여, 여자?"

　하지만 운산녀는 무슨 흥겹고 가벼운 노랫말 읊조리듯 했다.

"아즉 나이 몇 살 안 묵은 새파랗기 젊은 여자."

　치목은 물에 빠진 사람이 허우적거리는 모양새였다.

"서, 설마 시, 시방 농담하는 거는 아, 아이……."

　운산녀가 정색한 얼굴로 쏘아붙였다.

"시방 무신 소리를 해쌌는 긴고 모리것네. 남자하고 여자가 이부자리 우에서 마조 앉아갖고, 사람 쥑이자쿠는 농담하는 벱도 있는 기요?"

"하, 하기사 그거는……."

　치목은 자신의 몸이 작아지고 작아져서 콩알만 하게 되는 것을 보았다.

'허, 이 민치목이가 우짜다가?'

　산이라면 태산이고, 물이라면 대해大海라고, 내 신체 하나는 세상 어디에 내놓아도 빠지지 않을 거라고 호언장담을 해왔는데 요렇게 수난당하고 있다니.

운산녀는 또다시 제멋대로 깔깔거렸다. 그러고는 사내 눈앞으로 아직은 팽팽한 가슴을 쑥 내밀었다.

"다시 말하이 잘 들으소. 구미가 땡길 흥정 아인가베."

이건 완전히 뼈다귀 하나 보이며 개를 꾀는 품새다. 게다가 어서 꼬리를 흔들라며 더욱 부추기는 말이 이랬다.

"무신 소린고 하모 안 있소, 요분에는 쥑이지는 말고 죽을 만치 혼만 내주모 되는 기다, 그거요."

그러니까 소긍복 경우보다는 훨씬 쉬운 제안이라는 이야기다. 그러자 치목이 금방이라도 활활 불탈 것처럼 시뻘겋게 달아오른 낯짝으로 씩씩거렸다.

"아이요, 아인 기라."

운산녀는 신나는 놀이라도 즐기는 모습이었다.

"아이모요?"

치목은 수도手刀로 내리치는 시늉을 했다.

"탁 쥑이삘 끼요."

운산녀가 의외라는 낯빛을 했다.

"쥑이삐요?"

치목은 눈앞의 먹잇감을 먹어 치우려는 맹수를 방불케 했다.

"그냥 시지부지(흐지부지) 하는 거는 이 치목의 직성에 안 맞소."

운산녀가 눈을 크게 치떴다.

"또 사람을 쥑인다꼬요?"

그 말에서는 놀라는 빛보다도 확인하려는 빛이 더 강하게 전해졌다.

"눈고 말만 하소."

치목은 스스로 흥분했는지 두 손으로 목을 조르는 동작까지 취해 보였다.

"요분에도 쥑이줄 낀께……."

운산녀는 눈을 가느다랗게 떠 보였다. 졸리는 사람 같았다. 그뿐만 아니라 남의 일을 말하는 품새였다.

"그렇다모 알아서 하소."

치목은 즉시 달려갈 것 같은 기세로 물었다.

"누요? 그 젊은 여자가……."

"그 여자는……."

운산녀 눈빛이 금세 소름 끼칠 정도로 희번덕거리더니 아무렇지 않게 툭 내뱉었다.

"비화 고년이요."

순간, 치목의 거구가 눈에 띄게 움찔했다.

"비, 비화를?"

운산녀 입언저리에 노골적인 조소가 떠올랐다.

"와 겁이 나서 몬 하것소?"

"그, 그거는 아, 아이지만도……."

"싫으모 고만두소. 딴 데 알아볼 낀께네. 오데 사람이 없으까이?"

"사람 말 끝꺼지 들어보고 이약하소. 우리 조선 사람 말은 마즈막꺼정 다 들어봐야 안다 안 캤소?"

어울리지 않게 나라말까지 들고 나왔다. 운산녀는 사람 약 올리기로 작심한 모양이었다.

"그라모 싫은 거는 아이요?"

그러자 치목은 얼굴을 발딱 치켜들고는 큰소리로 따지듯 했다. 괜한 데 시간만 낭비한 꼴이었다.

"누가 싫다 캤소?"

돌고 돌아 또 그 자리로 오는 격이었다. 운산녀는 웃음기를 실실 뿌렸다.

"시방꺼지 아재가 했던 말 중에, 내가 안 싫은 소리가 그 소리거마는."

치목은 가장 듣기 싫은 소리라는 듯 내뱉었다.

"아재는 무신?"

그래도 낯짝은 있는 벼룩인지, 운산녀는 찔리는 게 있는 눈치였다.

"아, 그 소리가 내 입에 하도 익어갖고……."

치목이 익은 과일을 따라는 농부처럼 말했다.

"다 익었으모 떼삐소."

"아즉 다 익지도 않은 비화 고년이 말임시."

"계속하소."

"이 운산녀를 우습거로 본다 아이요."

"그래요?"

치목 얼굴이 운산녀에게 좀 더 다가간다. 천장과 방바닥과의 거리가 좁혀들고 있는 느낌이 들었다.

"몬 믿것지요?"

"몬 믿것소."

거울 안의 남녀와 거울 밖의 남녀가 처음으로 같은 남녀라는 것을 알 수 있도록 하는 순간이었다.

"내도 그렇소."

"고 눈깔만 붙은 기 감히 오데서?"

"눈깔도 눈깔 나름……."

"이 민치목이가 목심 걸고 뫼시는 우리 고귀하신 운산녀를 그리하모 안 되제. 아암, 안 되고말고."

운산녀는 듣기 좋은 꽃노래를 들은 것처럼 기분이 좋아지는 모양이었
다. 이른바 저 '수준'이라는 말이 떠오르는 자리였다.

"야, 그 말이 에나 진리요. 천주학재이들이 장 떠벌리고 댕기는 소리
보담도 백 배 천 배 참된 이치요."

이래도 덩더꿍 저래도 덩더꿍, 그런 것처럼 했다.

"그라이 혼만 내줘도 좋고, 콱 쥑이삐모 더 좋것소."

치목 입에서는 듣기 좋은 꽃노래가 잇따라 나왔다.

"쥑이것소. 이왕 베린(버린) 몸, 시키는 대로 다 하것소."

그러더니 광기가 서려 있는 눈빛으로 여자를 집어삼킬 듯이 바라보
았다.

"그 대신에……."

운산녀도 어느새 졸음기가 사라진 눈으로 남자의 시선을 맞받았다.

"긍복이 때보담 열 곱절 더 많은 돈 주것소."

"열 곱절이라."

몽롱한 눈빛이 되는 치목. 바로 그가 늘 구박하는 아내 몽녀의 눈빛
이다.

"우떻소. 입맛 땡기요?"

둘 다 입을 다셨다.

"아, 시상에 돈 싫다쿠는 미친눔 있것소?"

"미치개이도 돈은 좋아하더마는."

"시방은 운산녀가 더……."

운산녀는 일부러 흥미 없다는 얼굴을 했다.

"미친 소리……."

치목은 배알도 없는 사람처럼 했다.

144

"하하하."

치목은 긍복을 살해한 이후로 예전보다 한층 더 거칠고 대담해졌다. 세상에 아무 거리낄 게 없다는 식으로 처신했다. 어떨 때 보면 딱 그날 하루만 살다가 죽을 사람같이 굴기도 했다. 어쩌면 그는 살인자의 불안한 심리를 그런 난폭한 행동을 통해 억누르는지도 알 수 없다. 아니, 그럴 것이다.

꿈자리가 감사납기 그지없었다. 육모방망이와 삼지창 등을 든 관아 포졸들에게 끝없이 쫓기는 악몽에서 깨어나면 그는 어김없이 술과 여자를 찾았다. 언제 끝을 보일지 모를 악순환의 반복이었다.

비화는 진무 스님과 함께 무척 특별한 장소에 가 있었다.

"자아, 잘 봐 두어라. 종이가 어떻게 만들어지는가를. 이런 광경 구경하기도 쉽지는 않을 게다."

진무 스님은 미술공예가의 작업장 같은 공방工房 안을 둘러보며 말했다.

"증말 대단합니더, 스님. 이런 데는 첨 와 봅니더."

보통 때도 총기 넘쳐 보이는 비화의 눈이 이날은 더 그랬다.

"어떠냐? 장사가 바쁘지만 한번 잘 왔다고 생각되지 않느냐?"

"참 잘 온 거 겉어예. 다 스님 덕분이지예."

비화는 그제야 진무 스님 마음을 읽었다. 진무 스님을 통해 보는 세상은 그야말로 아홉 개나 되는 해가 떠오르는 것과 같은 밝음이 느껴지곤 했다.

"내 눈이 그릇되지 않았도다. 장차 비화는 조선팔도를 크게 뒤흔들 거부가 될 것이다. 이 상촌나루터는 어쩌면 비화를 위해 존재하는지도 모르겠구나."

오랜만에 나루터집을 찾아온 진무 스님은 비화가 정성스럽게 차려온 콩나물국밥을 먹을 생각은 하지 않고 흐뭇한 표정을 지으며 말했었다.

"여꺼지 오신다꼬 상구 시장하실 낀데 식기 전에 퍼뜩 드시소."

비화가 계속 권해도 진무 스님은 수저를 드는 대신 엉뚱한 얘기만 했었다.

"비화가 큰돈을 벌게 되면 꼭 해줄 말이 있었느니."

"……."

그의 음성은 천주교 신자인 전창무와 우 씨 부부가 하느님께 드리는 기도만큼이나 진지하고 신중했다.

"아직은 시기가 빠르다마는, 돈이 좀 더 모이면 기필코 그 일을 해야 할 것이야."

비화는 궁금증과 긴장감을 동시에 느꼈다.

"무신 일을 말씀하시는지?"

진무 스님은 앉을 자리가 없을 만큼 손님들로 붐비는 가게 안을 기쁜 낯빛으로 죽 둘러보며 남들이 잘 할 수 없는 말을 했다.

"앞으로 조선이 잘살기 위해서는 양반이고 평민이고 천민이고 가릴 것 없이 서책을 가까이해야 할 것이야."

비화 두 눈이 화등잔처럼 커졌다.

"서책을 말씀입니꺼?"

"그렇다. 서책이다."

진무 스님은 확인시켜주고 나서 말했다.

"지금 저 손님들이 내는 돈이 필시 이 나라 학문의 불을 붙일 소중한 불쏘시개가 되겠지. 허허허."

비화는 낯이 간지러웠다.

"보잘것없는 이런 밥집 돈이 우찌 그리 대단한 일을예?"

마당 가장자리에 서 있는 대추나무와 석류나무가 이쪽을 내려다보고 있었다. 그 잎들은 간혹 평상 위나 밑에 떨어져 자연이 놓은 자수처럼 운치를 자아내기도 했다.

"산속에 있는 풀뿌리와 나무껍질로 근근이 목숨을 이어가는 한이 있더라도, 결코 서책을 등한시하면 아니 될 것이야."

진무 스님은 국밥은 반도 뜨지 않고 벌떡 일어서며 독촉했다.

"나하고 같이 가볼 데가 있느니라."

비화는 그만 당황했다.

"스님! 오데를 말입니꺼?"

그런데 진무 스님은 평소와는 달리 강압적이기까지 했다. 그에게 그런 면이 있다는 것을, 비화는 이날 처음으로 알았다.

"허, 글쎄, 따라오너라."

그러자 잠시도 쉴 새 없이 들어오는 손님들을 보면서 난감한 표정을 짓는 비화에게 어서 스님을 모시고 가라며 등을 떠미는 원아였다.

"가게는 걱정 말고……."

우정 댁도 진무 스님 등 뒤에서 연방 눈을 깜빡깜빡했다.

"스님 화나시모 되기 무섭다이?"

그리하여 비화는 우정 댁과 원아에게 가게를 맡기고 허둥지둥 진무 스님 뒤를 따라 지금 그곳까지 오게 된 것이다. 제법 먼 거리였다.

망진산에서 남동쪽으로 약간 떨어져서 '배건너' 동네의 한쪽에 외따로 자리하고 있는 공방은 별천지라는 느낌으로 다가왔다. 그 마을 안으로 들어서자 다시는 내가 살던 세상으로 나갈 수 없을 것 같아 몸뿐만 아니라 마음까지도 휘청거리는 기분이었다.

"에나 대단해서 놀래컷어예, 스님."

비화는 제 감정을 그대로 말했다.

"책 재료가 되는 종이 맨드는 거를 본께네, 증말 학문을 숭상해야컷다는 생각이 한거석 듭니더."

"역시 비화야."

진무 스님은 크게 고개를 끄덕였다. 그런데 이어지는 말이 비화를 놀라게 했다.

"그리고 한 가지 더 말하자면, 지금 이 나라는 여성 교육이 전혀 없는 실정이 아니더냐?"

"여, 여성교육예?"

비화는 그야말로 깜짝 놀랐다. 귀를 의심했다.

"아, 그라모 여자도 글공부를 한다쿠는 말씀입니꺼?"

그러나 진무 스님은 도저히 믿지 못하겠는 비화 물음에는 아무런 대답도 없이 그저 종이 만드는 작업만 가만히 바라볼 뿐이었다. 얼핏 면벽 수도승을 연상시키는 모습이었다.

'에나 보기 드문 장면 아이가.'

비화는 또 한 번 다른 세상에 온 감상에 젖었다.

'농사짓고 장사하고 책 읽고 또 그 밖에 머꼬, 머 그런 남자들은 봤지만도…….'

꼭 비녀를 꽂은 여자 쪽 찐 머리처럼 머리칼을 뒤로 묶은 남자들이 커다란 나무통에 들어가 있다. 바지를 무릎 위에까지 동동 걷어 올리고 그 나무통에 넣은 고지나 폐지 조각들을 종이 죽이 될 때까지 발로 밟는 것이다.

한지를 만드는 과정은 지켜볼수록 신기했다. 그 작업장은 사람들의 일반 일터와는 아주 다르게 비쳤다. 그런데 진무 스님이 그곳까지 그녀 자신을 데려와 보게 한 의도를 다시 헤아리자 비화 심정은 떨리면서도 무거웠다.

"나무통 옆으로 놓인 저 나무판 위에 가지런히 올려 있는 게 뭔지 아느냐?"

진무 스님은 공방 기술자들에게 방해되지 않도록 이만큼 멀찍하게 떨어져 선 자리에서 작은 소리로 물었다. 모든 게 그저 신기하기만 한 비화는 나무판 위에 있는 것을 유심히 살펴보았다.

그것은 식물을 기계적·화학적으로 처리하여 그 섬유소를 뽑아낸, 그러니까 이른바 펄프 덩어리였는데, 그 당시 비화로선 전혀 알 재간이 없는 것이었다. 진무 스님은 예전에도 거기 여러 차례 와봤는지 소상하게 일러주었다.

"저쪽에 있는 돌로 된 커다란 통에 옮겨 담게 될 것들이야."

"아, 예."

비화는 한층 놀라고 감탄했다. 진무 스님은 역시 대단한 고승이시다. 여자도 공부를 할 수 있는 세상을 말씀하시다니. 서안 앞에 앉아 서책을 넘기고 있는 여자 모습. 아무래도 그 그림이 제대로 그려지지 않는다. 과연 그런 세상이 올 수 있을까? 도저히 불가능할 성싶다.

'참, 그런 일이 있었디제.'

문득, 비화 머릿속으로 아주 어릴 적 본 슬픈 광경 하나가 들어왔다. 자기가 일해서 번 돈으로 시장 책방에서 언문 책을 빌린 한 여인네가 그녀 남편에게 엄청난 구타를 당하고 있던 모습이 생각났다.

'아, 이거는 무신 운맹 겉은 기 아일까?'

그래서 사람은 운명론자가 되기도 하는지 모르겠다. 천주학 신자들이 자신들이 신봉하는 절대자를 향한 그 감정의 결도 이와 유사한 게 아닐까?

'새카맣커로 잊아삐고 있던 그 일을 진무 스님이 다시 일깨워주시다이.'

비화는 더욱 가슴이 쿵쾅거리기 시작했다. 그래, 내가 돈을 많이 벌게 되면 종이를 만들어 책으로 엮어내어 여자들도 읽을 수 있게 하리라. 여자들 글 읽는 소리가 낭랑하게 서당 밖으로 흘러나오는 그런 나라를 꿈꾸어 보리라.

비화는 지금까지 모르고 있었다. 언문 책 사건이 벌어진 날, 진무 스님이 몰래 그녀를 지켜보고 있었다.

'어? 저거는 또 머하는 기고?'

비화는 한층 눈을 크게 뜨고 공방 안을 둘러보았다. 물이 담긴 큰 통에 닥나무 가지와 뿌리를 넣고 나무 막대기로 휘젓는 작업 현장도 새로웠다.

"아, 진무 스님께서 귀하신 걸음을 하셨군요!"

그때 책임자로 보이는 사람 하나가 무척 반갑게 진무 스님에게 다가오더니 두 손바닥을 모으고 공손히 허리를 굽혔다. 유난히 각진 얼굴이 네모반듯한 종이 같아 보이는 그는, 진무 스님이 주지로 있는 비어사 신자가 아닐까 싶었다.

"어서 오시오."

비화에게 가볍게 인사를 건넨 그는, 이런저런 것에 대해 자세히 설명했다. 비화는 처음 만나는 사람이지만 자기가 하는 일에 대단한 열정과 긍지를 가진 사람이란 걸 알 수 있었다.

"제일 질이 좋은 종이는 가을에 만듭니다."

"가을 종이……."

진무 스님이 되뇌었다. 비화도 그 이유가 궁금했다. 왜 봄, 여름, 겨울이 아니고?

"예, 그것은 웬만해선 찢어지지 않고 두껍고 윤기가 나지요."

귀담아듣고 있던 진무 스님이 물었다.

"최상급은 상감마마 하사품으로 쓰인다면서요?"

비화는 또 가슴이 펄쩍 뛰었다. 상감마마 하사품. 책임자는 큰 덩치에 어울리지 않게 좀 수줍어했다.

"부끄러운 말씀입니다만, 저희 공방에서는 아직 그렇게 대단한 것까지는 만들지 못하고, 과거 시험지로 쓰이는 중간 재질 정도를 만듭니다, 스님."

그러면서 이내 덧붙이기를, 그것은 장사치에게 팔려가 기름을 먹이게 되면 한층 더 굳고 튼튼해져 완전히 방수가 되는데, 그렇게 되면 우장이나 부채, 장판지, 상자 등 여러 가지 용도로 쓰인다고 했다.

"에나 대단하네예!"

감탄사를 연발하면서 고개를 끄덕이고 있는 비화를 의미심장한 눈빛으로 지켜보는 진무 스님 표정이 더없이 밝고 흐뭇해 보였다. 공방 책임자도 비화를 호감 어린 눈으로 바라보았다.

"장차 세상은 종이문화 시대가 올 것이야. 종이야말로 없어서는 안될 필수품으로 자리 잡게 되겠지."

진무 스님이 비화에게 들으라고 하는 말에 그 책임자는 불전에서 기도하듯 했다.

"종이를 대량으로 생산할 수 있는 날이 빨리 와야 할 텐데 말입니다."

새삼스러운 눈으로 공방 안을 둘러보았다.

'저리 귀한 종이를 한꺼분에 맨들어낼 수 있는 날!'

비화는 가슴이 벅차올라 말끝을 맺지 못했다. 진무 스님이 넓은 공방 여기저기를 보면서 그곳 책임자에게 확신에 찬 목소리로 말했다.

"언젠가는 반드시 그렇게 될 것이라고 봅니다. 그때가 되면, 종이가 길거리에 낙엽같이 굴러다닐지도 모르지요."

비화 눈앞에 기적과도 같은 이런 광경이 쫙 펼쳐져 보였다. 길 위에서 바람이 부는 대로 이리저리 날려 다니는 종이들.

'진무 스님이 그리 내다보신다모, 운젠가는 그리 될 날이 올 끼거마는.'

그러나 세상일을 거울처럼 밝고 투명하게 비춰볼 줄 아는 진무 스님도 전혀 알지 못하고 있었다. 운산녀의 안방에 있다가 자기 집으로 돌아간 치목에 대해서는. 그리고 지금 그 순간에도 운산녀의 사주를 받은 살인마가 비화 목숨을 노리기 위해 저 무서운 계획을 꾸미고 있었다.

소긍복의 목숨을 거두지 않을 경우, 그 자신이 위태로웠던 운산녀는 그렇다 치고, 한 번 피를 본 치목도 정상적인 인간에서 멀어진 지 오래였다. 그자는 또 다른 피 맛을 보기 위해 이제는 제 스스로 희생물을 찾아 나설 만큼 극단적인 지경에 이르고 말았다.

흰말, 강을 건너다

해랑은 궁금하기 그지없었다.

대체 한양에서 누가 내려오기에 한 고을의 수령인 정석현 목사가 저렇게 큰 신경을 쓰는지 모르겠다. 여태 없었던 일이었다.

"설마 상감께서 납시는 거는 아이것지예?"

"머라꼬?"

"상감마마 납시요!"

나이가 차도 철이 들지 않을 것 같은 새끼 기생 효원은 그런 말도 했다. 교방의 다른 관기들도 알고 싶어 하긴 마찬가지였다.

"아주 특별한 사람들이니라. 청나라 북경을 다녀오기도 했지."

정 목사는 해랑의 궁금증을 더해주는 그런 소리만 할 뿐, 왠지 조금 더 상세한 이야기는 피하는 기색이었다. 그런 그에게서는 출처를 알 수 없는 수상하고 위험한 기운까지 전해졌다.

청나라 북경이라니? 일개 관기 신분인 해랑으로서는 달나라나 별나라같이 낯설고 아득한 곳이 아닐 수 없었다. 아직 한양 땅도 한번 밟아보지 못한 그녀였다.

"허어, 무척 궁금해 하는 눈치야."

"아, 아이옵니더."

"본관도 가슴이 떨리는구나."

"예."

잠시 후 정 목사는 이것만은 말해줘도 괜찮겠다고 본 모양이었다.

"한 사람은 양반 출신이고, 또 한 사람은 역관 집안 출신인 중인 계급인데, 나는 솔직히 말해 양반보다 그 중인을 더 만나고 싶은 심정이니라."

그런데 그것은 오히려 해랑에게 궁금증을 풀어주기보다도 긴장감을 더 갖게 만들었다.

"이 몸도 한시바삐 그분들을 만내보고 싶사옵니더."

정 목사는 해랑의 어깨 너머로 무언가를 바라보듯 했다.

"그러하더냐?"

해랑은 손으로 머리를 매만졌다.

"예, 목사 영감께서 그리도 기다리시는 거를 보이 더 그렇사옵니더."

그러나 정 목사는 또다시 더욱 알 수 없는 소리만 했다.

"사실 이건 비밀로 하고 싶은 일이다."

"비밀⋯⋯."

어쩐지 몸이 오싹해지는 해랑이었다.

"그들과 만나는 자리에도 해랑이 너만 부를 생각을 하고 있느니."

"아, 소녀 하나만⋯⋯."

그로부터 닷새 뒤 해랑은 정 목사 부름을 받았다. 대접 술자리는 그녀가 예상하던 것보다도 훨씬 조촐하게 차려졌다. 해랑은 처음부터 한 방 맞은 기분이었다.

"이분은 위문사절 부사로 북경을 다녀오신 박순국 나리이시고, 저분은 동지사로서 북경에 들른 오석경 역관이니라."

정 목사는 두 사람에 관해 얘기할 때 똑같이 북경 다녀온 일을 상기시켰다. 해랑은 그게 가장 중요하고 시급한 문제라는 것을 어렵잖게 깨달았다. 그러자 술을 따르는 손길이 그저 떨렸다. 예전에 드문 일이었다.

박순국은 둥글넓적한 얼굴에 살이 붙은 몸이 좀 넉넉한 인상을 풍겼다. 오석경은 야윈 몸매와 갸름한 얼굴에 눈빛이 날카로워 보였다.

"우리도 긴장을 늦추면 아니 됩니다."

오석경은 턱을 조이고 있는 갓끈을 더욱 단단하게 매고 나서 입을 열었다.

"만약 그랬다가는……."

그에게서는 긴장하지 않으려 해도 긴장할 수밖에 없는 분위기가 느껴졌다.

"그해 8월, 영불 연합군에 의해 북경이 점령되고 원명원까지 불타버린 그 사건은 참으로 충격적인 일이 아닐 수 없습지요."

"오 역관이 북경에 가신 건, 같은 해 10월이었다고요?"

정 목사 물음에 오석경은 몹시 흥분한 목소리로 대답했다.

"그렇습지요. 서구 열강의 침략에 그렇게도 무기력하게 무너지고 마는 청나라를 보면서, 저의 개화에 대한 확신이 더욱 굳어졌습니다."

정 목사와 박순국이 동시에 말했다.

"아, 그래요?"

해랑으로서는 좀처럼 이해되지 않는 말들이 대부분이었다. 지금까지 살아오면서 그렇게 생경하고 난해한 이야기는 들어본 기억이 없었다.

'청국하고 서구 열강인가 하는 나라의 말을 쓰고 있는 거도 아인데.'

하지만 뭔가 새롭고도 무서운 바람이 불어오고 있다는 예감만은 또렷이 전해졌다. 그것도 그다지 멀지 않은 날에 맞닥뜨리게 될 것 같았다.

'인자 목사 영감이 그리하싯던 연유를 쪼끔은 알 거 겉다.'

그때 고개를 끄덕이며 잠자코 듣고 있던 박순국이 무겁게 입을 뗐다.

"청나라가 태평천국의 난을 진압하기 위해 영국군의 힘을 빌리려고 했던 것부터가 큰 잘못이었지요. 착오를 일으킨 겁니다."

오석경이 창백한 입술을 질끈 깨물었다.

"그 난을 일으킨 홍수전이란 자가 정말 무서운 인물입니다."

"지금 홍수전이라 했소이까?"

해랑 눈에는 정 목사도 처음 들어보는 이름은 아닌 것으로 보였다.

"만주족을 몰아내고 한족을 다시 일으킨다는 기치를 내건 그 봉기는 실로 엄청난 호응을 얻었습지요."

그러면서 방석을 고쳐 앉는 오석경처럼 정 목사도 자세를 바로잡았다.

"허, 진정 놀라운 기치요."

오석경은 중국인인 홍수전에 관해 많은 것을 알고 있는 듯싶었다. 아니, 시간이 더 지나면서 해랑이 알게 된 것이지만 오석경은 보기 드물게 박학다식한 사람이었다. 나의 주변에 저런 이가 있었던가 하는 생각을 해보게 하는 인물이었다.

"특히 기독교에 귀의하여 상제회를 조직한 일이며, 범상한 인물이 아니지요."

박순국이 모두의 기억을 되살려주기라도 하듯 말했다.

"지금으로부터 약 십 년 전에, 남경을 함락해 수도로 정하고 천경이라 이름 한 후, 무려 열여덟 개나 되는 성을 함락시켰다면서요?"

그러면서 혀를 내두르는 시늉을 했다.

"자, 모두 한잔들…… 해랑이 너도……."

정 목사가 권했다. 그러자 모두 몹시 목이 타는지 얼른 술잔을 집어 들어 벌컥벌컥 들이켜기 시작했다. 해랑은 그들에게서 근원을 알 수 없는 위험한 기운을 감지하며 자신도 모르게 앞에 놓인 술잔에 손을 가져 갔다. 일찍이 겪어보지 못했던 묘하고 야릇한 갈증이었다.

그런데 해랑이 막 들려던 술잔을 그만 탁 놓아버린 건 역관 오석경의 이런 무서운 단언 때문이었다.

"우리 조선국에도 청국과 같은 위기가 곧 들이닥칠 것입니다."

정 목사 턱수염이 부르르 떨렸다.

"허, 참으로 두렵고도 어이없는 일이로고!"

박순국의 음성 또한 함부로 흔들려 나왔다.

"나도 오 역관이 다녀온 그 이듬해 1월, 북경에 부사로 갔었는데, 이 사람 역시 너무나 무기력한 청나라 실상을 보고 조선의 위기를 직감했 지요."

정 목사와 오석경이 동시에 되뇌었다.

"조선의 위기……."

그들은 해랑이 새로 채워주는 술잔을 경쟁이라도 하듯 금방금방 비워 냈다. 그런데 술이 몇 순배나 돌았을까? 술기운이 들어가자 그때까지의 딱딱하고 긴장된 분위기가 약간 녹을 즈음이었다.

"자, 그럼……."

오석경이 바로 옆에 놓아두었던 자주색 보자기를 풀어헤치기 시작했 다. 해랑이 가만히 지켜보니 정 목사와 박순국의 얼굴 가득 굉장한 호기 심과 기대감이 함께 피어오르고 있었다. 그곳 방문과 창문 밖에서 누가 엿보고 있는 느낌마저 일었다.

'대체 머신데 저라노?'

해랑도 꿀꺽 마른침을 삼켰다. 오석경의 메마른 손가락 끝이 사뭇 가 늘게 떨렸다. 그는 가슴이 벅찬지 잠시 동작을 멈추고 가쁜 숨을 몰아쉰 후 말했다.

"조금 전에 우리가 이야기를 나눈 그 태평천국의 난을 남의 힘으로 진압하려는 데 대해 말입니다."

좌중의 공기는 갈수록 무거워져 사람들을 납작하게 눌러버릴 분위기였다. 커다란 바윗돌 밑에 깔린 채 간신히 목숨을 부지하고 있는 잡초가 떠올랐다.

"청국의 앞선 선각자들과 청년들은 큰 위기의식을 느낄 수밖에 없습지요."

정 목사가 더 참을 수 없다는 듯 확인하는 어투로 물었다.

"그러니까 오 역관 말씀은, 지금 그 보자기에 싸여 있는 것이 바로 그들이 지은 책이란 거지요?"

해랑 가슴이 대책 없이 뛰었다.

'아, 그런!'

청나라 사람들이 쓴 책. 아직 완전히 펼쳐지지 않은 보자기가 세상에 다시없는 보석상자 같았다. 오석경이 선량하면서도 예지가 전해지는 눈을 반짝이며 말했다.

"제가 네 차례에 걸쳐 북경을 왕래하며 손에 넣은 신서新書들입니다."

막연히 고서적을 머리에 떠올리고 있던 해랑은 새로운 책이라는 그의 말에 한층 더 귀를 기울였다.

"정말이지 어렵게 구했습지요."

박순국이 오석경을 재촉했다.

"어서 봅시다, 오 역관."

"예."

마침내 보자기에 꼭꼭 싸여 있던 내용물들이 그 모습을 드러내었다. 해랑은 어쩐지 눈이 부시면서 제대로 볼 수 없었다. 오석경이 여자같이 길고 가느다란 손가락으로 그것들을 가리키며 설명하기 시작했다.

"이게 『해국도지海國圖誌』고, 또 이게 『영환지략瀛環志略』입니다."

만지기만 하면 즉시 녹아 없어질 것처럼 누구도 선뜻 그 책들을 집어 들지 못하고 뚫어지게 내려다보기만 했다. 어떻게 보면 '펑' 하고 터지는 무슨 폭발물을 대하는 모습이었다. 책 이름부터 예사롭지 않게 다가왔다.

해랑 머릿속에 바로 얼마 전 상촌나루터로 비화를 찾아갔을 때 흥분한 그녀한테서 들은 이야기가 얼핏 떠올랐다.

"진무 스님하고 종이 맨드는 공방에 갔는데 안 있나."

"종이 맨드는 공방?"

비화는 자기가 본 공방의 모습을 상세히 들려주고 나서 물었다.

"니도 몬 가봤제?"

"그런 데가 있다쿠는 이약은 들었는데……."

나도 한번 가보고 싶다는 생각을 하는 해랑더러 비화가 또 하는 말이 생뚱맞았다.

"인자 우리 겉은 여자도 책을 읽을 시상이 온다 안 쿠나."

"말도 안 된다, 언가야."

해랑이 고개를 설레설레 흔들자 비화는 고집스럽게 나왔다.

"와 말도 안 돼?"

해랑 또한 물러서지 않았다.

"도로 책이 여자를 읽는다 캐라."

결국 둘 다 싱거운 웃음을 지었다.

"문디 가시나 아이가?"

"그라모 언가 니는 갱상도 여자 아이가?"

그날 해랑은 믿지 않았다. 아니, 믿어지지 못했다. 아무리 진무 스님 말이라도 그건 아닐 것이다. 어떻게 여염집 여자들이 책을?

그때 정 목사 입에서 이런 소리가 신음같이 흘러나왔다.

"해국도지, 영환지략이라."

해랑은 또다시 다른 세상에 온 기분이었다. 정 목사가 저렇게까지 감격스러워할 정도라면 모르긴 해도 여간 귀한 서적이 아닐 것이다.

"저는 귀국하여 제 절친한 벗인 의관醫官 유기홍에게 이 책들을 모두 빌려주어 읽게 했는데……."

의술에 종사하는 관원은 어떻게 받아들였을까 그것도 궁금해지는 해랑이었다.

"그 친구 또한 개화사상을 받아들일 결심을 했답니다."

오석경 말이 끝나자 박순국도 감개무량한 낯빛이었다.

"이 사람 또한 이런 신서들을 구입해 읽고 참 많은 걸 느꼈다오."

그는 지그시 눈까지 감아 보였다.

"하지만 우리 오 역관이 나보다 훨씬 대단합니다."

박순국은 새삼스러운 눈빛으로 오석경을 바라보았다.

"그런 뜻까지 품은 걸 봐도 그렇지요."

"무슨 뜻을 말씀하시는지?"

정 목사 물음에 박순국은 아주 조심스럽게 입을 열었다.

"사실 이건 매우 중요하면서도 위험천만한 계획인지라……."

박순국은 선뜻 말끝을 잇지 못하고 대신 오석경의 눈치를 살폈다. 아마 이런 말을 해도 되는지를 묻는 무언의 표시였다. 그러자 꽤 강해 보이는 오석경도 약간 몸을 사리는 빛이었다.

'저거는 또 무신 이약들이꼬?'

해랑은 갈수록 그 자리 이야기가 너무 신기하고 궁금하여 그들 잔에 술을 채워줄 생각도 잊은 채 귀를 기울였다.

"그러하니……."

"아무래도 이건⋯⋯."

시간이 어떻게 흐르는지 몰랐다. 그들은 눈앞의 음식은 보이지 않는 모양이었다. 이윽고 박순국보다 오석경이 먼저 정 목사를 향해 입을 열었다.

"실은 제가 박순국 나리께 간곡히 청했습지요."

그는 몹시 초조한 모습으로 마른침을 삼킨 후 말을 이어갔다.

"우리는 단지 개화사상 탐구에만 머물 것이 아니라고 봅니다. 거기서 좀 더 나아가 양반 사대부 자제들을 교육시켜 개화세력을 만드는 게 무척 필요하다고 말입니다."

해랑 가슴이 대바늘에 찔린 것처럼 뜨끔했다.

'개화, 개화⋯⋯.'

속으로 그렇게 되뇌던 해랑은 어느 순간부터 이렇게 중얼거리고 있는 자신을 발견하여 놀라기도 하고 어이도 없었다.

'비화, 비화⋯⋯.'

그것은 왠지 모르지만 해랑에게 어떤 '반란'이나 '항쟁'과도 유사한 위험한 기운을 분명히 연상시켰다. 그래서일까, 지난날 비화의 친척 아저씨 유춘계가 이끈 저 농민군이 기억에 되살아났다. 정 목사 또한 지금까지보다 몇 배나 더 큰 충격을 받은 것이 확실해 보였다.

"그, 그런 일을?"

정 목사는 숨을 몰아쉬고 나서 크게 경계하는 목소리로 물었다.

"그렇다면 새로운 어떤 세력을 만들겠다는 소리 아니오이까?"

그 찰나, 박순국의 눈길이 재빠르게 해랑 얼굴을 훑고 지나갔다. 정 목사가 부른 관기이니 믿어도 되겠지만 그래도 자꾸만 마음에 걸리는 눈치였다. 그렇다고 남의 관아에 와서 밤 놓아라, 대추 놓아라, 할 처지도 못 될 것이다.

"솔직하게 말씀드리자면 이렇습니다."

그런 말이 없어도 솔직한 사람으로 보이는 오석경이었다.

"만일 제가 중인 신분이 아니라 양반 신분이라면 제 스스로 그 일을 할 것입니다만 어쩌겠습니까?"

그는 가슴팍에 차오르는 그 무언가를 억누르기 위해선지 잠깐 말을 멈추었지만, 곧 이야기를 계속했다.

"저 같은 일개 역관은 양반 자제들을 교육시킬 수 없으니까요."

해랑이 받아들이기에, 조선의 신분제도는 어지간한 계층 사람들에게는 하나같이 족쇄가 아닐 수 없었다. 그러니 평민이나 천민 부류는 오죽하겠는가 말이다. 또 부아가 치민다. 더욱 참아내기 힘든 건 열등의식이다.

"아까 말씀드렸던 유기홍 의관도 자신이 직접 그 일을 할 수 없다는 사실을 너무나 아쉬워했습지요. 아니, 억울해했다고나 할까요?"

오석경이 말했고, 박순국도 한층 놀랄 말을 꺼냈다.

"바로 그거예요. 이 나라 신분제도가 문제지요."

방금 해랑이 혼자 마음속으로 생각한 그 신분제도 이야기였다.

"이 신분제도라는 괴물 때문에 우리 오 역관이나 유 의관 같은 유능한 인재들이 마음껏 역량을 발휘할 수 없지 않습니까? 참으로 조선의 비극이 아닐 수 없고요."

해랑은 묵묵히 술을 따랐지만, 가슴팍을 치고 올라오는 뜨거운 기운을 억제하기 힘들었다. 가벼운 현기증마저 일었다.

"그건 맞는 얘기요."

정 목사 또한 여간 경이로운 소리를 꺼내는 게 아니었다. 교방 의암 별제에 관해 남다른 관심과 애정을 보이는 그였지만 이런 말까지 내비칠 줄은 몰랐다.

"예컨대, 그림이라든지 음악 같은 예술을 하는 신분들에 대해서도, 우리는 지금보다 좀 더 나은 대우를 해주어야지요. 그건 놀이패들도 마찬가지고요. 흠음."

오석경과 박순국이 서로 눈빛을 부딪치더니 똑같이 정 목사를 향해 고개를 끄덕여 보였다.

'환재이나 놀이패들꺼정?'

해랑은 벌써 몇 차례나 경악했는지 모를 그런 자리에 부름을 받았다는 사실이 더할 수 없이 두려우면서도 감격스러웠다. 어쩌면 나같이 가진 것 없고 천한 사람도 무언가 할 일이 있을지도 모르겠다는 고무적인 느낌도 받았다.

"우리 생각해봅시다."

"예, 그럽시다."

"결국에 가서는……."

이제 세 사람은, 관기 신분으로서는 너무나 생소하기만 한 '개화'란 것에 관해 무척 열띤 논의를 펼치기 시작했다.

"무릇 개화란 게 무슨 뜻이오니까? 주역에 나오는 '개물성무 화민성속 開物成務 化民成俗'의 첫 글자를 딴 것이 아니오니까?"

"바로 그렇습니다. 만물의 근원을 깊이 연구하여 새롭게 함으로써 백성을 변화시켜 옳은 풍속을 이룬다, 그런 의미지요."

정 목사와 박순국의 대화에 오석경이 끼어들었는데 이번에도 예사롭지 않았다.

"저는 그렇게 거창한 것으로는 생각하고 싶지 않습니다."

"……."

정 목사와 박순국도 얼른 오석경 얼굴을 바라보았다. 그가 습관인 양 갓끈을 한 번 더 조이며 말했다.

"개화라는 것은 그저 새로운 것을 받아들이고 백성을 가르쳐 감화시키는 정도로만 보는 게 좋을 듯합니다."

정 목사가 고개를 끄덕였다.

"지금까지 나온 두 분 말씀을 잘 들어보니, 아마도 후세 사람들은 순국 나리와 오 역관 그리고 의관 유기홍이라고 하는 그 사람까지, 세 분을 가리켜 개화파의 3비조鼻祖라고 일컬을지도 모르겠소이다. 하하하."

'개화파의 3비조?'

그 말을 속으로 되뇌어보는 해랑 가슴이 또다시 뛰놀았다. 비조가 무슨 뜻인지는 잘 모르겠지만 어쨌든 앞뒤 말을 꿰맞춰 볼 때 그렇게 높은 평가를 받을 두 사람이 바로 눈앞에 있다니. 해랑은 지나치게 흥분된 마음에 자신은 끼어들 신분이 아님에도 불구하고 정 목사를 향해 입을 열었다.

"비조라 하옵심은?"

박순국과 오석경이 동시에 해랑을 바라보았고 정 목사는 껄껄 웃었다. 그러더니 동의를 구하는 듯 그들을 한번 보고 나서 말했다.

"우리끼리만 얘기하느라고 널 외롭게 만들었구나."

박순국의 약간 두툼한 입술에도 얼핏 웃음기가 엿보였다. 하지만 오석경에게서는 여전히 아무런 감정 표현도 읽을 수가 없었다.

"원조元祖를 이름이니라. 비조라는 말은 재미가 있지."

정 목사는 그다지 달변가는 아니었지만, 하는 이야기가 듣는 사람 귀를 끌어당기는 힘이 있었다.

"사람은 모태 안에서 맨 먼저 코부터 모양을 이룬다지 않더냐. 그래서 어떤 일을 가장 먼저 시작한 사람을 일컫는 말이기도 하지."

박순국이 장난기 많은 소년처럼 해랑에게 말했다.

"해랑이라 했던가? 코가 참 예쁘구나. 아니, 아니야. 눈도 입도 귀도

다 예쁘도다. 마음 또한 예쁘겠지."

그러나 콧날 오뚝한 오석경 얼굴에서는 기녀 따위와 농을 주고받으려
는 그 어떠한 빛도 드러나지 않았다. 보기 드물게 야릇한 사내였다. 흔
히들 말하는 '목석'이 아닐 수 없었다. 그는 심지어 해랑으로 하여 이런
의문까지 자아내게 했다.

'해나 내시 출신은 아이것제?'

해랑은 궁형 당한 환관을 떠올리게 하는 그에게서 서릿발보다 더한
냉기를 느끼며 그만 몸서리를 치고 말았다. 그와 접촉하면 온몸이 그대
로 얼어붙어 버릴 것 같았다. 그렇지만 한편으로는 이상하게 마음이 끌
리기도 하는 묘한 남자였다.

이튿날이었다.

정 목사는 박순국과 오석경에게 성곽 남쪽 아래로 흐르는 남강에서
뱃놀이를 시켜주었다. 이날도 해랑이 그들을 모셨다. 한양에서 내려온
관리들이 대개 그러듯, 그들 또한 지난밤에 비봉산 근처 객사客舍에서
투숙한 모양인지 한동안 고을 객사 이야기를 나누기도 했다.

"이제부터는 뱃놀이나 합시다 그려."

"우리가 너무 폐를 끼치는 것 같습니다."

정 목사는 오늘도 어제처럼 그들을 무척 극진하게 모셨다. 어떤 실리
적인 목적을 위해서가 아니라 마음으로 교유交遊하는 그런 관계가 아닌
가 싶었다.

'비화 언가하고 내하고 사이매이로……'

그런 생각도 해보는 해랑의 귀에 박순국의 말이 들렸다.

"이 강이 남강이라 했던가요?"

흰빛과 잿빛 물새들이 남강의 푸른 물결과 어울려 이루어 내는 광경

이 장관이었다. 강이 고을 한복판을 관통하여 흐르고 있는 것도 흔하지 않지만, 더군다나 일반 강들과는 다르게 서쪽에서 동쪽으로 흐르는 것도 범상치 않은 일이었다.

"남강 물에 배를 띄워 놓고 올려다보니 촉석루가 더욱 웅장하고 훌륭해 보입니다 그려. 허허."

박순국은 사방을 둘러보면서 줄곧 감탄하는 말들을 쏟아내었다. 그렇지만 오석경은 간밤 술자리에서와 마찬가지로 어떤 별다른 반응이 없었다. 아니, 도리어 백성들은 먹고살기 어려워 난리인 판에 무슨 배부른 한가로운 뱃놀이냐고, 은근히 항의하는 마음마저 품고 있는 게 아닐까 여겨질 지경이었다.

'비록 역관으로 중인 신분이지만도, 저 오석갱이라쿠는 사람, 꼭 무신 대단한 일을 해낼 거 겉다.'

해랑은 오석경을 몰래 훔쳐보면서 또 그런 생각을 했다. 장차 그가 조선 역사에서 어떤 사람으로 부각될지 궁금해지는 기분마저 드는 것이다.

"저 많은 여인네들이 모두 빨래하러 나온 아낙들이란 말입니까?"

남강 가장자리 드넓은 빨래터에 모여 있는 여자들 모습이 외지인인 그네들 눈에는 여간 신기해 보이지 않는 모양이었다.

"조선 여인네들의 아름다운 모습을 보게 되는군요."

"정말이지 한 폭의 그림이 아닙니까?"

그런데 그들뿐만 아니라 정 목사나 해랑도 눈을 있는 대로 뜨고 바라볼 새로운 일이 생겼다. 맨 처음 그 장면을 발견한 오석경이 놀라 말했다.

"아, 저길 좀 보십시오. 말이 물에 빠진 것 같습니다."

모두 오석경이 손가락으로 가리키는 곳을 얼른 바라보니 과연 말 한 마리가 강물에 빠져 허우적거리는 게 눈에 들어왔다.

"어? 어?"

"저런! 저런!"

흰털이 백설같이 눈부신 백마였다. 이만큼 떨어진 곳에서 봐도 몸매가 퍽 날씬하고 특히 새카만 눈이 인상적이었다.

"저, 저 일을 어쩌면 좋아요?"

당황한 박순국 목소리가 강을 울렸다.

"놀라지들 마십시오."

정 목사가 우선 그들을 안심부터 시켰다.

"그런 게 아닙니다. 물에 빠진 게 아니에요."

그들은 얼굴을 마주 보았다.

"그러면요?"

해랑은 그제야 사태를 파악하고 안심했다. 사실 여기 지역민들에게는 낯설지만은 않은 장면이었다.

"수레를 끄는 말입니다. 그러니까 마차예요."

정 목사 설명을 들은 오석경이 가슴을 쓸어내리듯 했다.

"그렇군요. 마부가 타고 있군요."

하지만 영 마뜩찮아 하는 어조였다.

"한데, 너무 말을 학대하는 것 아닙니까?"

해랑의 귀에 '히히힝' 하는 말 울음소리가 들리는 듯했다. 오석경이 그 마부를 나무랐다.

"아무리 말을 하지 못하는 짐승이지만, 그래도 생명을 가진 것인데……."

정순국은 다시 평온한 낯빛이 되었다.

"허, 그 마부, 멀리서 봐도 말을 너무 거칠게 다루고 있는 것 같습니다. 에이, 옷도 모두 벗어 제치고, 원."

그러고 나서 그는 해랑을 슬쩍 건너다보며 덧붙였다.

"여기 이렇게 아름다운 여인이 지켜보고 있는데 말입니다."

아닌 게 아니라, 채찍을 어깨 위로 높이 치켜들고서 계속해서 말 잔등을 후려치고 있는 중년의 마부는, 아랫도리만 아슬아슬하게 가릴 수 있는 짧고 흰 바지 하나만 겨우 걸친 엉성한 차림새였다. 게다가 그마저도 강물에 흠뻑 젖은 탓에 사타구니가 훤히 내비칠 지경이었다.

"남강을 가로질러 건너는 수레라. 참으로 인상적인 광경이 아닐 수 없어요."

박순국은 거기 모든 게 그저 신기한 모양이었다. 쉴 새 없이 고개를 돌려 촉석루 아래로 병풍처럼 둘러쳐져 있는 높고 험준한 벼랑이며, 강 하류 동쪽으로 보이는 뒤벼리하며, 강 건너편 섭천의 무성한 대숲과, 그 뒤로 우뚝 솟아 있는 망진산 등을 구경하느라 나름 바빴다.

'태어나기는 이쁘거로 태어나갖고 우짜다가 저리?'

해랑은 새하얀 털이 아주 고운 그 백마가 너무 가여워져 콧등이 자꾸 시큰거렸다. 마부의 세찬 채찍질을 고스란히 맞아가며 가까스로 강을 건너고 있는 말은 어쩐지 해랑 자신의 모습과도 같았다. 앙상한 갈비뼈가 드러나 있는 마부의 작고 새카만 몸이 보기 싫으면서도 꼭 싫어할 것만은 아니라는 생각도 들었다.

'여게 남강은 우리 인간들이 반다시 건너야만 할 숙맹의 강 겉은 긴지도 모리것다. 아모도 피해갈 수 없는…….'

그러자 백마도 마부도 빨래하는 아낙들도 심지어 유람선을 탄 그 일행도, 모두가 가여운 인생들이란 생각에 그만 강 속으로 몸을 날리고 싶었다.

지금 남강은 대사지 연못같이 비친다. 나룻배는 대사교다. 아버지 용삼의 큰 손을 잡고 그저 좋아라고 웃으며 그 흙다리 위를 거닐던 어린 시절이 이 옥진에게도 있었다.

그 기억을 되살리며 다시 주위를 휘 둘러본다. 광야를 방불케 하는 백사장, 해마다 전국에서 내로라하는 강한 뿔을 가진 싸움소들이 모여 자웅을 겨루곤 하는 투우장, 수백 명이 앉아도 오히려 자리가 남을 만큼 큰 빨래터, 햇빛을 받아 금물결 은물결을 이루는 맑은 강물, 저 임진년과 계사년에 왜구들로부터 성을 지키려는 이들이 쏘아 올리던 화살같이 울창한 대숲에서 날아오르는 새떼, 꿈결에서처럼 아련하게 들리는 빨래터 아낙들과 아이들의 평화로운 노랫소리…….

해랑은 늘 보는 풍경이건만 이날 따라 그 모든 것들이 한층 새롭고 아름답고 서럽게 비쳐들었다. 물결인 양 여울지는 마음의 파문과 파슬파슬 부서져 내리는 심사.

'사람 멤에 따라갖고 시상 만물이 다리거로 비인다더이, 시방 내가 똑 그렇거마. 참 간사한 기 인간 심리인 기라.'

해랑의 그런 감상을 깨뜨린 것은 그때 들려온 오석경의 음성이었다.

"이렇게 화창하고 좋은 날에, 너무나도 분에 넘치는 이런 즐거운 뱃놀이를 하면서, 자꾸 어두운 말씀만 드려 죄송합니다만……."

박순국과 유쾌하게 대화를 나누던 정 목사 목소리도 무거워졌다.

"아니, 괜찮소."

그러고는 모래톱을 휩쓸고 지나는 물결이 내는 것 같은 소리로 말했다.

"본관도 지금 두 분을 접대하기 위해 뱃놀이에 나섰지만, 마음은 나라 걱정에 쏠려 있는 게 사실이외다."

지친 듯 강물 위를 천천히 날고 있는 물새들을 바라보았다.

"계속 말씀을 해보시오."

"그렇게 이해해주시니 감사합니다."

오석경은 찰싹찰싹 뱃전을 때리는 물살에 눈을 둔 채 그 특유의 건조하고 딱딱한 말투로 얘기했다.

"어제도 말씀드렸듯이, 저는 청나라가 서구 열강에 그렇게 맥없이 무너지는 것을 보고, 큰 충격을 받아 개화에 대한 확신을 더욱 굳혔습니다만……."

그가 머뭇거리자 정 목사는 격려나 응원을 보내듯 했다.

"계속해 보시구려."

오석경은 밝은 햇살 밑에서도 그늘이 지는 얼굴이었다.

"저의 그 어쭙잖은 확신은 그냥 단순하게 조선의 낙후성에 대한 어떤 깨달음만이 아니오라……."

백마가 빠져 허우적거리던 흔적이 말끔히 가신 강 위에는 물새들 날갯짓만 남았다. 그 물새들도 언젠가는 사라지고 또 새로운 무엇인가가 나타나겠지.

"지금 급박하게 돌아가고 있는 저 세계정세에 비춰볼 때……."

그의 말은 끊어졌다가 이어지곤 했다.

"이 나라 봉건제도의 낙후성이 문제라는 생각까지 끌어내게 했습지요."

해랑의 느낌에 강물이 흐름을 딱 멈추는 성싶었다. 온 세상이 그대로 정지해버리는 기분이었다. 조선 봉건제도의 낙후성.

"역시, 역시 오 역관은 보통 사람이 아니외다."

정 목사가 감탄한 목소리로 말했다.

"지금 눈앞에 보이는 남강변의 아름다운 경치도 경치거니와, 나라를 염려하는 오 역관의 충성심 또한 참으로 아름답소이다."

오석경은 화폭에 번지는 붉은 물감처럼 낯빛이 붉어졌다.

"과찬의 말씀입니다. 저는 단지……."

그 마부와 백마는 지금 어디를 가고 있을까? 안전한 땅 위를 가고 있을 것인데, 강은 그 모든 것을 잊었는지 햇빛을 받아 무심하게 반짝거렸다.

'증말 사람이 괘안타 아이가.'

해랑은 갈수록 오석경에게 쏠리는 마음이 되었다. 천금과도 같이 무겁게 느껴지는 그의 말 한마디도 놓치지 않으려고 열심히 귀를 기울였다.

"얼마 안 가 우리 조선 땅에도 똑같은 위기가 밀어닥칠 거라는 불안감 때문에 저는 단 하루도 마음 편할 날이 없습니다."

오석경이 잠시 말을 그친 사이 박순국이 입을 열었다.

"세계 여러 나라의 역사와 흥망사에 조금이라도 눈을 돌려본 이 나라 백성이라면, 우리 조선 정치의 부패는 물론이고 모든 게 세계 흐름에 적잖게 뒤처져 있음을 알 것이외다."

해랑은 머릿속에 '반역'이라는 무서운 두 글자가 자꾸 찍혀 나오는 바람에 연방 고개를 내저었다. 이들은 그것과는 한참 거리가 멀다고 보면서도 심장이 떨렸다.

"그런 사실을 깨닫지 못하고 계속 이렇게 있다가 맞을 일은 무엇이겠습니까."

언제부터인가 박순국도 오석경 못지않게 표정이 무척이나 굳어 있다. 저만큼 남강 하류의 동쪽으로 보이는 뒤벼리 절벽만큼이나. 어쩌면 그는 일부러 그 뱃놀이가 유쾌한 것처럼 가장하고 있는 게 아닐까, 얼핏 해랑의 뇌리를 스친 생각이었다.

"우리 오 역관이 방금 한 얘기처럼, 저 또한 우리나라도 곧 엄청난 위기와 비극을 겪을 운명이란 우려를 떨치기 어렵습니다."

해랑은 심한 추위를 타듯 부르르 몸을 떨어야만 했다. 일찍이 밝은 하늘 아래서 이토록 큰 무서움에 사로잡힌 것은 처음이었다. 지난밤부터 지금 그 순간까지 들으면 들을수록 그들 말이 한층 더 엄연한 현실로 다가오고, 멀지 않은 날에 이 나라에 엄청난 사태가 벌어지고 말 것이라는 너무나도 버겁고 달갑잖은 믿음이 커졌다. 아까 그 백마는 무사히 강을 건넜지만, 조선은 '비운悲運의 강'을 영영 헤어나지 못할 게 아닌가 싶었다.

'아, 우짜노?'

가슴이 벌름거리고 너무 어지러워 일어서기만 하면 그대로 강 속에 빠져버리고 말 것만 같았다.

'이리키나 아름답고 한가로븐 우리 고장에, 또 지난날 임진년에 일어났던 거 겉은 일이 터지모 우짜노?'

그러자 복병처럼 덤벼드는 그날에 대한 기억이었다.

'임술년에 터짓던 농민군 사태는 또 우뚷고?'

이즈음 해랑은 자신의 변화에 깜짝깜짝 놀랄 때가 많았다. 관기 신분으로 나랏일에 관여하는 고위직들 자리에 자주 불려 나가 이런저런 이야기를 들어온 탓일까? 해랑 스스로가 개인적인 일보다 지역이나 나라에 대한 일에 더 관심을 가지는 사람으로 바뀌어 가는 것이다.

'아아, 내한테 또 무신 안 좋은 일이 벌어질라꼬, 자꾸 이런 멤이 되는 기가?'

이상하리만치 큰 두려움과 근심이 뱃전을 때리는 물살처럼 해랑 가슴을 후려치며 물러갈 줄 몰랐다.

'우째서 이리 겁나고 떨리노? 인자 와서 내가 더 잃을 기 머가 있다꼬. 또 잃어본들 아쉬블 거도 없다. 넘들은 내가 이기적이라꼬 손가락질을 할랑가 몰라도 내사 그런 눈치 안 본다.'

문득, 남강 물이 세찬 소리를 내지르며 흘러가고, 곧이어 해랑의 불룩한 앞가슴을 풀어헤치는 거센 강바람이 불어 닥치기 시작했다.

'웩, 웨~액!'

그 순간, 왜가리 울음소리가 그렇게도 귀에 거슬릴 수 없었다. 꼭 눈에 보이지 않는 무엇인가에 의해 심하게 목이 졸리는 소리였다. 그 정체가 무엇일까?

배꽃처럼 하얀 해랑 손이 코스모스 줄기 같은 제 목으로 갔다.

뻗치는 마수

비화는 완전히 다른 여자로 돌변했다.

남편 박재영이 나루터집 주변을 맴돌고 있다는 사실을 알고 난 그날부터였다. 그러자 누구보다 놀라고 당황한 사람들은 우정 댁과 원아였다. 그들 둘이 나누는 말마다 한없는 걱정과 초조가 묻어났다.

"우리 조카 저라다가 진짜 무신 일이 나것다. 우짜모 좋노?"

"그런께 말입니더, 성님. 서방 일 땜에 저리싼께 말릴 수도 없고예."

"하모, 이기 오데 말린다꼬 될 일이가?"

"하기사 지도 그런 갱험이 있심니더."

"내도 가리방상하다."

궁여지책의 말도 나왔다.

"진무 스님께 함 말씀을 드리보모 우떨꼬예?"

"그거도 쪼매 곤란하제. 방금 동상도 말 안 했다가. 부부지간 일 아인가베."

"맞심니더마는, 그래도예."

"참말로 부부가 머신고?"

"그렇네예."

그런 동업자들 심경을 아는지 모르는지 비화는 설거지하다가 아무 말 없이 휑하니 밖으로 나가버리는 경우도 많았다. 그러고는 거기 상촌나 루터뿐만 아니라 때로는 그녀 스스로도 모르게 아주 멀리까지 갔다가, 뒤늦게 그런 사실을 깨닫고는 캄캄한 한밤중에 허둥지둥 돌아오곤 했다. 광기 들린 여자가 따로 없었다.

밤거리는 정신없이 남편을 찾아 헤매는 아내 마음같이 언제나 어둡고 적막하기만 했다. 보이는 그림자도 드물었다. 어쩌다 마주치는 것은 행인이 들고 다니는 종이 등 불빛이다. 대개 같은 여인들인데 흰옷에 장옷으로 얼굴을 가리었다.

그녀들은 희미한 빛이 새 나오는 촛불이 담긴 엷은 종이 등을 손에 들었다. 그건 붉은빛과 노란빛을 띤 게 대부분인데, 비단이냐 기름종이냐 하는 등의 재질에 따라서 다른 빛을 내었다. 한 치 앞도 잘 보이지 않는 어둠 속에서 등불을 들고 다니는 여인들 모습이 신비스럽기도 하고 때론 괴기스럽기도 했다.

그런가 하면, 긴 막대기에 매달린 등불을 들고 밤나들이 하는 여인네들 모습은 운치 있어 보이기도 하였다. 그 불빛은 비록 가난하긴 해도 결코, 슬프지 않은 조선인의 밝은 정을 풍겨주는 것 같다는 생각도 들었다. 그러나 초라하지만 평화로워 보이는 초가집에서 가느다랗게 흘러나오는 포근한 불빛을 보노라면 절로 눈물이 나왔다.

'아, 저 집에 사는 사람들은 올매나 행복할꼬? 금세 식구들 웃음소리가 흘러나올 거 안 겉나. 아아들 떠드는 소리도 들릴 거 매이다.'

간혹 저음의 굵직한 남정네 목소리가 어른 허리에 닿을 정도로 야트막한 담장 너머로 들려올 때면, 비화는 오랫동안 그 자리에 멈춰 서서 장승처럼 움직일 줄 모르다가, 어느 순간 주인에게 들켜버린 도둑같이 후닥닥 달아나곤 했다.

'내가 오데꺼지 와뻿노? 요기가 무신 마을이고?'

비화는 소스라치게 놀라며 퍼뜩 주위를 둘러보았다. 자신도 모르게 이날은 더 먼 곳까지 와버린 모양이었다. 거리 귀신이 들렸는가?

조금만, 조금만 더 가면 거기 못 잊을 내 그리운 서방님이 있겠지, 하고 나선 길. 그만 돌아서야지 하면서도, 바로 저 모퉁이만 돌면 그곳에 있을지도 모른다는 마음에 또 그곳까지 가고 하였다.

'노을이 눈물이 날 만치 곱기도 안 하나. 똑 시집갈 때 연지 곤지 찍은 신부 얼골 겉다 아이가.'

정말이지 서럽도록 아름다운 노을빛이었다. 한참 동안 우두커니 선 채로 그것을 쳐다보고 있었다.

'헉!'

하늘에 해랑의 붉은 입술이 떠 있다. 아, 어떻게 저곳에 옥진의 입술이?

비화는 고개를 흔들어 가까스로 그 환영을 떨쳐버렸다. 그러자 마치 기다렸다는 듯 비화 눈길을 잡아끈 게 그 마을 어귀에 우뚝 서 있는 장승이었다.

때마침 절정에 이른 단풍과도 같은 노을빛을 받은 그 장승은 꼭 붉은 옷을 걸치고 있는 거인처럼 보였다. 아주 우락부락한 흰색 눈, 붉은색 이빨, 대단히 기이하게 일그러진 커다란 얼굴은 광대를 연상시키기도 했다.

'인자 니꺼정 낼로 그라나? 너모 그리 무정커로 하지 마라.'

장승은 비화를 그 마을로 들어오는 잡귀로 보기라도 하는지 매우 무서운 얼굴로 쏘아보고 있었다. 그 위압적인 분위기에 억눌린 탓일 것이다. 남달리 눈이 밝은 비화가 미처 그 노인을 발견하지 못한 것이다.

장승에 등을 기대고 앉아서 긴 담뱃대를 물고 혼자 뭔가 깊은 상념에 잠겨 있는 노인. 인기척을 듣고 이쪽을 돌아보는 그의 눈빛이 예사롭지 않아 비화는 공연히 가슴이 '쿵' 하고 내려앉았다. 나무 몇 그루를 제외하고는 주위에 아무도 없어서는 아니었다.

'아모래도 증신이 쪼매 이상한 노인 겉다. 으스스하다 아이가.'

노인은 장승 몸에 새겨져 있는 한자보다도 더 그 뜻을 알 수 없는 기이하고 묘한 느낌을 자아내고 있었다. 이승 사람이 아닌 것 같았다.

"어, 몬 보던 처자 겉은데?"

"……."

막걸리라도 서너 잔 들이켠 탁한 목소리였다.

"우리 마을 누 집에 가는 기요, 으잉?"

그는 합죽한 입에 금방이라도 떨어질 듯 위태롭게 물고 있던 담뱃대를 갈고리 같은 손으로 떼 내며 물었다. 필요 이상으로 관심을 보이는 바람에 비화는 한층 더 마음을 졸였다.

"아, 아이라예. 눌로 찾아가는 기 아입니더."

비화는 엉겁결에 이렇게 대답했다.

"그냥 지내가는 길입니더."

노인 입에서 아주 생뚱맞은 소리가 나온 것은 다음 순간이다.

"해나 동학東學 하는 사람 아이가?"

비화는 중죄를 지은 사람처럼 몸을 옹크렸다.

"예에?"

장승이 그 커다란 덩치를 휙 날려 그녀를 와락 덮쳐오는 것 같았다. 나무그림자가 물살처럼 일렁거렸다.

"와 그리 놀래는 기고?"

노인이 더욱 미심쩍다는 눈빛을 했다.

"처자 혼자 댕기는 거 본께, 간이 덕석만 하거마는."

그 경황 중에도 비화는 퍼뜩 떠올렸다. 요새 들어와서 동학이 특히 삼남 지방에서 대단한 세력을 떨친다는 소문이었다.

'그렇다모……'

노인이야말로 동학에 흠뻑 빠져 있는 게 틀림없었다. 그러고 보니 그에게서 풍기는 이 알 수 없는 기운은 어쩌면 동학과 관계있을 것이다.

"우쨌든 만내서 반갑거마는."

노인은 혼자 심심하던 차에 잘됐다는 표정을 노골적으로 드러냈다. 자기 가슴팍에 가득 찬 것을 쏟아내고 싶어 하는 기색이었다.

'얼골에 저승꽃이라쿠는 검버섯도 쌔삣다.'

노인은 나이도 많고 또 어떤 흑심을 품은 것 같지도 않아 비화는 다소 마음이 놓였다. 또한, 다리가 아파 조금 쉬고 싶기도 하고, 남편은 못 찾아도 누군가를 만나서 답답한 속을 털어내고 싶기도 했다.

"영감님예."

비화는 손으로 치맛자락을 감싸고 노인 옆에 쪼그려 앉으며 물었다.

"해나 영감님이 동학 하시는 거 아입니꺼?"

노인이 처져 내린 눈을 치떴다.

"와? 내가 그리 비이는가베?"

하늘 먼 곳에서 날고 있는 것은 비둘기일까 솔개일까? 하여튼 어디로든 마음대로 날 수 있는 날개가 부러운 비화였다.

"똑 그런 거는 아이고예."

비화가 약간 당황하는 기색을 보이자 노인이 솔직하게 털어놓았다.

"맞소. 잘 봤거마는."

장승의 나무 이빨은 아주 크고 튼튼하게 박혀 있는 데 반해, 노인의 이는 무척 성근 데다가 얼마 남아 있지 못한 그것마저도 금방 빠져나올 것같이 헐렁해 보였다. 그러고 보니 몸에 걸치고 있는 의복도 단출한 편은 아니었다.

"하지만도 내사 너모 늙어갖고 동학에 직접 끼들지는 몬하고……."

'동학'이라는 말은 또렷한데 나머지 말들은 분명하지 못했다. 하지만 의사소통에는 별문제가 없었다.

"그냥 그것에 관심만 쪼매 가지고 있제."

"예에."

노인 입이 되새김질하는 소의 그것처럼 비쳤다.

"내뿐만 아일 끼거마는, 동학에 관심 갖는 사람은."

"예, 그거는……."

비화도 그렇게 알고 있다. 그만큼 지금 나라가 어지럽고 민초들 살기가 힘들다는 증거일 것이다. 허공을 빙빙 돌아다니고 있는 것은 비둘기가 아니라 솔개였다. 그러자 비화 마음은 괜스레 초조함과 긴장감에 젖었다.

"동학에 팍 미쳐 있는 우떤 사람한테 들은 이약인데 말이제."

손에 든 담뱃대를 들여다보면서 말했다.

"곡해해서는 듣지 말고."

"……."

노을빛을 정면으로 받은 노인네 얼굴이 어떻게 보면 거기 선 장승과 참 많이도 닮았다는 생각이 들었다. 장승과 더불어 살아온 세월이 그만큼 오래되어서인지도 모르겠다. 저 연륜이라는 것에 비춰보면 모든 것은 결국 하나로 귀결되는 것일까?

"솔직히 요새 시상에 유교라쿠는 거는 권력 쥐고 있는 것들이 지들 신분 지킬라는 데만 악용하고, 또 불교는 불교대로 지 역할을 다 몬 하고 안 있는가베?"

"유교하고 불교가 모도…….."

비화가 말을 끝내기도 전에 노인이 따지듯 했다.

"와 내 말이 틀린 기가?"

비화 가슴이 후들거렸다. 얼핏 촌마을 무지렁이처럼 보이는 노인 입에서 이런 말이 흘러나오다니. 어쩌면 노인은 비록 말은 그렇게 하지만 동학에 깊숙이 빠져 있는지도 알 수 없다. 이야기를 들으면 들을수록 그런 예감은 맞아떨어지고 있다.

"최제우라쿠는 이름, 처자도 들어봤제?"

노인은 동굴처럼 퀭한 눈길을 어딘가로 돌렸다.

"요 몇 해 전에 경주 구미산 오덴가에서 맨 첨 동학을 맨든 사람 말인 기라."

비화가 잠자코 고개만 끄덕이자 노인이 껄껄 소리 내어 웃었다.

"와 다 늙어갖고 쭈그렁 바가치가 된 이 영감태이가 겁나는 기가, 아이모 동학 이약이 겁나는 기가?"

장난인 듯 진심인 듯 물어왔다.

"아, 아이라예. 겁 안 납니더."

언제부터인가 겁을 잊어버린 자신이 대견하기는 고사하고 도리어 싫고 미워지는 비화였다. 그건 막장까지 왔다는 산 증거 같아서였다.

"처자를 본께 동학 한다꼬 집을 나가삔 내 손주 눔 생각이 나갖고 내사 이리쌌는다 아인가베."

노인 목소리가 노을빛처럼 쓸쓸하게 들렸다. 순간적인 착각이지만 장승이 말을 했던 게 아닌가 싶기도 했다. 장승의 목소리가 그렇지 않을까?

"내 손주 눔 나이가 처자하고 가리방상할 끼라."

"그렇심니꺼."

"그래서 내 멤에는 처자가 가찹거로 안 여기지는가베."

"예."

처음부터 자꾸 처자, 처자, 하는 걸로 미뤄보아 노인은 비화가 아직도 처녀인 줄로 아는 모양이었다. 하긴 처녀든 유부녀든 아무 의미가 없기는 했다.

'남자로 살아가고 있는 내가……'

어쨌거나 남편 찾아 나선 길에 엉뚱하게도 낯선 노인을 만나 예상치도 못한 동학 이야기를 나누는 게 비화로서는 다소 어리둥절했지만, 이것도 어떤 모를 숙명이 아닐까 싶기도 하여 비화는 점점 노인 이야기에 빠져들고 있었다. 사실 그녀의 생활과는 전혀 다른 무언가에 마음을 빼앗겨버리고 싶은 게 요즘 심정이기도 했다.

"시방 이 나라는 아아들 갖고 노는 핑비 안 있는가베, 그리 뺑뺑이 도는 거매이로 너모 어지러븐 거 아이것나."

노인은 주름진 손가락을 들어 쿡쿡 찔러대듯이 허공을 향해 이곳저곳 내키는 대로 연방 가리켰다.

"방향을 잊아쀤 기라, 방향을."

오래 손질을 하지 않아 제멋대로인 노인의 머리카락도 비화 눈을 혼란스럽게 했다. 노을빛을 받아 약간 붉은 탓에 더 그런 느낌인지도 모르겠다. 세월이 더 흘러가면 남자들도 멋을 부린다고 머리를 색색으로 물들일 일이 벌어지지 않을 거라고 누가 장담할 수 있겠는가.

"천주학재이들 알제, 천주학재이들?"

노인이 불쑥 물었다. 비화는 이번에도 뜬금없는 그 말의 의도에 생각이 미쳤다.

"예, 알기는 합니더만……"

동학을 이야기하다가 갑자기 천주학은 왜? 싶었다. 노인은 누군가에게 들었음 직한 말로 이런 갈래를 지었다.

"그것들 하는 거는 서학西學이고, 최제우가 맨든 거는 동학인 기라."

그 말끝에 노인은 갑자기 인상을 찡그리며 투정 부리듯 말했다. 어쩌면 치매 초기 증세를 보이는 게 아닌가 싶어 께름칙하기도 했다.

"내사 천주학재이들 증말 싫다 고마."

장승이 저도 그렇다고 고개를 끄덕이는 것 같았다.

"그래예?"

전창무와 우 씨 얼굴이 떠올라 그만 일어서고 싶었지만, 혹시 노인이 무슨 눈치라도 챌까 봐 그러지도 못한 채, 계속 가슴 졸여가면서 끝까지 노인 말을 들어야 하는 신세가 되고 말았다.

"우리 손주 높이 안 있는가베……."

노인의 손주는 철저한 동학교도 같았다. 늙은이에게 이렇게 그 사상을 불어넣을 정도라면 보통 신도는 아닐 것이다.

"처자도 동학 하모 복 받을 끼다."

이런저런 말을 많이 늘어놓느라 힘이 들었는지 잠시 쉰 후에, 노인은 토끼가 주둥이를 오물거리듯 입을 오물거리며 다시 말했다.

"동학은 안 있나, 천지만물 가온데 사람만이 최고로 신묘하다 안 쿠는가베."

노인은 혼자 말하고 혼자 듣는 사람처럼 했다.

"허, 증말 놀랍거마는. 사람이 본래 하늘이라이!"

사람이 곧 한울이라는 인내천人乃天.

'그라모 천주학 신자들이 말하는 하느님은 우찌 되는 기고?'

또다시 전창무 부부 얼굴이 떠올랐다. 많이 듣지는 못했지만, 천주학과 동학은 너무 큰 차이가 있는 게 아닌가 싶었다. 그것도 비극이라면 또 비극이라 여겨져 비화 목이 움츠러들었다. 불교와 동학 관계는 어떨지 알 수 없다.

'운제 진무 스님께 함 여쭤봐야것다.'

그새 솔개가 사라진 하늘은 거대한 빈 독을 연상케 했다.

'다리도 안 아픈가?'

비화는 한평생 앉거나 눕지 않고 서 있기만 하다가 사라질 장승을 올려다보았다. 잘은 모르긴 해도, 천주학의 하느님은 하늘 저 높고 먼 곳에 계시는 분이라면, 동학의 한울님은 이 땅에 있는 저 장승과도 어떤 연관을 맺고 있는 존재가 아닐까 싶었다.

그러자 갑자기 그 장승이 무섭게 생겼다는 느낌은 다 사라지고 오히려 친근감마저 들기 시작했다. 진무 스님과 함께 갔던 공방이 생각났다. 돈 많이 벌면 종이를 많이 만들어 책을 엮어서, 지금 노인이 이야기하고 있는 이런 내용들에 관해서도 사람들이 알게 해주면 좋겠다는 욕심도 생겼다.

"처자 시방 머 궁리하고 있노?"

노인 이야기는 거의 끝나가는 모양이었다.

"늙은이가 혼자 심심해갖고 무담시 질 잘 가는 넘의 처자 붙잡아 놓고 씨잘데없는 소리 상구 마이 했제?"

비화는 손을 내저었다.

"아, 아이라예."

노인이 픽 웃음을 터뜨렸다.

"아, 아이라예, 소리는 잘한다."

"아, 아이라예."

또 그렇게 말하고 비화는 얼굴을 붉히고 말았다. 언제부터 내가 이렇게 부정적인 인간이 돼버렸을까?

"지는 가볼랍니더. 귀한 말씀 잘 들었어예."

비화는 자리를 털고 일어서면서 말했다. 다리가 약간 저리기는 했지만, 그런대로 걸을 만은 했다. 그러자 노인도 힘겹게 엉덩이를 들어 올렸다.

"내도 인자 고마 집에 들가봐야 하것거마는. 아들 눔하고 며느리가 낼로 눈깔 빠지거로 기다릴 끼라."

"참 좋것어예, 영감님은예."

비화는 자신도 모르게 말했다.

"좋아?"

노인이 좀 헐렁하게 보이는 주름진 고개를 갸우뚱했다.

"그기 뭔 소리고?"

비화는 아차! 싶었다.

"가마이 있자, 그라모 처자는?"

비화는 쫓기듯 걸음을 옮겨 놓았다.

"아, 아이라예. 영감님 잘 가시이소. 지는 이만 갑니더."

멀뚱한 얼굴을 하고 있는 노인에게 한 번 더 말했다.

"오늘 좋은 이약 에나 고맙심니더."

노인이 담뱃대를 쥐고 있지 않은 쪽 손을 뻗어 비화를 붙들려고 했다.

"처, 처자!"

"갑니더."

비화는 허둥지둥 노인과 떨어져서 걷기 시작했다. 걸으면서 비화는 생각했다. 지금 내가 가고 있는 방향이 어느 곳인가를. 그 노인 얘기로는, 최제우가 동쪽에서 나서 동쪽에서 도를 받았다는데, 나도 동쪽으로 갔으면 좋겠다.

그러다 비화 머릿속에 전혀 예상치도 못했던 어떤 이름 하나가 꼭 기습처럼 불쑥 자리 잡았다.

– 동업.

동 자가 들어가는 이름, 동업.

그날 나루터집에 왔던 억호와 분녀는 자기들이 데리고 있던 그 아기를 분명히 그렇게 불렀었다. 동업이라고. 그렇다면 임동업이 될 것이다.

'동업, 임동업…….'

아직도 동업이란 그 아이가 그들의 친자식은 절대 아닐 거라는 믿음은 변함이 없다. 그럼에도 괜히 그 아이가 한없이 미워지지만, 동업이라는 그 이름만은 이해할 수 없을 정도로 비화 가슴에 옹이처럼 깊이 박혀 있는 것이다.

'에나 이상타 아이가. 와 그 아가 내 멤에서 이리 떠나지 않는 기까? 무신 이유까? 참 얄궂어라.'

비화는 누가 보면 꼭 미친 여자같이 함부로 머리를 흔들어댔다. 그러면서 얼핏 뒤돌아본 장승은 이제 붉은 옷에서 검은 옷으로 바꿔 입고 있다.

'또 밤이거마. 밤이 없었으모 좋것다.'

그 검은 밤의 빛만큼이나 어둡고도 막막한 기운이 비화 가슴팍을 헤집고 들어왔다. 검은 눈물이 울컥 목젖까지 차올랐다.

그날 밤늦게 돌아온 자신을 묵묵히 맞아들이는 우정 댁과 원아, 얼이의 얼굴에서 비화는 뭔가 심상치 않은 빛을 읽었다. 비록 아무것도 하고 싶지 않을 정도로 너무나 지친 비화였지만, 식구들에게서는 도저히 그대로는 지나칠 수 없게 하는 묘한 기운이 피부로 느껴졌다. 그동안 함께 지내온 시간이 적지 않다는 것을 말해주는 증거이기도 했다.

"무신 일이 있었어예?"

비화의 힘없는 물음에 우정 댁과 원아는 아무 말 없이 서로의 얼굴만 마주 보았고, 얼이가 어른들 눈치를 살피며 조심스럽게 입을 열었다.

"이런 말 하지 말라 캤는데……."

그때 원아가 얼이 말끝을 가로챘다.

"내가 말할 낀께 얼이 니는 가마이 있거라."

우정 댁을 한 번 보고 나서 스스로에게 다짐시키듯 했다.

"이거는 숨길 이약이 아이다."

그러자 우정 댁도 고개를 끄덕였다.

"맞다."

자포자기에 가까운 말투였다.

"얼이가 본 그대로 싹 다 말해조라."

그러는 우정댁 표정이 굉장히 심각해 보여 비화 마음이 겨울날 문풍지처럼 떨렸다.

"함 들어봐라."

원아 음성도 떨려 나왔는데 듣는 사람을 경악케 했다.

"조카 서방님 말고, 또 딴 사람도 우리 가게 근처를 얼쩡거리고 있다."

"딴 사람이예?"

비화 눈이 화등잔같이 커졌다. 그런 비화를 복잡한 표정으로 가만히 바라보는 원아 얼굴 가득 불안한 그림자가 짙었다.

"덩치가 곰 겉은 사내 하나가 요 며칠 전서부텀 우리 가게 근방서 자꾸 얼쩡거리는 거를 얼이가 봤다쿤다."

우정 댁이 울먹이는 목소리로 원아 말을 이었다.

"그 땜새 조카가 돌아올 때꺼정 우리가 올매나 걱정했는 줄 아나?"

원아가 원망과 탄식을 섞어 말했다.

"대체 이기 무신 일고, 엉? 무신 일고 말이다!"

그러는 말끝에는 벌써 눈물방울이 맺혀 있다.

"작은이모……."

자기를 부르는 그 소리도 듣기 싫다는 듯 가로막는 원아였다.

"조카 서방님이사 지 아내가 보고 싶어서 그란다 치자. 그란데 생판 알지도 몬하는 그 기분 나쁜 사내는 또 머꼬?"

비화는 머리털 끝까지 뜨거운 기운이 확 치밀어 오르는 듯했다. 원아 그 말 속에는 분명히 비화 자신을 믿지 못하는 어떤 기운이 담겨 있다. 물론 그럴 리는 없다고 생각하지만, 잘못 들으면 노처녀 시샘 같기도 하다. 두 여인은 조카에게 다른 남자가 있지 않을까 하는 의혹을 품는지도 모른다.

"얼이 니가 함 말해 봐라. 직접 봤은께."

비화는 뜨겁게 지끈거리는 이마를 손바닥으로 문지르며 얼이에게 물었다.

"그래 우찌 생깃더나, 그 남자가?"

그런데 얼이 입에서 나오는 그 소리는 참으로 예상 밖이고 무서운 얘기다.

"올마 전에 남자 한 사람이 저 강에 빠지서 안 죽었어예?"

비화는 기억만 해도 몸이 오싹해졌다.

"아, 소긍복이 그 사람?"

그러자 그 살해 현장을 목격한 얼이는 더 섬뜩하다는 얼굴이었다.

"예."

짧게 대답하고는 더 말이 없다.

"소긍복……."

비화는 더없이 흔들리는 목소리로 또 물었다.

"그란데 그 사람은 와?"

"그기, 그기예."

얼이는 계속 머뭇머뭇하며 연방 제 어머니 눈치만 살핀다. 하지만 우정 댁도 원아도 입이 굳어버린 듯하다.

비화는 어떤 직감에 숨이 턱 멎는 기분이었다. 한참 만에 얼이가 두려움과 의혹이 뒤엉킨 얼굴로 말했다. 순식간에 나이를 열 살은 더 먹어버린 것 같은 목소리였다.

"암만캐도 말입니더."

"암만캐도?"

"예, 그기 안 있어예?"

"답답타. 쎄이 이약해 봐라."

마침내 얼이는 세상에서 가장 힘들고 무서운 말을 전하는 사람같이 했다.

"소긍복이 그 사람을 물에 빠지거로 해서 쥑인 그 사람 겉어예."

"머라꼬?"

호롱불이 금세 꺼져버릴 것처럼 파르르 떨었다.

"그, 그런께 시, 시방 어, 얼이 니 말은……. 우, 우리 가게 근처를 어, 얼쩡거리는 사람이, 그, 그 사람 겉다, 이, 이, 이런 말인 기가?"

"그때는 멀리 떨어진 데서 봐서 잘 몰랐거든예."

갑자기 석유 냄새가 짙어지는가 싶더니 호롱 불꽃이 제멋대로 춤을 추었다. 방벽에 비친 그림자들도 덩달아 어지러웠다.

"시방 가마이 생각을 해본께, 그 사람이 맞아예."

"흐……."

방안 가득 질식할 것 같은 공기가 밀려들었다. 천장과 방바닥이 찰싹 들러붙는 느낌이었다.

"민치목 그 사람이?"

그때 갑자기 우정 댁이 두 팔로 얼이를 와락 끌어당겨 안았다.

"무서버라. 내사 무서버서 몬 살것다."

우정 댁이 하도 세게 껴안는 바람에 숨이 막히는지 얼이가 '캑캑' 하고 기침을 했다. 그건 지난날 얼이가 목을 비틀어 대던 닭이 내는 소리를 떠올리게 했다.

"아, 얼이 아부지! 얼이 아부지요!"

우정 댁은 천필구만 끝없이 불러댔다. 지금 그녀가 찾을 수 있는 사람은 하느님도 부처님도 용한 점쟁이도 아니고 오로지 비명에 간 남편한 사람뿐이었다.

"으으."

원아도 부르르 진저리를 쳤다. 그러면서 지금 눈앞에 닥친 그 현실을 너무나 믿을 수 없다는 목소리로 말했다.

"너, 넘을 쥑인 그, 그 사람이 와 우, 우리 곁을?"

파르르 흔들리는 호롱불만 지그시 노려보는 비화 눈빛이 그 불꽃마저 태워버릴 것처럼 이글이글 타오르고 있다.

"조카!"

원아 목소리는 비명에 가까웠다.

"니는 우리보담은 더 잘 알 거 아이가?"

"······."

강물 철썩거리는 소리가 밤의 날개에 얹혀 들려오고 있다. 모습은 보이지 않고 소리만 들리는 강은 어쩐지 얼굴 없는 괴한처럼 생소하고 두려웠다.

"함 말해 봐라. 그 남자하고 무신 일이 있는 기가?"

비화 입은 봉해버린 듯했다.

"그 살인마가 요분에는 와 우리 집을 맴도는 긴고, 짐작되는 거도 없나?"

"……."

"우째서 말 몬 하는 기고?"

원아는 실성한 여자로 보였다. 본디 심약한 성격에다 남자라곤 얼이 아버지와 함께 농민군 하다가 비명에 간 한화주 한 사람밖에 모르는 그녀는, 그 무서운 살인마가 집 근처에서 서성거린다는 사실이 참으로 견디기 힘들 것이다. 당장이라도 방문을 와락 열어젖뜨리며 그자가 뛰어들어올 것 같은 섬뜩한 기분에서 헤어나지 못하고 있었다.

"아모 걱정들 하지 마이소!"

그런 와중에서였다. 얼이가 우정댁 품에서 빠져나오며 큰 소리로 말했다.

"내가 잘 지키보고 있다가예, 해나 무신 일이 일어날 거 겉다 싶으모, 당장 관아에 후딱 달리가서 알릴 낀께예. 그러이 지만 믿으이소."

여느 때 같으면 '머스마 꼭지'라고 머리통이라도 싹싹 쓰다듬어줄 만한 소리건만, 지금 그 순간에는 누구도 아무런 반응을 보이지 못했다. 이제 석유 냄새도 맡지 못할 정도로 모든 감각을 잃어버린 사람들이었다.

"지 말씀 들어보시소."

얼마나 그런 상태로 있었을까? 이윽고 비화가 우정 댁과 원아를 향해 더없이 힘겹게 입을 뗐다.

"이모 두 분은 염려 안 하시도 됩니더."

그러자 우정 댁이 원아 얼굴을 한번 보고 나서 목쉰 소리로 물었다.

"그기 뭔 소리고?"

비화가 확실하다는 투로 대답했다.

"그 사람이 무신 짓을 해도 지한테 하지, 다린 사람들한테는 안 할 끼라예."

190

그 말을 들은 원아가 몹시 답답하고 섭섭하다는 표정으로 말했다.

"시방 그기 말이라꼬 하는 것가?"

비화가 무어라 더 입을 열기도 전에 또 말했다.

"그라모 조카는 우리가 그런 행핀에 처해도 아모 염려 안 하고 그냥 있을랑갑네? 에나 너모하는 거 아이가."

시비조로 나오는 품이 보통 때의 그녀가 아니다. 원아에게 저런 면이 있을 줄은 몰랐다. 아니, 어쩌면 원아 스스로도 알지 못했을 것이다.

"내 말이 그 말인 기라."

우정 댁도 어쩌다 한 번씩 입에 대곤 하는 담배 연기 내뿜듯 긴 한숨을 후우 토하며 말했다.

"원아 동상 말이 하나도 안 틀린다. 우리 세 사람은 친핏줄보담도 더 서로 애끼고 사랑 안 하나."

그녀는 얼마 전에 장판지를 새로 깐 방바닥에 두었던 시선을 천장으로 들어 올리며 말을 이어갔다.

"그라이 조카도 우리 앞에서 그런 섭한 소리 벌로 하모 안 되는 기다."

"큰이모……."

비화는 할 말이 없었다. 우선 그들을 안심시켜야겠다는 생각에 그런 소리를 했지만 사실 그녀 자신이 그런 말을 들어도 똑같은 심정일 것이다.

"지 말씀은예, 그기 아이고예."

어쨌든 크게 얽혀버린 오해부터 풀어야 했다.

"지가 그 사람한테 무신 웬수 질 일을 한 기 없은께, 눈꼽만치도 걱정 마시라쿠는 뜻에서 핸 소리라예."

"아인 기라, 아인 기라."

우정 댁이 고집스럽게 고개를 흔들었다.

"멀쩡하거로 살아 있는 생사람을 물에 빠뜨리서 쥑일 정도 되모, 그런 인간은 우리 보통 인간들하고는 다린 기라. 사람이라고 오데 다 겉은 사람이더나?"

원아가 억지로 마음을 가라앉힌 목소리로 말했다.

"성님 말씀이 옳다 고마."

어른들이 하는 말을 들으며 제 딴에는 깊은 궁리에 잠긴 표정을 짓고 있는 얼이가 몸을 꼼지락거렸다.

"조카 니는 그리 이약해도 반다시 여는 머신가 있다."

공포의 빛이 원아 얼굴 가득 흘러넘쳤다.

"그라이 차후로는 절대 오늘맨캐 늦거로 댕기지 마라. 아이다. 당분간은 문밖을 나가서도 안 되는 기라. 상구 이험타."

이런 당부도 잊지 않았다.

"시장도 성님하고 내하고 그리 둘이만 댕기온다. 알것제?"

비화는 가슴이 뻐근하여 듣기만 했다.

"와 답이 없노?"

그들이 또 무어라 서로 걱정하는 말을 나누고 얼이에게도 단단히 단속하는 사이에 비화 머릿속은 빠르게 회전을 하고 있었다.

'운산녀가 멤에 걸린다. 우짜모 운산녀가 시킷는지도 모린다.'

당장 그런 의구심이 고개를 치켜들었다.

'옛날부텀 낼로 볼 적마당 곧 몬 잡아묵어 눈깔 벌게지던 운산녀 아이가.'

비화는 혼자 고개를 끄덕이다가 내젓다가를 되풀이했다.

'아모리 그렇다 치더라도 내를 우찌해삐라고꺼지 했을까? 도로 복수해야 할 쪽은 낸데 말이다.'

192

비화 눈이 이번에는 원아를 향했다.

'해나 원아 이모를 노리는 거는 아이까? 원아 이모는 아즉도 처녀 안 겉나.'

다시 얼이를 향했다.

'얼이가 아이까? 지가 소긍복이를 쥑이는 강갱을 얼이가 다 봤다쿠는 거를 알고 얼이를 해칠라꼬 말이다.'

그러나 그중 어느 한 가지도 자신이 없었다. 그리고 자신이 없는 그만큼 강한 두려움과 근심만 한정 없이 깊어졌다. 속수무책이라는 말만 자꾸 뇌리를 메웠다.

그때다. 어디선가 금방 숨넘어갈 듯이 감사납게 짖어 대는 개 소리가 들려왔다. 그 소리에 모두 움찔했다. 비화는 머리카락이 쭈뼛이 곤두섰다.

'미, 민치목이가 가, 가차이 와 있는 거는 아이까?'

뺄 수 없는 용의 발톱

대체 무엇이 그리도 화급할까? 걷잡을 수 없는 불길은 저리로 가라다.

성문 밖 옥진의 집 대문을 부서져라, 마구 쾅쾅 두드리는 사람이 있다. 나이 서른 살쯤 돼 보이는 약간 뚱뚱한 여자다. 당장 죽어 엎어질 성싶은 모습이다.

'누가 와서 넘의 집을?'

강용삼은 출타 중이고 혼자 이런저런 집안일을 하고 있던 동실 댁이 얼른 밖을 내다보다가 놀라 말했다.

"아, 이기 누고?"

동실댁 외가 쪽으로 조카뻘 되는 사람이다.

"애심이 아이가."

애심이 누구인가? 바로 지난날 대사지 나무숲에서 점박이 형제에게 몹쓸 짓을 당한 옥진을 발견하고 어쩔 줄 몰라 하던 그 처녀다. 지금은 주평덕이라는 심성 넉넉한 목수에게 시집을 가서 아들 하나 딸 하나를 낳고 살아가는 애심은 동실 댁과 함께 천주학을 믿는 신자였다.

소위 성부와 성자와 성신의 삼위三位를 알고, 천주학 교리와 신앙의

교훈을 전달할 목적으로 운문 형식으로 곡조 없이 송영誦詠되는 '천주가사天主歌辭'에도 심취한 애심은, 자식들이 더 자라면 천국의 주인인 하느님께 인도할 생각을 하고 있다는 것을 동실 댁은 알고 있었다.

"헉헉."

애심은 산짐승에게 쫓겨 달아난 사람처럼 계속해서 숨을 헐떡거렸다. 그녀는 그날 옥진에게 일어났던 일을 아직도 비밀에 부치고 있었다. 상세한 내막도 몰랐거니와 공연히 들먹여 좋을 게 없다는 판단에서였다. 아니, 이제는 그 일을 잊어버렸다는 말이 더 옳을 것이다. 순전히 세월의 힘이었다.

"니가 각중애 무신 일고?"

눈이 휘둥그레져 있는 동실 댁에게 애심이 물었다.

"호, 혼자 계시예?"

동실 댁은 상식에 가까운 당연한 일이란 듯 말했다.

"그 양반이 오데 집에 잘 붙어 있는 사람이가?"

사내가 방구들에 엉덩이가 눌어붙으면 천하에 못난 졸장부가 된다는 게 용삼의 평소 지론이었다.

"예, 그거는 알아예."

그때까지도 문간 저쪽에 서 있는 애심에게 재촉했다.

"퍼뜩 들오이라, 밖에 서서 그라지 말고."

"예? 예."

"누가 보모 문전박대 하는 줄로 알라."

항상 잘 덜렁대는 애심인지라 동실 댁은 별다른 생각 없이 맞아들이려 했다. 그런데 애심의 얼굴이 보통 때와는 전혀 다르고 금방 숨이 넘어갈 모양새다.

"와 또 난리고? 호떡집에 불났나?"

동실 댁은 가벼운 퉁을 주었다. 하지만 대청마루 끝에 철버덕 주저앉은 애심은 홀연 엉엉 울음부터 터뜨렸다.

"어, 애, 애심아!"

동실댁 가슴속에서 '뚝' 하고 마른 나뭇가지 부러지는 소리가 크게 났다. 틀림없이 무슨 심상찮은 일이 벌어진 모양이다.

"자, 자세히 함 말해 봐라."

"엉엉, 엉엉."

"무, 무신 일이 있는 기가, 응?"

"흑."

한데, 한참 후에야 가까스로 울음을 그친 애심이 느닷없이 한다는 소리가 이랬다.

"인자 우리는 다 죽었어예."

한순간 모든 사물이 숨을 죽이는 느낌이었다.

"머라꼬? 다 죽어?"

동실댁 눈이 또다시 휘둥그레졌다. 그 열매가 아이들이 부는 놀잇감으로 좋은 꽈리를 방불케 했다.

"우리가 다 죽다이? 그거는 또 무신 소리고?"

하지만 애심은 또다시 말은 하지 못하고 그저 흐느끼기만 했다. 동실댁은 선 채로 발이라도 동동 굴릴 것같이 했다.

"답답해서 사람 돌아삐것다."

그런데 이윽고 애심의 입에서 나오는 말은 사람을 돌아버리게 할 정도가 아니었다.

"나라에서 우리 천주학 신자들을 모도 잡아간다 안 쿱니꺼?"

"머시? 천주학 신자들을 잡아가?"

동실 댁도 그만 눈앞이 놀놀해지고 말았다. 애심처럼 마룻바닥에 털

196

썩 퍼질러 앉아 거기 사각기둥에 등을 의지하고는 간신히 물었다.

"저, 전창무, 우, 우 씨 그분들 시, 시방 오데 계시노?"

그 황망한 중에도 동실댁 머릿속에 맨 먼저 자리 잡는 게 천주학의 길로 인도해준 그들 부부였다. 한데 애심은 아무 도움도 되지 못했다.

"모, 몰라예."

그러면서 목만 빠져라 흔들었다.

"모린다꼬?"

동실댁 말은 공포와 절망에 싸여 있었다.

"예, 지도 희자 고모한테 들었어예."

희자는 비화의 어릴 적 소꿉동무로서 어머니가 무당인데, 희자 고모는 천주학을 믿었다. 그래서 그들 시누이올케는 서로 만나기만 하면 그야말로 개와 원숭이처럼 으르렁거리는 처지였다.

"그분들이 더 걱정이다. 이 일을 우짜모 좋노?"

동실 댁이 혼잣말로 하는 소리였다.

"그, 그거는 그란데예……."

여전히 몸을 덜덜 떠는 애심이었다. 동실 댁은 가까스로 감정을 추슬렀다.

"니도 함 생각해 봐라."

아이 둘을 낳고 난 후에는 '잠보'라는 소리에서 많이 벗어난 애심이라 들었다.

"우리맹캐 그냥 넘들 모리거로 지만 믿는 기 아이고……."

아래채 지붕이 그날따라 더 낮고 웅크려 보였다.

"온 천지사방 돌아댕김서로 째이 하느님 믿으라꼬 포교했으이, 나라에서도 우찌 그거를 모리고 있것나?"

애심은 마루에 손바닥을 갖다 댄 채 더듬거리기만 했다.

"그, 그……."

마당의 종가시나무에서 참새보다도 더 조그만 새가 날아오르는가 싶더니 또 금방 가지에 내려앉았다. 날개가 작은 그만큼 비상하기도 힘든 건 아닌지 모르겠다.

"싹 다 알제."

그렇게 우려를 떨치지 못하는 동실댁 눈앞에 망령처럼 떠오르는 게 있다. 성문 밖 넓은 공터에서 만인이 지켜보는 가운데 효수형을 당한 농민군들. 또 한바탕 이 땅에 처절한 피바람이 불어 닥칠 모양이었다.

'대원군은 우리 천주학에 관대했다 쿠는데 각중애 와 이랄꼬?'

동실 댁은 아직도 처녀같이 고운 얼굴을 찡그리며 곰곰 생각해보았다. 그렇지만 한양에서 천 리나 떨어진 남방 작은 고을에 사는 일개 아녀자가, 당시 조선 최고 권력자의 뜻을 어찌 알겠는가?

그랬다. 동실 댁뿐만 아니라 웬만해서는 누구도 몰랐을 것이다. 먼 훗날에까지 그 무시무시하기 그지없는 악명을 남기게 될 천주교도 대학살의 원인과 실상을.

"인자 고마 질질 짜라. 애기 옴마가 돼갖고."

동실 댁이 계속 타일러도 애심은 금방 울음이 멈춰지지 않는 모양이다. 주평덕과 두 자식 데리고 오순도순 살아가는 화목한 가정이 혹 파괴될까 봐 더욱 그러는 것일 게다.

"애심이 니나 내 겉은 사람이사 오데 큰 문제 있것나?"

하늘을 올려다보며 기도 말처럼 그러는 동실 댁이다.

"그라모……."

애심이 눈물 젖은 얼굴을 들어 동실 댁을 바라보았다. 동실 댁은 애써 심상한 어조로 말했다.

"우리는 전도 활동도 안 했고, 광신자들도 아인께네."

조금 전부터 길가에 면한 아래채 지붕 위에 참새 무리들이 올라앉아 짹짹거리고 있었다. 그 미물들은 사람들에게 아무 일도 없을 거라고 일러주는 것 같았다.

"에나 괜안을까예?"

애심이 비로소 울음을 그치며 소원 빌듯 물었다.

"하모, 안 괜안코?"

동실 댁은 옥진이 어렸을 때 사용하던 그 다듬잇돌이 그대로 놓여 있는 마루를 희고 고운 손바닥으로 한번 쓸며 타일렀다.

"한 개도 걱정할 거 없다."

이런저런 말로 애심을 안심시켰지만 사실 동실댁 역시도 내심 여간 두려운 게 아니었다. 가슴이 졸아들어 저만큼 보이는 참새보다도, 아니 참새보다 작은 그 새보다도 작아지는 기분이었다.

'다린 거도 아이고…….'

대원군의 칼날이라면 피할 방도가 없다. 온 조선팔도가 그의 말 한마디면 맨바닥에 넙죽 엎드린 채 고개도 들지 못한다. 얼굴을 치켜드는 그 순간 목이 달아난다.

그때 촉석문 근처에선가 수십 마리가 동시에 내는 것 같은 까마귀 울음소리가 크게 들려왔다. 그게 동실댁 귀에는 저승사자가 내는 소리로 느껴졌다.

'저눔들이 각중애 와 저리 발광이고?'

까마귀란 놈들이 저렇게 큰 무리를 지어 한꺼번에 울어 대는 경우는 드물었다. 그렇지만 어쩌다 그런 일이 있을 때면 어김없이 엄청난 불상사가 일어나곤 했다는 생각이 들었다. 그러자 동실댁 가슴은 마치 물기나 먼지를 둘러쓴 짐승이 그 묻은 것을 자꾸만 떨어 대는 것처럼 끝없이 후들거렸다.

김호한과 강용삼은 그동안 한양에 가 있다가 오랜만에 내려온 조언직을 만나고 있었다. 그 고을 동쪽에 솟아 있는 선학산 밑동을 떠받들듯이 하는 뒤벼리와, 굽이굽이 돌아간 말티고개 사이에 있는 오래된 주막집이었다.

"시상 진짜로 빨라진 거 겉소. 천 리 밖 한양 소식이 어느새 이만치 전해져 있는 거 본께네. 아아들 갖고 노는 굴렁쇠도 아이고. 증말 앞으로 시상이 이런 급속도로 나가다가는 머에 떠받히서 죽을랑가 모리것소."

그러면서 언직은 오싹 몸서리를 쳤다. 입술도 약간 푸르죽죽한 빛을 띠고 있었다.

"천주학이 문제기는 문젠 거 겉소."

그는 목이 타는지 연이어 술잔이 바닥을 보였다. 하지만 용삼은 술보다 언직이 물고 온 한양 쪽 일에 더 관심이 쏠리는 눈치였다.

"천주학에 너그럽던 대원군이 와 각중애 멤이 배뀟는지 그기 상구 궁금하요."

용삼의 그 말을 듣자 서둘러 입에 댔던 술잔을 상 위로 내려놓는 언직의 눈과 음성이 다 붉었다. 그리고 흘러나오는 말이 평범하지 않았다.

"갤국 천주학이 주자학하고 다리다는 기, 젤 큰 이유 아이것소."

"주자학하고 다린 기?"

그게 무슨 의미인지 얼른 이해가 되지 않는다는 낯빛으로 그렇게 되뇌는 용삼에게 언직은 확신한다는 투였다.

"하모요. 그리고 또 한 가지, 저 서양 오랑캐들하고 한통속이 돼갖고, 나라에 해를 끼칠 수 있다꼬 판단한 기요."

용삼은 그 장면을 머릿속에 그려보는 표정이었다.

"그렇다모 그거는……."

그때까지 두 사람 대화를 듣고 있던 호한이 잠자코 술잔을 만지작거리며 말했다.

"한양서 천주학 신자들을 잡아들이기 시작했다이, 우리 고을에도 하매 탄압 바람이 불어 닥치고 안 있것소."

그는 무예로 다져져 장년의 나이라고 믿어지지 않을 만큼 여전히 탄탄한 어깨를 한 번 흔들고 나서 다시 입을 열었다.

"예전에 김대건 신부한테 했던 거매이로, 요분에도 똑 그리 천주학을 박해 안 하모 안 되는지 모리것소."

용삼이 크게 공감하는 얼굴을 했다.

"사람마다 다 생각이 다리고 뜻이 안 겉은데, 그거를 무시하모 안 되지예."

누룩 뜨는 냄새가 코끝을 감돌았다. 밀을 굵게 갈아 반죽하여 띄운 술의 원료인 누룩은 어쩐지 오래된 정을 느끼게 했다.

"조정에서 또 저리 무서븐 일을 벌이는 데는, 우리 겉은 사람들이 잘 모리는 무신 다린 이유가 또 안 있으까이?"

그렇게 혼잣말로 빈정거리고 나서, 언직은 금세 빈 주전자를 집어 들고 벌겋게 달아오른 화덕 앞쪽에 쪼그리고 앉아 있는 주모를 향해 술을 더 가져오게 시켰다.

"헤."

그걸 본 주모의 육감적인 입술이 절로 헤벌어졌다. 세상이 힘들고 시끄러워질수록 반대급부로 재미를 보는 게 어쩌면 술장사인지도 모른다.

당시 아라사(러시아)가 또 크나큰 골칫거리였다. 북경조약으로 연해주를 할양 받은 아라사는 걸핏하면 무단으로 두만강을 건너왔다. 그러고는 계속 통상을 요구하였고 이에 대원군을 비롯한 조정 대신들은 크나큰 위기의식을 품게 되었다.

"음."

그 대화를 끝으로 세 사람은 간간이 신음 비슷한 소리만 내며 그저 술잔만 비워냈다. 벽에 비친 그림자를 방불케 했다.

"와 모도 이러키 조용들 하시예?"

머리에 붉은 천을 매단 주모가 초록 치맛자락을 끌며 상머리에 와서 붙어 앉았다. 술청 안이 그렇게 좁지 않은데도 미안스러운 낮빛으로 이런 밉살스럽지 않은 말을 하였다.

"세 분이 이리 떡 앉아 계신게 저희 집이 꽉 차삐네예. 세 분 땜에라도 가게를 더 넓히야 될 낀데 잘 안 되거마예."

언직이 주모가 무척 익숙한 솜씨로 넉넉하게 부어주는 술을 받으며 술주정 부리는 것처럼 했다.

"인자부텀 온 시상이 천주학 신자들 원성하고 통곡소리로 꽉 찰 끼거마는. 그거를 우찌 두고 봐야 하노?"

제법 낮판이 반반한 주모는 뭉게구름같이 틀어 올린 머리를 손가락으로 매만지며 강 건너 불구경 하듯 했다.

"서양 구신 믿은께, 성황님이 고마 노하신 기지예."

세 사람 눈이 마주쳤다. 이번에는 주제넘게도 술어미가 주정꾼처럼 굴었다.

"아, 그 좋은 우리 신령님들 다 놔 놓고 와 그런 짓을 해예?"

아마도 버릇인지 고개를 까딱까딱하면서 마당가 화덕에서 피어오르는 숯불 연기를 바라보았다.

"지가 몬 배와서 그런지 몰라도 에나 모리것어예."

어디 무식한 술어미만 그러했을까? 그들 모두가 전혀 알지 못했다. 홍봉주나 남종삼 등 수천여 명의 조선 교인들뿐만 아니라, 베르뇌와 다블뤼 같은 불란스 신부도 자그마치 아홉 명이나 목숨을 잃게 되었다. 그

202

뿐만 아니라 체포되지 않고 가까스로 달아났던 리델이란 신부가 청나라 천진으로 가서 그곳에 있는 불란스 동양함대 사령관 로즈 제독에게 구원을 요청하고, 그에 따라 불란스는 일곱 척의 함대를 보내어 강화도를 침략하고, 더 나아가 한양까지 진격하는 엄청난 사건이 조만간 들이닥치리라는 사실이었다.

"농민군들이 아모 죄도 없이 목심을 잃어삔, 성 남문 밖 행장의 이슬이 아즉꺼지도 다 안 마린 우리 고을에, 지발하고 또 핏물 튈 일이 안 생기야 할 낀데."

용삼 말에 주모가 하얗게 질린 얼굴을 했다.

"인자 그런 살점 다 떨어지는 무서븐 말씀일랑 고마하시고, 자아, 지가 올리는 술잔이나 얼릉 받으시이소."

언직이 무거운 분위기를 누그러뜨리려는 듯 술어미에게 농을 걸었다.

"주모! 술 따를라쿠모 내한테나 따라주소."

주모는 술이 덜 깬 사람 같은 표정이 되었다.

"예?"

언직은 아직 술이 절반이나 남아 있는 자기 술잔을 들어 주모 코앞에 들이밀었다.

"내한테만 따라주라 캐도?"

"와 그짝 분한테만예?"

영문을 모르는 주모에게 언직은 짓궂은 웃음기를 뿌렸다.

"여게 두 분 모도 부인이 올매나 이쁜 줄 아요? 꽃이오, 꽃."

그러자 술장사 이력이 무색치 않게 주모가 금세 알아듣고 샐쭉한 표정을 지었다.

"그라모 지가 몬생깄다, 그런 말씀이라예?"

언직이 딱 정색한 얼굴을 했다.

"아이모? 잘생긴 줄 아는가베?"

그 말이 떨어지자마자 주모도 앙갚음하듯 했다.

"지가 솔직하거로 함 이약해보까예. 시방 여게 이 자리에 앉아 계시는 세 분 가온데서 안 있어예."

언직을 턱짓으로 가리키며 말했다.

"그짝 분이 젤 처진다 아입니꺼."

눈에 불을 켠 언직이 기가 막힌다는 표정을 했다.

"머요? 시방!"

그래도 닳아먹을 대로 닳아먹은 주모는 조금도 겁먹는 기색이 없었다.

"얼골도 그렇고, 덩치도 그렇고예. 호호."

"모도 일어나 갑시다. 내 두 분 다시는 이 집에 안 올 끼다. 오데 술집이 요기 말고는 없는 기가?"

언직이 자리를 박차고 일어설 것처럼 했다. 주막집 여자를 상대로 그 따위 치졸한 짓을 하는 그는, 어쩌면 망국민亡國民이 돼버릴지도 모를 조선 백성의 미래 모습인 듯했다.

"어이구, 이 일을 우짜노? 낼부텀 우리 가게 문 닫거로 생깃다."

그러면서 언직보다 먼저 몸을 일으키는 주모에게 호한이 말했다.

"실상은 그런 기 아이고, 저 친구, 주모가 멤에 들어서 무담시 그라는 기요. 주모가 오데 이 장사 오늘 첨 하요?"

겉으로는 껄껄 소리 내어 웃어가며 그렇게 말하고 있었지만, 그는 울고 싶은 심정으로 또렷하게 예감하고 있었다.

전창무와 우 씨 부부에게 들이닥치고 있는 저 무서운 박해의 발톱을. 그것이야말로 누구도 빼 버릴 수 없는 용의 발톱이었다.

가면 오는가, 오면 가는가

9월도 중순을 넘어 막 하순으로 접어들었다.

나뭇잎들은 큰 공포에 질린 사람의 샛노래진 얼굴빛이나, 발악하는 자의 표정 같은 빨간 핏빛으로 변하고 있다. 그곳 관아 포졸들이 전창무와 우 씨 부부에게 들이닥친 날, 그 가을날의 하늘은 시퍼렇거나 우중충하였다.

전창무의 검거. 그것은 고을 백성들에게는 예고된 일이었다. 창무 또한 마침내 올 것이 왔다는 얼굴로 순순히 붉고 굵은 오라를 받았다. 누구보다도 강한 그의 신앙에의 믿음은 그 어떤 것도 그를 쓰러뜨리게 할수 없었다. 천 길 높이의 파도 더미가 덮쳐도 꿋꿋이 버틸 것이었다.

그러나 오직 단 하나, 그의 마음을 쇠사슬같이 옥죄는 것은 늦게 얻은 자식이었다. 그는 등에 아기를 들쳐 업고 잡혀가는 남편을 울며불며 엎어질 듯 꼬꾸라질 듯 뒤따라오던 아내 모습을 저승에서도 영원히 지워버리지 못할 것이다.

국화꽃 향기 그득한 바깥세상을 뒤로한 채 죽음의 냄새만이 들어차있을 뇌옥으로 질질 끌려가면서, 그는 아내 우 씨에게 마지막 유언을 남겼다.

"부인, 비화 색시를 생각하시오."

섬뜩할 만치 담담한 어조였다.

"내가 죽더라도 비화 색시맹캐만 사시오."

그는 또 이렇게 당부했다.

"농민군 활동을 열심히 하다가 자랑시럽거로 죽어간 천필구 부인 우정 댁하고 한화주 연인 원아, 그 여자들을 떠올리모 살아갈 수 있을 끼요."

"여, 여보. 흑흑."

목이 멜 대로 메인 아내에게 끝으로 부탁했다.

"내가 없더라도 애기, 우리 애기를 얼이 그 아매이로 키워주시오."

우 씨는 피가 맺히고 살점이 떨어져 나갈 듯한 울부짖음과 함께 말했다.

"당신은 우찌 우리 애기를 두고 혼자만……."

그렇게 온 나라 안 천주교인들을 향한 대박해의 회오리바람은 점점 매섭게 불어 닥치고 있었다. 그랬다. 바야흐로 이 나라는 오랜 역사상 그 유례를 찾아보기 힘든 무서운 피의 박해의 한 장章을 넘기고 있었다.

"이놈들, 가자!"

"어이쿠!"

"빨리 일어나지 못해? 어디서 드러눕는 거야? 에잇!"

"으윽!"

"요새 세상이 어떤 세상인데……."

"하느님!"

포승에 꽁꽁 결박되어 짐승과도 같이 무자비하게 끌려가는 죄인들 모습이 길에서 서로 바라보일 지경이었다. 포청옥이 붙잡혀 온 신도들로 넘쳐 재결할 수 없을 형편이었다. 조선팔도 백성들 사이에 있는 소리 없는 소리들이 호열자 창궐하듯이 퍼져 나갔다.

— 아무것도 모르는 아낙들도 무작정 잡아간다더라.

— 어린애들도 굉장히 많다고 하데.

— 온갖 혹독한 고문과 형벌을 가하며 배교背敎 맹세를 강요한다면서?

— 형장刑杖에 맞아 살점이 터지고 핏물이 마구 튄단다.

도대체 누구 말이 사실이고 누구 말이 거짓인지, 또한 어디까지가 진실이고 어디까지가 허위인지, 그걸 아는 이는 아무도 없었다. 그 중에도 끌로 파듯 가장 사람들 가슴팍을 후벼 파는 이야기가 있었다.

"모진 고문을 당하여 붉은 피를 철철 내 쏟는 신도들이 이렇게 환호한답니다. 내 몸에서 혈화血花가 나니 이제 나는 천당에 오를 것이라고."

"혈화라면? 피 꽃이라 그런 말입니까?"

"그렇지요. 피의 꽃."

"아, 듣기만 해도……."

"그리고, 그 꽃은 결코, 떨어지지 않고 영원히 살아남아 모든 사람들 가슴속으로 돌아올 거라고 굳게 믿고 있다는군요."

"불멸의 꽃으로……."

조선 방방곡곡 망령같이 떠도는 갖가지 무섭고 처절한 이야기는, 비봉산 우뚝 솟고 남강 물 휘감아 흐르는 거기 남방 목牧 곳곳에도 흘러넘쳤다. 그리고 유서 깊은 그 고을 백성들 입에 날밤을 잊은 채 가장 많이 오르내리는 게 바로 그곳 감영監營에서 붙잡아간 저 전창무 이야기였다.

"인자 부인은 우찌 되노?"

"그러키."

"부인이 남편을 천주학재이로 맹글었담서?"

"시방 와서 그런 거 따지봤자 무신 소용 있것노."

"하기사!"

화제는 부인에서 아이로 옮아간다.

"어른보담도 핏덩이가 더 안됐다 아이가."

"안 낳으모 도로 더 좋았을 끼라."

"그래도 가문을 이을 씨는 냉기야제."

"죽기 다 됐는데도 아즉 하느님 찾고 있을까?"

"모올라."

"인자는 아이것제?"

"하모, 하모."

하지만 세월이 흐르고 흘러 먼 훗날에 전설처럼 전해질 그의 철석같은 신앙 고백은, 피도 얼어붙게 할 정도로 냉기 차오르는 무섭고 고통스러운 감옥 속에서도 영원토록 시들지 않을 한 떨기 꽃으로 피어나고 있었다.

― 증말 지독하다. 배교하것다, 그 말만 하모 될 낀데.

― 내 몸의 이 피는 피가 아이라 꽃이오. 장차 내를 천당으로 인도해 줄 꽃이란 말이오. 배교라이 당치도 않소.

형틀에 묶여 말로써는 다 못 할 온갖 모진 고문을 당하면서도 전창무는 무척 당당했다. 오로지 쇠나 돌같이 굳은 신앙만을 고백할 뿐, 그의 얼굴 어디에서도 곧 맞이할 죽음에 대한 공포나 구차한 삶을 구걸하고자 하는 비겁함은 찾을 수 없었다.

― 참말로 지독한 눔 아인가베? 아, 살점이 저리키나 터지 나가고 핏물이 저리키나 튀어 올라도 신음소리 하나 내지 않다이?

― 그러이 하는 말이제. 허, 대체 저눔이 믿는 하느님이라쿠는 자가

우떤 잘꼬? 그가 우떤 자기에 저리할 수 있제?

형벌을 가하는 자들이 끔찍해 도리어 몸서리를 쳤다.

— 천주학재이들이 전지전능하다꼬 해쌌는 그 하느님이라쿠는 자가 진짜로 있다모, 우리 모도 지옥 가것제?

— 진짜로 있든 가짜로 있든, 그런 소리는 하지 마라꼬. 꿈자리 사납거로.

— 시방이 봄이나 여름 겉으모 쪼매 낫을 낀데, 해필 시절도…….

창무가 초주검이 되어 갇혀 있는 감옥은 깊어가는 가을의 한기와 우수로 가득 차 있었다. 하루는, 형리刑吏가 와서 말했다.

"니 에핀네가 에나 대단타. 니겉이 지독하고 미련한 늠이 그래도 에핀네 하나는 증말 잘 뒀거마는."

"……."

"엣따, 이거나 받아라. 안 받을 끼가? 니 에핀네가 갖고 온 기다."

그러면서 주먹밥을 내미는 형리도 안됐는지 연방 고개를 내저으며 끌끌 혀를 차더니 이렇게 말했다.

"무신 늠의 팔자가?"

잠시 후 그 지방 관아의 형방刑房은 우 씨가 가져온 주먹밥을 겨우 목구멍으로 넘기고 있는 창무를 한참 동안 바라보다가 다시 입을 열었다.

"어른은 또 그렇다 치고, 니 자슥새끼도 애잔타. 지 에미 등짝에 업힌 거 본께, 아즉도 콩알만 하더마는."

"……."

"애비 없는 호로자슥으로 넘들한테 손가락질 받아감시로 살아갈 생각을 해서라도, 내가 빌 낀께 인자 고마 배교하것다, 글 캐라. 내가 빈다 캐도 몬 하것나? 그깟 하느님이 머 그리 위대하다꼬. 쯧쯧."

"……."

"자기를 따리는 사람들이 큰 고통을 당하는 거를 봄서도 우찌 몬 하고 있는 거 아이가?"

고을 백성들 사이에 그들 부부와 아기 이야기는 하나의 살아 있는 전설이 되어 정처 없는 바람같이 떠돌았다. 민들레 꽃씨처럼 날아다녔다.

상촌나루터에도 그 모든 소문들이 전해졌다. 비화와 우정댁, 원아는 물론이고 한돌재와 밤골댁 부부, 꼽추 영감을 비롯한 뱃사공들, 그리고 온 나루터 사람들이 일찍이 유례를 찾아보기 힘든 이번 천주학 대박해에 원성을 높이고 치를 떨었다.

"창무 아자씨하고 우 씨 아주머이도 그렇지만도, 아즉 아모것도 모리는 애기를 생각하모 더 눈물이 납니더."

"핏덩어리 애기를 등짝에 업고 감옥으로 주먹밥을 나르는 그 부인 이약을 듣고 안 우는 사람이 없다 안 쿠나."

"농민군도 그리키나 참혹하거로 쥑이더이, 인자는 하느님 믿는다꼬 또 저리하다이, 증말 나라님이 싫어예."

"요분에는 대원군이 그란다는데? 횡 잘 날라가던 새도 그 이름 듣고 그냥 픽 땅바닥에 떨어지는 기 대원군이라 안 쿠는가베."

"대원군이 아이라 대웬수다, 대웬수!"

"어이구, 무신 일 당할라꼬 그런 소리를 벌로 해예?"

옆에서 어른들 이야기를 듣고 있던 얼이도 자꾸만 두 주먹을 불끈불끈 쥐여 보이는 품이, 또 아버지 천필구의 죽음이 떠오르는 모양이었다. 나이를 먹어도 잊히지 않는 모양이다.

그때 꼽추 달보 영감이 벌겋게 달아오른 얼굴에 비틀걸음으로 나루터 집 문간을 들어서며 거기 누구에게랄 것도 없이 말했다.

"내가 들은께 전창무 그 사람 인자 나이가 개우시 마흔 살 중간쯤밖에 안 됐다 쿠던데, 하느님이 이 탕수국 내미 폴폴 나는 영감태이는 안 잡아가고……."

그러자 그 소리에 대한 응답처럼 우정 댁이 모두에게 말했다.

"요새 겉으모 우리도 주막집 내모 좋것다. 술이나 퍼마시모 쪼매 살 수 있을랑가 싶어서 말이제."

꼽추 영감이 평상에 털썩 주저앉으며 탈기하듯 말했다.

"내도 저 남강 물이 모돌띠리 술이라모 좋것거마는. 술독이 아이라 술강에 팍 빠지서 한 열흘 죽었다 깨나고 싶은 기라. 아이라. 깨나기는 머할라꼬 깨나? 그대로 가삐리제. 머가 더 보고 싶고 더 듣고 싶어서……."

그의 늙은 눈가에 물기가 번져 나와 번들거렸다.

"아, 그보담도 창무 그 사람 갇히 있는 데로 가갖고, 마즈막으로 내하고 술이나 같이 한잔 하자쿠모 우떨꼬?"

가게 마당에 서 있는 대추나무와 석류나무가 미친 듯이 앙상한 몸을 흔들고 있었다.

시국은 갈수록 험악하고 흉흉했다.

온 나라 안에 천주교인 일제 수색령을 엄하게 내린 조정에서는 매월 말에 검거 실적을 의정부議政府에 보고하도록 했고, 한양 광희문光熙門 밖에는 시체가 큰 산같이 쌓여 백성들이 두려움에 덜덜 떤다고 했다.

광희문은 한양의 4소문小門 가운데 하나인 남소문南小門의 또 다른 이름이었다. 서소문西小門과 더불어 한양 도성 안에서 죽은 사람들의 시신을 성 바깥으로 운반해 나갈 수 있는 문으로서, 시구문屍軀門, 혹은 수구문水口門이라고도 했다. 처형되거나 옥사한 천주교인들뿐만 아니라 도성 안에 전염병이 돌아 많은 사망자가 발생할 때도 그 시체를 이 문밖에다 내다 버리기도 했다.

어쨌거나 그 무렵, 무려 6년이 더 넘도록 조선팔도에 휘몰아친 그 피바람은 아홉 명의 불란스 신부와 수많은 조선인 성직자들, 또한 수천 명의 천주교인들 목숨을 앗아갔으니 지옥도 그런 지옥이 없었다.

그해 9월 전창무가 감영 포졸들에게 체포되어 이루 말로써 다 표현할 수 없는 혹독한 고문과 형벌에도 불구하고, 끝까지 배교하지 않고 오로지 굳은 신앙만을 고백하는 날들이 흘러 어언 12월 하순으로 접어들고 있었다.

상촌나루터에 나룻배도 띄우지 못할 만큼 남강 물도 꽁꽁 얼어붙은 가운데, 장승도 몸을 부르르 떨면서 외면할 끔찍한 일이 벌어지려 하고 있었다. 성문 밖 찬 바람이 매섭게 쌩쌩 불어대는 남강 변 백사장에서 창무가 참수형을 당하는 날이 급기야 온 것이다.

유서 깊은 그곳 남방 고을에 저 임술년 농민군 처형식과 같은 처절한 장면이 다시 한번 재현되려는 순간이었다. 사형 집행은 무관 3품 벼슬아치인 영장營將이 주도했다. 그 드넓은 백사장에는 살을 에는 듯한 매서운 칼바람이 섬뜩하기 그지없는 망나니들의 칼춤같이 제멋대로 휘몰아쳤다. 그해도 불과 열흘 남짓밖에 남겨놓지 않은 날, 하느님 나라를 만들기 위한 일념만으로 몸을 아끼지 않던 한 중년의 사나이가 그 마지막 생명의 불꽃을 사르는 곳이었다.

"마지막으로 할 말은 없는가?"

영장이 우렁우렁한 목소리로 물었다. 무려 석 달 동안이나 뇌옥에서 온갖 고초를 당한 순교 직전의 전창무 행색은 이미 사람 모습이 아니었다. 그렇지만 그는 광풍에 꺾이는 맨드라미 같은 고개를 억지로 치켜들고 의연하게 말했다.

"인자 이 사람은 저 천당에 오를 것이오. 그러이 아모 후회도 미련도 없소. 아니, 도로 춤이라도 덩실덩실 추고 싶은 멤이요."

강바람에 날리는 모래알이 사람 눈을 뜨지 못하게 했다.

"다만 한 가지, 내 소중한 처자식을 두고 혼자만 먼첨 하느님 나라로 들가야 하는 기 가슴에 맺힐 뿐……."

끝까지 듣지 않고 영장이 다시 물었다.

"그 하느님 나라가 어디에 있는가?"

서슴없는 창무의 대답이었다.

"그거는 내도 모리요."

영장이 어이없다는 표정을 지었다.

"그것도 모른다면서 어떻게?"

운집한 사람들이 웅성거렸다. 얼음장이 깨어지는지 강에서 '찡' 하는 소리가 났다.

"나라님도 모리요. 그거는……."

몹시 힘겨운 듯 가쁜 숨을 몰아쉬면서도 창무는 또렷또렷한 어조로 말을 이어갔다.

"오즉 천지를 창조하시고 우리를 맨드신 그분만 아실 뿐……."

영장이 가증스럽다는 얼굴로 내뱉었다.

"잠꼬대는 네가 말하는 그 하느님 나라에 가서나 하라!"

"……."

망나니 춤이 점점 더 절정에 다다르고 있었다. 시퍼런 칼날은 하늘을 가르고 땅을 쪼갤 만하였다. 마침내 그 칼날이 한 사내의 목에 가 닿았을 때 사람도 울고 강도 울고 산도 울었다.

'카옥, 카오옥!'

강 건너편 백정들이 사는 섭천의 무성한 대숲에서는, 몸뚱이에 먹물을 끼얹은 듯 시커먼 까마귀 무리가 죽음의 냄새 풍기는 불길한 울음소리를 내지르며 시퍼런 창공으로 치솟았다.

"여봐라!"

그런데 차마 귀 열고 듣지 못할 또 다른 무서운 지시가 떨어졌다.

"저놈 모가지를 장대에 매달아 성문 앞에 내걸도록 하라!"

사교邪敎로 규정된 천주학쟁이의 말로가 얼마나 비참한가를 백성들에게 잘 보여주고, 다시는 천주학쟁이가 되지 못하게 큰 경각심을 심어주기 위한, 정녕 몰인정하고 섬뜩한 처사가 아닐 수 없었다.

"그리고 남은 몸은……."

목 없는 시신은 차가운 백사장에 버려졌다. 얼마 후 이런 말들이 그의 부고장처럼 쫙 퍼졌다.

"그의 사촌들이 몸띠만 남은 그의 시신을 거두어 고향에 묻었다 쿠더라."

"몸띠만?"

"하모."

"그라모 무두묘 아이가."

"그기 무신 말고?"

"머리 없는 무덤."

무두묘無頭墓.

일순, 질린 듯 모두 말들이 없다가 한꺼번에 토악질하듯 내쏘기 시작했다.

"하모, 무두묘."

"아아, 무섭고 안됐다. 우찌 그런 무덤이 다 있노?"

"하느님도 에나 에나 무심 안 하시나."

"하느님이 있다쿠모 그리 놔 놨으까이? 없다."

그러나 한동안 그 누구도 알지 못했다. 온몸을 난자당하는 고통 속에서도 남편의 순교를 자랑스럽게 여기던 아내가, 이웃과 친지들의 구박을 끝내 더 견디지 못하고 어느 날 어린 아기를 업고 남편 고향의 고개를 넘어 어디론가 떠나버렸다.

이 땅을 온통 피로 물들였던 저 농민군과 천주학 박해 사건은 두고두고 그 고을 백성들 가슴마다 옹이로 남을 일이건만, 계절은 또 바뀌어 새로운 봄이 나비 날개에 얹히고 새싹에 묻혀 돌아오고 있다.

겨우내 꽁꽁 얼어붙었던 남강 물도 다시금 풀리고, 강기슭 버드나무 그늘이 거울같이 비친 강 속에는 지느러미를 흔드는 물고기들이 마냥 한가롭다. 맑은 강바닥에 있는 모래와 자갈도 건져 올려 만지고 싶을 만큼 깨끗하고 빤질빤질해 보인다.

강가에 혼자 서서 자연의 경이로운 변화를 지켜보는 얼이 눈빛도 한결 생기 넘쳐 보인다. 한 해 동안 부쩍 자라버린 얼이다. 키도 한 뼘 이상 커졌고 가슴도 눈에 띌 정도로 훨씬 두꺼워졌다.

"아!"

인기척을 듣고 돌아보는 얼이 얼굴에 반가운 빛이 물감처럼 확 번졌다.

"오이소, 누우야. 날씨가 에나 좋아예."

"내 눈에는 얼이 니가 더 좋아 비인다 아이가."

얼이가 누이라고 부르는 여자는 비화다.

"요서 니 혼자 머하고 있노?"

그러면서 비화가 버릇이 돼 버린 잰걸음으로 걸어오고 있는 저 뒤쪽으로 흡사 꿈결인 양 아른아른 피어오르는 아지랑이를 배경 삼은 나루터집이 보인다. 그 옆에 다정다감한 형제처럼 나란히 붙어 있는 밤골집도 눈에 들어온다.

"아, 저어기 노 젓고 있는 사공이 달보 영감님 맞제?"

강으로 고개를 돌린 비화의 그윽한 눈길을 따라가던 얼이가 말했다.

"맞아예! 맞아예!"

그러고는 이내 목이 터지게 소리쳤다.

"할아부지! 할아부지이!"

저쪽에서도 그 소리를 들은 모양이다.

"얼아아, 얼이야아……."

얼이를 부르는 소리가 때마침 불어오는 강바람을 타고 이쪽으로 아스라이 전해졌다.

"달보 영감님은 연세를 잡수실수록 더 건강해지시는 거 겉어예."

나이 든 사람의 건강을 챙기는 얼이 목소리가 비화 듣기에 듬직했다.

"하모, 그러시야제."

고개를 크게 끄덕이는 비화 눈에 이제 얼이가 다 장성한 사내 같다. 그러자 문득, 얼이 얼굴에 겹쳐 보이는 얼굴은 남편 박재영이다.

어쩌면 만나질 듯 만나질 듯하면서도 끝끝내 만나지 못한 채 또 아까운 한 해를 넘기고 말았다. 지난 겨우내 찬 강바람이나 겨울 철새처럼 얼마나 내 주위를 맴돌았을까?

지지리도 못난 양반. 사내대장부가 어쩜 그다지도 소심할꼬? 그저 이웃 마을에 잠시 바람 쐬고 오는 것처럼, 그렇게 이 비화에게 돌아오면 될 것을. 각설이패가 생각났다.

─ 작년에 왔던 각설이, 죽지도 않고 또 왔네.

이제는 원망하는 마음도 질투하는 마음도 저 봄날 강처럼 깡그리 녹아버렸다. 더군다나 그이는 지금 혼자 몸이지 않은가. 이 비화 역시 여전히 혼자다. 모두 혼자. 그러니 둘이 다시 합치면 혼례 치르고 함께 살던 그때와 다를 게 없지 않겠는가 말이다.

'해나 무신 안 좋은 일이라도 생깃다모 우짜꼬?'

비화는 애끊는 상념에 골똘히 잠겨 꼽추 영감이 익숙한 솜씨로 나룻 배를 가까이 저어온 줄도 모르고 있었다.

"비화 각시!"

꼽추 영감이 강에 파문이 일어날 만큼 큰소리로 물었다.

"또 머를 그리 깊이 생각하노?"

비화는 속내를 숨기려는 사람처럼 대답했다.

"아, 영감님예."

꼽추 영감이 상기된 얼굴로 위로와 격려의 말을 건넸다.

"쪼꼼만 더 기다리라 쿤께네?"

"……."

강바람에 허연 머리칼이 나부꼈다.

"올해는 반다시 좋은 일이 있을 끼라."

얼이가 제법 어른스럽게 말했다.

"영감님 생각도 그러시예?"

꼽추 영감은 두 어깨를 으쓱하여 등짝에 나 있는 혹을 위로 들어 올리 듯 했다.

"안 그렇고?"

얼이는 이번엔 장난기 많은 소년처럼 한쪽 눈을 찡긋했다.

"지도 그래예."

"하모, 시절도 에나 좋아 안 비이나."

꼽추 영감은 노총각인 뱃사공 하나가 환장할 것 같은 봄이라고 하던 말을 떠올렸다.

"그라이 내 이약이 화살매이로 딱 적중할 끼거마는."

꼽추 영감 덕담에 비화는 머리 숙여 소망의 뜻을 전했다.

"영감님도 더 건강하시이소. 더 좋은 시상 보실 때꺼정 오래오래 사시야지예."

그의 늙은 아내 언청이 할멈의 몸이 아프다는 얘기가 떠올랐다. 그 생각 끝에 다시 바라본 꼽추 영감 표정이 밝은 것만은 아니다. 잘 들어 보면 음성도 그렇다.

"먼첨 죽어야 마땅할 사람은 이래 목심 질기거로 붙어 있으이 이기 무신 이치고?"

전창무가 생각나는 모양이었다.

"한거석 더 살아야 할 사람이 죽어삐는 이 시상이 에나 원망시럽거마는."

비화는 콧잔등이 시큰거렸다.

"영감니임……."

밝은 햇살 아래 그대로 드러난 그의 얼굴과 손등의 주름살이 이랑처럼 깊어 보인다. 세월의 흔적은 왜 슬프고 아프게만 느껴지는지 모르겠다.

"봄기운은 저리도 사람 미치거로 화창한데 말이다."

꼽추 영감은 생동하는 기운이 손끝에 잡힐 듯 전해지는 해맑은 대기 속으로 잠깐 눈길을 보내고 있었다.

"이 늙은이 멤은 와 이리키나 쌍그리한 겨울 겉은고 모리것다 아인가 베. 사람이 나이를 묵으모 다린 계절은 없고 겨울만 있다더이."

비화는 지난날 옥진과 늘 함께 그랬듯이, 거기 강가 버들잎을 따서 접어 물고 피리처럼 불고 싶다는 충동에 사로잡혔다.

"아입니더. 그런 멤 가지시모 안 되지예."

꼽추 영감의 나룻배에 올라탈 것같이 그쪽으로 한 발짝 다가갔다.

"저희는 영감님이 장 겉에 계시서 올매나 멤이 든든한지 모립니더."

진심 어린 비화 말에 꼽추 영감이 문득 기억해낸 듯 날 선 목소리로 물어왔다.

"참, 요새는 그 점벡이 늠들이 와갖고 무신 행패 안 부리쌌나?"

비화 머릿속에 다시 옥진 모습이 그려졌다. 억호를 제 최초의 남자라고 하던 옥진. 해가 바뀐 지금에 와서 되짚어 봐도 도저히 믿을 수 없는 그 말이었다.

아무리 현실이 아니고 꿈이었다지만 억호와 사랑을 나누기도 했다니. 사람 꿈은 현실과 반대라는 소리가 있기는 하지만, 그래도 이건 너무 아니다. 한마디로 어불성설이다. 대체 무엇을 알리기 위한 서몽瑞夢이란 말인가?

옥진을 생각하느라 잠시 말이 없는 비화를 오인한 모양이었다. 꼽추 영감이 세찬 파도가 치듯 크게 높아진 목소리로 물었다.

"와? 시방도 계속 와서 몬된 짓을 하는 기가?"

주름투성이 얼굴 가득 노기가 서려 있다. 그는 어디로 달려갈 것처럼 했다.

"내가 당장 그것들을 찾아가야것다. 요것들이 오데서?"

"아이라예."

비화보다 얼이가 먼저 부정했다.

"할아부지, 아이라예."

그래도 꼽추 영감은 여전히 씩씩거렸다.

"그라모?"

얼이는 꼽추 영감 손에 들려 있는, 단단한 나무의 아래 끝을 얇게 다듬어서 만든 노에서, 지난날 농민군 하던 아버지가 들고 있던 몽둥이를 떠올렸다.

"그때 할아부지한테 그리키나 혼나고 나서는 지까짓 것들이 다시는 몬 옵니더. 죽을라꼬 또 와예?"

꼽추 영감은 아직도 강인해 보이는 굵은 팔뚝에 불끈 힘을 주었다.

"그렇다모 됐고. 흠."

비화가 물가에 붙어 자라고 있는 수초같이 흔들리는 목소리로 물었다.

"그 뒤로 그 사람 한 분도 몬 보싯어예?"

꼽추 영감 낯빛이 쌀뜨물처럼 흐려졌다. 음성에도 힘이 빠졌다.

"몬 봤거마는."

그게 자신의 잘못이라고 여기는 듯 비화 안색을 살폈다.

"안 그래도 내가 비화 각시 그 말 듣고 난 뒤부텀 우짜든지 각시 신랑 찾을라꼬 용을 쓰고 안 있나."

물이 하도 맑아 이리저리 유유히 돌아다니는 물고기의 등지느러미와 가슴지느러미 등이 모두 훤히 보일 정도의 강을 내려다보면서 말했다.

"배 타고 내리는 사람들 하나도 예사로 안 보고, 강가에 나타난 사람도 절대로 그냥 안 지나치는데……."

대단히 아쉽고 안타까운 표정을 지우지 못했다.

"그날 우리 할망구하고 같이 있을 때 먼발치서 잠깐 본 기 전분 기라."

비화는 자기 옆얼굴을 훔쳐보는 얼이 눈빛을 의식했다.

"고맙심니더."

만약 꼽추 영감이 보았다면 벌써 알려주었을 것이기에 기대를 걸고 물은 것은 아니었지만, 그럼에도 비화 심정은 그대로 녹아내리는 듯했다.

"그래도 내가 대강 얼골은 기억이 안 나는가베."

꼽추 영감은 눈썹을 모으고 눈을 가느스름하게 뜨고는 잠시 재영의 모습을 머릿속에 되살리듯 하더니 이렇게 말했다.

"그래서 다시 보기 되모 몬 알아볼 일은 절대 없을 낀께, 쪼꼼만 더 참고 기다리모 내가 반다시 좋은 소식 전해줄 끼라."

얼이도 깜냥에는 비화를 위로하듯 했다.

"지도 계속해서 찾아볼 끼라예. 보기 되모 바람걸이 달리가서 이약하께예."

목을 길게 빼고 천지를 둘러보는 시늉을 지어 보였다.

그때 강 가운데를 막 지나가고 있던 나룻배에서 유난히 얼굴빛이 검은 뱃사공이 이쪽을 향해 외쳤다.

"달보 영감니임!"

"와?"

꼽추 영감 목소리가 장년의 문턱을 넘어서는 그 뱃사공보다 더 우렁찼다.

"댁에 할무이가예……."

"우리 할망구가?"

강가 보라색과 노랑색, 분홍색 등의 야생화가 내뿜는 천연적인 향기가 은은하게 풍기고 있었다.

"영감님 보모 꼭 전해 달라데예."

"머를?"

그 뱃사공은 얼굴만큼이나 검게 탄 손으로 노를 바로잡더니 한껏 목청을 돋우었다.

"시방 큰아드님이 집에 와 있다고예! 큰며누님도 같이예!"

꼽추 영감 얼굴이 금세 달라졌다.

"어, 내 큰아들 늠하고 큰며누리가?"

비화가 자기 일같이 기쁜 낯빛으로 말했다.

"영감님, 쌔이 댁에 가보시이소. 에나 좋으시것어예."

얼이도 고개를 끄덕였다.

"그라모 담에 또 보자꼬."

꼽추 영감은 노련한 솜씨로 급히 노를 젓기 시작했다. 물살이 쫙 둘

로 갈라졌다. 그러나 그는 별로 멀리 가지도 않고 이내 이쪽으로 고개를
돌려 큰 소리로 말했다.

"인자 각시 서방도 곧 올 끼거마는."

"……."

비화는 울음이 터지려 했다. 꼽추 영감은 그냥 하는 말이 아니라 했다.

"우짠지 그런 예감이 드는 기라."

비화는 저쪽으로 손짓을 해 보였다.

"퍼뜩 가보시이소."

뱃전에 부서지는 물결이 밝은 햇살 아래 너무나 투명해 보였다. 금과
은으로 엮어 만든 돗자리가 저러할까?

"늙은이가 하는 말이라꼬 별로 듣지 마래이."

꼽추 영감 음성이 물새 소리를 닮았다. 오랫동안 물새들과 더불어 살
아온 때문일까?

"시상 오래 살다 보모 느끼지는 기 다 있다 아인가베."

꼽추 영감 그 말에 비화는 억지웃음을 띤 얼굴로 말했다.

"영감님 말씀을 그리 안 들어예. 누가 그리 들어예?"

그런데도 두 팔로는 노를 저으면서 입으로는 계속 말해주는 꼽추 영
감이었다.

"비화 각시 서방, 올매 안 있어 꼭 나타난다. 반다시 나타난다."

"알것심니더, 영감님예."

비화 말끝에 눈물이 풀잎에 맺힌 이슬방울처럼 매달렸다.

"심 내라 캐도?"

꼽추 영감은 허투루 듣지 말라는 듯 또 말했다.

"내가 각시 위로할라꼬 무담시 핸 소리는 아인 기라. 진짜다."

얼이가 두 손으로 나팔을 만들어 입에 대고 소리쳤다.

"잘 가시이소, 할아부지!"

아련한 추억인 양 나룻배는 서서히 멀어져 갔다. 나룻배가 한 번 그어 놓고 간 물결들은 금방 지워지지 않는다. 조금 전까지와는 다르게 그건 근심 걱정에 싸인 사람의 찌푸린 주름살을 연상시켰다.

"우리도 인자 집에 들가이시더."

확실히 얼이는 가늠하기 힘들 정도로 자랐다. 그렇게 보면 어른 늙는 것이 꼭 빠르다고만 할 수도 없을 듯하다.

"점심때가 지내서 그런지 배가 마이 고푸다 아입니꺼."

"……."

그렇지만 비화 시선은 여전히 푸른 물결 위로만 향하고 있다. 마치 강에 마지막 물결이 완전히 사라지고 다시 잔잔해질 때까지 지켜보려는 사람 같았다.

"밥 맛있기 묵거로 후딱 가예, 예?"

눈치 빠른 얼이가 비화 속을 알아채고서 짐짓 명랑한 목소리로 재촉했다. 비화는 또다시 남다른 성장 과정을 거친 얼이가 어느새 진짜 어른이 다 되었구나, 여겨졌다. 그러자 기쁨과 슬픔이 한데 뒤엉키는 심정이었다.

"그, 그래. 고마 들가자."

비화는 아들을 극진히 위하는 우정 댁을 떠올렸다.

"니 옴마도 기다리시것다."

"내가 한두 살 묵는 아아도 아이고예."

얼이는 투정인지 미안함인지 모를 소리를 했다.

"옴마도 인자는 안 그래시도 될 때가 됐다 아입니꺼."

비화는 밀고 밀리는 강물을 바라보았다.

"니도 내중에 자슥 생기모 안 그랄 줄 아나?"

"내는 안 그랍니더."

단언하는 얼이였다.

"시방은 안 그랄 거 겉지만도."

"두고 보이소."

"두고 보자쿠는 사람 하나도 안 무섭더라."

비화 말이 떨어지기 바쁘게 얼이가 말했다.

"그라모, 안 두고 보자쿠는 사람은 무섭고예?"

"고마하자, 내가 졌다."

"진짜로 졌다꼬 생각하는 사람은 그리 말 안 해예."

"우찌 말하는데?"

"내도 몰라예. 히히히."

"머? 호호호."

두 사람은 나란히 나루터집을 향해 걸어가기 시작했다. 어떻게 보면 이제는 얼이 키가, 비화보다도 더 큰 것도 같다. 또래들과는 비교가 안 될 것이다. 그 마음은 더 그럴 테지만.

부부 새일까, 아니면 형제 새일까? 물총새 한 쌍이 꼽추 영감이 배를 저어가고 있는 저편 강기슭에서 천천히 부유하고 있는 게 보였다. 참새보다도 크고 부리가 긴 그 새는, 붉은 다리와 하얀 목이 무척이나 아름다웠다. 하지만 저렇게 상공에 머물러 있다가도 어느 한순간 총알처럼 날쌔게 물속으로 들어가 물고기를 낚아챈다는 것을 강가 사람들은 알고 있다.

그러나 비화도 얼이도 꼽추 영감도 전혀 몰랐다. 저만큼 멀리 길가에 선 느티나무 뒤에 몸을 감추고 서서 이쪽을 무섭게 노려보고 있는 눈을. 아름드리 나무둥치만큼이나 큰 체구의 사내는 민치목이다.

운산녀 사주를 받고 만취한 소긍복을 강에 빠뜨려 살해했던 치목이,

이번에는 운산녀의 또 다른 사주를 받고 새로운 먹잇감을 사냥하기 위해서 그렇게 여러 날 비화의 주위를 맴돌고 있었다.

나루터집 쪽으로 둘이 함께 발을 옮겨가면서 얼이는 시종 맺힌 비화 마음을 풀어주느라 이런저런 소리를 늘어놓기 바빴다. 애꿎은 짐승과 꽃 모가지를 비틀어 대던 지난날의 얼이 모습이 기억나서 비화는 감회가 새로웠다.

"이모님들예, 죄송합니더. 또 장사는 하도 안 하고 상구 미친년매이로 고마 밖으로 나가삐릿심니더. 지가 사람 안 되것지예?"

집에 도착하자마자 그렇게 말하는 비화를 보고 우정 댁과 원아는 웃기부터 했다.

"인자 우리도 이력이 붙을 만치 붙었다 고마. 그래 한 개도 성 안 나는 기라. 사람이 안 되기는 머가 사람이 안 돼?"

우정댁 말에 원아가 후렴 치듯 했다.

"그런께 비화 조카 요만큼도 미안해할 거 없거마는."

"성님, 우리 설교는 고만하고 손님 없을 때 밥이나 묵읍시더."

상머리에 빙 둘러앉았다.

"야아!"

얼이 밥그릇이 제일 높다. 고봉이다.

"얼이 니 우짜든지 밥 한거석 푹푹 퍼묵고 퍼뜩 퍼뜩 커라이."

"비 맞고 쑥쑥 자라는 쑥부재이 알제?"

어쨌든 얼이가 많이 먹도록 경쟁이라도 붙은 듯한 식구들이다. 얼이는 반찬도 필요 없을 것 같다.

"압니더."

그 대답하는 시간마저도 아깝다는 듯 얼이는 힘차게 한 숟갈씩 듬뿍 퍼서는, 입이 마구 찢어질 정도로 집어넣기 시작했다.

"자고로 집안에 '으흠' 함시로 사내 기침 소리가 나야, 그래야 넘들이 벌로 무시 몬 하는 기다."

금방 밑바닥을 보이기 시작하는 얼이 밥그릇에 밥을 더 담아주면서 원아가 말했다. 그녀 밥그릇은 아직 손을 댄 흔적도 없었다.

원아 그 소리에 비화 콧잔등이 찌르르 했다. 어쩌면 평생 처녀 몸으로 살아갈지도 모를 그녀였다. 가끔 지나가는 투로 슬쩍슬쩍 의중을 떠봤지만, 아직도 일편단심 비명에 떠나보낸 한화주만을 생각하는 원아 마음은 촉석루 아래 의암같이 움직일 줄을 몰랐다. 비화는 화두를 안고 끙끙거리는 사람처럼 생각했다.

'한화주 그분은 우떨까?'

그의 혼백이 있으면 듣고 답해 달라고 부탁하고 싶은 심정이었다.

'정을 주고받던 연인이 자기만을 그리버함시로 살아가는 거를 바래까, 아이모 다린 남자 만내서 행복하거로 살기를 바래까?'

한편 바로 그 시각, 민치목은 어떤 수상한 광경을 보고 있었다.

'어? 저거는 또 머꼬?'

그는 큰 나무 뒤에 바짝 몸을 숨긴 채 사납게 부릅뜬 눈으로 계속해서 지켜보았다.

'웬 눔이 저리 나루터집을 뚫버지거로 살피쌌고 있는 기제? 똑 내맹 캐 말인 기라.'

보면 볼수록 예사로 느껴지지 않는다.

'오데서 온 머하는 눔이까?'

못 보던 사내다. 그저 그렇고 그런 평범한 자인지라, 열 번을 만나도 제대로 기억해내지 못할 정도의 사내다. 하지만 지금 사내가 하는 짓은 굉장히 특별하다. 그게 아니다. 사실은 치목 자신과 똑같다.

'허, 이기 우찌된 기고?'

치목은 신경이 고슴도치 터럭처럼 곤두섰다. 저 혼자 부는 강바람조차 심히 거슬리는 통에 발길질이라도 하고 싶을 지경이었다.

'저눔도 나루터집 여자들 가온데 눌로 노리는 긴가? 아이모, 자잘한 물건 쌔비갈라쿠는 좀도독눔이가?'

자기를 노려보고 있는 눈을 까마득히 모르는 그 사내는, 감히 가까이는 다가가지 못하고 여전히 똑같은 거리를 유지하면서 끝도 없이 나루터집 쪽으로만 고정된 시선을 보내고 있다. 치목이 지켜보기에도 한심하고 지겨울 판이다.

'오데서 돼도 안 한 엉뚱한 새끼가 하나 불쑥 나타나갖고, 이 치목이가 할라쿠는 일이 방해 받을라.'

그러던 치목은 솥뚜껑 같은 주먹을 꽉 쥐며 눈알을 있는 대로 부라렸다.

'내가 무신 잡생각 하고 있는 기고?'

소긍복을 단숨에 살해하던 기억을 되살렸다.

'쥐도 새도 모리거로 싹 쥑이 없애삐모 되지, 머시 문제될 끼 있다꼬.'

이윽고 사내가 나루터집에서 약간씩 멀어지기 시작한다. 그것을 본 치목은 내심 쾌재를 부르는 심정이 되었다.

'흥, 지눔이 그래도 뒤지기는 싫은 모냥이제?'

그런데 가만히 보자니까 다른 곳으로 가지 않고 여전히 거기 나루터를 뱅뱅 맴돌 기세다. 치목은 그만 더 큰 약발을 받았다.

'에나 시상 안 살라꼬 환장한 기가, 죽을 약 쓰는 기가?'

치목은 마음의 주먹질과 발길질을 동시에 해댔다. 그의 온몸에서 뻗쳐 나오는 살기에 그 나루터 공기가 달라지는 듯했다.

'이눔아, 안 뒤질라모 당장 내 눈앞에서 사라져라이. 비화 조년 심통

탁 끊어 놓기 전에 니눔부텀 해치삘 끼라.'

그렇게 독기를 품고 자기를 째려보고 있는 눈을 알 리 없는 사내는 잠시 후에 치목의 시야에서 완전히 사라졌다. 무수히 오가는 장사치들과 농군들, 가마와 소달구지와 마차들 속에 섞여버린 것이다.

'에이, 씰데없는 데 멤 쓰다 보이 목만 마리다 아이가.'

치목은 이날따라 아내 몽녀 눈빛만큼이나 흐릿해 보이는 하늘의 해를 한 번 올려다보고 나서 몇 걸음 걸어가다가 눈에 띄는 주막집 안으로 쑥 들어갔다.

"쌔이 오이소. 손님 혼자십니꺼?"

몸에 밴 습관으로 반갑게 그를 맞이하는 주모는 밤골 댁이다. 한돌재는 지금 강에 나가고 없고, 순산 집은 다른 아주머니들과 주방에서 설거지하기에 분주하다. 얼마 전에 일하는 여자를 두 사람 더 들였는데 그것도 모자라 몇 명 더 고용해야 할 형편이다.

"혼자라도 열 사람 온 거보담도 더 매상이 오를 끼요."

그러던 치목은 지난번에 아내 몽녀와 같이 들어갔던 주방 옆에 붙은 그 방으로 가면서 마치 맹수가 으르렁거리듯 했다.

"우선에 술부텀 좀 주고, 안주는 이 집에서 젤 비싼 거로 해주소."

촌놈 장에 가서 물건 모르면 무조건 비싼 것 사라는 말은 들어봤지만, 술집에 와서 제일 비싼 안주 운운하는 소리는 또 처음이다. 그렇게 생각하는 밤골 댁에게 치목이 말했다.

"어, 그란데 아주머이가 그동안 상구 이뻐진 거 겉소? 흐흐."

불온한 눈빛으로 남의 여자 몸 위아래를 훑어보았다.

'이뻐진 거 좋아하네?'

아예 쓸개를 쏙 빼놓고 한다는 물장사를 하면서 사내들 말이 얼마나 빈 깡통인가를 익히 터득한 바 있다.

228

'그거하고 니하고 무신 상관 있다꼬. 다린 데 가서 알아봐라.'

그자의 웃음소리며 눈짓 등이 하도 징그럽고 음흉하여 밤골 댁은 서둘러 몸을 돌려세우고 말았다.

'오늘만 처묵고 가고 다시는 안 와주모 고맙것다.'

치목이 들어가 있는 방으로 자꾸만 눈이 갔다.

'방 베릴라(버릴라). 장판도 새로 바꾸고 베름빡에 도배도 새로 해야 쓰것다.'

지금 밤골집에 있는 술과 안주를 몽땅 팔아줘도 조금도 고맙거나 반갑지 않을 너무너무 기분 나쁜 사내였다.

바람이 분다. 오는 바람 가는 바람 모두가 '바람난' 바람 같다.

"망할 눔의 요 봄바람은 와 이리 살랑 사리랑 불어쌌노."

우정댁 눈시울이 야산에 지천으로 널린 진달래 꽃잎처럼 붉다.

"누 미치는 꼬라지 볼라쿠나?"

비화 마음도 싱숭생숭했다.

"에나 그렇거마예."

그래 이날도 해 다 저문 녘에 혼자 강가로 나갔을 것이다. 강은 그 시각이면 늘 그렇듯 이상하게 크게 출렁인다. 강물도 하루해가 저무는 것을 아쉬워하는가? 아니면, 오늘도 힘든 시간을 용케 잘 버텨냈구나 하고 자축이라도 벌이는 것인가?

'어제가 가고 오늘이 왔듯기, 오늘이 가모 내일이 오고, 또 내일이 가모…….'

이런저런 감상에 빗물처럼 젖은 비화는 자신의 발길이 어디로 향하고 있는지조차 제대로 알지 못했다. 물론 이날만 그런 게 아니었다.

"오데 가십니꺼?"

"시방 국밥 묵으로 갈라쿠는데예."

그날 뱃일을 마치고 나루턱에 배를 묶고 있던 뱃사공들이 알은체한다.

"아, 예."

비화는 가벼운 미소와 함께 고개를 약간 숙여 보이곤 했다. 농부들과는 또 다른 면들이 그들에게 있는 것 같은데, 그게 무엇인지 딱 꼬집어 말할 수는 없었다.

"훠이, 훠이!"

"이라, 이라!"

갈 길을 재촉하는 장사치와 농군들 마음을 알기라도 하는 것처럼 소와 말도 경주하듯 빨리 내닫는다. 하루 종일 붐비던 상촌나루터는 그렇게 조금씩 비어 가고 있다. 지금부터 주막은 더욱 흥청거릴 것이다.

비화가 걸음을 멈춘 지점은 안으로 굽어 들어간 지형 때문에 무척이나 후미진 장소였다. 나무그림자가 좀 더 짙은 탓인지 전체적으로 어둡고 을씨년스럽기까지 했다.

'우짜다가 내가 여꺼정 온 기가?'

으스스한 기분으로 음산한 주변을 둘러보는 비화 마음이 왠지 불편했다. 사람은 갈 곳이 있고 가지 말아야 할 곳이 있다는 말이 있다.

'내가 질거리구신한테 고마 홀린 것가? 상촌나루터에 이러키 한적한 데가 있는 줄 아즉 몰랐거마는.'

나중에는 이런 의문마저 들었다.

'요기도 상촌나루터가 맞나?'

그러나 그보다도 훨씬 더 중요한 사실을 비화는 아직 모르고 있었다. 거기가 바로 민치목이 소긍복을 살해한 그 현장이라는 것이다.

'맞기는 맞는데……'

비화는 강과 나무숲 사이의 모래밭에 서서 이곳저곳으로 눈을 돌렸다. 어쩐지 오싹했다. 그제야 거기서 강을 따라 조금 더 내려가면 꼽추 영감이 소긍복의 익사체를 건져 올린 지점이라는 데 생각이 미쳤다. 그 러자 몸이 경련을 일으키는 듯싶었다.

'아부지 친구라쿠는 그 사람, 천벌을 받았는갑다.'

강과 하늘의 빛이 엇비슷해지고 있다. 그녀 마음의 빛깔도 그렇다.

'우리가 잘 몰랐는데, 임배봉과 운산녀 고것들하고 한통속이었던 기 라.'

그런 생각을 하니 몸보다 마음이 한층 떨리기 시작한다. 어떻게 그리 도 감쪽같이 사람을 속일 수 있는가 말이다.

'아부지가 속아 넘어가서 긍복이 그 사람 보정을 서 주신 기 틀림없다 아이가.'

잘못 선 보증. 눈에 쌍부처가 거꾸로 서는 듯했다.

'모든 개락(계략)은 배봉이 머리에서 나왔것제.'

학지암 가는 컴컴한 숲속 길에서 배봉에게 속절없이 당하던 염 부인 모습도 악몽 속의 한 장면처럼 떠올랐다.

'에나 요상타. 오늘따라 와 이리 베라벨 생각이 다 덤비드는 기고?'

그러나 그것은 결코 요상한 일이 아니라는 사실을 비화는 미처 깨닫 지 못했다. 정녕 소름 끼칠 노릇이 아닐 수 없었다.

나루터집에서 거기까지 비화를 남몰래 미행해온 어떤 그림자가 있었 다. 그 소리 없는 그림자는 지금 비화 바로 뒤쪽 어두운 나무숲 속에 몸 을 감추고 있다. 살쾡이처럼 샛노랗게 눈을 번득이며 숨어 있다.

민치목이다!

그는 참말이지 이렇게도 좋은 기회가 올 줄은 몰랐다. 당장 더덩실 어깨춤을 추고 콧노래라도 흥얼거리고 싶은 그런 심정이었다. 그리고 그 위에 겹치는 또 하나의 검은 속내가 있었다.

'목심은 천천히 거두기로 하고…….'

저무는 강가에 혼자 서서 하염없이 생각에 잠기고 있는 젊은 여인의 모습은, 야수 같은 치목의 더러운 욕망에 불길을 지폈다. 지금 눈앞에 서 있는 비화는 치목 자신의 아들 맹쭐과 같은 나이라는 사실도 잊어버리게 했다.

운산녀의 사주를 받지 않았더라도 그대로 지나치지는 못할 상황이었다. 급기야 치목은 비화를 향해 아주 천천히 접근해가기 시작했다. 실체가 없는 유령같이 작은 소리 하나 내지 않고. 나뭇잎도 그 순간에는 살랑거리는 소리를 멎은 듯했다.

그러나 깊은 상념에 빠져 있는 비화는 여전히 아무런 눈치도 채지 못했다. 치목의 가쁜 숨소리가 거기 강가를 가득히 채웠지만, 비화 귀는 흡사 막혀버린 소라껍질 같았다. 도둑을 맞으려면 개도 짖지 않는다고 했던가. 그렇지만 이건 물건 따위를 도난당하는 그 정도가 아니었다.

드디어 그자의 거친 손아귀가 여자의 가녀린 어깻죽지를 독수리 발톱같이 움켜쥐는 순간, 강가는 참혹하기 그지없는 지옥으로 돌변했다.

"아~악!"

단말마 같은 여인의 비명소리가 강과 숲과 모래밭을 크게 뒤흔들었다. 하지만 그 소리는 이내 강물 소리, 바람 소리에 묻혀버렸다. 그리고 새로 들리는 소리.

"헉."

치목은 비화를 껴안고 모래밭에 쓰러뜨리려 했다. 나무들이 그만 고개를 모로 돌리는 것 같았다. 날아가는 물새도 보이지 않고 수면 위로 뛰어오르는 물고기도 없었다.

"으윽."

비화가 악의 손아귀에서 벗어나려고 발버둥질할수록 가해오는 힘은 더 강해졌다. 마침내 비화는 모래밭에 쓰러지고 거대한 벽 같은 물체에 의해 하늘도 밑을 내려다볼 수 없을 만큼 모든 게 가려졌다.

'아아아.'

비화는 모든 걸 포기해버리고 싶었다. 아니다. 그렇게 할 도리밖에 없었다. 어쩌겠는가?

'아, 그렇구마. 옥지이도 염 부인도 이리 당할 수밖에 없었구마.'

그 순간에 비화가 무섭고도 서럽게 얻은 깨침이었다. 온몸에서 기운이 그렇게 빠져나갈 수 있을까? 내 몸이 꼭 썩은 나무토막 같다는 생각이 들었다. 그렇지만 그런 생각을 할 수 있는 것도 한순간이었고 서서히 의식조차 가물가물해졌다. 그런 가운데 대사지와 학지암이 신기루처럼 눈앞으로 다가왔다간 사라지고 사라졌다간 다가오기를 끝없이 반복하고 있었다.

'내가, 내가……'

저 강에 뛰어들리라. 그리하여 기꺼이 물고기 밥이 될 것이다. 한 줌 재로 남는 것도 나는 용납할 수 없다.

'이 시상에 왔었다는 흔적을 쪼꼼도 안 냉기고 칼끗이 지우고 가야 하는 기다.'

한데, 그 찰나였다.

비화는 사내의 몸이 아주 조금 뒤로 밀려나는 듯한 느낌을 받았다. 그리고 그와 동시에 강 속에서 터져 나오는 것 같은 고함소리를 들었다.

"이눔아!"

비화는 번쩍 눈을 떴다. 그 소리, 그 목소리.

단 세 음절이었지만 비화는 알 수 있었다. 어찌 모르겠는가, 그 목소리를. 꿈에도 잊지 못할 그 목소리를.

"저, 저?"

치목과 목소리의 주인공이 무슨 나무덩굴과도 같이 함께 뒤엉켜 모래밭에 나뒹굴고 있는 광경을 비화는 꼭 꿈결에서처럼 바라보았다. 마치 투우장 같았다. 비화는 가까스로 몸을 일으켰다. 하지만 이내 비명을 질러야만 했다. 안타깝게 절규했다.

"으아아아……."

갑자기 나타난 목소리의 주인공은 도저히 치목의 상대가 되지 못했다. 무엇보다 체구도 체구이거니와 항상 싸움판에서 놀았던 치목의 적수는 그다지 많지 않을 것이다. 그건 맨손으로 호랑이를 상대하는 짓이었다.

'우짜노? 우짜노?'

비화는 발만 동동 굴렀다. 치목의 갈고리 같은 손아귀는 금방이라도 상대방 남자 목젖을 끊어버릴 것처럼 무섭게 옥죄어들고 있었다.

"아, 여, 여보."

비화는 미쳐가고 있었다. 남편 박재영은 벌써 죽어버린 사람 같아 보였다. 아무렇게나 축 늘어져 버린 시체였다. 씨받이보다도 더 슬픈 '목숨받이'였다.

그때였다. 비화는 또 한 번 들었다. 이번에는 강 속이 아니라 하늘 끝에서 들리는 것 같은 소리였다.

"할아부지이!"

비화는 거짓말처럼 본정신이 살아났다. 그 소리는 한 번 더 났다.

"달보 할아부지이!"

그녀는 자신도 모르게 소리 나는 곳을 향해 목이 터져라 외쳤다. 어린아이 적에 젖 먹던 힘이 그러했을까?

"얼아아! 얼이야아아!"

그 순간, 치목이 꼭 뜨거운 불에 덴 사람처럼 재영의 몸 위에서 벌떡 일어났다. 용수철 같았다.

"캑, 캑캑."

재영은 아직도 숨이 막히는지 손을 목으로 가져가며 목구멍에 걸려 있는 것을 뱉어내려고 마구 기침하는 소리만 자꾸 냈다. 죽음 직전에 풀려난 그의 얼굴에서 핏기라곤 조금도 찾아볼 수 없었다.

"여, 여보!"

비화는 허겁지겁 달려들어 쓰러져 있는 재영의 몸을 일으켜 세우려 했다. 그 사이에도 얼이 목소리는 계속해서 점점 더 크게 다가오고 있었다. 꼽추 영감인지 누군지는 몰라도 사람 발자국 소리도 나는 것 같았다.

치목이 급히 달아나기 시작했다. 얼이가 달려오고 있는 반대 방향을 향해 마구 도망치기 시작했다. 하지만 그 와중에도 치목은 뒤를 돌아보며 마치 악령이 저주를 퍼붓듯 무섭게 소리 질렀다.

"너거 연놈들을 내 손으로 꼭 쥑이고 말 끼다!"

그러나 비화 귀에는 그 소리가 제대로 들리지 않았다. 언제부터인가 재영이 그녀의 몸을 꽉 끌어안고 있었던 것이다. 비화는 자기 몸이 강 위를 둥둥 떠가고 있다고 생각했다. 한 척의 나룻배 같았다. 그리고 노를 잡고 있는 사람은 재영이었다.

"여, 여보. 미, 미안하요."

"아."

강을 통로로 하여 하늘과 땅이 맞닿아 있다.

"내, 내를 요, 용서해 주소."

"아아."

여름 철새와 겨울 철새가 더불어 날아든다.

"나, 나는……."

재영의 울음 섞인 목소리가 구슬픈 물새 울음소리처럼 들렸다. 그 소

리는 마치 하늘에서 생겨 강으로 들어가는 것 같기도 하고, 강에서 생겨
나와 하늘로 올라가는 것 같기도 하였다.

얼굴이 유난히도 하얀 비화는, 턱과 목이 눈부시도록 흰빛인 무척이
나 아름다운 한 마리 물총새였다. 오랫동안 길을 잃은 채 방황하고 다니
다가 이제야 편안하고 따뜻한 둥지를 되찾은 물총새였다.

물수제비뜨기

나루터집에 꽃이 피었다.

"우리 우리 집에 꽃이 꽃이 피었네요."

우리 집에 꽃이 피었다는 우정 댁의 즉석 자작 노래를 원아가 장난스럽게 되받았다.

"여자를 꽃이라쿠는 말은 들었어도, 남자꽃은 첨 들어보요, 성님."

비화가 입가에 배시시 웃음을 깨물며 말했다.

"얼이는 지 눈에 꽃보담도 더 이쁜데예."

천성적으로 입 바른 우정 댁이 입에 발린 소릴랑 하지 말라고 했다.

"비화 조카가 머라 캐도 내 다 안다."

놀부 심통 난다는 듯 하얗게 눈을 흘겼다.

"시방 조카한테는 서방님이 꽃이다 고마."

여자들 수다에도 재영은 그저 몸 둘 곳을 몰라 얼굴만 붉힐 뿐 단 한마디도 하지 못했다. 얼이가 공치사하듯 끼어들었다.

"꽃이고 꽃 아이고 간에, 이 천얼이가 없었으모 우짤 뻔했어예?"

원아가 얼이 몸을 한번 안았다가 놓아주며 말했다.

"하모, 맞다. 얼이가 일등 공신이다."

너무나 신기하여 아직도 믿을 수 없다는 표정으로 물었다.

"그란데 우찌 그런 생각을 다 해냈노?"

재영이 처음으로 입을 열었다.

"그렇심니더. 그 위급한 상황에 우찌 아즉꺼정 에린 사람이 그리카나 기발한 생각을 다 했으까예?"

그러고는 대견함을 넘어 존경스럽다는 눈빛으로 얼이를 바라보았다.

"나이 한거석 묵은 어른이라도 안 쉬벗을 낀데."

그날 그곳에 있지도 않은 꼽추 영감 이름을 계속해서 불러, 민치목을 쫓아버린 일을 말하는 것이었다.

"그거는예……."

얼이는 침을 꿀꺽 삼켰다.

"강에 빠지 죽은 소긍복이라쿠는 사람을 달보 영감님이 건지낸 그 일이 요 머리에 팍 떠올랐다 아입니꺼."

손가락으로 제 머리통을 콕콕 찌르며 하는 그 얘기 끝을 비화가 이어 말했다.

"달보 영감님은 여게 상촌나루터서 최고 왕입니더, 최고 왕. 여서는 그분을 당해낼 자가 아모도 없어예."

재영이 약간 망설이다가 수줍음과 두려움이 섞인 소리로 말했다.

"그 말이 맞소. 내가 맨 첨 그 영감님을 봤을 때, 그분 눈이 올매나 무섭던고 고마 후딱 달아나삗 기억이 있소."

원아도 그냥 있을 수 없다는 듯 말했다.

"노 젓는 솜씨도 에나 겁난다꼬 이 바닥에서 소문이 자자하지예."

얼이가 노질하는 동작을 보였다.

"달보 영감님이 배에 올라타갖고 이리하시모 강이 알아서 옆으로 비키준다쿠는 이약도 있다 아입니꺼?"

한동안 달보 영감 이야기가 영웅담처럼 이어지다가 우정 댁이 문득 떠올렸는지 비화에게 물었다.

"조카, 우떤 방 쓸 끼고?"

그녀의 눈은 비화나 재영을 보지 않고 있었다.

"인자부텀 서방님하고 둘이서 같이 써야 할 낀께 딴 방으로 옮길래, 우짤래?"

비화가 재영을 한 번 보고 나서 대답했다.

"아이라예."

우정 댁은 다소 의외라는 빛이었다.

"아이라?"

비화는 양해라도 구하는 어투였다.

"예, 당분간은 얼이 방 옆에 있는 그 방을 그대로 쓸랍니더."

얼이가 두 팔을 높이 치켜들면서 환호했다.

"야아! 인자 옆방에 아자씨가 계신께, 밤에 혼자 통시 가도 하나도 안 무섭것네?"

그러고는 무엇과 싸우는 태세를 취하며 소리쳤다.

"좋다, 통시구신아, 나올라모 나오라이!"

원아가 빙그레 웃으며 제의했다.

"아자씨보담도 매행(매형)이 우떻노? 앞으로 매행이라 부리지 와?"

우정 댁도 얼이더러 말했다.

"하모, 맞다. 그리 부리모 좋것다."

그러자 얼이가 기어들어가는 목소리로 재영을 불렀다.

"매행."

재영도 들릴락 말락 입을 열었다.

"그래. 처, 처남."

그곳 가득 웃음보가 터졌다. 그것은 민들레 꽃씨처럼 온 집 안에 흩날렸다.

"흑."

비화 두 눈에 아무리 퍼내도 마르지 않는 시가 마을 앞산 자락의 샘처럼 자꾸만 눈물이 괴었다. 실로 얼마 만에 들어보는 웃음소리이며, 사람 사는 것 같은 집인가? 뒤돌아보면 웃는 법조차 잊어버리고 살아온 고통과 실의의 나날이었다.

"내가 이런저런 상세한 내막은 잘 모리것지만도 말이다."

우정 댁은 비화와 재영의 민망함을 덜어주기 위해선지 속내 깊은 사람답게 한참 그렇게 강조하더니 이렇게 말했다.

"인자부텀은 조카사우가 조카한테 너모 그리 죄 지은 얼골 할 필요 없다."

그러는 목소리에 갈수록 한층 힘이 들어갔다.

"아, 조카사우가 안 구해줬으모, 비화 조카가 우찌 됐을 끼고 말이다!"

"맞아예, 성님."

원아가 덩달아 맞장구를 쳤다.

"에나 우찌 될 뿐했어예?"

비화 심장이 덜컥 내려앉는 소리를 내었다. 우정 댁이 인상을 찡그린 채 고개를 절레절레 흔들었다.

"후우. 내사 그런 거는 더 상상도 하기 싫다 고마."

홀연 방안이 남강 수심처럼 조용히 가라앉았다. 기침 소리 하나 들리지 않았다. 우정 댁이 코를 훌쩍이며 흐느끼듯 말했다.

"잘몬됐으모 우찌 우리가 시방맹캐 이리 웃고 앉았것노. 안 그렇나?"

우정댁 그 말에 비화 눈에 가득 괴어 있던 뜨겁고 진한 눈물이 기어코 뺨을 타고 주르르 흘러내렸다. 방문이 저 혼자 흔들렸다가 잠잠해졌다. 집도 생명이 있다더니 그 이야기가 들어맞는 모양이었다.

"맞심더."

비화는 그 당시 심정을 솔직히 털어놓았다. 하나도 속일 게 없는, 아니 속여서는 안 될 가족과 같은 사람들이었다.

"이이가 그때 나타나서 안 구해줬으모, 지는 강에 몸을 던질라 캤어예."

원아가 비화와 재영에게 다정한 눈빛을 보내왔다.

"내사 시집 안 가봐서 모리지만도, 시상에서 부부만치 소중한 기 오데 있것노."

또다시 방안에는 침묵이 내렸다. 부부. 그랬다. 지금 그곳에는 비화와 재영 두 사람 말고는 다른 부부가 더 없었다. 천필구와 한화주의 빈자리가 그 순간만큼 크고 허전하게 느껴지던 때가 아직 없었다.

'와 사람은 이승을 뜰 때꺼정 부부가 해로偕老할 수 없는 기까?'

그 생각 끝을 물고 전창무와 우 씨 부부 모습이 선연히 떠오르면서 비화는 더더욱 막막한 심정이 되었다. 만약 우 씨가 지금 그 자리에 와 있다면 전창무의 빈자리 또한 마찬가지 감정으로 다가올 것이다.

"하모, 원아 동상 말이 옳다. 한 개도 안 틀리다."

그 숨 막힐 듯한 분위기가 너무도 견디기 힘든 모양이었다.

"그라이 인자부텀 아들 놓고 딸 놓고 오손도손 살아가야제. 우리 집에 깨소곰은 더 필요 없거로."

짐짓 농담처럼 그런 말을 던지는 우정댁 낯빛도 여간 복잡하지 않았다. 그러는 그녀의 심사가 오죽 아프고 쓰라릴까?

'이분들을 안 만냈다모……'

비화 가슴이 가없이 무너져 내리는 것만 같았다. 진정으로 이 비화를 위해주는 이들이란 것을 다시 한번 더 깊이 실감하는 순간이었다. 비록 자기들은 그런 따뜻한 가정을 꾸릴 수 없는 처지라 하더라도 부디 그녀 부부만은 행복하기를 기원하는 절절한 정이 아닐 수 없었다. 고맙고도 미안했다.

그런데 원아와 우정 댁이 그 말을 하는 그 찰나, 재영의 두 눈이 다른 사람처럼 야릇하게 빛나는 것을 그 방 누구도 알아차리지 못했다. 어찌 눈치를 챌 수가 있었겠는가?

재영은 천형天刑처럼 떠올리고 말았다. 애정 도피 행각을 벌였던 허 나연과 남의 집에 업둥이로 줘버린 아들이 생각났던 것이다.

새벽에 잠자리에서 눈을 떴을 때 비화는 아직도 꿈을 꾸는 것만 같았다. 꿈속에서 꾸는 꿈같은 것.

언제나 비어 있던 옆자리에 누워 피곤했던지 이따금 가볍게 코를 골며 자고 있는 남편 얼굴을 한참이나 가만히 들여다보았다. 독수공방하던 지난 수년 동안의 일이 그녀 마음결에 한평생 바꾸거나 지울 수 없는 지문처럼 묻어났다.

다시는 이 행복을 놓쳐선 안 된다고 다짐했다. 한 번 더 놓치면 영영 되찾을 수 없을 것 같았다. 진무 스님 예언처럼 이제 제법 부자 소리도 들을 만했다. 이대로만 가면 앞날은 설계하는 대로 창창하게 보장될 것이다.

'그란데⋯⋯.'

비화는 덜미를 붙잡히는 느낌에서 벗어날 수 없었다. 미래에 대한 그 분홍빛 꿈을 뚫고 복병처럼 튀어나오는 게 민치목이었다. 절대 이대로 물러설 자가 아니었다. 한 번 피 맛을 본 늑대는 또 다른 피를 먹기 위해 무슨 짓이든 하려 들 것이다.

'아, 우짜모 좋노? 싸와야 할 내 적이 너모 째뼷다. 배봉이, 운산녀, 점벡이 자슥들, 그들 아내들, 치목이, 맹쭐이⋯⋯.'

열 손가락으로 꼽아도 되레 모자랄 성싶었다. 대체 왜 이런 지경까지 와버렸는지? 아니, 그 끝이 어디까지 뻗쳐 있을지?

그 벅찬 원수들과 견줘 보면 남편 재영이 너무나 왜소하고 약해 보이기만 했다. 비화가 받아들이기에 오히려 얼이보다도 못했다. 무예가 출중한 무관 출신으로 사람들에게서 '김 장군'이라고 불리는 아버지 호한의 기백 절반, 신체 절반이라도 되면 더 이상 바랄 게 없을 것이다.

"으.으."

그때 앓는 소리 비슷한 잠꼬대를 하며 몸을 뒤척이던 재영이 눈을 떴다.

비화처럼 그도 좀처럼 현실이 믿어지지 않는다는 표정이었다. 비화는 누운 채 눈을 끔벅거리며 그 안을 둘러보는 재영에게 말했다.

"더 주무시지 와 하매 일어나심니꺼?"

"⋯⋯."

말없는 재영은 줄이 끊어진 망석중이 같았다. 하지만 누군가가 그의 팔다리에 줄을 매어 당겨도 춤을 추지 않을 것 같은 꼭두각시였다.

"인자 내 집인께네 멤 팬안히 눈 붙이시모 될 낀데⋯⋯."

비화가 물기 묻은 조선종이처럼 눅눅한 목소리로 그렇게 말했지만, 재영은 천천히 일어나 앉으며 말했다.

"아이요, 오랜만에 에나 한거석 잘 잤소."

그러고는 여전히 죄스러움이 남아 있는 목소리로 말했다.

"하로 종일 장사한다꼬 피곤할 낀데, 당신이나 더 눈 안 붙이고⋯⋯."

비화는 둥근 베갯모를 내려다보며 말했다.

"지는 인자 버릇이 돼 놔서예."

재영은 그 말에서 또 가슴에 와닿는 게 있는지 서글픔이 묻어나는 얼굴을 했다.

"그렇는 기요?"

그 대화를 끝으로 신방 같은 방안에 침묵이 깔렸다. 강물 소리가 사람 몸을 적실 듯이 방문 틈으로 흘러든다. 전형적인 강마을 집들의 분위기다.

"여보."

문득, 재영이 말했다.

"내 하나 물어볼 끼 있소."

뜬금없는 그 말에 비화는 약간 의아한 표정으로 물었다.

"무신?"

재영은 약간 주저하는 눈치더니 꼭 알아야겠다는 빛을 드러냈다.

"성문 밖 당신 친정 동네에 대궐걸이 큰 집 안 있소. 솟을대문이 하늘을 찌릴 만치 우뚝 서 있는……."

일순, 비화 얼굴이 다른 사람같이 확 변했다. 짧은 시간에 그렇게 바뀌는 것이 흔치 않을 것이다.

"그 집은 와예?"

음성도 완전히 달라져 있다. 즉시 달려들어 재영이 입고 있는 잠옷의 목 부분을 세게 틀어잡고 함부로 흔들어 댈 사람처럼 보였다.

"우쨰서 그 집을 묻는데예?"

귀신 집을 말해도 그렇게 나오지는 않을 것이다.

"여보?"

재영 심장이 철렁 내려앉았다. 신혼 생활이 길지 않았고 그동안 오래 떨어져서 지냈지만, 아내의 그런 모습은 처음이다. 더욱이 노려보듯 하는 그 눈빛은 분명히 살기마저 담고 있다. 살기라니? 그와 더불어 크게 씰룩거리는 입술마저 파르르 떨리는 듯했다.

"……."

재영은 아내의 갑작스러운 변화에 그만 넋이 빠져버린 얼굴이었다.

"당신, 말씀을 해보이소."

비화는 재영 무릎 가까이 바짝 다가앉으며 차가우면서도 날카로운 목소리로 따지듯이 물었다.

"그 집이 우뚱는데예. 예에? 시방 묻고 안 있심니꺼?"

재영은 기겁을 했다. 혼쭐 빠져나간 사람이 거기 있었다. 아내 비화의 저 변신을 그 무슨 말로 나타내 보일 수 있을지. 그저 한없이 정숙하고 어질어 보이기만 하는 아내에게 저토록 무섭고 두려운 구석이 감춰져 있었던가? 지금까지 서로 헤어져 있던 그 시간의 길이와 무게가 실감나는 순간이었다.

"내, 내 말은 안 있소."

어쨌거나 재영은 아내가 묻는 말에 무슨 대답이든 하지 않을 수 없었다.

"다, 다린 뜻이 아, 아이고……."

비화 눈에 방안의 세간을 모조리 태워버릴 것 같은 불길이 일렁이고 있었다. 그 불은 강물에 던져 넣어도 꺼지지 않을 듯했다.

"사실대로 말씀해주이소."

재영은 그런 비화의 눈 속으로 사정없이 빨려 들어가 그의 온몸이 활활 타버리는 느낌에 빠져 한없이 허둥거렸다.

"하도 그, 그 집이 크고 조, 좋아서……."

"크고 좋아서예?"

이번에는 한 번도 본 기억이 없는 비화 얼굴 가득 마녀의 독기 서린 웃음과 같은 섬뜩한 기운이 퍼지고 있었다.

"커예? 좋아예?"

재영의 코앞에 바짝 다가앉을 것처럼 하는 비화였다.

재영은 자신도 모르게 뒤로 몸을 빼고 있었다.

"커서예? 좋아서예?"

그런 말을 되풀이하는 비화는 엄청난 증오와 가증스러움이 묻어나는 기이한 낯빛이었다. 재영은 벽면 쪽에 붙은 거울의 유리가 박살이 나면서 그 파편이 사방으로 튀는 듯했다. 그 유리 조각이 온몸에 박힌 채 피를 흘리며 쓰러져 있는 자신의 모습이 보였다.

"하, 하, 하모요."

그러잖아도 심약한 재영은 너무나 당황한 나머지 말이 제대로 되지 않을 정도로 크게 더듬거렸다.

"그, 그, 그래 무, 물어본 기요. 누, 누 집인고 시, 싶어서……."

그러나 그 말이 다 끝나기도 전이었다. 비화가 막돼먹은 여자같이 천장이 폭삭 내려앉을 만큼 큰소리를 내질렀다.

"우리하고 웬수 집이지예!"

"웨, 웬수 집?"

지금 재영 얼굴은 영락없이 외나무다리 위에서 원수와 딱 맞닥뜨린 사람 같았다. 아니다. 아내 비화가 그 원수 같았다. 원수가 단호하고 엄숙하게 말했다.

"웬수 집, 웬수 집입니더. 그라이 무신 일이 있어도 지 앞에서 절대로 그 집 이약은 하지 마이소. 두 분 다시는 하지 마이소."

얼음처럼 차가운 아내 앞에서 재영은 간신히 입을 열었다.

"여보."

"와예?"

비화는 탐색하는 눈빛으로 정곡을 찌르듯 했다.

"그 집하고 무신 일 있었어예?"

재영은 그만 손과 머리를 동시에 내저었다.

"아, 아니요."

비화는 이미 모든 것을 다 알고 날카롭게 추궁하는 사람처럼 보였다.

"그란데 와 그라시는 기지예?"

재영은 궁색하기 짝이 없는 변명 늘어놓듯 했다.

"그, 그, 그냥, 그냥요."

그러잖아도 영리해 보이는 비화 눈이 그 순간에는 모든 것을 꿰뚫어 보는 '신의 눈'같이 느껴졌다. 재영은 심장만 내려앉는 게 아니라 머리와 오장육부가 그대로 파열되는 것만 같았다. 그의 말도 상대에게 뜻이 전달되지 않을 만큼 마디마디 잘려 나왔다.

"아, 아모 이, 일도 어, 없……."

철저히 다른 여자로 변해버린 비화를 본 재영의 충격은 그 무슨 말로 도 나타낼 수 없을 지경이었다. 변덕이 죽 끓듯 하는 나연에게서도 접해 보지 못한 일이었다.

가까스로 감정을 추스른 비화가 오히려 어리둥절할 형국이었다.

재영은 더는 아무 말도 못 했다. 어찌 말이 나오겠는가? 숨을 쉬는 일 마저 힘든 판에. 차라리 숨도 쉴 수 없었으면 좋겠다. 그러면 죽을 것이 고 그 후에는 모든 게 없어질 테니까.

아, 그 집이 아내의 원수 집이라니? 그 집이 어떤 집인가? 내 아들을 업둥이로 준 집이 아닌가? 아아, 내 아내 원수 집에 내 아들이 업둥이 로…….

더군다나 지금 아내가 하는 말이나 행동으로 미뤄보아 원수도 그냥 보통 원수가 아닌 게 확실했다. 그날 이른 새벽 그 집 마님과 어린 몸종이 강보에 싸인 그의 아들을 안고 집 안으로 들어가던 광경이 또렷이 되살아나서 재영은 어서 다시 돌려 달라고 소리라도 치고 싶었다. 하지만 이제는 물릴 수 있는 일도 아니지 않은가?

'아아. 앞으로 일이 우찌 될라꼬 내가 그런 짓을 했단 말고, 그런 짓을, 엉?'

재영은 세상 끝을 본 사람처럼 속으로 절규했다.

'아이다! 아이다! 이거는 아이다!'

콩나물국밥을 말아 손님상에 내놓을 때도, 잠시 한가한 틈을 타서 앉아 쉴 때도, 비화는 찰거머리처럼 달라붙는 숱한 사념들을 떨칠 수 없었다.

'내 남핀하고 임배봉이 집하고는 반다시 무신 상관이 있는 기라.'

지붕 위에 올라앉은 까치가 내는 소리가 까마귀 소리같이 들릴 정도로 정신이 혼미하기만 했다.

'저이가 아이라꼬 저리키 딱 잡아떼고 있지만도 이거는 확실타. 대체 무신 일이 있은 기꼬?'

그러다 골이 꿀렁꿀렁할 정도로 고개를 마구 내젓기도 했다.

'아이다. 저이는 지난 여러 해 동안 다린 데 가 있었다 아이가.'

마음을 정돈하기 위해 하나, 둘, 셋…… 마당에 있는 평상의 수를 세어 보기도 했다.

'인자사 돌아온 기라서, 그 집안 인간들하고는 얼골 마조칠 일도 없었을 낀데, 암만캐도 시방 내 신갱이 너모 날카로버진 탓인 기라.'

비화가 남들에게 앞앞이 말 못 하고 그렇게 속으로만 바짝바짝 애간장을 태워가고 있을 때, 재영은 얼이 손에 이끌려 강가에 나가 모래펄에 쪼그리고 앉아 있었다. 그러고는 무슨 이야기 끝에 재영이 무릎 사이에 고개를 처박은 채 말했다.

"처남 아부지가 농민군 하다가 돌아가신 일을 떠올리모……."

그러자 얼이 목소리가 그날 밤 비화 목소리 변하듯 했다.

"그때 죽은 아부지가 물구신이 돼갖고 강에서 낼로 불러낸다꼬, 옴마가 요새도 저 야단 난리 아입니꺼?"

재영은 여전히 얼굴을 들지 않고 말했다.

"내가 이리저리 돌아댕김시로 들었던 이약인데, 운젠가 또 농민들이 들고일어날 끼라 안 쿠나."

물살은 천천히 밀려왔다가 빠른 속도로 빠져나가곤 했다. 세상일들은 저것과 비슷하게 움직이고 있다는 생각이 드는 재영이었다.

"예?"

그런데 그의 말이 떨어지기 무서웠다.

"그, 그기 확실합니꺼?"

얼이 눈에 새파란 불꽃이 튀었다. 대장간에서 나오는 불꽃을 보는 듯했다.

"시상 돌아가는 분위기를 본께 그렇거마."

재영은 으스스함을 느끼는 표정으로 말했다.

"처남 아부지 돌아가시거로 핸 그 사건보담도 몇 배 더 크고 무서븐 사건이 반다시 터질 끼라."

얼이는 확신하듯 기대하듯 했다.

"더 크고 무서븐 사건예?"

그런 반응을 보이는 얼이를 향해 재영도 덩달아 흥분하는 모습을 보였다.

"하모, 요분에는 여러 군데서 한꺼분에 말이제."

강에 물새들 숫자가 점점 불어나고 있었다. 그게 얼이 눈에는 끝없이 모여드는 농민군들같이 비쳤다. 모든 게 그처럼 농민군과 연관 지어 받아들여지는 그였다.

"그기 틀림없지예, 매행?"

재영 눈에는 얼이가 엄청난 복수심에 불타는 작은 악마로 보였다. 그 악마가 저주를 있는 대로 퍼부었다.

"그때가 되모 말입니더."

얼이는 허공을 향해 꽉 쥔 주먹을 휘둘러 보였다.

"지도 가마이 안 있을 끼라예!"

재영은 그저 말에서만 그치는 게 아니라 지금은 정말로 '물가에 내놓은 아이'인 얼이를 아슬아슬한 심정으로 지켜보았다.

"처남……."

숫자가 늘어난 그만큼 물새들 울음소리도 다양하고 높게 울려 퍼졌다. 요즘 들어와 어쩐 셈인지 강의 물새들은 계절을 다 잊은 것 같았다. 그게 아니라면, 계절이 물새들을 잘못 불러들이고 있는 것인지도 모르겠다.

그랬다. 믿기지 않을 노릇이지만, 차가운 기운이 도는 늦가을에 여름 철새가 보이기도 하고, 모기떼가 왱왱거리는 여름날에 겨울 철새가 불쑥 나타나기도 했다. 아마도 그래서인지 강변에서 새의 사체가 빈번하게 발견되기도 했다. 그것을 본 강촌 사람들은 어두운 낯빛으로 '말세末世'라는 소리를 입에 달곤 했다.

"함 두고 보이소!"

얼이는 주먹을 거머쥘 뿐만 아니라 입술까지 꾹 깨물면서 잔잔한 강이 소스라쳐 그 푸른 몸을 일으킬 정도로 크게 외쳤다.

"울 아부지 웬수 갚아야지예!"

재영은 무슨 독물이나 약물에 마취되어 정신이 흐릿한 사람 같았다.

"아부지 웬수를?"

얼이는 원수를 무찌르는 기세로 말했다.

"하모예!"

별안간 강가 공기가 이상해졌다. 위험해졌다는 소리가 더 들어맞을 것이다.

"에잇!"

강가에 재영과 나란히 쪼그려 앉아 있던 얼이가 그런 기합 비슷한 소리를 내면서 누구도 통제할 수 없는 반항아처럼 발딱 일어섰다. 그러고는 언제 손안에 쥐고 있었던지 조약돌을 수면에 던져 물수제비뜨기를 했다.

"달보라꼬 뱃사공 하는 꼽추 영감님이 계시는데예, 에나 대단해예."

그렇게 말하는 게 꼽추 영감에게서 무슨 힘이라도 얻으려는 심사인 듯하다.

"내도 만낸 적 있거마."

재영이 눈을 들어 나루턱 쪽을 보면서 말했다.

"눈이 상구 무섭데."

바람이 하류 쪽에서 불어오면 언제나 그런 착시를 주듯, 지금도 하류로부터 바람이 부는 탓에 강물은 상류로 역류하고 있는 것처럼 비쳤다.

"등에 난 혹이 더 무섭지만도……."

얼이는 자기가 좋아하는 사람을 두고 그렇게 말하는 게 싫은 기색이었다.

"그래도 멤씨는 진짜로 좋아예."

얼이는 계속해서 얇고 둥근 돌들을 물 위로 던져 물수제비뜨기를 했다. 잠시 그것을 바라보고 있던 재영이 약간 의외란 듯 물었다.

"그런 것가?"

얼이는 재영을 힐끗 바라보았다.

"지만 그런 기 아이고, 여게 나루터 사람들 모도 그리 이약합니더."

재영은 허공 어딘가로 눈길을 보내며 혼잣말처럼 했다.

"내는 그리 안 봤더이."

"요분에 비화 누야 우짤라쿤 그눔이 쥑인 남자 시체도 강에서 건지냈
지예."

강 한가운데서 몸은 잿빛이고 다리는 붉은 재두루미 한 마리가 목을
길게 빼고 물고기 사냥에 나서기 시작하고 있었다.

"그, 그런 일이 있었다 쿠데."

재영은 공포에서 풀려나지 못하는 기색이었다. 상상만으로도 온몸이
쪼그라들었다. 그런 자가 가까이 있다는 그 사실부터가 너무나 두렵고
께름칙했다. 게다가 그날 붙어봤더니 정말 힘이 장사였다. 그렇게 무서
운 완력이라니. 저승길이 대문 밖이라더니, 아직도 저승 문 앞까지 갔다
가 돌아선 기분이다.

"달보 영감님은예……."

물수제비뜨기를 그만둔 얼이는 이제 끊임없이 꼽추 영감 이야기다.
천필구와 우정댁 모두 아버지가 일찍 세상을 뜬 탓에, 얼이는 친가 쪽이
든 외가 쪽이든 '할아부지'라고 부를 사람이 없었다. 그래서인지 얼이는
꼽추 영감을 유난히 잘 따랐다. 물론 꼽추 영감 또한 얼이를 친손주 이
상으로 대해주고 있었다.

"매행은 몰라서 그렇제, 그 영감님, 물갭니더, 물개."

얼이는 익숙하게 헤엄치는 동작을 취해 보였다. 강가 마을에 사는 여
느 아이들처럼 얼이 또한 수영에는 자신이 있었다. 하지만 상촌나루터
터줏대감인 꼽추 영감과는 비길 바가 아니었던 것이다.

"그 정도가?"

감탄하는 재영 뇌리에 나무숲에 숨어 몰래 엿보았던 장면 하나가 악몽처럼 되살아났다.

'후우, 무시라.'

민치목과 운산녀. 그들 남녀가 벌이던 불륜 현장. 아니, 그러기 전에 그들이 나누던 그 무서운 청부살인 이야기.

"그라고예⋯⋯."

몸서리를 치는 재영 귀에 얼이 목소리가 다시 들렸다.

"그눔이 소긍복이라쿠는 그 남자 쥑이는 거를 지가 봤어예."

재영은 당장 안색이 파래지며 물에 빠진 사람이 허우적거리듯 했다.

"그, 그래? 그랬다가?"

살인 현장을 목격한 아이라고 생각하니 얼이도 무섭고 두려워지는 그였다.

"예, 거짓말 겉지예?"

얼이는 물수제비뜨기 할 목적으로 주워들었던 조약돌을 그냥 땅에 내려놓아 버렸다. 그 끔찍한 장면을 떠올리니 일시에 기운이 빠지는 모양이었다.

"으, 무시라."

신음 같은 소리가 재영의 얇은 입술 사이로 흘러나왔다.

"그런께 우리 아내 해칠라캔 그눔이 살인마거마는, 살인마."

재영도 얼이처럼 조약돌 하나 집어 들고 물에 던질 힘도 없어지는 듯했다. 그와 동시에 모든 의욕도 깡그리 사라지는 것 같았다.

"덩치도 에나 크지예?"

재영은 자신의 몸이 더 작아지는 느낌을 떨치지 못했다.

"그, 그렇데."

얼이는 부럽기도 하고 부담스럽기도 하다는 목소리였다.

"매행보담도 배는 될 끼라예."

얼이 그 말에 재영은 한참 동안 묵묵히 강만 바라보았다. 강은 인간의 일들을 전부 알고 있으면서도 시치미를 뚝 따고 천연스레 흐르고 있는 듯싶었다.

'까딱했으모……'

그날 얼이가 그 놀라운 기지를 발휘하지 않았다면 꼼짝없이 목숨을 잃을 뻔했다. 그리고 보니 그놈은 아내를 욕보이려고만 한 게 아니고 죽일 작정까지 한 게 틀림없었다.

'도대체 지난날 그들 사이에 무신 일들이 있은 기꼬?'

재영의 마음속에 견디기 힘든 공포심과 함께 강한 의문이 거센 물살처럼 일었다. 하지만 알 수 있는 건 아무것도 없었다. 차라리 발밑의 모래알 수효를 아는 게 훨씬 더 쉬울 것 같았다.

'산적 두목 겉은 그눔이 우째서 내 아내를 쥑일라 캤으꼬?'

아까 그 재두루미는 이제 저 맞은편 강가에서 어슬렁어슬렁 돌아다니고 있었다. 그건 성 북동쪽에 있는 대사지나 비봉산 서편 가마못 같은 곳에서도 자주 볼 수 있는 광경이었다. 이만큼 떨어진 곳에서 봐도 붉은 다리가 여간 길어 보이지를 않았다.

'우떤 넘들 모릴 사연이 있으꼬?'

재영은 머리통이 바늘로 찌르듯 지끈지끈 아프기 시작했다. 무엇인지 알 수 없다는 건 곧 불안과 초조로 직결되기도 하는 것이었다.

'뭔 비밀이까?'

빠져나올 수 없는 덫에 걸린 것처럼 그 생각의 사슬에서 좀체 헤어날 수 없었다. 그러나 재영으로서는 아무리 곰곰 헤아려 봐도 무엇 하나 제대로 잡히는 것이 없었다. 익사 직전의 사람 심정이 그러할까?

'허나연이하고 내하고 사이에 태어난 내 아들이 업둥이로 들간 그 집

하고 웬수라 캤는데, 해나 그거하고 요분 일하고 무신 상관이 있는 거는 아일까?'

언제 나타난 걸까? 저만큼 푸른 강 위에서 하얀 물새 몇 마리가 가족인 듯 정겹게 날고 있다. 그것들도 재두루미처럼 가끔씩 물속으로 잠수하여 물고기 사냥에 나서기도 한다.

'그래, 그렇구마!'

언제 어디서고 죽이는 것과 죽는 것이 있다. 다른 것을 죽여야 내가 살 수 있고, 내가 죽어야 다른 것이 살 수 있다. 그게 자연의 이치고 생명의 순환이라면 너무나 처절하고 잔인한 비극이다. 신의 장난치곤 그 도가 지나치다. 신들의 세계는 어떠할까?

'우짜든지 조심 우에 또 조심해야 되것다.'

재영은 마음에 칼을 품는 각오를 다졌다.

'그 무서븐 늄이 운제 다시 각중애 나타나갖고 우리를 해칠라쿨지 안 모리나. 절대로 그냥 당할 수는 없제.'

그때 강 속에서 불쑥 모습을 드러낸 것 같은 꼽추 영감이 두 사람 코앞까지 바짝 배를 갖다 대고는 이쪽을 보면서 큰소리로 물었다.

"비화 각시 서방! 잘 사능가?"

재영이 얼른 일어서며 말했다.

"아, 영감님! 잘 지내심니꺼?"

얼이도 반갑게 인사했다.

"할아부지, 건강하시예?"

"너모 건강해서 저승에도 몬 가보까 싶어갖고 걱정이다, 이눔아."

꼽추 영감이 웃으며 얼이에게 그렇게 말하고 나서 재영을 보았다.

"자네, 우쨌든 각시한테 잘해조라꼬. 알것능가?"

재영은 강에 간혹 보이는 자라처럼 목을 움츠리며 기어드는 소리로 대답했다.

"예."

꼽추 영감은 손에 쥐고 있는 노를 세상에서 가장 소중하고 귀한 물건인 듯 보면서 말했다.

"자네 각시 겉은 사람, 시상에 없을 끼거마는."

물고기가 놀고 있는 걸까? 강 언저리에 자라는 수초가 간지러움을 타듯 가볍게 흔들리고 있다.

"지애비 말고는 아모도 없는 줄 아는 여자, 우떤 남자가 그런 아내를 쉽기 얻을 끼고? 자네, 그리 생각 안 하나?"

그 소리만 그물처럼 휙 던지고는 또다시 나룻배를 저어가는 꼽추 영감 등짝에 불거진 혹 위로 한 무리 왜가리들이 소리를 지르며 날아갔다. 재영 눈에 그 혹이 언제 폭발할지 모르는 휴화산처럼 불안해 보이기만 했다.

나비 보고 미친 꽃

하늘 밑구멍을 찌를 듯한 솟을대문이 보였다.

재영은 온몸이 그대로 마비돼 버리는 느낌에서 벗어날 수 없었다. 금방이라도 양쪽으로 떡 행랑채를 거느린 그 커다란 대문이 '삐이걱' 소리와 함께 열리면서 그의 아들을 품에 안은 여자가 모습을 드러낼 성싶었다.

'내 아들아이, 이 몬난 애비를 용서해라이.'

심장이 터질 것만 같았다. 이런 고통을 맛보려고 내가 또 이곳까지 왔는가 싶었다. 무엇보다 이래서는 안 될 일이었다. 그 무슨 핑계를 대더라도 절대로 용인될 수 없는 노릇이었다. 하지만 이렇게라도 하지 않으면 미쳐버릴 것만 같은 그였다.

'당장 달리들어가서 니를 도로 안고 나오고 싶지만도, 그라지도 몬하고 있는 비겁한 낼로 용서해라, 아들아이.'

나를 용서해 달라고 하는 그 뻔뻔스러움이 용서를 받지 못할 일임을 잘 알고 있으면서도 그런 말밖에 나오지 않는 재영이었다. 용서라는 말 다음으로 그의 마음을 채우는 것이 이런 염원이었다.

'니 얼골이라도 한분 봤으모 원도 한도 없것다.'

그동안 몰라볼 정도로 많이 컸을 것이다. 어린애는 하루가 다르게 변하는 법이지 않은가. 그렇지만 한참을 이만큼 떨어져 서서 지켜봐도 그 육중한 대문은 강한 거부의 몸짓인 양 도시 열릴 줄 몰랐다. 높고 긴 담벼락도 난공불락의 성벽을 방불케 했다.

'안타깝고 서분하기는 하지만도……'

차라리 잘된 일이라 여겨졌다. 지금 아들을 본다고 해도 무엇을 어쩌겠는가? 으리으리한 그 대저택 규모에 지레 주눅부터 들기도 했다. 저런 집에서 살고 있는 사람이라면 돈도 돈이거니와 대단한 세도도 부릴 것이다.

'멋모리고 벌로 설치다가는 우떤 구신한테 잡아먹힐랑가도 모린다.'

재영은 자신도 모르게 이제는 궁색하지도 않은 제 행색을 살펴보았다. 아내 비화가 아주 정성스레 마련해서 입힌 입성인지라 누구 눈에도 매끈해 보이는 차림새였다. 혼자 숨어다니던 때와는 판이한 모습이다. 하지만 몸만큼 쉽게 변화시킬 수 없는 것이, 마음이라는 사실을 누구도 부인할 수는 없을 것이다.

재영의 시선이 제 몸에서 다시 솟을대문으로 옮겨졌다. 어쨌거나 저런 대갓집에 사는 게 아들로서도 행복하리라. 그러면 됐지 또 뭘 더 바라랴. 그렇지만 가슴 한구석이 꽉 막힌 듯한 환장할 것만 같은 이 기분.

'아내도 내만치나 짜다라 심들어 해쌌던 눈치 아이었나.'

그날 아내가 해 보이던 심란한 모습이 되살아났다.

'암만캐도 저 집은 우리한테는 지옥 겉은 덴갑다.'

이윽고 재영은 몸을 돌려세웠다. 다시는 이 근처에 그림자도 어른거리지 않으리라, 벌써 골백번도 더 했던 결심을 했다. 그러나 이 결심 또한 장맛비에 무너져 내리는 토담처럼 곧 맥없이 무너질 거라는 자격지

심도 함께였다.

　재영이 그곳으로부터 차츰 멀어져 가고 있을 때, 그 집의 길고 높다란 담장 안 억호 부부 처소에서는 어린애 응얼거리는 소리, 그리고 어른들 말소리가 웃음소리와 섞여 쉼 없이 새 나왔다.

　"여, 여보!"

　"와?"

　"들었지예?"

　"머 말인데?"

　분녀 음성은 방정맞을 정도로 빠르고 높은 반면, 억호 그것은 어쩐지 더없이 음험하고 오싹한 느낌이 들게 느리고 낮았다. 한집에 함께 사는 부부라고 하기엔 너무나 차이가 나는 그들이었다.

　"방금 우리 동업이가예……."

　"동업이가 와?"

　분녀는 가슴이 벅차올라 말했다.

　"낼로 보고 '옴마' 했어예."

　"아인데?"

　"야?"

　"'아부지' 했다 아이가."

　노골적으로 남편을 불신하는 빛을 보이는 분녀였다.

　"아, 이 양반 귀가……."

　"아, 이 여자 귀가……."

　둘이 서로 '옴마 했다. 아부지 했다'하고 우겨가면서, 억호와 분녀는 진귀한 보배상자 들여다보듯 동업을 보며 시간을 잊었다.

　동업은 재영의 짐작처럼 몰라보게 변해 있다. 좋다는 음식은 다 챙겨 먹이고 좋은 옷은 모조리 사다 입힌 동업은 귀공자다웠다. 하루아침에 완전히 뒤바뀐 팔자였다. 그렇지만 장차 또 어떻게 달라질 것인지는 신마저도 모를 것이다.

어쨌거나 통통하고 깨끗한 볼은 한층 발그레한 빛을 띠고 살갗은 백옥같이 희었다. 본디 허나연을 빼닮아 예쁘고 귀염성 있게 생긴 얼굴인데, 그렇게도 불면 날아갈까 또 만지면 부서질까 애지중지 키웠으니 그럴 수밖에 없었다.

"우리 동업이 말도 잘해예!"

"에릴 적에 말 잘하는 아아는 영리한 아아라쿠더마."

"세 살 묵었을 적 버릇 운제꺼지 간다 안 캐예."

"내 말이 바로 그건 기라."

"그라고 더 중요한 거는……."

"누? 아부지 말이제?"

"하모요."

그랬다. 동업이 조금씩 말을 배워가기 시작하면서 배봉도 더욱 동업을 좋아했다. 이제는 억호와 분녀 스스로 그 애가 업둥이란 걸 잊어버렸을 정도로 가슴 조마조마할 경우도 사라졌다. 임금이나 왕비보다도 부러울 게 없었다.

그들은 세상모르고 살았다. 전혀 알지 못했다. 거기 안방이 바라보이는 그늘진 마당 한 귀퉁이에 서서 당장이라도 잡아먹을 듯이 노려보고 있는 한 여자가 있었다. 긴 혓바닥을 날름거리는 독사처럼 잔뜩 독기를 품고 있었다.

언네다. 지금도 걸핏하면 설단을 막 겁 먹이고 공갈과 협박을 일삼았다. 질투심을 못 이긴 운산녀가 칼로 생식기를 싹 도려내 버렸다는 섬뜩한 이야기가 여전히 괴담처럼 떠돌고 있는 바로 그녀였다.

'흥, 웃을 수 있을 때 실컷들 웃어라 카이. 주디가 쫙 찢어져삐거로.'

운치가 철철 흘러넘치는 정원의 연못 속에 있는 대로 돋운 가래침을 '퉤' 뱉었다.

'웃음이 터지 나오는 고노무 주디이에서 눈물하고 한숨이 수챗구녕 꾸중물매이로 꾸역꾸역 흘리 나올 날이 있을 낀께.'

배봉과 운산녀를 겨냥한 증오와 복수의 화살이 새 과녁을 찾아 날아가는 중이었다.

'그 아 새끼가 니들 친자숙 아이라쿠는 거, 내사 싹 다 알고 앉았다. 요것들아, 기실라모 도로 구신을 기시라.'

언네는 상전의 상투라도 움켜쥔 기분이었다.

'두고 봐라. 아즉은 때가 아이라서 내 요 입을 꼭 다물고 있지만도, 때가 되모 시상에 모돌띠리 폭로해삐릴 끼다.'

시간이 되면 터지는 폭탄이 얼마나 무서운 줄 너희가 아느냐? 이 거대한 저택과 그 커다란 몸뚱어리들이 한순간에 박살이 나리라.

'그라고 너거가 그리 죽고 몬 살 만치 좋아해쌌는 그 아 새끼도 앞으로 안 좋을 끼다. 그냥 쪼꼼 안 좋은 기 아이고 말이다!'

애꿎은 어린 생명도 증오와 반감의 대상으로 삼고 복수심을 태웠다. 그동안 쌓인 원한을 앙갚음의 불쏘시개로 쓰면 천 년을 써도 남을 것이다.

'원래 누 자숙인고꺼지는 내 모리것지만도, 그 아 새끼도 니들만치 싫다 고마. 너거들맹캐 해코지 해삐린다꼬. 흐응.'

그때다. 무심코 안채 쪽을 향해 걸어오던 체구 작은 여자 하나가 소스라치게 놀라더니만 부리나케 석류나무 뒤로 몸을 감추었다. 그러곤 두 손을 가슴에 갖다 댄 채로 포수 총에 맞아 죽어가는 새끼 사슴처럼 숨을 헐떡였다.

설단이다. 덜덜덜 떨며 언네를 훔쳐보는 그녀의 아직은 솜털 보송보

송한 얼굴 위로 짙은 공포심이 붕 떠 있다. 그녀에게 천적天敵과도 같은 존재가 지금 눈앞에 보이는 저 언네였다. 설단은 마음속으로 비난을 퍼부었다.

'조 악녀가 저서 머하는 기고?'

그런가 하면, 자기감정에 사로잡힌 탓에 설단을 발견하지 못한 언네는 또 그녀대로 저주를 멈추지 않았다.

'내가 요서 갈 때꺼정 그리 웃것다 그거제?'

그런 생각을 굴리던 설단과 언네가 그곳에서 사라지고 얼마 지나지 않아 자박자박 걷는 딸애를 데리고 나타난 부부가 있다. 만호와 그의 처 상녀 그리고 무남독녀 은실이다.

"동서! 얼골 잊아삐것다."

그들을 본 분녀의 첫마디가 그것이었다.

"그래도 우리가 맹색이 손우사람들인데 문안인사도 잘 안 오고, 머꼬?"

"……."

이건 초판부터 완전 문전박대다.

"사람은 무신 일이 있어도 사람 도리를 지키감시로 살아야 하는 기다."

그때까지의 공기가 싹 달라지는 듯하다.

"하기사 그것도 대우를 받을 만한 사람이라야 그런 기대나 하것지만도."

시동생 부부를 보자마자 분녀 말끝에는 연이어 노골적인 비아냥거림이 아무런 여과 없이 묻어 나왔다. 그러나 만호와 상녀는 그따위 빈정거림에는 벌써 이골이 났다는 듯 어떠한 반응도 없이 비단 이부자리에 누운 아이에게만 똑같이 눈이 갔다.

'흥! 왕자님매이로 떠억 뫼시놓고 있거마는.'

'눈만 붙은 조거만 없으모, 이 집안 재산은 모도 우리 차지가 될 낀데.'

억호와 분녀는 만호와 상녀 눈빛에서 그런 독기를 읽었다. 살점이 떨어져 나가고 뼈가 녹을 저주와 악담을 보았다.

'아모도 오라쿠는 사람도 없는데 와 왔노?'

이건 억호 푸념이고, 분녀 또한 부창부수 하듯 했다.

'머 주우무울라꼬 왔는고? 하나도 안 반갑거로.'

그때 은실이 동업에게 가까이 다가가려고 했다. 그러자 당장 분녀 입에서 매우 매몰차게 튀어나오는 소리가 이랬다.

"야야, 우리 동업이 다친다. 저리 떨어져 앉거라."

그 목소리가 어찌나 크고 험한지 깜짝 놀란 은실이 그만 '아앙' 하고 울음보를 터뜨렸다. 만호가 그러잖아도 썩 좋지 못한 인상을 한층 팍 썼다.

"행수! 와 넘 아를 울리요?"

본디 가는 말 오는 말은 똑같은 법이다. 분녀 또한 그 말꼬투리를 잡고 늘어졌다. 실로 꼴불견이 아닐 수 없다.

"울리요? 울리기는 누가 울릿다 말요?"

만호는 더욱 시비조로 나왔다.

"그라모요?"

분녀는 경멸하는 투로 응했다.

"무담시 지가 혼자 우는 거 갖고, 오데 난리가 벌어진 거매이로 해쌌거마."

얼굴이 화덕같이 벌겋게 달아오른 만호는 여차하면 그 큰 주먹을 뻗칠 사람 같았다.

"지가 혼자 울어요?"

"그라모 여게 지 말고 또 우는 사람 있소?"

분녀는 딱 부릅뜨고 째려보는 시동생 눈초리를 정면으로 맞받으며 요만큼도 꿀리지 않은 목소리로 일관했다.

"누 아는 귀하고, 누 아는 안 귀한 줄 아는가베?"

말싸움에서 졌다고 느꼈는지 만호는 당장 자리에 누워 있는 아이를 발로 걷어찰 기세로 씩씩거렸다. 형제, 혹은 동서끼리 그런다면 그토록 꼴사납지는 않을 것이다.

"행수도 여자 아이요, 여자?"

시동생과 형수의 그런 다툼은 동서고금을 통틀어 찾아보기 힘들 것이다. 여하튼 분녀는 한층 같잖다는 빛을 노골적으로 드러내었다.

"누가 아이라쿠요? 글 캤으모 살인 나것거마는."

만호는 정말 살인이라도 칠 사람으로 보였다.

"우리 실이가 딸이라꼬 그라모 안 되는 기라요, 야? 알것어요?"

만호가 격앙할수록 분녀 입에서는 시부적시부적 하는 말이 나왔다.

"내사 모리것거마는."

마침내 성이 치밀 대로 치민 만호는 동업이 베고 있는 그 작은 꽃베개라도 빼어 내던질 태세로 말했다.

"그라모 알거로 해주까?"

그러자 아내와 동생 간의 언쟁인지라 억지로 자제하고 있던 억호가 더 이상 참지 못하고 잔뜩 화가 돋친 얼굴로 만호를 나무랐다.

"니 시방 누한테 말을 탁탁 놓고 있노? 똑 시비 걸로 온 사람매이로."

이쯤 되면 그다음 나설 사람은 당연히 정해져 있다. 몹시 못마땅하다는 표정으로 듣고 있던 상녀가 혼잣말처럼 씨부렁댔다.

"하기사! 할배라는 사람도 손자만 귀여버하고, 손녀는 까마구 활 본

듯기 하데?"

잘됐다 싶은 분녀가 대뜸 그 말을 받아 하는 말이었다.

"동서는 아버님이 하시는 거 갖고 와 우리한테 그라노?"

시아버지한테 고해바칠 약점 하나 잡았다는 기색이 완연했다. 상녀가 한순간 멈칫하자 만호가 응원군처럼 나섰다.

"허, 행수가 운제부텀 시아부지 그리 챙깄지요? 효부상 받겄네, 효부상!"

급기야 미리 짜인 수순같이 부부끼리 합세하는 형세로 변해가기 시작했다.

"만호 니 또?"

"또 와요?"

"또 와요오?"

형제가 서로 기선을 잡으려는 형세였다.

"사람을 그런 소리 하거로 안 맨드요."

"니기미!"

"누는 욕할 줄 모리는 줄 아는가베?"

"할 줄 알모?"

참으로 가관이었다.

사실 그 다툼은 이날 처음 생긴 게 아니다. 지금까지 누적돼 오던 것이 겉으로 드러난 것이다. 여하간 방 분위기가 갈수록 걷잡을 수 없을 만큼 험악했다. 만호는 아직도 울고 있는 은실을 달래며 동업에게 저주 퍼붓듯 했다.

"빙신 겉은 아들보담 똑 소리 나는 딸이 낫다 고마."

"니 시방? 우리 아들이 우떻다꼬?"

억호가 곧장 몸을 날려 올 태세를 취하고 있는 것을 보면서도 만호는 능글능글한 말투로 나왔다.

"와 그리쌌소?"

"니 함 더 말해 봐라."

말 돌리는 데는 만호가 몇 수 위다.

"내사 비화 고년 이약하는 기요."

"비화 고년?"

억호는 벌레 씹은 상을 했다. 만호는 형을 손아랫사람 다루듯 했다.

"하모요, 비화 고년."

뜬금없는 비화 이름이 나오자 분녀와 상녀는 좀 얼떨떨한 표정들이 되었다.

"말귀가 어둡기는."

만호는 그 방 고급 가구에 꾸밈새로 박아 놓은 화려한 쇠붙이 장식을 노려보았다.

"성님도 귀를 장식으로 단 기 아인께 다 들었것지만……."

동업이 저놈 귀보다도 우리 은실이 귀가 더 예쁘다고 제멋대로 판단했다.

"시방 말이오, 상촌나루터 바닥 돈은 고년이 싹쓸이한다쿠는 소문이 온 고을에 좌악 퍼짓소."

억호 머릿속에 남강 여러 나루터 가운데에서 제일 역사가 오래되고 규모가 큰 상촌나루터의 정경이 그려졌다.

"그거를 모리는 거는 아일 끼거마."

억호는 입맛만 '쩝' 다셨다. 나루터집에서 겪은 두 번의 께름칙한 기억을 멀리할 수 없다. 탕국 냄새 폴폴 나는 늙어빠진 꼽추 영감한테 혼쭐나고, 옥진을 만나 분녀 의심을 샀다. 그렇지만 그때 만난 옥진의 고운 자태는 지금도 망막에 남아 도저히 지우기가 힘들다. 해랑이라는 기

명기名妓을 가진 교방 관기가 되더니 재색을 겸비한 티가 역력했다. 만약 그에게 동업이 없다면 무작정 옥진에게 달려갈 것이다.

"포목점은 잘돼 가나?"

"포목점요?"

"며칠 몬 가봤다."

의도적으로 화제를 바꾸려는 억호 물음에 만호가 기氣 싸움에서 이겼다고 여기는지 회심의 미소를 지었다.

"우리 아부지가 누요?"

억호는 길게 찢어진 눈을 게슴츠레 떴다.

"누라이?"

만호가 두 손을 갈고랑이 모양으로 만들어 보였다.

"조선팔도 돈 긁어 모우는 갈쿠리가 모지래요."

그러더니 억호 정신을 더 혼란시키기라도 할 요량인지 또 말머리를 돌렸다.

"그거는 그렇고, 요새 운산녀는 우뗳소?"

억호가 탐색하는 눈빛으로 만호 얼굴을 쏘아보았다.

"운산녀는 와?"

만호는 메기입 같은 입을 있는 대로 쩍 벌리고 하품을 했다.

"하도 잠잠한께 궁금하요."

억호가 무슨 소리 하느냐는 표정을 지었다.

"잠잠한께 좋지 와?"

핀잔주듯 하자 만호는 한 수 가르쳐 준다는 투로 나왔다.

"오데 얌전하거로 한 자리 가마이 앉아 있는 여자요? 무신 불이라도 지리고 댕기는 야시 아인가베."

억호는 그때쯤 겨우 울음을 그친 은실을 짜증스러운 눈으로 한 번 보고 나서 여우라는 그 말에는 수긍한다는 빛을 내비쳤다.

"그렇네? 열두 분도 더 팔딱팔딱 재조 넘는 야시제."

손등으로 오른쪽 눈 밑의 점을 쓱쓱 문질렀다.

"무신 꿍꿍이 짓, 반다시 하고 있기는 하고 있을 끼다."

만호도 주먹으로 왼쪽 눈 밑의 점을 쿡 쥐어박듯 했다.

"한시도 방심하모 안 돼요."

그때 정이라곤 전혀 담겨 있지 않은 형제 대화 사이로 상녀 목소리가 끼어들었다.

"야(이애)가 참 이뿌기는 이뿌요. 성님 부부 사이에서 이런 자슥이 나다이, 내사 에나 안 믿기요."

"머라?"

분녀가 벌컥 화를 냈다. 그것은 누가 봐도 필요 이상의 과민반응이었다.

"그런 소리 우리한테 할라모 당장 이 방에서 나가라 고마!"

둘은 누가 더 낯가죽이 두꺼운지 내기라도 하자는 기세였다.

"아, 딴 말도 아이고 아가 이뿌다 쿠는데, 참 내."

분녀는 동업에 대한 것은 아예 입에 올리지도 말라는 경고처럼 쏘아붙였다.

"이뿌거나 말거나."

"그라모 안 이뿌다 쿠까?"

상녀도 만호처럼 퍽 능글맞은 구석이 있다. 살아가면서 부부는 서로 닮는다더니만 그들 부부가 그랬다. 갓 시집왔을 적에는 상녀가 저러지는 않았다.

"그래도 손아래 동서가 웃어른 뫼시는 거는 그런 대로 잘하는 거 겉거마예. 솔직하거로 이약해서 시동상보담도 몇 배 낫다 아입니꺼."

분녀가 억호더러 했던 소리였다. 그리고 억호도 그걸 부정하지는 않았다.

"그러이 당신도 잘해주소. 하나밖에 없는 동선께네 서로 사이좋거로 지내고."

"안 그래도 그랄라고 하요."

분녀가 순순히 응했다. 그런데 지금의 상녀는 달랐다. 어떤 면에서는 만호보다도 오히려 더 못된 손아랫사람으로 전락해버렸다.

"앗따, 고 성깔! 사흘 굶은 개도 안 물고 가것소."

"그, 그기 맹색 손우동서한테 할 소리가?"

분녀가 방방 뛸 기미를 보이자 상녀는 소가 소리 내듯 느릿느릿 물었다.

"오데 켕기는 기 있소?"

왕비 처소처럼 꾸며 놓은 안방을 둘러보며 빈정거렸다.

"이리키나 화려하고 넓은 방에 삼시롱, 그만한 소리에 속 좁거로 그리키나 성을 내쌌고. 켕기는 기 있는 거 겉거마."

그 소리에 분녀는 당장이라도 집어삼킬 듯이 상녀를 째려보던 눈길을 슬그머니 거둬들이고 말았다.

상녀가 고개를 갸웃했다. 만호도 마찬가지였다.

해랑은 절을 하고 춤추기 시작했다. 한량은 관기들 가운데서 가장 몸집이 큰 월소가 맡았다.

월소가 입은 쾌자가 해랑에게 야릇한 기분을 안겼다. 배자, 혹은 몽두리라고도 하는 그것은 군복의 하나인 전복戰服이어서 그런 걸까? 소매와 앞섶이 없고 허리 밑으로는 뒷솔기가 터져 있는 쾌자는 약간 남상男相인 월소에게 썩 잘 어울렸다.

해랑은 월소와 마주 보면서 점차 춤사위에 빠져들었다. 월소가 해랑을 끼고 돌면서 춤을 추었고, 둘은 구경꾼들 보기에 매우 친해진 것처럼 했다.

'같이 춤을 추기만 하모, 다 친해질 수 있는 기까?'

줄곧 해랑 마음을 사로잡고서 놓아주지 않는 의문이다. 의암별제 때는 춤을 추어도 이런 감정은 조금도 들지 않았는데 이상하다.

'월소가 사내 복장을 한 탓이까? 내는 돈이나 펑펑 잘 쓰고 장마당 놀고 지내는 한량을 벨로 안 좋아하는데…….'

마루 모퉁이에 납작 엎드려 있는 노승이 얼핏 눈에 보였다. 한결이다. 아직도 한결같은 사랑만을 꿈꾸는 순진한 기녀. 제발 그 꿈 깨라 놀려도, 진심으로 타일러도, 늘 한결같은 한결이. 그녀에게는 한결이 말고는 다른 어떤 이름을 갖다 붙여도 어울리지 않을 성싶다. 해랑은 그런 한결이가 좋다. 기녀들 중 피부가 가장 뽀얀데, 때론 그게 한결을 무척이나 슬퍼 보이게도 한다. 그 까닭이 뭘까? 모를 일이다.

그때 막 춤추며 나타난 상좌 정선이 노승 한결에게 다가간다. 정선은 한결에게 해랑을 손가락질해 보인다. 하지만 한결은 머리를 절레절레 내젓기만 할 뿐 보지 않는다. 그건 각본대로지만 한결에게 딱 어울리는 행동 같다.

해랑은 비화가 존경하는 비어사 주지 진무 스님 생각이 되살아났다. 해랑 자신은 느끼지 못했지만, 비화 말에 의하면 그의 몸에서는 늘 '바스락' 하고 마른 나뭇잎 소리가 나는 것 같다던가. 그 스님이라면 아름다운 기녀가 유혹해도 저 노승처럼 넘어가지 않으리라.

그게 언제였던가? 한때는 태양이 거기에만 머물러 있었다는 곳, 솔모루. 소나무가 자라고 있는 언덕바지에서 비화 언니, 새끼 기생 효원과 함께 진무 스님한테 들었지. 한양에서 내려온 소국이란 기생과 젊은 학승學僧의 슬픈 사랑 이야기를.

'아아, 도로 내가 소국이고 억호가 젊은 학승이었다모, 이 고통 이 설 움이 이보담은 상구 덜했을 것을.'

해랑은 여름날 하늘가에 뜬 뭉게구름같이 몽실몽실 피어오르는 잡념 에서 벗어나 보려고 오로지 춤사위에만 몸을 맡겼다.

'춤아, 낼로 가져가라.'

그렇지만 해랑은 잘 안다. 그래서 춤에만 마음을 쏟을 수 없다. 처음 에는 계율을 지키는 척하던 노승이 곧 어지러운 남녀 정에 빠져들고 말 것이다.

'저눔의 상좌, 저 상좌 눔을 우짤꼬?'

아무 죄 없는 정선이 공연히 미워진다. 한결의 귀에 대고 무어라 이 야기하는 정선, 결국 천천히 머리를 들고 해랑을 쳐다보는 노승. 그 눈 빛이 날카로운 창이 되어 자신의 몸을 찔러오는 듯해 해랑은 몸서리를 친다. 지금 한결의 눈빛은 평소의 그녀 눈빛이 아니다. 치정에 미치기 직전의 늙은 중의 눈빛이다.

'내가 미칫다. 우리는 시방 승무를 추고 있다 아이가. 그러이 내가 노 승이나 상좌가 될 수도 있고 말이제.'

그런데 해랑의 가증스러워하는 표정에 질리기라도 한 것처럼 한결은 다음 행동으로 선뜻 옮기지를 못한다. 물론 그것은 승무의 순서대로 하 는 동작이지만 해랑에게는 꼭 그렇게 받아들여지지 않는다. 왜 이렇게 모든 게 뒤죽박죽인지.

'매듭이 안 보인다.'

그때 정선이 위가 탑塔 모양인 석장錫杖을 끌어당긴다. 그 지팡이에 매달아 놓은 고리들이 일제히 소리를 낸다. 그것은 세상 모든 소리들을 합쳐 놓은 듯한 느낌을 준다.

한결은 두려워 차마 몸을 일으키지 못한다. 일어서려고 하지만 자꾸 자꾸 넘어진다. 그런 한결에게서 해랑은 제 모습을 발견한다. 모든 것을 훌훌 다 털어버리고 벌떡 일어나지 못하는 비참하고 슬픈 자화상이다. 천하에 다시없을 못난 몰골이다. 구정물이라도 마구 끼얹어버리고 싶다.

'아, 내가!'

해랑은 하마터면 역할에도 없는 짓을 할 뻔했다. 한결을 일으켜 세워주고 싶다는 강렬한 충동에 사로잡힌 것이다. 그러자 해랑의 그런 속내를 알아채기라도 한 것처럼 상좌가 노승을 끌고 나와서 함께 춤을 추게 한다. 팔다리는 이리저리, 전신은 우쭐우쭐. 이윽고 기녀에게로 점점 접근해오는 노승…….

이제는 월소와 한결이 해랑의 주위를 빙빙 돈다. 정선이 끼어들더니 월소를 끌고 나간다. 한량이 상좌 꾐에 빠져 피해 가는 것이다. 젊은 기녀와 한바탕 놀면서도 한량 있는 쪽을 연방 살피는 노승. 그러다 한량이 다가오는 걸 보고 피신한다.

해랑은 한두 번 해본 승무가 아니지만, 지금 그 순간에 내가 하고 있고 내가 보고 있는 것들이 실제인가 아닌가 싶어 몽롱했다.

'설마 시방 내가 잘몬하고 있는 거는 아이것제?'

그건 분명 아니었다. 잘하고 있다. 그렇지만 기분이 더할 수 없이 나쁘다고나 할까, 소위 제 저고리가 아닌 것만 같았다.

'와 이리 자꾸 생소한 느낌만 드는 기고? 사람이 미치것다, 미치것다 해쌌더이, 이라다가 미치는갑다.'

정신을 차리려고 무진 애를 쓰는데 월소가 발에 신발을 신겨 놓고 홀쩍 가버린다. 비단 신발이리라. 이번에는 한결이 신발을 바꿔 신기고는 가버린다. 꽃 신발이리라.

해랑은 치를 떤다. 신발, 신발.

그날 대사지 연못가에서 당한 후 한참 정신을 잃고 누워 있다가, 외가 쪽 친척 되는 애심이 흔들어 깨워 눈을 뜬 그때, 그녀 발은 맨발이었다. 하얀 얼음장과도 같은 맨발. 지금도 믿어지지 않을 만큼 또렷하게 기억한다. 주인을 배신하고 어디론가 달아나버렸던 신발.

그 이후로 해랑은 아무 데도 가지 못하는 그런 여자가 돼 버렸다. 없어진 신발처럼 발도 없어져 버렸다는 것인가? 상처투성이 그녀의 몸과 마음은 그저 바람에 흔들리듯 물살에 떠밀리듯 그렇게만 지내왔다.

해랑이 약간 정신을 차리게 된 것은, 월소가 함부로 때리는 시늉을 하는 걸 보고서였다. 그것은 한량 자신이 신겨준 신발을 신지 않고 다른 신발을 신고 있는 것을 보고 성을 낸다는 의미였다.

'인자 내가…….'

이제 해랑이 울어야 할 차례가 온다. 울어야지. 그런데 진짜 울음이 터져 나온다. 거짓 울음이 아니다. 울음 때문에 제대로 춤을 출 수가 없다. 춤 때문에 울지 못해도 뭐할 텐데 이건 완전히 엉터리다. 치졸하기 짝이 없는 장난질이다.

그렇게 눈물이 귀했던 자신이었다. 오죽했으면 처음 태어났을 그때도 엉덩이를 꼬집히고 나서야 비로소 울었다는 그녀가 아니었던가 말이다. 그렇다면 왜? 왜?

'아, 대사지 못물이 내 몸 안에 흘러 들어왔다는 기까?'

그때부터 해랑 몸은 물 위에 둥실 떠 있는 것같이 되었다. 자신은 가만히 있어야 한다. 아아, 그래야만 하는 것이다. 그러면서 다른 사람에 의해 속절없이 움직여야 한다. 나의 뜻이나 바람 따위는 뼈다귀처럼 개한테나 던져주어야 한다.

기녀 해랑의 허리를 안고 달래 주던 한량 월소가 나가고, 노승 한결이 와서 놀다가 기녀 해랑을 업고 나간다. 한량이 만취한 상태로 들어와서는 막 비틀거린다. 그러다가 기녀가 없어진 것을 알고는 다리를 펴고 앉아 울기 시작한다.

한량, 아니 월소의 울음. 관기의 눈물.

해랑은 그 월소를 보면서 생각한다. 어쩌면 지금 월소도 조금 전에 해랑 자신이 그랬던 것처럼, 거짓이 아니라 정말로 울고 있는 것이라고. 어쩌다 관기가 된 슬픈 자신들 신세를 돌아보면 누구든 통곡하고 싶을 것이다. 자신의 의지나 신념과는 전혀 다르게 살아가야 할 '말하는 꽃.' 꽃이 다 무어냐? 세상의 발에 짓밟혀 산산조각이 난 낙엽이 되어 삭풍이 부는 대로 휘날리는 신세인 것을.

노승을 버리고 돌아오는 기녀. 한량의 허리를 안고 우는 기녀.

그러나 한량에게 마구 두들겨 맞는 기녀. 다시 기녀가 울기 시작하자 또 허리를 안고 달래는 한량.

울음을 그치고 한량과 춤을 추려는데 이 어인 일인고. 한량이 다른 소기少妓를 안고 있다. 효원이다.

해랑은 잠시 난감해진다. 질투심의 포로가 되어 새끼 기생을 함부로 때리는 동작을 해야 한다. 아무리 거짓 행위지만 효원을 때리다니.

'언니, 머해예? 퍼뜩 안 때리고예?'

효원이 당황한 얼굴로 재촉하는 눈빛을 보내고 있다. 해랑은 대강 흉내를 내고 대강 춤추고 절하고 나간다. 한량도 나간다. 상좌와 노승의 춤을 마지막으로 하여 승무는 다 끝났다. 효원이 다가왔다.

"언니! 와 그래서예?"

"내가 우쨌는데?"

"오데 아파예?"

"아이다. 안 아푸다."

그렇게 부인하는 해랑 안색이 효원 눈에는 낮달처럼 창백하다.

"그란데 아까 와 그랬어예?"

"……."

"올매나 혼난 줄 알아예?"

"미안타."

효원도 이제는 많이 달라졌다. 그만큼 세월이 흐른 것인가? 아쉽다는 감정보다도 부아가 치민다. 하루하루 시간만 죽여 가며 오늘 이날까지 왔다. 아니, 내일도 이미 죽어 있다.

"이기 그냥 미안타꼬 해서 될 일이라예?"

효원이 따지고 들자 해랑은 억지웃음을 띠었다.

"앞으로 안 그라께."

그러나 효원은 이만저만 토라진 얼굴이 아니다.

"인자부텀 해랑 언니하고 승무 안 출 끼라예."

해랑은 두 손을 비비는 시늉을 했다.

"지발 한 분만 봐 조라."

"일 없은께 딴 데 가서 알아보이소."

보채듯 하는 효원이 고맙다. 해랑은 씁쓸한 미소를 지으며 생각했다.

'인간이란 모도 이런 기라. 정숙한 척하는 여자도 음란해지고, 선비도 끝꺼지 지조를 몬 지키고, 중도 갤국 파개(파계)하고…….'

그때 옆을 지나던 상좌 역의 정선이 예상치도 못한 이런 말을 툭 던졌다. 그것이야말로 마른하늘의, 날벼락이었다.

"동업직물에 갔더이, 거기 큰아들이 해랑이 니 안부 묻던데?"

해랑 심장이 덜컥 무너져 내렸다. 억호가 다른 사람을 통해 내 안부를 묻다니!

듣고 있는 효원의 왕방울 같은 두 눈이 금방 튀어나올 듯하다.

"부럽다야!"

이야기 상대는 해랑인데 눈은 효원을 보면서 말했다.

"운제 그런 부잣집 큰아들하고 사귄 기고?"

그 말을 남기고 정선은 연기처럼 사라져버렸다. 효원이 기어드는 소리로 해랑을 불렀다.

"언니."

해랑은 머리가 지끈거리고 금방이라도 토할 것처럼 속이 메슥거렸다.

'억호가 정선한테 무신 뜻으로 그런 짓을?'

근동에서 제일 큰 포목점 동업직물 이야기는 해랑에게 고문과도 같았다. 그곳을 다녀온 기녀들은 저마다 거기 무진장 진열되어 있는 화려한 비단들을 줄곧 입에 올리며 부러워하고 갖고 싶어 했다. 아마 여자들이란 그 신분과는 상관없이 의상에 대한 욕망은 똑같은 모양이었다.

그러한 가운데 동업직물을 경영하는 임배봉과 점박이 형제에 관한 이야기도 반드시 양념처럼 곁들여지곤 했다. 특히 이런 이야기들을 들으면 해랑은 살고 싶지 않았다. 그 말 한마디 한마디가 불 칼이 되어 전신을 찔렀다.

"상호가 와 동업직물인고 하모, 그집 장남 억호의 아들 이름을 따서 붙인 기라데?"

"그라모 동업이라쿠는 얼라가 가업家業을 물리받는 후계자 되것네?"

"에나 부럽다. 그 얼라가 용빼는 재조 타고 태어났거마는."

"억호가 먼첨 물리받것제. 동업은 그담이고."

"동업이라쿠는 갸가 우찌 생깃는 줄은 모리지만도, 천복을 타고 났거마는."

"우째서 아일 끼고? 지 할아부지하고 아부지가 그리카나 좋아한다쿠는 소문이 온 고을에 자자하다 아인가베."

"에나 비단 날개 겉은 인생이다야."

"우리는 삼베 걸레 겉은 인생이고?"

자신의 인생을 망가뜨린 사내와 그의 자식 이야기는, 유린당한 여인에게는 송충이보다 더 싫은 소리가 아닐 수 없다. 한 여자의 멀쩡한 운명을 영원히 망가뜨려 놓고 그 사내 자신은 언제나 빛나는 새로운 운명을 찾아 나선다.

해랑은 언제부터인가 같은 관기들과 거리를 둔 채 말 그대로 개밥에 도토리처럼 혼자 나돌았다. 그나마 그림자같이 따라붙어 주는 게 새끼기생 효원이다. 그녀에게 그런 효원마저 없었다면.

"효원이 니도 열대여섯 살 묵기 되모, 머리 얹어줄 남자를 만낼 수도 있것제."

뜬금없는 소리도 곧잘 나왔다.

"와예, 언니?"

말도 되지 않은 말을 대답이라고 했다.

"내라모 도로 숫처녀로 늙어가것다."

해랑 말에 효원은 속내 깊은 노파처럼 고개를 크게 가로저었다.

"아이라예."

"아이라?"

어리둥절해하는 해랑을 한 번 보고 나서 효원은 정숙하지 못하고 당돌하게까지 들리는 소리까지 보탠다.

"이 효원이는예, 머리 얹어줄 그 임을 더 얼릉 만내모 좋것어예."

"답답타. 우리 촉석루 우에나 올라가 바람이나 쐬자."

유서 깊은 고성古城의 남쪽 돌벼랑 위쪽에 높직이 자리하고 있는 팔작지붕 웅장한 누각에 오르면 그 지역 풍광이 손끝에 잡힐 듯이 한눈에 내려다보였다.

"운제 내리다봐도 간이 조마조마해예."

푸른 강을 배경으로 훨훨 날고 있는 물새들 흰 날개가 눈부시다. 간혹 강이 흰색이고 새 날개가 푸른색이면 어떻게 보일까 하는 생뚱맞은 상상도 해보는 해랑이다.

"저 남강 물은 오데서 흘리와갖고 오데로 흘리가는 기까예?"

어린 효원 목소리가 한 번 흘러 가버리면 다시는 돌아올 수 없는 물이 내는 소리만큼이나 애달프다. 해랑은 그래서 가끔은 강이 싫다. 비화 언니처럼 땅이 좋다.

"강 옆으로 펼쳐진 땅이 에나 기름지기도 안 하나."

해랑의 말에 효원도 고개를 끄덕끄덕했다.

"그래서 저리 뽕나모 밭이 천지삐까린 기라예."

해랑은 효원이 가리키는 강기슭의 뽕나무밭을 향해 눈을 가느다랗게 떠 보였다. 그곳은 해랑이나 효원이 태어나기 훨씬 이전부터 뽕나무밭이었다고 알고 있다. 나보다 더 나이가 많은 나무를 생각하면 마음이 이상하다. 왜소해지는 기분이라고 할까?

"여서 본께 누에치는 아낙네들 모습이 진짜 팽화롭거로 비인다."

그 소리 끝에 해랑은 이런 말을 했다.

"내도 저리 팽범한 여염집 여인들맹캐 살모 올매나 좋을꼬?"

뽕나무밭에는 주로 흰옷을 입은 여자들이 많고, 간간이 붉거나 노랗거나 한 다른 색깔 옷을 입은 여자들도 섞여 있다. 그만큼 독특한 사연을 지닌 사람도 있겠지.

'그란데? 아모리 그렇지만도 와 내는 이리 살아가야 하나.'

정말이지 관기 같은 특별한 신분이 싫은 해랑이다. 평범한 게 좋다. 그녀 입에서는 식상할 만치 사람들 사이에 오르내리는 말이 흘러나왔다.

"뽕도 따고, 임도 보고."

그런데 효원이 대뜸 한다는 소리가 당돌했다.

"효원이는 그리 생각 안 해예."

해랑은 어리둥절한 표정이 되었다.

"머?"

"와 그런 생각해예?"

효원 음성이 사내애처럼 투박스럽게 바뀌었다.

"그라모?"

해랑의 시선은 성벽에다 누樓 없이 만든 암문暗門 쪽을 내려다보고 있었다. 그래서 외지에서 온 사람들은 거기 문이 있다는 사실을 잘 모를 수도 있다.

"한평생 남핀하고 자슥들만 바라봄서, 빨래하고 밥 짓고 그리 사는 거는 안 좋아예. 올매나 짜증나고 싫증이 나것어예?"

철부지 티가 묻어나는 효원의 말에 해랑은 픽 실소하고 말았다.

"참, 시상에 짜증나고 싫증날 것도 없는갑다."

"우쨌든 내사 그래예. 넘들이사!"

또 내키는 대로 하려는 그 고집이 나온다.

"내 멤이지예 머."

"내 멤이라꼬 모도 내 멤대로 되모 올매나 좋것노?"

소원처럼 하는 해랑의 그 말에 효원은 반박조로 나왔다.

"그기 무신 소리라예? 와 안 돼예?"

해랑은 기운이 하나도 없는 목소리로 말했다.

"아이다. 고만두자."

그 소리는 저 아래 암문을 빠져나가 강으로 흘러드는 듯했다. 효원은 따지듯 했다.

"고만둘 이약은 와 꺼내예?"

"내가 잘못했다. 용서해라."

누각을 향해 불어오는 강바람이 나를 비웃는 것 같다는 자조감이 드는데 효원이 말했다.

"효원이가 잘못했다, 그런 이약인 줄 알지만도, 내사 용서는 안 바래예."

해랑은 철없는 효원이 몹시 딱하기도 하고 한편으론 차라리 부럽기도 했다. 억호 집안이 비단으로 유명한 저 동업직물을 경영하기 전에는 해랑도 여느 여자들 못지않게 비단이 좋았다.

봄부터 초여름까지 누에를 치는 계절이 오면, 남강 기슭 비옥한 땅에다 정성스럽게 일궈 놓은 뽕나무밭은 참으로 대 장관이었다. 게다가 거기 뽕잎을 따면서 곧잘 부르는 여인들 노랫가락이 그렇게 듣기 좋을 수 없었다. 저 어렸던 시절 비화 언니와 남강 가에 나란히 앉아 뽕 따는 노래를 들을라치면 마음은 비단자락보다 부드럽고 좋았다.

그러나 지금 들려오는 그 노랫소리는 저승사자 목소리보다도 더 듣기 싫었다. 꼭 명주실에 목을 매달아 죽으라는 독촉과도 같았다. 장송곡이었다.

하지만 아무것도 모르는 효원은 그 지방 비단 짜는 베틀 노래를 부르기 시작했다. 해랑은 자신도 모르게 제비 주둥이같이 조그만 효원의 입을 틀어막고 싶은 충동에 빠져버렸다. 효원의 주먹만 한 얼굴을 겨냥해 두 손을 갈고리처럼 쑤욱 내밀었다. 깜짝 놀란 효원이 노래를 부르다가 말고 비명을 질렀다.

"어, 언니!"

무청처럼 새파랗게 질린 효원을 보자 해랑은 퍼뜩 정신이 돌아왔다.

"와, 와 이래예?"

경악하는 효원 눈빛이 부담스러웠다. 그래 아무렇게나 주워섬겼다.

"노래하는 니 모습이 너모 이뻐서 그랬다."

효원은 여전히 휘둥그레진 눈으로 물었다.

"이 노래가 듣기 싫어서 그런 기라예?"

"싫기는?"

해랑은 등에 찬물을 확 끼얹힌 기분이었다.

'내가 아모리 연약한 여자지만도, 와 이리 겁부텀 묵고 모든 거를 다 피할라고만 하는 기가?'

촉석루는 강바람에 당당하게 맞서고 있는 것처럼 보였다. 경내에 심겨 있는 나무들도 가지와 잎은 흔들릴지언정 둥치와 뿌리는 끄떡없는 듯했다.

"안 싫다꼬 하는 거하고 좋다쿠는 거하고는······."

영남 포정사가 있는 쪽으로부터 새들 울음소리가 간헐적으로 들려오고 있었다. 성내에는 산새들이 많이 날아다녔는데 남강에서 물새들이 내는 소리와는 어딘지 달랐다. 산새는 초록빛이 묻어나는 소리로 울었고, 물새는 푸른빛이 서린 소리로 울었다.

"똑 안 겉다는 정도는 내도 알아예."

효원의 말을 들으며 해랑은 자신을 향해 모진 채찍을 날렸다.

'우짜든지 싸와서 물리치야제.'

갑자기 해랑은 입을 열어 좀 전 효원보다도 큰소리로 노래하기 시작했다. 그것은 얼핏 발악하는 느낌을 주었다.

그러자 마치 도깨비에게 홀려버린 것 같은 얼굴을 하고 있던 효원도, 해랑의 노랫소리에 빠져든 듯 덩달아 다시 노래를 부르기 시작했다. 그것은 관아 행사 때 관기들이 부르는 노래와는 색다른 감흥을 불러일으켰다.

"비단 짜는 노래는 이리도 좋은데······."

탄식처럼 되뇌며 해랑은 붉고 촉촉한 입술을 질끈 깨물더니만 또다시 노래를 계속했다. 누에씨를 받는 일부터 시작하여 완성된 명주옷을 걸어 놓고 바라보며 마음 설레하는 대목까지 이어지는 노래였다.

청산에 피는 뽕잎을
잎잎으로 따내어
은장도 푸른 날로
아슥아슥 썰어서는

해랑은 마음의 은장도를 꺼내 들었다. 그리고는 억호 그놈을 매섭게 노려봤다. 그렇지만 이내 칼을 든 손이 맥없이 아래로 떨궈졌다. 해랑은 속으로 절규했다.

'아아, 와 내는 그놈을 쥑일 맴을 끝꺼지 묵지 몬하노? 와? 와?'

그날 나루터집에서 비화에게 했던 자신의 말과 행동이 화인火印처럼 뇌리에 박혀 도시 사라질 줄 몰랐다. 도대체 내가 왜 그랬던가? 무엇이 씌어서?

'최초의 남자라꼬?'

촉석루 나무 난간에 뚫려 있는 구멍 사이로 새어드는 햇빛은 저리도 밝고 투명하기만 한데, 내 머릿속은 무엇 때문에 이다지도 어둡고 불투명하기만 한 것인가?

'비화 언가한테 말했제. 억호는 내 최초의 남자라꼬.'

촉석루 층 바닥 위를 데굴데굴 굴러서 나무 기둥에 머리를 찧어 피범벅이 되어 버리고 싶은 심정이었다.

'흐, 억호, 억호가 이 해랑이 최초의 남자…….'

해랑은 서서히 미쳐갔다. 그것은 일종의 자기암시와 끈이 연결되어 있었다. 살아남기 위한 마지막 발악과도 같은 것이다.

'미칫다. 내 미칫다. 사내한테 미치삔 년이다. 나비 보고 미친 꽃이다.'

효원도 미친 듯이 비단 짜는 베틀 노래를 불렀다.

은다리미 뺨 맞추어
은줄대에 걸어서
불에 닿일까 걱정일세
물들까 걱정일세

'아이다, 아이다.'

세상을 향해 말하고 싶있다. 사람들이 보는 앞에서 저 아래 강에 몸을 날려 죽어가면서 외치고 싶었다.

'내는 정조를 빼앗긴 기지, 바친 거는 아이다!'

오만 가지 상념들이 그녀 머릿속을 제멋대로 굴러다니면서 이쪽에 쿵, 부딪고 또 저쪽에 쿵, 부딪고 한다. 그렇게 부딪쳐 생긴 상처는 갈수록 썩어 문드러지고 영영 아물 줄을 모른다.

'하기사 빼앗긴 기나 바친 기나, 시상 사람들 볼 적에는 똑겉다.'

자꾸 허허로운 웃음만 삐어져 나온다. 하긴 미친년이니까.

'불에 닿을까 물들까 걱정해도, 하매 시커멓기 불타고 더럽거로 물들어삔 내 몸 내 멤인 기라.'

그때 효원이 중늙은이같이 한숨을 폭 내쉬는 바람에 해랑의 잡념이 잠시나마 끊어졌다. 아직은 그 얼굴에서 솜털이 완전히 없어지지 않은 효원이, 털 빛깔 노란 새끼 새처럼 조잘거리기 시작했다.

"시방 우리가 부리는 이 노래는 천 년 전에도 불렀것지예?"

"안 그랬것나."

해랑은 건성으로 대답했다. 하지만 효원은 진지하다.

"저 아래 들판에서 촉석루 처다봄서 뽕잎 땄을 옛날 여인들이 그리버지네예."

해랑은 콧방귀라도 뀔 것처럼 한다.

"시상에 그리버질 것도 없는갑다. 뽕잎 따는 여자들이 다 그리버지고."

효원은 선머슴같이 주먹으로 제 앙가슴을 툭 쳤다.

"아까도 이약했듯기 요 내 멤이지예."

"뽕나모가 웃것다."

하지만 해랑이야 효원 자기 말끝마다 토를 달든 말든 효원은 끊임없이 뽕잎 이야기다. 그러고 보니 효원도 여간 질긴 구석이 있는 게 아니다.

"저 뽕잎 따갖고 맹글은 맹주 비단은, 시방부텀 천 년 후에도 우리 고장 특산물로 아조 유맹하것지예?"

"니 비단 이약 고마할 수 없는 기가? 중국 비단장사 왕서방도 아이고."

해랑이 퉁을 주어도 효원은 비단으로 시작해서 비단으로 세상 끝낼 사람같이 굴었다.

"왕서방이 눈데예?"

해랑 머릿속에 또다시 동업직물과 억호, 만호가 자리 잡았다. 전신만신 최고급 비단으로 휘감고 있을 그들의 아내들과 동업이란 아이가 떠올랐다.

'고런 인간들이 떵떵거림서 잘사는 거 보모 하느님도 없는 기라. 천주학재이들이 틀릿는가 모리제. 그라고 부처님은 머하시는고?'

비화 언니 심정은 어떨까? 그 철천지원수 집안이 날로 번창해지는 꼴을 보며 죽고 싶은 심정이진 않을까? 죽고 싶겠지. 나라도 살고 싶지 않을 게다.

'그래도 나루터집 장사가 잘된다쿤께 기다리봐야제. 비화 언가는 꼭 복수할 끼다.'

쌍수를 들고 환영할 그날이 빨리 왔으면 좋겠다.

'그라모 내 웬수도 갚아주는 기라.'

그러나 왜인가? 참으로 이해하지 못할 노릇이 아닐 수 없었다. 해랑은 도무지 뭐가 뭔지 머리가 터질 것만 같았다. 강에 빠져 속절없이 물을 들이마시고 있는 듯했다.

'그란데 내 멤은 와 이리키나 답답하기만 할꼬? 비화 언가 복수가 성공할 끼라는 그런 생각을 하모…….'

그러다가 해랑은 화들짝 놀랐다. 자신이 그렇게 무서워질 수가 없었다. 그것은 한밤중에 거울에 비친 자기 모습을 보고 기겁을 하는 것과 유사했다.

'그렇다모? 내는 임배봉 집안에 대한 비화 언가 복수가 실패하기를 원하고 있다쿠는 거 아이가?'

그것이 사실이라면, 전지전능한 신마저도 풀지 못할 수수께끼가 아닐 수 없었다.

'이랄 수가? 이 옥진이, 비화 언가 복수가 실패하기를 바래다이?'

그녀 마음의 거울이 온통 산산조각이 나고 있었다. 그 파편에 찔려 피를 철철 흘리고 있는 자신의 모습이 나타나 보였다.

'도대체 와 내한테 이런 미친 멤이 생긴단 말고?'

해랑은 홍우병 목사가 견딜 수 없이 그리워지기 시작했다. 그 독한 목마름이라니? 마음속으로 그를 부르고 또 부르고 불렀다.

'아, 목사 영감!'

그와 더불어 있을 땐 점박이 형제 사슬에서 조금은 벗어날 수 있었다. 가끔씩은 대사지를 잊고 살았다. 대사교에서 추락하는 악몽을 자주 꾸지 않아도 되었다. 크고 검은 점 두 개를 지우고 지냈다.

"하륜이라쿠는 이름 들어봤디가?"

해랑의 느닷없는 그 말에 효원은 생각을 더듬는 눈치였다.

"아, 기억나예. 우리 고장 향교에서 공부했다쿠는 그 사람 말이지예?"

잠시 후 그러다 말고 되물었다.

"그란데 와예?"

해랑은 꿈꾸는 눈빛이 되었다.

"홍 목사 계실 적에, 이 촉석루에서 그이한테 들은 이약이 떠오린다."

효원은, 아, 또 홍 목사? 하는 뜨악한 표정을 지었다.

"무신 이약인데예?"

그런 이야기는 이제 제발 저 강물에 흘려보내거나 새 날개에 띄워 보내라고 종용하는 투였다.

"홍 목사가 그분을 상구 존갱하데."

해랑은 거기서 보아 동쪽에 나 있는 촉석문을 향하고 있던 눈길을 거두며 글방 훈장의 입에서나 나옴 직한 말을 내비췄다.

"그가 지은 '촉석루기記'라는 글에 대한 긴데……."

강기슭 뽕나무밭에서 일을 하고 있는 여인들의 목소리와 웃음소리가 은은하게 들려오고 있었다. 그 소리는 어쩐지 지금 그들이 있는 곳과는 다른 세상에서 나는 것 같았다.

"글……."

평소 선비 학자나 서책 따윈 관심 밖인 효원은 별로 흥미 없다는 빛이었다. 하지만 해랑 음성은 촉촉이 젖었다.

"홍 목사는 백성을 다스리는 목민관으로서, 운제나 그 글을 뗌 깊이 깊이 새김서 고을을 다스린다꼬 하싯제."

효원은 강 건너편 무성하게 우거진 푸른 대숲과 그 위를 날아다니고 있는 흰빛과 잿빛의 물새들에게 시선을 보낸 채 혼잣말로 중얼거렸다.

"하기사 홍 목사는 좋은 목사였지예."

강가 드넓은 백사장에서 빨래하는 여인네들 모습이 아스라이 비쳤다. 그처럼 이제는 홍 목사에 대한 기억마저 아슴푸레해지고 있는가?

'언니 저라는 기 내사 딱 싫다.'

효원 눈에 해랑이 그 기억의 끈을 마지막까지 놓치지 않으려고 아등바등 애쓰는 것처럼 보였다. 해랑은 홍 목사와의 사랑을 기억 이편으로 일으켜 세우듯, 하륜이 그 글을 통해 벼슬아치들에게 당부했다는 말을 끄집어내기 시작했다.

'내는 좀 그렇거마.'

솔직히 효원이 듣기에는 너무 생경할 뿐 아니라 그들 같은 관기들에게는 관련이 없는 이야기 일색이었다. 그래서 다른 누군가가 해랑의 입을 빌려 강제로 들으라고 하며 말을 던지는 듯한 착각이 들 정도였다.

"이 누각에 오르는 목민관들한테 다섯 가지를 말하고 있다데."

그런 화제에는 당연히 재미를 느끼지는 못했지만, 효원은 약간 뜻밖이란 표정을 지었다.

"그래예? 홍 목사가 언니한테 그런 이약꺼지도 해줬어예? 홍 목사가 그런 사람인 줄은 몰랐다 아입니꺼."

해랑이 과장 섞어 자랑스레 말했다.

"그보담 더한 것도 말씀을 해주싯다."

"……."

거기서 내려다보이는 성가퀴 위에서 술래잡기하듯 달아나고 쫓고 하는 것은 몸이 갈색인 다람쥐 두 마리였다. 종종 발견되는 광경이지만 그 것은 볼 때마다 색다른 느낌을 던져주곤 하였다.

"그라모 둘이 사랑은 운제 했는고 모리것네?"

홍 목사와 연관된 저런 이야기는 정말로 이제 더 듣고 싶지 않다는 반발심 비슷한 감정과 함께 효원은 제가 묻고 제가 답했다. 때로는 늘 그런 식이었다.

"하기사, 또 밥 묵고 잠 잘 시간은 없어도, 사랑할 시간은 있다데예."

성가퀴 위에서 놀고 있는 다람쥐들의 사랑법은 저런 것인가 싶기도 했다.

"아즉 머리에 쇠똥도 안 마린 기 말하는 거 좀 봐라?"

그러면서 해랑이 피식 웃고 나서 별안간 엄한 기운까지 전해지는 목소리로 말했다. 그건 아무래도 건성으로 흘려듣지 말고 잘 새겨들으라는 말인 것 같았다.

"첫째로, 물가 풀잎이 싹트는 거를 보고 생맹이 생기는 뜻을 알아갖고……."

"……."

해랑의 말은 누각 기둥 사이를 이리저리 돌아다니고 있는 느낌을 자아내고 있었다. 잃어버린 길을 찾으려는 지친 철새가 내는 소리가 저러할까? 해랑이 하려는 말을 막지 못하게 하는 효원의 생각이었다.

"우짜든지 백성을 터럭만치라도 해롭거로 해서는 안 된다, 그리 당부했다데."

듣기에 따라서는 딱딱하고 교훈적이기까지 해서, 그네들 같은 관기들에게는 아무래도 좀 어울리지 않을 내용이었다. 한데도 그 말을 들은 효원의 반응이 갑자기 달라졌다.

"백성을 우째서는 안 된다꼬예?"

백성 이야기다. 효원이 아직은 어렸지만 민초들 생활에 대해서는 스스로도 놀랄 정도로 관심이 높은 쪽이었다. 그래서인지 해랑의 마지막 말만은 얼핏 들어도 마음에 와닿았다. 남녀 정분 이야기와는 또 다른 깊이와 멋이 느껴졌다. 효원은 훈장에게 배운 것을, 다시 외는 학동의 태도를 보였다.

"풀잎이 싹트는 거를 보고 생맹이 생기는 뜻을 안다. 아, 참 멋진 소리네예."

해랑은 잠시 입을 다물고 그런 효원을 물끄러미 바라보기만 했다. 왠지 생명에의 경건함 같은 게 다가왔다. 효원은 여전히 솔직했다.

"우찌 들어보모 쪼매 에려븐 말이기는 해도예."

그 말에 해랑은 흡사 언어를 연구하는 학자처럼 했다.

"쉬븐 말이라꼬 다 좋은 거도 아이고, 에려븐 말이라꼬 다 나쁜 거도 아이다."

그러자 효원은 그곳 누각 천장에 닿을 듯이 두 팔을 번쩍 치켜들었다.

"야, 언니!"

"머라? 언니 보고 야아?"

해랑이 생트집 잡아 나무라듯 해도 효원은 개의치 않았다.

"방금 그 말도 에나 멋져예!"

효원은 또 금세 달라져서 연방 감탄하는 빛을 숨기지 못했다. 꿍하지 않고 무척 단순한 성격이면서도 정감 또한 많다. 더욱이 교방에서 잔뼈가 굵은 노기老妓들도 깜짝 놀랄 말이나 행동을 하기도 한다. 그런 새끼기생이 효원이다.

"효원이 니 그라모 안 되는 기라."

해랑은 언제나 그런 효원이 걱정되어 그렇게 타이르곤 했다. 저런 아이는 때로는 물불을 가리지 아니하는 굉장히 위험한 측면이 있다. 설혹 사랑이라고 해서 그것을 용케 피해갈 수는 없을 것이다. 그게 아니다. 사랑의 경우에는 더 심할지도 모른다.

"하여튼 그분은 학식뿐만 아이라 풍류에도 뛰어났던 기 아인가 싶어예."

지금 효원의 눈에 비치는 해랑은 인간들이 결코 다다를 수 없는 이상향을 그리는 여자 같았다. 관기 신분에게는 어울리지 않는. 특히 홍 목사에게 들었던 이야기라서 그런지 잘도 기억해내고 있다. 효원 자신으로서는 좀처럼 외울 수 없는 생경한 내용 일색이다.

"둘째로 있제?"

해랑의 음성이 숨을 막히게 할 만큼 지나치게 엄숙해서 효원은 되레 말장난으로 나갔다.

"없어예, 내는. 첫째로도 없고, 둘째로도 없고예."

그러나 해랑은 내가 네 술수에 넘어갈 줄 알고? 하는 심산인지 이번에는 엄숙함을 넘어 경건하게까지 느껴지는 어투였다.

"들판 곡식이 잘 자라는 것에서 천지간에 생맹 가꾸는 멤을 깨달아갖고……."

여자 농군이 따로 없었다. 생명 가꾸는 마음이라.

"급하지도 안 한 일로 백성들 농사 때를 쪼꼼도 빼앗어서는 안 된다 쿠는 생각을 해라, 그랬다데."

그런데 들어보면 들어볼수록 음성마저 왠지 속세 인간의 그것이 아니라 선도仙道를 닦아서 신통력을 얻는 신선을 닮아가는 성싶다. 효원은 속으로 여자 농군이 있듯이 여자 신선도 있는지 모르겠다는 생각을 굴려본다.

해랑의 말을 가만 되뇌던 효원은 강 건너 망진산 아래 섭천 쪽 백정들 거주지를 한참이나 바라보고 있다가 말했다.

"그거는 앞엣것보담도 상구 더 좋은 말이네예, 언니."

해랑은 강 하류 저편에 우뚝 솟아 있는 뒤벼리 쪽에 시선을 두었다.

"니도 그분이 뛰어났다꼬 생각되제?"

이번에는 효원이 꿈꾸듯 중얼거렸다.

"이 효원이 머리 얹어 주실 임도 그런 분이모 올매나 좋으까예."

"오데 곤장이 없나? 효원이 볼기 한분 치거로."

그러면서 주위를 두리번거리는 해랑이 효원 눈에는 회초리를 찾는 여자 훈장처럼 보였다. 효원 자신은 글방 도령이다. '하늘 천, 따 지'를 배우는 학동이다.

"헤."

효원은 그만 실소했다. 내가 나를 남자로 착각하다니. 그렇지만 순간 이래도 좋다.

"과일이 열매를 맺는 그것에서 생맹 키우는 멤을 깨친다."

잘 익은 과일마냥 홍조를 띤 해랑의 얼굴을 무연히 바라보는 효원의 낯빛 또한 상기돼 있었다. 사악한 욕심으로 백성들 이익을 침해하지 마라.

어디에 있다가 갑자기 나타난 것일까? 돛 없는 작은 거룻배 한 척이 강 저편을 향해 미끄러지듯 나아가고 있었다. 그 고장 사람들이 '배건너'라고 부르는 그곳은 아직은 강 이쪽보다 덜 발달한 지역이었다.

"마당에 노적가리 쌓여 있는 것에서 깨달아, 어, 그래갖고 또 핸 소리가, 법에 없는 세금 거두지 마라, 이거고……."

홍 목사가 해랑 언니를 변하게 한 것인지 하륜이라는 사람이 변하게 한 것인지 종잡기가 힘든 효원이었다. 설마 해랑 언니가 그 두 사람을 변하게 만들고 싶은 건 아닐 테지.

"우와! 울 언니 에나 기억력도 조오타! 얼골 이쁜 사람은 머리가 좀 그렇다쿠는 이약도 있는데 아이거마?"

효원이 무슨 소리를 지껄여도 해랑은 그저 자기가 한 말을 곰곰이 되새겨보는 빛이었다. 하긴 스스로 돌아봐도 놀랄 노릇이다. 그런 해랑이 너무너무 낯설어 효원은 눈을 끔벅거렸다.

'해랑 언니는 와 관기가 됐으까?'

불현듯 뇌리를 스치는 의문이었다.

'저런 미모라모 여염집 며느리 되기는 아깝고 왕비로 간택될 수도 있을 기다.'

둘 사이에 잠시 어색한 침묵이 가로놓였다. 홀연 사위가 그렇게 고요해질 수 없었다. 저 아래 의암 가까이 고니를 닮은 색깔 있는 놀잇배를 띄워 놓고 다정한 모습으로 즐기는 남녀 이야기 소리가 그곳까지 들려올 듯하다. 그건 또 몽환적으로 다가오기도 했다.

"마즈막은 머신데예?"

그 침묵을 깨뜨리는 효원 말에 해랑은 퍼뜩 정신을 차렸다. 그러고는 이번에도 꼭 누가 옆에서 일러주고 있는 것처럼 잘도 말했다.

"앞에서 이약한 그 멤들을 단디 지니갖고 백성하고 더불어 누린다모……."

효원의 입에서 문득 이런 말이 나왔다.

"백성, 백 가지 성姓."

성벽 위에 〈巡視〉라는 한자가 붉은색으로 쓰인 깃발이 바람에 나부끼고 있는 게 눈에 띄었다. 순시, 돌아다니며 살펴보다.

"사람이 모도 화팽(화평)하고 시상 도리와 인심이 팬안하고 즐거블 끼라."

그 말들이 붕 날아올라 촉석루 팔작지붕에 연鳶처럼 걸리는 것 같았다. 그러자 갑자기 연날리기를 하고 싶은 효원이었다. 가는 댓가지를 뼈대로 하여 종이를 바르고, 실에 달아 날리는 그 장난감이 좋았다.

"증말 목민관들이 그리만 해준다모 백성들 살아가기가 올매나 좋것어예? 그런 생각 안 들어예, 언니는?"

얼핏 천주학 신자들이 기도하는 것같이 하는 효원의 말에 해랑은 깊이 동조한다는 빛이었다.

"그런께 말이다."

효원이 또 장난기 심하고 몹시 덜렁거리는 선머슴처럼 했다.

"에이, 성난다."

하얀 백사장 저쪽 끄트머리에 있는 짙푸른 대숲에서 수십 마리 새떼가 하늘로 솟구치는 게 보였다. 해랑은 속으로 한탄했다.

'아, 내한테도 저런 날개가 있다모, 보고 싶은 사람들한테 훌훌 날라 갈 낀데.'

망진산과 남강을 번갈아 바라보았다.

'아모리 높고 험한 산이라도, 아모리 넓고 깊은 강이라도, 다 넘고 다 건널 수 있제.'

옆에 앉은 효원은 천진난만한 얼굴로 해랑에게 들은 것을 입안으로 열심히 외고 있다. 마치 마음속에 꼭꼭 새겨두었다가 훗날 자기 머리 얹어줄 사람에게 들려줄 작정이기라도 하듯이.

'효원이 머리 얹어줄 남자는 누꼬?'

해랑은 밑도 끝도 없이 그게 궁금했고 우려되었다. 너무나 천방지축인 효원이다. 행여나 행실 나쁜 사내에게 잘못 걸리면 어쩌나?

'꼭 좋은 사람 만내야 한다, 효원아.'

해랑은 이상하게 불안해지는 마음을 씻을 수가 없다. 남강 물을 가득 길어 강가에 자라는 댓잎을 행주 삼아서 씻어낼 수는 없는 것일까?

'설마 우리 효원이한테 안 좋은 남자가 생기까이.'

효원도 새끼 기생에서 '새끼'라는 말을 빼야 할 날이 얼마나 남았을까 헤아려보면서 해랑은 스스로를 단속시켰다.

'내 멤이 이리 방정맞거로 굴모 안 되제.'

저 아래 뽕나무밭에서 뽕잎 따면서 부르는 여인네들 노랫소리가 여러 천 년을 이어갈 이 고장의 숨결같이 느껴지고 있다.

이 순간이 전설이다

그곳 목牧의 관문인 새벼리에 서서 바라보는 유서 깊은 그 고을은 경사가 완만한 산 능선에 빙 둘러싸여 있어 언제나 새둥주리처럼 무척이나 안온해 보인다. 전형적인 내륙지방의 풍토가 손끝에 잡힐 듯이 다가왔다.

그러나 지금 해랑의 마음은 풍랑이 크게 몰아치는 해안가에 선 것처럼 뒤숭숭했다. 정석현 목사가 이번에 김해 부사로 전출하게 된 것이다. 김해라는 곳이 어떤 곳인지, 또 여기서 얼마나 가야 되는 곳인지, 해랑은 아무것도 아는 게 없었다. 모르기 때문에 그 막막함과 허전함은 더할 수도 있었다.

얼마만큼의 정분을 나눴든 간에 사람이 사람을 만났다가 헤어진다는 것은 항상 아쉽고 슬픈 일이다. 새 사람을 만난다는 기대라든지 호기심이 이별의 그림자보다도 늘 뒷전이기 마련인 것은, 어쩌면 인간의 또 다른 불행과 어리석음인지도 모른다.

정 목사는 정든 그곳을 떠나기 전 마지막으로 지금까지 자신이 다스렸던 지역을 한 바퀴 돌아보았다. 그리고 해랑과의 작별이 몹시 아쉬운 모양인지 행차하는 곳마다 어김없이 그녀를 데리고 나섰다.

"풍수를 모르는 본관이 봐도 알겠다."

무슨 이야기를 꺼낼 때면 곧잘 '모르는 본관'이라는 말부터 앞에 붙이곤 하는 그는, 여느 목민관들과는 확실히 다른 인물이었다.

"저 지맥이 뛰어난 인물을 많이 나오게 할 만하도다. 네가 보기엔 그렇지 않으냐?"

정 목사는 소매를 들어 거기 새버리덤 고개의 저 아래쪽을 가리켜 보였다. 붉고 가파른 벼랑 발치에 가끔씩 흰 물거품을 날개처럼 매달고 푸른 강물이 넘실대고 있었다. 서에서 동으로 흐르는 특이한 강, 남강의 숨결이 그들이 서 있는 장소까지 전해지는 듯했다.

"내 여기 와서 들은 얘기다만……."

해랑은 정 목사의 말을 들으면서 그가 홍우병 목사와 닮은 점이 있다는 자각이 처음으로 일었고 심경이 씁쓸했다. 헤어지는 마당에 와서야 그런 사실을 깨치다니.

"조선을 처음 세운 왕은 여기 이 고장에서 인재가 많이 나오는 게 걱정이 되어 대사를 보낸 적이 있다더구나."

"아, 그런 일이?"

하늘의 명을 받은 천자天子이든 역성혁명을 일으킨 모반자이든, 그모든 평가를 떠나 조선이란 나라를 세운 이성계. 적어도 이 고을만을 놓고서 새겨볼 때, 실제로는 어떨지 몰라도, 유명세와 비판을 동시에 받는다고 전해지는 무학대사.

해랑은 공연히 초조하고 불안해졌다. 내 마음이 어찌 이렇게도 잘못박은 못처럼 자꾸만 삐딱해지려고 하는가? 강 하류를 타고 바람이 거슬러 올라왔다. 요즘 들어와 정 목사는 무척 말수가 불어났다고 느꼈었는데 이날은 더 그랬다. 이런저런 이야기를 두서없이 장황하게 늘어놓고 있다. 그뿐만 아니라 내용이 불투명하고 비현실적으로 다가와 해랑은 정신이 흐릿할 지경이었다.

"그가 잘 살펴본즉, 저 고개 밑에 돌산이 톡 튀어나와 있었지."

석수장이가 가파르게 깎아 세운 듯한 돌비알에 혼자 서서 까마득한 골짜기 저 아래로 막 몸을 날리기 직전에 놀라 눈을 뜬 밤도 있었다. 정 목사가 그녀의 꿈속에 들어와 있었던 게 아닐까 하는 억측까지 생기는 해랑이었다.

"그 형상이 여간 예사롭지 않았다는 게야. 용이 꿈틀대는 것 같았으니까."

해랑 눈에 정 목사가 한양 종로 거리같이 번잡한 장소에서 사람들에게 고대소설을 낭독하여 들려주는 일을 업으로 삼는 전기수傳奇叟처럼 비쳤다.

그런데 용에 대한 이야기라면 단연 그녀의 아버지를 손꼽을 만했다. 아버지 용삼은 그 이름자에부터 '용'이 들어 있는 사람이었다. 그것도 '삼三', 자그마치 세 마리의 용이었다.

해랑은 어릴 적에 아버지에게 얼마나 용 이야기를 많이 들었던지 상상의 동물이 아니라 실존하는 동물인 줄로 알았을 정도였다. 아버지 입을 통해 살아나던 용의 형상은 경이로웠다.

"몸은 안 있나, 커다란 배미하고 가리방상한데, 등에는 무려 여든한 개의 뻣뻣한 비늘이……."

얼굴은 사나우며, 뿔과 귀와 수염과 네 개의 발이 있는데, 물에 잠기며 하늘을 달리고 구름과 비를 일으킨다.

한참 그렇게 들려주던 아버지가 갑자기 그곳 강을 보면서 하는 말이 놀라웠다.

"용이 올라가삣다."

해랑은 그만 자신도 모르게 울상을 지었다.

"예? 우째예?"

아버지가 또 하는 말이 이랬다.

"시방 저 강에 물이 하나도 없다 아이가."

해랑이 보니 정말 그 당시 오랜 가뭄이 지속되던 터라 그때 남강에는 물이 거의 보이지 않았다. 물이 하나도 없다고 할 때 '용이 올라갔다'고 말한다는 것도 그날 처음 안 그녀였다.

"그는 그 돌산 때문에 이 지역에 뛰어난 인물이 많이 나온다는 판단을 내렸다."

그때 들려온 정 목사 음성에 해랑의 정신이 돌아왔다. 정 목사는 의암별제에만 그런 줄 알았는데 역사 속의 인물에도 매우 관심이 많아 보였다. 그래서 신령스럽게 생긴 그 돌을 깨뜨려버렸다고 한다. 해랑은 온몸을 떨었다.

"우짤꼬오!"

새벼리 비탈에 선 나무들이 일제히 이쪽을 바라보는 것 같았다. 어쩌면 나무는 인간보다 더 생각이 깊고 더 많은 것을 알고 있는지도 모르겠다는 생각을 곧잘 하는 해랑이다.

"더욱 경악할 일이 있었나니."

새벼리에서 북쪽으로 무수한 가옥과 길 건너 바라보이는 비봉산은 그 고을의 마지막 보루를 연상케 했다.

"돌산에서 떨어져 나오는 돌 조각들이 하나같이 용의 비늘처럼 생겼다는 게야."

해랑은 아버지 용삼의 몸이 잘못되었다는 말은 아니라고 자신을 다독거렸다.

"아, 우짜모 그런?"

해랑은 무서우면서도 재미있는 옛날이야기를 듣는 아이가 된 기분이었다. 무섭다고 아랫목 이불 속으로 숨어들면서도 자꾸 이야기를 더 하라고 떼쓰는 철부지 시절로 돌아간 것 같았다.

"그뿐 아니다."

정 목사 얼굴 근육에 경련이 일었다. 그러자 그가 몇 해는 더 폭삭 늙어 보이면서 음성 또한 메마르고 갈라져 나왔다.

"예?"

정 목사 입에서는 갈수록 혼겁할 소리가 나왔다.

"그런 돌이 떨어질 때마다 붉은 피가 쉴 새 없이 흘러나왔지."

"아, 피!"

해랑은 대사지 나무숲에서 피를 흘리며 쓰러져 있던 자신의 어릴 적 모습이 뇌리에 기습처럼 되살아나 한참이나 치를 떨어야만 했다. 여기 새벼리 고개 아래에도 그런 돌산이 있었다니.

"그걸 떠올리니 저 밑으로 보이는 길이 꼭 용이 꿈틀거리는 것 같구나."

이쪽으로 굽어 들어오는 길을 내려다보는 정 목사 눈빛이 몹시 아련하다. 어쩌면 몽롱해 보였다.

"무서운 게 역사야."

"……."

해랑은 그 말을 이해할 것 같기도 하고 이해하지 못할 것 같기도 했다.

"그 누구도 바꾸거나 없앨 수 없는 절대적인 것이다."

그렇게 입속으로 중얼거리는 정 목사는 굉장히 심란해 보였다. 해랑은 잘 몰랐지만, 그때 그는 토굴을 방불케 하는 어떤 암자 하나를 떠올리고 있었다.

언젠가 안의安義에 들렀다가 심진동 계곡 어딘가에 있는 기백산의 산

길을 타고 오르니 거기 숨듯이 하고 있던 암자, 이름도 은신암이었다.

"허, 안개가 끼지 아니하는 신비스러운 지형이라고요?"

그곳 관아에 있는 관리의 말을 듣고 그는 놀라 되물었다. 이런 지대인데도 안개가 끼지 않는다고 하니 믿기지 않았다. 그리고 지금까지 그는 암자라고 하면, 큰 절에 속하는 작은 절, 중이 임시로 거처하며 도를 닦는 집, 그 정도로만 여기고 있었던 게 사실이었다.

그런데 그 관리는, 그런 기상 상태보다 은신암에 무학대사가 은신하고 있었다는 사실에 더 흥미를 품고 있었다.

"그런 분이 어쩌다가 이런 곳까지 피신하게 되셨는지……."

처음에는 아마도 세력권에서 밀려난 승려가 방랑하다가 그곳에 정착을 하지 않았겠는가 하는 추측을 해보고 있던 정 목사의 귀에 관리의 다음 말이 들렸다.

"대사는 심진동 계곡의 매바위를 보자 이런 생각을 했다고 합니다. 매가 있으니 당연히 꿩도 있을 것이다, 그렇게 말이죠."

"예에."

"그리하여 꿩이 알을 품고 있는 형상의 땅을 발견하게 되었습니다."

"아, 그런 땅을!"

매가 부리를 밑으로 하고 날개를 오므린 채 쉬고 있는 형상의 매바위. 꿩의 둥지는 그 매바위 밑에 있었으니 그곳이야말로 은신처로서 더없이 좋은 터였다. 그때 정 목사는 불현듯 이런 마음이 일었다.

'갈수록 짙어지는 세상의 이 안개를 어이할꼬? 내 차라리 그런 토굴에 들어가서 여생을 보내고 싶구나.'

해랑 생각에, 사람이 마음이 안정되지 않으면 말수가 늘어난다더니, 정 목사는 고을 바깥쪽으로 눈길을 돌리며 또 말했다.

"용 이야기를 한참 하다 보니 떠오르는군. 용두산, 그래 저쪽에 용두

산도 있지. 그 산에 올랐던 게 엊그제 같아."

그 말끝에 그는 감개무량한 얼굴을 했다.

"허, 그동안 내가 나도 모르게 완전히 이 고장 사람이 돼 버렸구나!"

"영감."

"여기 이 고장 사람 말이야. 하하."

"……."

해랑은 그의 말에서 가슴 아리도록 깨달았다. 해랑 자신에게 더없이 정이 들어버린 그의 심정을. 그렇지만 홍우병 목사를 그렇게 떠나보낸 후로, 다시는 누구에게든 마음을 주지 않으리라 다짐했었다. 두 번 다시 상처를 만들지 않으리라. 정 목사가 그런 그녀의 진심을 알든 모르든 그런 건 중요한 게 아니었다.

'진심? 모도 부질없는 소리다. 허깨비 겉은 소리다. 사람이 살아감에 있어 그따위가 무신 역할을 할 수 있다꼬.'

해랑은 작은 바늘 끝으로 콕콕 찌르듯 콧잔등이 시큰거렸다. 그곳에서 그다지 멀지 않은 소촌역 쪽을 바라보았다. 정 목사가 말하는 용두산은 거기 어디쯤 있을까?

'아, 각중애 입이 와 이리 마리는고 모리것다. 내 멤이 애가 타서 뱃속도 타고 목도 타고 하는 기까?'

강으로 내려가서 그 물이라도 벌컥벌컥 들이켜면 좀 나으려나. 대지처럼 마음에도 비를 내리게 해주는 기우제는 없을까?

'시방 돌아봐도 기우제 행사로 하던 그 줄다리기는 에나 대단했디제.'

용두산을 그려보던 머릿속에 소촌역 쪽에서 본 적이 있던 그 줄다리기가 자리를 잡았다. 그건 훗날 지명이 바뀌면서 '문산줄다루기'라고 불리게 되지만. 하여튼 '줄다리기'가 아니라 '줄다루기'라고 한다고 했다. 그리고 그게 해랑 마음에 들었다. 이기고 지는 것이 중요한 게 아니라

비를 내리게 하는 의식儀式에 더 관심을 가졌으므로 줄을 다룬다는 의미에서 '줄다루기'라고 한다는 것이다.

"언니, 우리 끝꺼지 다 보고 가예, 알것지예?"

그곳에 함께 간 효원이 하도 떼를 쓰는 바람에, 해랑은 늦게 왔다고 꾸중을 들을 각오를 했고, 그래 두 사람은 그 장면을 오랫동안 지켜보았다.

"우짜모 저런 줄을?"

"내 말이! 무시라, 무시라."

짚으로 만든 줄은 길이와 굵기가 이루 말로는 표현할 수 없을 만큼 무시무시했다. 가뭄이 이어지면 줄다루기를 하기 위해서 윗마을, 아랫마을, 그렇게 나누어 줄을 만들기 시작한다고 했다. 그러면 동네 부잣집에서는 음식을 장만하여 내놓는다는 것이다. 짚은 각자의 처지나 사정에 따라 마을 사람들이 마련한 것으로 쓰는데, 밤낮을 가리지 않고 수십 명의 장정들이 달라붙어 줄을 만든다.

"윗마을을 청룡, 아랫마을을 황룡, 그리 부리는 기라."

한평생 그 지역 밖으로 나가 본 적이 없다는, 허리가 몹시 굽고 머리카락이 허옇게 센 그곳 토박이 노파는 아주 자랑스럽게 들려주었다.

"그라고 줄도 마찬가지로 청룡, 황룡 하는데, 아, 수줄, 암줄 이리쿠기도 하지만도. 에이, 우쨌든 저 줄은 안 있나……."

원줄은 사다리를 타야 올라갈 수 있을 정도이고, 새끼줄은 그 원줄에서 몇백 가닥이나 나와 있는데, 일종의 손잡이 구실을 하는 듯했다. 사람들이 분주하게 움직이고 있었다.

"줄이 원체 무거버 여게 물가로 옮기오는 데도 장난이 아인데, 옮기고 교미시키는 데 꼬빡 하루를 잡아묵는다 아인가베."

노파는 거기 흐르는 내(川)를 열심히 둘러보며 말했다. 큰 강은 아니지만 운치 있는 곳이었다.

"줄을 교미……."

효원이 해랑의 얼굴을 훔쳐보며 낮은 소리로 되뇌었다. 해랑도 약간 듣기 그랬지만 한편으로는 재미있는 말이라는 생각도 들었다.

양쪽 줄 끝의 얼핏 올가미를 연상시키는 둥근 원형을 끼우는 일인데, 수줄을 암줄 머리 부위에 끼우고는 빠져나가지 않도록 기둥만 한 나무를 끼우다가, 그만 잘못해서 부상을 입는 경우도 있다고 했다.

많은 사람이 밑에다가 둥근 침목을 깔고 힘겹게 밀어서 거기까지 운반해 온 줄은, 교미라는 작업을 해놓고 보니 그냥 단순한 짚 줄이 아니라 그 자체가 더할 수 없이 귀중하고 훌륭한 민속 예술품처럼 보였다.

"아, 인자 줄다루기를 할 준비가 다 끝났네."

한두 번 본 것이 아닐 텐데 노파 역시 약간 긴장하는 낯빛으로 변했다. 해랑과 효원도 마른침을 꿀꺽 삼키며 이어지는 광경을 열심히 두 눈에 담았다.

"언니, 시방 고사告祀를 지내는 기지예?"

"돼지머리하고 술하고 떡하고, 그런 기 있는 거 보이 맞는갑다."

노파 목소리가 떨렸다. 동이에 든 물이 찰랑거리는 소리 같았다.

"시, 시작한다. 봐, 봐라!"

고사가 끝나자 행사는 본격적으로 시작되었다. 하도 인파가 넘쳐 수백, 아니 수천 명은 되지 싶었다. 어쩌면 그보다 더 많을지도 모르겠다.

"비가 내릴 때까지 계속한다며?"

"에이, 그런 건 아닐 터이고……."

"그렇다면?"

"해가 질 때까지는 이어지겠지."

"그럴 수는 있겠군."

"여하튼 지켜보자고."

"그러세."

해랑 귀에 그런 한양 말씨가 들렸다. 그 놀이를 구경하기 위해 마산에서 오는 사람들은 제법 있다고 들었지만, 한양 사람은 다소 의외였다. 하긴 꼭 그 행사를 보려고 온 것은 아니고 그 지방에 다른 용무가 있어 내려온 차에, 마침 그 행사를 한다니 구경이나 해보려고 나선 참이었는지도 알 수는 없다.

– 영차! 여엉차!

줄을 당기는 사람들도 노는 사람들도 모두 하나가 된다. 그런데 줄을 당기는 이와 쉬는 이가 따로 정해져 있는 게 아니라 번갈아 가면서 놀이판을 펼치는 게 퍽 이색적이었다. 너는 줄을 당겨라, 나는 술 마시련다. 까짓 지면 어떻고 이기면 어떠냐? 비만, 그냥 비만 오면 되지, 비만. 어서 내려라, 비야, 단비야. 저 내(川)가 철철 흘러넘치도록.

– 우이야 허허 잘도나 한다 용왕전 들리도록…….

해랑과 효원은 나중에 알았지만 사람들이 부르는 그 노래는 '용록가'라는 거였다.

– 비가 묻어 오는고야 우장 삿갓 챙기거라 우이야 허허…….

저 수줄 머리 부분을 달여서 먹으면 아들을 낳고…… 어쩌고저쩌고하는 소리들이 왕왕 귀를 때리던 그날의 기억에서 영원히 돌아오지 않을 수만 있다면. 이기고 지는 것 따윈 거기 흐르는 물에 깡그리 던져버리고 그저 너와 내가 하나가 되어 놀던 곳이었다.

그러나 해랑은 다시 그곳 새벼리로 돌아와야 했고, 그러자 또다시 홍목사가 귀양을 가 있을 섬이 생각났다. 산이든 물이든 어디고 훌쩍 떠나고 싶다. 찾아 나서고 싶다.

"내가 이제 김해 부사로 부임해가면 말이다."

목사에서 부사로. 여염집 처녀에서 교방 관기로. 턱도 아닌 끼워 맞추

304

기라고, 아니 똑같은 거라고, 억지라도 부리고 싶은 해랑의 마음이었다.

"해랑이 너와 함께했던, 짧다면 짧고 길다면 긴 그 시간도 모두가 아득한 전설로 느껴질 테지. 허허."

정 목사 표정이 더없이 허탈해 보였다.

해랑의 가슴팍이 찡했다. 자신은 그에게 깊은 정을 주지 않았지만, 그는 진정으로 그녀를 마음에 두고 있었던 모양이었다. 해랑은 저려오는 심경을 억누르며 그에게 재촉했다.

"용두산 전설이 궁금하옵니더."

정 목사가 조금은 야속하다는 얼굴로 물었다.

"너와 나의 전설보다 말이더냐?"

해랑은 그때 새벼리 하늘 위를 날고 있는 잿빛 비둘기 울음소리를 닮은 목소리로 말했다.

"와 자꾸 전설이라 말씀하시옵니꺼?"

의암별제를 만든 목사. 감정이 풍부한 만큼 이별의 정한도 깊으리라.

"먼 훗날 어디에선가 그 누군가에게 지금 너와 내가 함께한 이 순간을 이야기하면 그게 곧 전설이 될 것이야."

해랑은 장맛비에 흙 담장이 허물어지듯 가슴 한 귀퉁이가 푸슬푸슬 떨어져 내리는 것만 같았다. 그녀는 비바람에 흔들리는 꽃잎처럼 파르르 떨리는 입술로 되뇌었다.

"이 순간이 전설……."

정 목사는 안타까운 현실을 전설로 믿고 싶은지도 모른다. 그것은 끝내 나온 그의 말을 통해 확실해졌다.

"해랑아, 너 나랑 같이 갈 마음은 없느냐? 네 생각을 알고 싶구나."

그의 말은 돌사닥다리를 굴러 내리는 돌덩이가 내는 소리를 떠올리게 했다.

"예에? 그, 그라모 지, 지를?"

해랑은 그만 숨이 멎는 느낌이었다. 지금까지 그에게 짙은 연민을 느껴오면서도 마음 한쪽은 언제나 씁쓸했었다. 만약 그가 좀 더 적극적이거나 강압적으로 나오면 어떻게 할 것인가 깊은 고민에 싸였었다. 제멋대로 하는 목사라면 다른 곳으로 관직을 옮겨가면서 교방에 딸린 관기 하나쯤이야 그냥 데리고 갈 수도 있었다.

'그의 본 부인이 강짜가 심한 기까? 낼로 그리 맴에 두고 있다모, 우리 같이 가자쿠는 말 한마디라도 해올 만하다 아이가.'

그렇게 섭섭한 감정을 품기도 했었는데 막상 그 말을 듣자 막막했다. 더욱 기묘한 것은 부모님보다도 비화 얼굴이 먼저 떠오른다는 사실이었다.

'내가 아모리 비화 언가를 좋아한다 캐도 이런 불효가 있으까.'

그때 허공을 향해 솟구치는 강바람을 타고 이런 소리가 들렸다.

"왜 그리 당황하느냐?"

"아, 아이옵니더."

"농담이니라, 농담. 하하하."

"……"

마침내 해랑은 결론을 내렸다. 정 목사는 소견이 좁고 오그라진 옹망추니는 아니었다. 여자를 좋아하는 호색가보다 백성을 위하는 목민관과 예인藝人으로서의 길을 가고자 하는 사람이었다.

갑자기 눈시울이 붉어졌다.

비밀 방의 열쇠

집을 나갔다가 여러 해 만에 돌아온 남편과 나란히 성 밖의 친정집을 찾아가는 비화의 발걸음은 새털같이 가볍기만 했다. 마음은 풍선이 되어 붕 떠올랐다.

"내 요분 참에 가서……."

재영은 장인 장모에게 깊이 사죄하고 앞으로 자신이 할 일도 알아볼 계획이라고 했다. 그러는 그의 얼굴에는 의욕과 자신감이 넘쳐 보였다.

"그란데, 여보."

비화가 재영에게 꿈 이야기를 끄집어낸 것은, 길거리에 모여 소리를 질러가며 놀고 있는 아이들 옆을 막 지나고 있을 때였다.

"에나 이상한 꿈도 다 있지예."

그러자 재영은 느낌부터 달랐는지 곧장 되물었다.

"꿈?"

비화는 잠시 망설인 끝에 입을 열었다.

"예, 당신께서 집을 나가 계실 적에……."

길가에 선 가로수가 목을 길게 빼고 누군가를 기다리고 있는 사람 같다는 생각이 드는 그녀였다.

"머가 그리 이상한 꿈이기에?"

재영은 여전히 아이들에게 눈길을 둔 채로 물었다. 아내는 꿈에서라도 알 리가 없겠지만, 그는 업둥이로 준 아들 생각이 새록새록 나서 자꾸 거기로만 고개가 돌려지는 것을 어쩔 도리가 없었다.

"그기 안 있어예?"

그런 남편 속내까지는 비춰볼 수 없는 비화가 약간 겁먹은 눈빛으로 말했다.

"당신이 강을 건너오시고 있는데 말입니더."

"내가 강을?"

재영의 시선이 비화의 얼굴로 옮겨졌다. 비화는 왠지 낯이 화끈거렸다. 남편이 왜 이리 서먹하게만 느껴지는지 모르겠다. 서로 떨어져 있던 공백의 여파가 너무도 큰 탓일까? 비화는 꿈 이야기를 들려줌으로써 그 거리감을 줄여보려고 이야기를 하기 시작했다.

"예, 그란데 물속에서 안 있어예, 상구 작고 흰 애기 손이 불쑥 솟아나갖고, 당신 발목을 자꾸 잡는 깁니더."

그런데 그 이야기를 듣는 순간이었다.

"머라꼬요?"

재영이 흠칫 놀라며 걸음을 딱 멈추었다. 그러고는 세상에서 가장 무서운 이야기를 들은 사람처럼 마구 떨리는 목소리로 확인하려 들었다.

"애기 손이 내 발목을 잡아요? 애기 손?"

근처에 서 있는 아름드리 플라타너스 밑둥치가 거인의 발목처럼 비쳤다.

"에나 이상하지예?"

비화는 아무래도 이해가 되지 않는다며 고개를 갸우뚱했다.

"아즉 우리한테는 애기도 없는데, 각중애 애기 꿈을 꾸다이 말이지 예."

'애기, 애기 꿈을!'

재영의 낯빛이 새파랗게 질려가는 것을 비화는 미처 알아보지 못했다.

'그, 그런 꿈이라모?'

재영은 심장이 멎는 듯하고 다리가 후들거려 서 있기조차 힘들었다. 그는 자기 속에서 비명처럼 터져 나오는 소리를 들었다.

'내 아들 꿈이다. 업둥이로 줘삔 내 아들……'

재영은 먹장구름이 낀 듯 눈앞이 온통 캄캄했다. 실제로 지금까지 맑던 하늘가에는 구름 두어 조각이 걸리고 있었다. 천상에 사는 여인이 빨랫줄에 빨래를 널고 있는 게 아닌지 모르겠다.

'이 몬난 애비하고 떨어지기 싫어갖고 그리 내 발목을 잡았는갑다, 내 발목을.'

재영의 마음 저 밑바닥에서 더없이 깊게 탄식하는 소리가 울리고 있었다.

'아, 불쌍한 내 새끼야이. 니가 우짜다가 그리 태어나갖고?'

플라타너스 가지에서 나뭇잎 하나가 떨어지고 있었다. 그러자 그 순간을 기다리고 있었다는 듯 바람이 휙 불어와 길 저쪽으로 날려 버렸다. 가지와 잎이 서로 석별의 정을 나눌 틈도 주지 않는 비정한 바람이었다.

"여, 여보?"

뒤늦게 재영의 표정을 읽은 비화가 놀라 걱정스럽게 물었다.

"와 그라십니꺼? 오데 몸이 안 좋으십니꺼?"

재영이 화들짝 놀라며 강하게 부인했다.

"아, 아이요. 괘, 괘안소. 아무치도 안 하요."

비화는 나이를 먹어도 여전히 총기 있어 보이는 눈으로 남편 안색을 살폈다.

"그기 아인 거 겉으신데예?"

"잘 안 나오다가……."

"……."

"오랜만에 밖에 나와서 그런갑소."

비록 말은 그렇게 둘러대도 재영은 몹시 힘들어하는 모습이었다. 그는 플라타너스 있는 데로 걸어가서 거기 둥치에 등을 기대고 섰다. 그러고 나서 의아해하는 아내의 눈길을 의식한 듯, 그리고 중대한 결단을 내린 것처럼, 비화로서는 전혀 예상도 하지 못한 소리를 꺼냈다.

"내 당신이 너모 무서버할 거 겉애갖고, 이런 이약 안 할라 캤는데 말이오."

플라타너스 잎사귀가 살랑거리는 소리를 내고 있었다.

"그래서는 안 되것고, 암만캐도 해야것소."

재영은 근방에 그들을 해치려는 누가 숨어 있기라도 하듯 겁먹은 눈빛으로 연방 주위를 두리번거렸다.

"그래야 미리 조심도 할 끼고요."

아무래도 남편 태도가 대단히 심상찮았다. 어서 보고 싶은 친정 부모 얼굴도 잠시 비화 마음속을 빠져나갔다. 남편에겐 뭔가 비화 자신이 잘 모르는 어떤 비밀이 있는 듯했다. 어릴 적부터 두뇌가 명석한 아이로 소문나 있던 비화였다.

'하기사 몇 년이나 혼자 밖에 나가 있었은께, 그동안 무신 일이 없었것나.'

이리저리 나 있는 길이 미로 같아 보이는 비화였다. 우리가 온 길은 어느 길이며 또 우리가 가야 할 길은 어느 길인가?

'아, 지발하고 벨일은 아이라야 할 낀데.'

비화가 무척 마음을 졸이고 있는데, 재영이 플라타너스 가로수가 쓰러질 것 같은 한숨을 내쉬고 나서 입을 열었다.

"지난번 강가에서 당신을 노렸던 그 덩치 큰 사내 말이오."

비화 얼굴이 빨개지고 말았다. 천만다행히 봉변은 면했지만 그래도 남편 앞에서는 여전히 부끄러운 일이었다. 다른 사내의 표적물이 되었다는 사실 한 가지만으로도 큰 죄인이 된 기분이었다. 한데 이어지는 재영의 말은 그 정도 수치심과는 도저히 비교할 바가 아니었다.

"내는 그 이전에도 그자를 본 적이 있소."

비화는 비명을 내지르듯 했다.

"우, 운제 보싯는데예?"

그 소리에 한참 신나게 놀고 있던 아이들이 깜짝 놀란 얼굴로 얼른 이쪽을 돌아보았다. 햇볕에 그을려 피부는 새카맸지만, 눈빛은 맑고 표정들이 순수해 보였다.

"그냥 보기만 한 기 아이요."

갈수록 경악할 이야기가 겹쳐졌다.

"그자 이름도 아요."

"이, 이름도!"

이제 막 플라타너스 가지에 날아와 앉아 '구구' 소리를 내던 비둘기들이 사람들 대화를 들으려는 것처럼 조용했다.

"민치목이요."

"여, 여보."

비화는 귀를 의심했다. 이럴 수가?

"그라고 같이 있던 여자는……."

"여, 여자?"

재영의 얼굴은 유언을 남기는 이의 표정을 방불케 했다.

"운산녀, 운산녀라 캤소."

"우, 운산녀예?"

비화 눈에 나무뿐만 아니라 온 세상이 뿌리째 뽑혀 그녀를 향해 덮쳐오는 것 같았다. 그 밑에 깔려 그대로 질식해버릴 듯했다.

'씨~잉.'

바람이 한차례 불었다가 이내 가라앉았고 아이들 눈은 계속해서 그들 부부에게 머물러 있었다. 아이들에게도 이쪽에서 풍기는 분위기가 범상치 않게 느껴지고 있었는지도 알 수 없었다.

"그, 그 여자가 미, 민치목이하고 가, 같이 있었어예?"

단말마 같은 비화의 물음에 재영은 고개를 옆으로 꺾어 비화를 외면하면서 낮은 소리로 이렇게 얼버무렸다.

"이런 이약하기 머하지만도……."

비화는 더할 수 없이 흔들리는 빛이면서도 억지로 마음을 가다듬은 어조로 말했다.

"말씀하시소."

재영은 그 일을 떠올리면 아직도 가슴이 떨리는지 숨을 몰아쉬고 나서 말했다.

"우연히 그들 불륜 장면을 지키봤소."

"부, 불륜!"

비화 얼굴은 백치에 가까워 보였다. 재영은 상촌나루터가 있는 방향을 바라보면서 사실을 들려주었다.

"나모숲 우거져 있는 나루터 백사장에서……."

"우찌 그런 일이?"

비화는 제대로 말을 하지 못했다. 처음에는 망설이고 주저하는 기색이던 재영이 이왕 내친걸음이란 듯 또렷한 어조로 말을 이어갔다.

"남녀가 주고받는 이약을 듣고 그들 이름도 들은 기요."

"이름."

어눌하기 그지없는 비화가 되고 있었다. 아이들 속에서 누군가 무슨 소리를 냈다.

"이거는 순전히 우연한 일이지만도……."

"우연."

하늘에서 구름은 점점 더 불어나고 있었다. 푸른빛을 갉아먹는 그 회색 구름을 몰아오는 바람기도 갈수록 많이 전해졌다.

"여자가 남자한테 부탁해서, 그래갖고……."

플라타너스가 가지를 내려 금방이라도 쓰러지려는 비화 몸을 바로잡아주려고 하는 것 같았다.

"그 남자가 소긍복이라쿠는 사람을 강에 빠뜨리서 쥑인 것도 내는 다 아요."

비화는 이제 제발 그만하라고 하고 싶었다.

"여보."

하지만 재영은 더 들어보란 듯 손을 내젓고 나서 말을 이었다.

"그란데 죽은 남자는 운산녀라쿠는 여자의 정부情夫라는 소리 듣고 에나 놀랬소."

아이들이 다시 놀이로 돌아가고 있었다. 그 모습들이 시샘이 날 정도로 천진난만해 보이기만 했다. 그리고 그들이 있어 세상은 그대로 유지될 수 있는지도 모른다.

"내는 시방꺼지도 이해가 안 되는 기 한 개 두 개가 아이요."

재영은 눈앞에 헛것이 보이는 사람처럼 고개를 절레절레 흔들었다. 하지만 더 어지러운 건 비화였다. 그동안 긴가민가했던 일이 마침내 백일하에 드러나는 느낌이었다. 눈알이 쓰리고 머리털이 몽땅 빠져나가는 듯싶었다.

'해나 했었는데…….'

역시 운산녀 사주를 받고 민치목이 비화 그녀를 해치려고 했다. 어찌 그럴 수가? 그러자 다음 순간 비화는 부지불식간에 말했다.

"그런 일을 와 인자사 말씀하시는 깁니꺼?"

하지만 이내 후회하고 말았다.

'아, 시방 내가?'

그 사내가 누군가. 바로 자신을 범하려고 하던 그런 자가 아닌가 말이다. 이 세상 정신 똑바로 박힌 어떤 남편이 제 아내를 해하려던 사내를 입에 올리기 좋아하겠는가?

"인자 다 지낸 일 아이요."

비화가 매우 당황한 기색을 보이자 재영은 천주학 신자가 고해성사하듯 했다.

"그라고 지내간 일들 생각하모, 내는 하늘을 머리에 두고 살 수 없는 인간인 기요."

자기감정에 사로잡혀 흐느끼는 목소리가 되었다.

"아니, 인간도 아이요."

"여, 여보?"

바람은 유독 그들 사이로만 세게 불어오는 듯했다.

"무신 밴맹으로도 용서 몬 받을 죄인인 기요."

"여보!"

비화는 남편의 응숭깊음을 깨달았다. 번갯불 같은 것이 온몸을 꿰뚫고 지나갔다. 분명히 남편은 집 나가기 전의 남편이 아니다. 어디서 무슨 일을 얼마나 겪었는지 알 수 없으나 남편은 놀라운 변신을 했다. 새로운 사람이다.

"고마 출발합시다. 시간이 짜다라 지나삣소."

재영이 앞서 걷기 시작했다. 비화 눈에 그의 키가 보통 때보다 커 보였다.

"같이 가입시더."

서둘러 남편 뒤를 따르는 비화 머릿속이 마구 뒤엉킨 실타래 같았다. 한마디로 말해서 뒤죽박죽이다. 나뭇가지에 앉아 있던 비둘기들이 잘 가라는 인사처럼 '구구' 소리를 내며 허공 어딘가로 비상하고 있었다.

'머가 우찌 되는지 하나도 모리것다.'

그냥 대수롭지 않게 넘어갈 수도 있는 아기 꿈 이야기를 듣고서 남편이 발작처럼 해 보이던 그 의문스러운 반응과, 운산녀와 민치목이 무슨 짓을 더 자행할지 모른다는 강한 불안감이, 자꾸만 그녀의 발걸음을 헛디디게 했다. 신발 닿은 땅이 높이 솟구쳤다가 낮게 내려앉기를 되풀이했다.

'아, 우리 동네다!'

이윽고 저만큼 멀리 성문이 보이는 친정 동네로 접어들기 시작했다. 코끝에 전해지는 공기부터 달라지는 듯했다. 그러자 그리운 부모님 뵐 생각에 그때까지의 잡념이 잠시 물러났다.

'옥지이, 우리 옥지이.'

옥진의 모습도 떠올랐다. 어린 시절 그 애와 세상 근심 걱정 없이 반주깨비하며 놀았던 그 일들이 너무나도 까마득한 꿈속에서처럼 느껴졌다. 과연 나에게 그런 시절이 있었던가 싶었다. 아니면 전생이었을까?

세월이란 참으로 불가사의한 거였다. 그것은 스스로 늘어나기도 하고 줄어들기도 하는 괴물이었다. 인간을 한없이 헷갈리게 하고 무기력하게 닦아세우기도 했다.

'우리 나모야, 잘 있었나?'

친정집 사랑채 창가에 서 있는 무화과나무는 예나 이제나 여전했다. 조변석개하는 우리 인간은 얼마나 가볍고 부끄러운 존재인가? 내세에는 나무로 환생하고 싶었다.

"모든 기 운맹인 기라. 내사 그리 보거마는."

몸 둘 곳을 몰라하는 사위에게 장인이 던진 첫마디였다. 호한은 '운명'이라는 이름으로 살아갈 작심을 한 사람 같았다. 딸자식에게는 이랬다.

"운맹을 거스르려고만 하지 말고 좋거로 받아들인다모, 그 또한 운맹을 이기내는 좋은 방법이 될 끼라꼬 애비는 생각한다."

사위 사랑은 장모라고, 윤 씨는 행여 남편 입에서 무슨 험한 소리가 튀어나올까 봐 여간 조마조마해 하는 눈치가 아니더니, 범 같은 호한이 그렇게 너그럽게 나오자 얼굴 가득히 피어오르는 기쁜 빛을 감추지 못했다.

"박 서방! 자네 장인 말씀이 딱 맞네."

절절이 정이 묻어나는 목소리였다.

"시방꺼정 살아온 일들이 그저 우리들 모도의 운맹이것거니 받아들이모 서로가 멤 팬할 걸세. 앞으로는 그리 팬하거로 살아감세, 우리."

재영은 장인과 장모의 말에 그저 똑같이 이랬다.

"예……."

윤 씨가 백년손님 사위를 대접하기 위해 상을 차리려고 부엌으로 나간 사이에 호한이 운명론자처럼 이런 말도 했다.

"우짜모 각자한테 주어져 있는 그 운맹이, 자신을 최고로 행복하게 맨들어줄 수도 있을 끼거마는."

비화 머릿속에 병인년 천주학 대박해 때 효수형 당한 전창무 말이 바로 어젠 양 또렷하게 되살아났다.

"하로하로는 하느님께서 우리 인간들한테 주시는 매일의 선물이라쿠요. 그런데 사람들은 그 고맙고 귀한 선물을 풀어보지도 않고, 더 큰 선물을 받고 싶어 투정을 부리는 기 아인가, 요새 와서 내는 그런 생각이 부쩍 드요.”

비화는 진심으로 바라 마지않았다.

'전창무 그분, 하늘나라에서는 행복하게 사시기를. 그의 부인 우 씨와 그의 아들도 이 시상에서 잘 지내시기를.'

잠시 후 윤 씨가 상을 봐왔다. 비화가 음식을 준비한다고 해도 굳이 방에 앉아 있게 하고 장모가 손수 차려온 술상이다.

“어? 박 서방 자네 술이?”

“죄, 죄송합니더, 장인어른.”

“아, 그런 거는 아이고.”

“지가 본디……”

재영은 술이 약했다. 무관 출신인 호한은 끄떡없는데도 백면서생인 그는 두세 잔에 벌써 얼굴이 빨개지고 숨가빠했다.

'저리키나 술도 약함시로, 바람 피고 댕길 적에는 술뱅을 끼차고 댕깃담서?'

인근의 연꽃으로 유명한 못에서 만난 적이 있는 미친 노파와 그의 손주며느리 얼굴이 호한 뇌리에서 내내 사라지지 않았다. 그날 그곳에서 재영 행방을 접하고 얼마나 감정이 상했는지 모른다. 가족들 보는 앞에서 비록 내색은 하지 않았지만, 호한은 마음속으로는 사위에 대한 섭섭한 심정을 완전히 내몰 수는 없었다. 딸이 얼마나 마음고생이 심했던가 말이다.

'한 가정의 대들보가 돼야 할 사람이 그래서야 쓰나.'

한편 비화는 비화대로 약해빠진 남편이 믿음직스럽지 못해 몰래 한숨을 내쉬었다. 장차 배봉 일당과 겨룰 일이 태산과도 같은데 남편은 조금도 힘이 돼 주지 못할 듯했다. 그는 몸도 마음도 형편없는 약골 같았다.

'와 저런 이약을?'

그리고 비화가 가까이서 지켜보기에, 아버지 호한도 속에 술이 들어가자 가슴 밑바닥에 꾹꾹 눌러 두었던 이런저런 아픈 사연들이 어쩔 수 없이 밖으로 튀어나오는 모양이었다. 또다시 봉창을 물들이는 놀빛 같은 서러움이 강하게 밀려들었다.

'아부지도 인자 늙어가시는갑다.'

그는 여간해선 입 밖에 내비치지 않던 과거사를 들먹이기 시작한 것이다. 오랜만에 딸과 사위를 나란히 앞에 앉혀 놓고 보니 당신도 모르게 쌓였던 감정들이 마구 북받쳐 오르는 것이라고 마음 편하게 받아들이려고 해도 그게 수월하지 않았다. 그만큼 아버지도 지금 힘들다는 증거인 것 같아서였다.

"내 그래서 하는 소리거마."

"예."

"그기 말일세."

"……"

이야기가 길어질수록 뜻하지 않은 사태들이 벌어지기 시작했다. 그 이야기들은 비화로서는 이미 다 알고 있는 내용이지만 재영은 전혀 모르고 있던, 아니 이제까지와는 비교가 아니게 재영을 엄청난 곤경과 후회에 빠뜨리는 사연을 담고 있었던 것이다.

"화야, 임배봉이 그눔 말이다."

불그레한 호한의 음색이었다.

"예, 아부지."

비화 낯빛이 벌써 달랐다.

"동업직물인가 머신가 하는 포목점 채리놓고……."

서권향보다도 술 냄새가 좀 더 짙게 풍겨지고 있는 사랑방이었다.

"우리 갱상우도는 물론이고 온 조선팔도 돈을 모돌띠리 긁어모운다 쿠는 그 소문, 니도 들었제?"

호한의 목소리는 심한 증오와 분노로 난파 직전의 배같이 흔들렸다. 비화도 뜨거운 것이 울컥 목젖을 치밀었다.

"예, 아부지. 이전하고는 비교가 안 되거로 돈을 마이 벌어들이고 있다꼬 들었어예. 세도도 만만찮은 거 겉고예."

벽면에 걸린 액자 속 글씨가 몸을 뒤트는 것 같았다. 호한이 강하게 부정하는 사람처럼 머리를 함부로 흔들었다.

"어, 참말로 원통 절통해갖고 이 애빈 요새 도통 잠이 안 온다, 잠이 안 와."

각종 문서나 문구 등을 넣어둔 문갑을 충혈된 눈빛으로 한참 바라보았다.

"돌아가신 니 할아부지가 이런 거를 아시모 저승에서도 올매나 멤이 상하시것노? 너모 화가 나서 우짜시지 몬할 끼다."

비화는 절규하듯 불렀다.

"아부지!"

호한은 울음 섞인 목소리로 말했다.

"우리 집안을 요 모냥 요 꼴로 맨든 그 철천지웬수 눔이 그런 거부가 되고 있는 거를."

지금 사랑채 마당에는 그 흔한 새 한 마리 날아들고 있지 않았다.

"내는 고마 저 남강 물에 팍 뛰들어 죽고 시푸다."

호한의 말들은 세찬 파도가 되어 비화의 귀를 후려치는 바람에 비화는 귀가 먹어버리는 기분이었다.

"여보! 박 서방 듣는데 무신 그런 말씀을 하심니꺼?"

그러나 말리는 윤 씨보다도 한층 당혹스러워하는 사람은 재영이었다. 지난번 아내 말을 듣고 그 집안과 처가가 한 하늘을 머리에 이고 살 수 없는 원수사이라는 것은 알았지만, 장인과 장모 하는 것을 보니 예상보다 훨씬 심각하다는 깨달음이 일었다.

'그런 집안에 내 아들을 업둥이로 줘삣으이.'

천장과 방바닥이 자리바꿈을 하고 있었다. 바람벽이 일그러지고 있었다. 귀에서 윙윙 소리가 나고 눈으로 개똥벌레가 날아드는 듯했다.

'아, 앞으로 이거를 우짜모 좋노? 우찌 될 끼고 말이다, 우찌?'

제아무리 인간의 의지와 능력으로는 어쩔 수가 없는 것이 운명이라고 할지라도 도저히 받아들일 수가 없다.

'여게 이 고을 째삐고 째삔 부잣집 가온데서 와 해필이모 그 집이고? 나연이, 나연이, 요, 요년을!'

그러다가 재영은 또 자신을 이상하다는 듯이 훔쳐보는 비화의 강렬한 시선을 의식하자 일시에 술이 확 깨고 등에 식은땀이 흥건히 배어났다. 더군다나 상황은 더한층 나빠졌다. 장인 호한이 생전 보이지 않던 술주정을 늘어놓기 시작한 것이다.

"요 시상이 이상타, 이상해. 유춘계도 죽고, 전창무도 죽고, 또 내 곁에 있던 사람 누가 죽었노?"

누군가의 멱살이라도 틀어쥐고 추궁이라도 할 태세였다.

"와? 와 죽었는데?"

술잔을 '탁' 소리 나게 상에 내려놓으며 그는 계속해서 울분에 찬 소리를 해댔다.

"배봉이하고 운산녀 그라고 그 점벡이 자슥 눔들이 천하에 나쁜 인간들이라쿠는 거 모리는 사람이 없제."

문무를 겸비한 '김 장군'은 어디로 갔을까? 호랑이를 맨손으로 잡은 장사의 후손은 지금 어느 곳을 헤매고 있는가?

"그래도 그것들은 단 하나도 안 죽고 저리 잘사는 거 보모, 민심이 천심이라쿠는 그 말도 도통 안 맞는 기라."

그곳으로 드나드는 사랑문 쪽에서 무슨 기척이 나는 것 같더니 이내 조용해졌다. 어쩌면 낮 쥐나 도둑고양이 소행일 것이다. 저 '묘서동처猫鼠同處'라는 어려운 말을 떠올리는 호한의 낯빛이 난삽했다.

"그거는 마 그렇고, 애비가 이런 소리 들었다, 비화야."

비화는 아무 말도 하지 못한 채 아버지를 바라보면서 비수로 긋듯 가슴이 심하게 쑤시고 저려왔다. 아버지께서 정말 늙어 가신다는 것을 재확인하는 슬픈 자리였다. 머릿속에서 무엇인가가 와르르 무너져 내리고 눈물이 찔끔 솟았다.

"애비는 비화 니가 증말 자랑시럽거마는."

아버지 말을 들으면서 비화가 할 수 있는 소리는 단지 하나였다.

"아부지."

카랑카랑 쇳소리가 나던 아버지 목소리도 많이 무디고 탁해진 것 같다는 자각에 가슴이 콱 막히는 비화의 귀에 또 들리는 말이었다.

"사람들이 뭔 소리를 해쌌는고 아나?"

"……."

호한은 마지막 끈을 놓치지 않으려고 안간힘을 다하는 사람의 모습이었다.

"저 몬씰 배봉이 집구석을 그냥 팍 눌러서 망하거로 할 수 있는 사람은, 근동에서 비화 니밖에 없다쿠는 기라."

비화는 지난날 성내에서 점박이 형제를 단숨에 제압하던 아버지를 떠올렸다.

"아부지."

호한의 얼굴에 무어라고 형언할 수 없는 빛이 살아났다. 그런 아버지의 변화되는 모습이 비화는 생경함을 넘어 무섭기조차 했다. 지금 있는 그곳이 친정집이 아닌 듯싶었다.

"애비 말 더 들어봐라."

"예."

"동업직물하고 나루터집 쌈이다, 그리쌌는 기라, 사람들이."

아까부터 안절부절못하며 듣고 있던 윤 씨가 또다시 사위 보기 민망했는지 술상을 들고 나가려는 모습을 보였다.

"당신 인자 고마하이소. 약주가 과하신 거 겉심니더."

"과하기는?"

그러면서 호한이 또 무슨 말을 하려는데 비화가 윤 씨를 향해 대뜸 큰소리로 말했다.

"아이라예! 어머이, 아입니더!"

벽에 걸린 붓글씨들이 소스라치며 일제히 비화를 바라보는 것 같았다. 비화는 온 세상이 들으라는 듯 한층 목청을 돋우었다.

"시방 아부지 말씀이 모돌띠리 맞심니더. 우리 나루터집하고 동업직물하고의 쌈은 하매 벌어지고 있는 기라예!"

윤 씨가 그전보다 많이 야위어진 어깨를 들썩이며 울먹였다.

"비, 비화야. 니도 와 니 아부지하고 똑겉이?"

윤 씨 말끝을 호한이 잘랐다.

"그래서 내는 우리 비화가 에나 자랑시럽다 아인가베."

호한은 광풍에 꺾인 맨드라미처럼 고개를 푹 숙이고 있는 재영에게 말했다.

"이것 보게, 박 서방! 자네, 처 하나는 참말로 잘 얻었다꼬 생각해라꼬."

그러면서 호한이 술을 더 가져오라고 하자 윤 씨는 마지못해 방을 나갔다. 그리고 문지방을 넘을 때 발끝이 걸려 자칫 엎어질 뻔했다.

"저……."

재영은 이쯤에서 그만 일어서고 싶은 눈치였다. 술잔도 입에 대지 않은 비화가 저 혼자 술 다 마신 사람같이 붉게 달아오른 낯으로 아버지를 불렀다.

"그란데예, 아부지!"

"와?"

호한이 고개도 들지 않고 대답했다. 비화는 진열탁자 위의 문방사우에 눈길을 주었다.

"에나 알 수 없는 일이 하나 있다 아입니꺼."

비화 강요를 못 이겨 얼마 전 방바닥에 새로 깐 노란색 장판지를 멍히 내려다보고 있던 호한이 얼굴을 들어 비화를 바라보면서 반문했다.

"알 수 없는 일?"

"동업직물이라쿠는 상호는, 그 집 손자 이름을 따서 지잇다쿠는데 말입니더."

단숨에 말하고 나서 비화는 마른침을 꿀꺽 삼켰다. 그러고는 비상하게 눈을 빛냈다.

"그 동업이라쿠는 손자가 암만캐도 수상해예, 아부지."

호한이 놀라는 목소리로 물었다.

"그기 무신 소리고?"

그러나 그때 비화는 똑똑히 보았다. 아버지보다도 남편의 얼굴이 몇 배 창백해지고 있었다.

'참 모리것다 아이가. 대체 저이가 와 저랄꼬?'

사랑채 마당은 여전히 조용하기만 했다. 우리가 집안에서 내보낸 그

많던 비복들은 모두 어디에 있을까? 가슴에 물살 지는 서러움을 가까스로 지웠다. 돌아온 남편 한 사람이 그 비복들 전부보다 더 소중하고 귀하다는 생각이 들었다.

'그거는 그렇는데, 잘 앉았던 사람이 배봉이 그놈 집구석 이약만 나왔다쿠모, 와 장마당 저리키나 얼골이 새파랗거로 질리는 기고?'

비화는 보지 않는 척 재영의 반응을 유심히 살피며 말을 이었다.

"운젠가 지가예, 옥지이하고 둘이서 저 돌무더기 서낭당에 갔는데예, 그때 거서 억호 처 분녀를 봤거든예."

"아, 옥지이하고 갔디가?"

술기운이 올라 미처 뒷말까지는 다 듣지 못한 듯했던 호한이, 이내 앞에서보다 훨씬 더 높은 소리로 물었다.

"억호 에핀네 분녀를 봤다꼬?"

"예, 아부지."

비화는 고개를 끄덕인 후 그 당시 상황을 상세히 들려주기 시작했다.

"그날 분녀가예, 서낭님한테 지발 떡뚜꺼비 겉은 아들 하나 점지해 달라꼬예, 그리키나 열심히 싹싹 비는 거를 이 두 눈으로 똑똑히 안 봤심니꺼?"

취중에 있는 호한도 무슨 예감이 들었는지 좀 더 심각해지는 얼굴로 바뀌었다.

"그란데?"

"함 들어보시이소."

여전히 총명함을 잃지 않은 비화 눈빛이 그 순간에는 더 밝게 반짝였다. 무엇이든 그 눈빛에 쏘이면 곧바로 타버릴 것 같았다. 자신 있는 비화의 얘기가 뒤를 이어 나왔다.

"지가 아모리 날짜를 앞뒤로 돌아감서 요리조리 다 끼맞차봐도, 그 여자가 논 아가 아인 기라예."

"머라꼬?"

호한은 한참 어리둥절한 표정을 지었다.

"허, 그기 무신 이약이고? 내는 뭔 소린고 하나도 모리것다."

그러면서 술기운이 더 오르는 모양이었다.

"그 여자가 논 아가 아이라이?"

"예, 그래예."

그런데 호한의 반응보다도 재영의 안색이 더한층 비화 마음을 강하게 휘어잡았다. 이제 재영 얼굴은 파랗게 질리다 못 해 숫제 숯 검댕같이 검은빛으로 변해 있다.

'그래, 머신가 있다! 저이한테는 머신가가 있다! 배봉이거나 점백이 행재이거나, 아이모 그 집 누군가하고 사이에⋯⋯.'

비화는 확신했다. 해나 별처럼 뚜렷했다.

'한두 가지가 아이제.'

얼마 전에 솟을대문 그 집이 누구 집인가를 물어보던 일에서부터, 원수 집안이라는 말을 꺼내자마자 깜짝 놀라던 일, 그리고 지금 해 보이는 저 알 수 없는 행동에 이르기까지, 여기에는 비화 자신이 모르는 그 어떤 비밀, 그것도 결코, 작지 않은 비밀이 꼭꼭 감춰져 있는 것이다.

"이거는 틀림이 없심니더, 아부지."

비화는 귀머거리라도 알아들을 만큼 한층 또깡또깡한 목소리로 얘기했다.

"그 동업이라쿠는 아는 하늘 두 쪼가리가 나도, 절대 억호하고 분녀 둘이 사이에서 논 자슥이 아이라쿠는 거⋯⋯."

호한은 아직도 멍청한 낯빛을 지우지 못했다. 잠시 그러고 있다가 재차 확인했다.

"그라모 그 아는 그들 자슥이 아이고, 넘의 아라는 소리 아이가, 넘의 아."

비화가 단언했다.

"예, 아부지 말씀 그대롭니더."

어느새 술기운이 싹 가신 호한은 고개를 갸웃거렸다.

"그란데 와 그런 짓을 하는 기고? 우째서?"

자기 힘으로는 도저히 풀 수 없는 수수께끼를 접한 것처럼 보였다.

"넘의 아를 데꼬……."

비화는 숙고하듯 고개를 숙였다가 번쩍 다시 들며 말했다.

"지가 판단하기에, 그들 부부는 자슥을 가질 수 없는 사람들 겉어예."

그 말에 호한의 낯빛이 야릇해졌다.

"아가 몬 생긴다꼬?"

"예, 억호가 그런 긴지 분녀가 그런 긴지, 그거는 모리것지만도예."

그러면서 비화가 다시 훔쳐본 재영의 몸이 이제 경련을 일으키고 있다. 아내로서 옆에서 지켜보기 민망할 지경이었다. 조금만 그 정도가 더 심해지면 구들장이 소리를 낼 성싶었다. 비화의 심장도 두근거림을 넘어서 걷잡을 수 없을 만큼 마구 뛰었다.

"인자 고마 드시모 좋을 낀데…… 박 서방도 술 잘 몬 묵고……."

윤 씨가 어쩔 수 없이 술을 더 가져다주면서도 몹시 애가 타는 목소리로 말했다. 하지만 호한은 자기 앞에 놓인 빈 잔을 들어 재영에게 내밀었다.

"자, 한잔!"

"지, 지는 고, 고마 마실랍니더."

그렇게 더듬거리면서도 장인의 권유라 어쩔 도리 없이 술잔을 받아드는 재영의 두 손이 너무도 크게 떨리는 바람에 자칫 술이 엎질러질 판국이었다. 그 손 위로 그의 발목을 잡던 작고 하얀 아기 손이 겹쳐 보이는 바람에 비화는 그만 두 눈을 질끈 감았다가 떴다.

"내한테도 한잔 더 몬 권하나?"

호한은 방금 자기가 건넨, 재영 앞에 놓여 있는 잔을 채가듯 도로 가져가며 아주 건조한 음성으로 말했다.

"허어, 사내대장부라쿠모 말술 정도는 마시야지, 이까짓 몇 잔을 그리키나 겁내갖고 이 심들고 험한 시상, 우찌 처자슥 거느리고 살아갈 끼고? 한 집안 가장이라는 사람이 안 있나."

"자, 장인어른."

몸속에 집어넣는 자라 모가지같이 재영의 목이 어깨 사이로 한층 수그러들었다.

'그래, 요분 참에…….'

비화는 이번 기회에 완전히 알아야겠다는 결심을 다졌다. 그러고는 아버지에게 그때보다 좀 더 자신 있는 목소리로 말했다.

"지가 앞뒤로 날짜를 딱 잡아보고 하는 소린데예, 그 동업이라쿠는 아 안 있심니꺼."

호한 또한 단호한 표정을 지으며 술기운이 전혀 느껴지지 않은 음색으로 말했다.

"그래, 함 이약해 봐라."

비화는 조금도 망설이는 빛이 없었다.

"넘의 자슥입니더."

호한은 크게 놀라 되뇌었다.

"너, 넘 자슥?"

비화는 직접 지켜본 사람처럼 했다.

"예, 아부지. 그것들이 넘 자슥을 데불고 와서 키우고 있는 기라예."

"아!"

재영이 끝내 술잔을 엎지르고 말았다.

"바, 박 서방!"

윤 씨가 기겁을 하며 물었다.

"아, 자네 와 그라는감? 술이 취하는 것가?"

그러나 재영은 술보다도 몇 배나 더 독하고 강한 무엇인가에 취해버린 모습이 완연했다.

'저이, 저이가!'

비화는 가슴이 바짝바짝 타들어 갔다.

"넘의 자슥을……."

그렇게 곱씹는 호한의 얼굴빛도 갈수록 더욱 붉어졌다. 그러고는 그에 대해서는 조금 더 시간을 두고 지켜보자는 듯 이렇게 말했다.

"그거는 그렇고, 이거는 좀 다린 이약인데 말이다."

두려움과 궁금증이 뒤섞인 목소리였다.

"소긍복이 그 친구, 증말 민치목이 손에 죽은 기가? 맞나?"

입에 가져갔던 술잔을 다 비우지도 않고 상 위에 내려놓았다.

"먼젓번에 비화 니한테서 그 이약 듣고 내가 여러 날을 놓고 죽 생각해봤는데, 시방도 안 믿긴다."

그러자 바로 그때였다. 갑자기 재영이 꼭꼭 감추고 있던 어떤 사실을 작심하고 털어놓는 사람처럼 이렇게 말했다.

"우연한 기회에 지가 들었심니더, 장인어른. 맞심니더."

그 말을 듣는 순간, 호한과 윤 씨가 바로 옆에 날벼락이 떨어져 혼겁을 하듯 거의 동시에 외쳤다.

"머라? 자네가 들었다꼬? 허, 그기 무신 소리고?"

"바, 박 서방! 자세히 말해줄 수 없것는가?"

그러나 재영은 고개만 푹 수그린 채 더 이상 입을 열지 못했다. 잠자코 그 모습을 보고 있던 비화가 입술을 질끈 깨물며 남편이 해야 할 답을 대신해 주듯 말했다.

"전후 사정 다 말씀드릴라쿠모 복잡합니더."

비화는 그 자신도 하마터면 치목에게 당할 뻔했다는 이야기는 차마 꺼내지 못했다. 그날 일을 발설하는 것은 저 대사지의 비밀을 폭로하는 것과 진배없었다.

'무담시 안 해도 될 소리를 안 하나.'

아무리 부모님이지만 낯이 간지러웠고 또 얼마나 놀라고 걱정하실지 모를 일인 것이다. 그런데 부모자식 간의 인륜이 작용한 것일까? 윤 씨가 이랬다.

"우짠지 자꾸 불안타. 비화 니 몸조심해라. 박 서방도 마찬가지고."

비화는 그렇게 말하는 어머니에게 눈을 돌렸다. 가슴 한복판이 뻐근했다. 재영도 장모를 향해 고개를 숙여 보였다.

"요새 들어서 하도 꿈자리가 뒤숭숭해서 말이제. 눈만 감았다쿠모 무신 잡구신들이 그리 사람한테 막 달라붙는고."

윤 씨 얼굴에 감당키 힘들 정도로 짙은 근심의 빛이 서려 있다. 이제 사위도 정신을 차려 다시 돌아온 마당이니 얼씨구나 하고 춤을 출 일이긴 한데, 악몽도 그렇고 옆에서 듣는 얘기도 심상치 않아 불안감이 더해 가는 윤 씨였다.

"니 어머이 꿈도 꿈이지만도 안 있나."

호한은 마치 그 속에 해답이 있는 듯 술잔 속을 한참 들여다보더니 천천히 입을 열었다. 이제는 술을 조금도 입에 대지 않은 것 같은 목소리였다. 비화는 그 와중에도 예전의 아버지를 다시 보는 것 같아 마음이 좋았다.

"곰곰 생각해본께 곰다리가 넷이라더이, 긍복이 그 친구 수상한 구석이 한 개 두 개가 아이고 마이 있었거마는."

호한은 자신의 모든 것을 걸고 말한다는 목소리였다.

"지난번에 비화 니가 와갖고 했던 말마따나, 긍복이 그 친구도 한통속이 틀림없는 기라."

그러자 천성이 심약한 윤 씨는 더욱 무섬증을 타는 듯 오싹 몸을 떨었다.

"한통속……."

호한은 세상 끝을 다 본 사람같이 깊은 한숨을 몰아쉬었다.

"하지만도 인자 이 시상에 없는 인간, 더 원망하고 미버할 멤도 없다."

비화는 아버지가 정말 마음이 크고 넓은 사람이라는 생각을 하게 되었다.

"우찌 생각하모 그 친구도 참 안됐다 아인가베. 실컷 이용만 당하고 그리 비참한 죽음을 맞다이."

호한은 술잔을 낚아채듯 들어 올려서는 몹시 갈증이 심한 사람처럼 소리 나게 벌컥벌컥 들이켠 다음 식구들 모두의 가슴에 각인시켜주듯 했다.

"앞으로가 문제다, 앞으로가."

"……."

때로는 백해무익하다는 술이 큰 활력소가 되기도 하는 모양이었다. 단순한 치기라고 보아 넘기기에는 그 자리에서 나누는 이야기 내용이 예사롭지 않은 것이다.

"배봉이 그눔, 비화 니가 잘되는 거 절대 그냥 가마이 놔두고 볼 인간이 아이다."

호한은 같잖다는 투로 말을 계속했다.

"니가 잘되모 지들이 큰일 난께네."

비화는 아버지가 과거의 역발산 같은 그 기개를 회복하기를 소원하면서 가만히 듣기만 하고 있었다.

"특히나 지눔들도 귀가 붙었은께, 저것들 집안 따라잡을 사람은 비화 니라쿠는 그 소리 안 듣고 있것나."

아버지 그 말을 듣고 비화는 무릎 위에 얹어 놓았던 주먹을 불끈 쥐며 말했다.

"쪼꼼도 걱정하지 마이소, 아부지."

무관 출신의 방답지 않게 벽 쪽에 빼곡히 쌓여 있는 서책을 보고 나서 말했다.

"아즉꺼지는 지가 배봉이 그눔 집보담 돈이 적지만도, 운젠가는 더 큰 부자가 될 끼라예. 믿어주이소."

호한이 아주 흡족한 얼굴을 했다.

"아암, 내는 믿는다. 폽(팥)으로 메주를 쑨다 캐도 말이제. 닐로 안 믿고 또 눌로 믿을 끼고?"

온 동네 사람들이 무척 부러워하는 우물이 있는 뒷마당 쪽에서 들려오는 것은 경쾌한 까치소리였다.

'깍깍, 깍깍!'

비화는 순간적으로 그 우물가에서 수다를 떨며 서로 등을 밀어주던 옥진이 생각났으나 곧 머리에서 지워버렸다.

"지는 장사하고 땅하고 이중二重으로 불리나가고 있어예."

"……."

윤 씨는 생소한 사람 대하듯 눈을 깜빡이며 잠자코 딸을 바라보기만 했다.

"장사하고 땅하고 이중으로?"

술이 많이 취한 사람 눈에는 간혹 사물이 두 개로 보이듯, 호한은 '장사'와 '땅'을 놓고서 저울질하는 것처럼 보였다.

"예, 아부지. 장사해갖고 벌어들인 돈, 바로바로 땅에 투자합니더. 함 두고 보이소. 인자 다가오는 시상은 땅이 최곱니더."

그러면서 엄지를 치켜들어 보이는 비화였다.

"땅이?"

호한은 대견스러워하면서도 걱정되는 얼굴로 딸을 보았다.

"앞으로 시상에 사람이 많아지모 안 있심니꺼."

비화는 정신이나 육체 수련자가 운기를 모으는 자세를 취했다.

"사업하는 거보담도 땅에 투자하는 기 몇 배 남는 장사가 될 기라예."

잘 정돈된 탁자 위의 문방사우가 비화의 이야기에 귀를 기울이고 있는 것 같았다.

"사업은 잘몬될 때도 있지만도 땅은 거짓말을 안 한다꼬예."

비화 장담에 호한은 흐뭇해하는 빛이면서도 마음이 놓이지 않는 모양이었다.

"에나 그러까?"

비화는 만고의 진리를 말하듯 했다.

"천하없어도 비단이 땅은 몬 이깁니더, 아부지."

마침내 호한이 무척 대견스럽다는 듯 지금까지보다 훨씬 맛나게 술을 쭉 들이켜고 나서 자랑스러운 목소리로 말했다.

"역시 우리 딸내미다. 똑소리 난다 고마."

그는 우려와 걱정의 빛으로 앉아 있는 윤 씨도 잘 들으라는 듯 기대에 찬 어조로 얘기했다.

"비화 니는 아즉 에릴 적부텀, 조선팔도를 막 뒤흔들어 놓을 여장부가 될 끼라꼬, 닐로 본 사람들이 모도 그리쌌다 아이가."

재영을 한번 보고 나서 말했다.

"그 말이 싹 다 맞았던 기라."

그와 비슷한 이야기를 들을 때 비화 뇌리에 어김없이 떠오르는 얼굴이 있었다.

"진무 스님도 그 가리방상한 말씀을 하싯싱니더."

그러고 나서 비화는 아주 자신 있다는 듯이 짐짓 여유로운 웃음을 지어 보였지만, 사실 내심으론 무척이나 불안했다. 하루하루가 뼈를 깎고 피를 말리는 초긴장과 초조의 연속이었다. 곳곳이 함정이었다.

특히 운산녀가 더 그러했다. 비화는 이날까지 세상을 살아오면서 알수 없는 게 있었다. 여자로서 남자보다도 같은 여자가 한층 더 버겁다는 판단이었다. 완력으로 치면 여자보다 남자가 강한 게 정한 이치지만, 어쩐 셈인지 남자를 상대하기가 훨씬 수월했다.

'그 이름맹캐 구름에 싸인 산 겉은 여자.'

옛날부터 비화 자신을 퍽 두려워하면서도 그냥 못 잡아먹어 으르렁대던 운산녀. 하지만 아무리 그렇다손 치더라도 나를 죽이려 하다니. 그날 남편이 때마침 현장에 나타났으니 망정이지 그렇지 않았다면 더럽혀진 몸으로 벌써 남강 물고기 밥이 되었을 것이다.

어쨌든 그 상세한 내막이야 알 길이 없지만, 지금 운산녀도 민치목에게 살인 청부를 해야 할 정도로 대단한 곤경이나 어려운 형편에 처해 있는 것만은 확실해 보였다. 그렇지 않으면 제아무리 악독하고 제멋대로 노는 여자라고 할지라도 감히 그런 가공할 범죄를 행하려 들지는 못할 것이다.

'염 부인도 말씀하싯제.'

타인의 삶은 마치 멀리서 바라보는 산등성이처럼 완만하고 평화로워 그냥 쉽게 사는 것 같지만, 실제로 산에 올라보면 그곳에는 험준한 비탈도 있고 날카로운 돌부리도 있고 뱀이나 독초도 있는 것처럼, 누구나 산다는 건 힘들고 어려운 게 아니겠는가? 운산녀도 마찬가지라고 봤을 때, 그녀가 한 가증스러운 짓도 그녀로서는 어쩔 수가 없는 막다른 선택이었는지도 모른다. 벼랑 끝에 선 자의 최후의 발악과도 같은 것. 하지만 그렇다고 운산녀의 희생물이 될 수는 없는 것이다.

'나도 나름대로는 가시밭길을 헤쳐 왔다. 그 과정에서 이험한 고비도 마이 넘깄고.'

그러나 비화를 두렵게 몰아가는 건 소궁복의 타살이라든지 비화 자신을 희생양 삼으려던 미수사건뿐만이 아니었다. 어쩌면 부모님의 목숨까지도 노릴지 모른다는 강한 의구심과 위기감이 그것이었다. 어디 그것에서 그칠까? 옥진이나 옥진의 부모 강용삼과 동실 댁도 결코 안전지대에 사는 것은 아니었다.

지난 시절 비화와 옥진이 아직도 한참 어릴 적에, 그들의 아버지 두 분이 상당히 가깝게 지낸다는 것을 빌미로 괜한 생트집을 잡아오던 배봉과 치목의 같잖은 행위가 악귀처럼 달라붙었다. 게다가 지금은 그때보다 더하면 더했지 덜하지는 않을 것이다.

"생각 없으모 내 혼자 묵지 머."

"죄, 죄송합니더, 장인어른."

"아이라, 신갱 쓰지 마라꼬."

"그, 그래도⋯⋯."

"참, 사람도. 괘안타 캐도?"

이제 사위에게는 더 술을 권하지 않고 말없이 혼자만 술잔을 비우는 아버지 모습이 하도 슬프고도 불안해 보여, 비화는 그만 방 밖으로 나오고 말았다. 그대로 앉아 있다간 아버지를 붙들고 눈물을 펑펑 쏟을 것만 같아서였다. 남편이 따라 나오는 기척은 그 어디도 없었다.

뜨락에는 꽃을 피우지 못하는, 아니 피워도 남의 눈에 자랑해 보일 수 없는, 그 불쌍한 무화과나무의 가지가 아주 맥없이 그녀를 향해 손짓을 보내고 있었다. 그것을 본 순간, 비화는 처음으로 기도하듯 생각했다.

나는 언제 자식을 가질 수 있을까?

친정 부모에게 하직 인사를 하고, 지난날 동무들과 땅따먹기를 하던 공터 근처를 막 지날 때였다. 비화 부부가 맞은편에서 걸어오고 있는 해랑과 효원을 만난 것은. 그것은 전혀 기대하지 못했던 행운과도 같았다.

비화 혼례식 때 재영을 한 번 보고 이번이 두 번째인 해랑은 굉장한 감격과 흥분에 찬 기색이었다. 비화 머릿속에서도 억호가 내 최초의 남자라던 해랑의 가공할 말이 잠시 자리를 떴다.

"행부! 그동안 잘 지내셨어예?"

해랑은 재영더러 '형부'라는 소리를 스스럼없이 했다. 성격이 남달리 내성적인 재영 또한 아주 살갑게 대하는 해랑의 그런 태도에 거리감이 많이 사라지는 모양이었다.

"우리 이 사람한테 이약 마이 들었소."

효원은 그가 비화 남편이란 사실이 놀랍고 신기한지 그 크고 둥근 눈을 더 크게 뜨고 바라보았다. 비화는 어쩐지 쑥스러워 농담 반 진담 반 섞어 말했다.

"행부가 오랜만에 처제를 만냈는데, 말로만 때울 끼라예?"

그러자 그 소리 나오기를 기다리고 있었던 모양이었다.

"안 그래도 꿀쭘해예(시장해요), 행부."

그러면서 마치 응석부리듯 구는 해랑에게서도 비화와의 관계가 서먹해지도록 한 억호의 사슬에서 벗어나고자 하는 빛이 엿보였다.

"비빔밥 우때예? 우리 고장 벨미(별미)예."

때맞춰 효원이 끼어들었다. 좋은 제안을 해주었다. 그전부터 비화는 언제 꼭 짬을 내어 비빔밥으로 유명한 '박포수집'에 한번 가봐야지 작정했었다. 콩나물국밥을 팔아도 다른 집과는 맛이나 가격에서 차별화를 두어야 성공할 수 있을 터였다.

나루터집 콩나물국밥에다 오래전부터 이 고장 향토음식으로 널리 이름나 있는 비빔밥의 독특한 맛을 잘만 보탤 수 있다면, 한결 맛깔 나는 음식을 조리할 수 있지 않을까 하는 기대감을 오래전부터 품어왔었다. 나루터집과는 비교가 아니게 엄청난 규모와 자산을 가진 동업직물을 상대하기 위해선 짜낼 수 있는 머리는 다 짜내야 한다.

"시장통으로 가보이시더. 거게 비빔밥집이 천지삐까리 아입니꺼."

비화는 앞장서서 걸었다. 해랑과 재영은 뒤에 따라오며 무슨 이야기인가 나누다가 함께 소리 내어 웃기도 하고 박수도 쳤다. 효원도 덩달아 신바람이 붙었다. 그들 가운데 누구 한 사람만 빠져도 더없이 좋은 지금의 그런 분위기는 누리지 못할 성싶었다.

'박포수집'은 손님들로 넘쳤다. 늘 직접 가게를 운영하다가 남이 하는 가게에 들어오니 비화는 뭔가 모르지만 느낌이 야릇했다. 손님 입장을 돌아볼 좋은 기회도 되겠다 여겨져 기대감도 생겼다.

"우리 고장서 비빔밥이 와 유맹한고 아나, 언가야."

방 하나에 자리를 잡고 앉자 해랑이 물었다.

"모리것는데?"

비화는 고개를 저었다. 재영과 효원도 모르기는 마찬가지였다. 그러자 해랑은 장사치가 된 것처럼 장황하게 풀어놓기 시작했다.

"우리 고장 저 남쪽에는 아조 맑고 깨끗한 바다가 있는 사천만과 통영만이 있고예, 또 서쪽으로는 오만 가지 산나물이 나는 지리산이 있지예."

어디선가 바다 냄새와 산 냄새가 한꺼번에 풍겨오는 듯했다. 그리고 그보다도 더 좋은 냄새, 바로 사람 냄새가 물씬 나는 자리였다.

"그 해산물하고 그 산나물로 맨든게 비빔밥이 올매나 맛이 있것어예?"

모두에게 해주는 해랑의 말을 듣고 비화와 효원이 감탄했다.

"듣고 본께 그렇것네?"

"우리 해랑 언니가 난주 요릿집 여주인 하기 되모, 저리 얼골 이쁘제, 음식 솜씨 좋제, 상감마마도 행차 안 하시까예?"

그런데 재영은 아무 말 없이 이따금 멀거니 해랑을 바라보기만 했다. 재영은 혼례 치르던 당시에는 옥진이 눈에 비치지 않았었고, 그래서 지금이 첫 대면인 셈이었다.

'에나 이쁘거로 생깃다. 선녀거마. 허나연이는 해랑이라쿠는 저 여자가 신발 벗어 놓은 데도 몬 따라가것다.'

시끌벅적한 손님들 소리가 방문을 흔들고 있었지만 성가시다는 느낌은 전혀 들지 않았다. 오히려 그 소란함이 텅 빈 가슴을 채워주고 처음 동석한 자리에서 오는 긴장감도 적당하게 풀어주는 구실을 했다.

'우짜다가 관기가 돼삐릿는지 몰라도 상구 아깝다 아인가베. 그라고 보이 그 머꼬? 저 미인박맹이라쿠는 옛날 말이 한 개도 안 틀리는갑다.'

재영이 그런 생각에 빠져 있는데 주문한 비빔밥이 들어왔다.

"와! 맛있것다. 퍼뜩 묵어예."

"참 보기도 좋네?"

해랑과 효원이 수저를 집어 들면서 크게 소리쳤다. 음식 맛을 한층 더 좋게 해주는 양념 같은 말이었다. 그렇지만 재영은 움찔 놀라고 말았다. 그 그릇을 들여다보는 비화의 두 눈에서 예사롭지 않은 무서운 빛이 뿜어져 나오고 있었다.

'아, 저 눈빛! 내 아내지만도 겁이 난다 아이가. 보통 여자가 아인 기

라. 저 눈빛 보모 시상을 확 뒤집어삘 여잔 기라.'

해랑은 눈치가 빨랐다. 예전의 옥진이 아니었다. 그게 좋은 방향이든지 나쁜 방향이든지 간에 하여튼 많이 달라졌다.

"그래, 언가 니 잘 함 봐라."

해랑은 전국적으로 유명한 이 지역 별미인 비빔밥 재료를 좀 더 확실하게 기억해 두려는 비화 마음을 읽었는지 이런 말도 했다.

"시방 여게 우떤 음식 재료가 들가 있는고."

효원이 새삼 놀랍다는 듯 큰 눈을 더 크게 떴다.

"시방꺼지는 그냥 예사로 뭇는데, 자세히 본께 에나 대단하네예. 장난이 아이라예."

비화는 음식을 들 생각은 하지 않고 재료가 담긴 그릇에 눈을 박은 채 입안으로 외우듯 했다.

"오데 함 보자. 콩나물, 정구지, 고사리, 그라고 이거는 애호박나물, 근대숙주, 또 이거는 깨소곰하고 참지름, 이거는 청포묵, 고추질금, 이 엿고추장은 참 묽네."

참다못한 효원이 입맛을 다시며 재촉했다.

"쌔이 무예. 춤(침) 넘어가예."

"퍼뜩 묵읍시더, 식기 전에."

재영도 수저를 들며 어서 먹기를 권했다.

"밥도 우찌 이리 꼬들꼬들 하거로 했을꼬?"

해랑이 넓적한 놋대접에 밥을 담으면서 또다시 감탄했다.

"……."

비화는 잠자코 밥 위에 나물들을 얹는데, 정말 보기 좋게도 얹는다. 예술이 따로 없다. 음식으로도 예술을 할 수 있을 성싶다.

"어이쿠."

나물 위에 가늘게 썬 쇠고기 육회와 묽은 엿 고추장을 옆으로 얹는 재영의 손가락도 사뭇 떨린다. 끝으로 그 위에다가 청포묵 서너 개를 곁들이는 다른 손들도 음식상 앞에서라고 하기에는 참 조심스러우면서 분주하다. 그냥 음식점이 아니라 꼭 무슨 제祭를 지내는 자리 같기도 하다.

해랑은 한양에서 내려온 고관대작들을 접대하는 어떤 음식보다도 한층 더 맛깔스럽다고 생각했다. 물론 그곳 교방 음식도 훌륭하여 어디에 내놓아도 전혀 손색이 없긴 하지만. 효원과 재영은 이런 말을 하면서 수 저질하기 바쁘다.

"에나 맛있다!"

"여 오기 참 잘했거마는."

그런데 비화는 곁들여 나온 탕국에 더욱 큰 관심을 나타내며 아예 먹을 생각조차 하지 않는다. 국밥집을 운영하니 아무래도 국에 더 마음이 가는 건 당연하겠지만, 그런 비화 모습을 훔쳐보는 해랑 가슴이 서늘했다. 칼날 끝이 맨살에 닿은 느낌이다.

'비화 언가는 운젠가는 큰일 낼 사람이 맞다. 역시나 소문 들던 대로 동업직물을 상대할 수 있는 거는 나루터집인갑다.'

누가 옆에서 지켜보거나 말거나 비화는 어릴 적 어머니 윤 씨가 보탕을 만들던 기억을 헤매었다. 고동줄기, 선지, 곱창, 간밭이 등을 넣어 오랫동안 끓였었다. 그러고는 비화가 다듬은 콩나물과 고사리, 도라지 등을 넣어 국을 만들었는데 먹을 건더기가 많아 또한 좋았다.

그런데 지금 '박포수집'에서 상에 내놓은 보탕국을 가만히 살펴보니 쇠고기와 닭고기, 조갯살을 잘게 곱게 다져 넣은 것도 있다.

'콩나물국밥에 이런 재료들을 첨가하모 우떤 맛이 나까? 이것도 저것도 아인 그런 맛이 날랑가도 모리것다. 아모 특징도 없는 그런 음식 말인 기라.'

마음만 앞서 너무 과욕을 부리는 것도 바람직하지 못하고 위험하다는 생각이 들었다.

'더 잘할라쿠다가 시방꺼지 상구 맛좋다고 소문나 있는 우리 나루터집 콩나물국밥을 도로 망치삐는 일이라도 생기모 우짜노?'

이윽고 비화도 먹기 시작했다. 그렇지만 이런저런 궁리를 하다 보니 음식 맛도 잘 모르겠다. 사실 나루터집과 동업직물은 적수가 못 되었다. 세상 사람들도 그런 사실을 빤히 알고 있을 것이다.

그러나 저 임술년 농민군 사건 이후 임배봉과 점박이 형제의 횡포는 극에 달했고, 그들에게 당한 사람들은 하늘마저 그만 고개를 돌려버릴 정도로 엄청난 원한을 품었다. 그리하여 결국 임배봉과 점박이 형제를 겨냥한 사람들의 깊은 증오심이 나루터집을 입에 올리게 하고, 나아가 동업직물에게 대항했으면 하는 바람을 가져왔을 것이다.

'아, 심도 없는 우리가 배봉이 집안하고 우찌 싸우라꼬?'

비화는 국밥집 말고 또 다른 사업을 겸해야 하지 않을까 하는 갈등과 조바심도 일었다. 하지만 무엇보다 땅을 차곡차곡 사 모으는 일이 가장 시급할 것이다.

'하모, 땅이다. 배봉이 집안 소유 땅도 우리 땅이 되는 그날이 와야 안 하나.'

그때 비화 표정을 보며 묵묵히 음식을 먹고 있던 해랑이 이런 사실도 흥미로울 거로 생각했는지 또 모두에게 물었다.

"우리 고장에 이런 비빔밥이 맨 첨에 우째갖고 맨들어짓는고 압니꺼?"

해랑은 어린 시절 아버지가 낙담에서 헤어나지 못하던 비화 아버지를 대접하기 위하여 어머니더러 비빔밥을 만들게 했던 기억이 새록새록 되살아났다. 물빛 치마를 입은 동네 엄 노파한테서 매구 소리를 듣고 애먼 어머니에게 가서 마구 화를 내던 날이 아스라이 떠오른다. 그때 어머니가 내던 다듬잇방망이 소리도 들리는 듯하다.

그러나 해랑이 그 지방 비빔밥 유래를 들은 것은 홍우병 목사에게서였다. 어떻게 보자면 좀 엉뚱하고 의외라고 할 수도 있겠지만. 그는 다른 지역 출신이지만 목사라는 관직이 부끄럽지 않게 자신이 다스리는 고을에 대해 많은 것을 꿰뚫고 있었다.

"임진년에 이곳에서 전투가 한창일 때였느니라. 그 당시 성을 지키던 조선 군관민들은 숫자적으로나 무기로나 왜군들에 비하면 엄청난 열세였지. 그 때문에 적을 막느라 제때 밥 먹을 시간조차 없었다."

"아, 그래도 묵어야 심이 나서 싸울 수 있었을 낀데?"

"아암, 당연한 얘기지."

해랑이 걱정하는 소리에 그는 가늘게 웃었다.

"그래서 어떻게 하면 식사시간을 아낄 수 있을까 무척 궁리하던 차에, 드디어 생각해낸 게야."

해랑은 멍한 얼굴로 다음 말을 기다렸다. 대체 무슨 수로?

"밥 한 번 떠먹고 반찬 한 번 떠먹고, 그러다 보면 아무래도 시간이 길어질 수밖에 없는 건 당연한 일이지."

"……."

"하나, 만약 밥과 반찬을 동시에 먹을 수만 있다면, 식사시간은 절반으로 줄어들 것이 아니냐?"

홍 목사 얼굴 가득 여전히 잔잔한 미소가 감돌았다.

"아, 그런께네!"

해랑의 눈앞에 그 현장이 생생하게 나타나 보이는 듯싶었다. 밥그릇에 밥과 나물을 함께 담은 후 숟가락으로 싹싹 비벼 후닥닥 입안에 털어넣고 꿀꺽 삼킨 다음 얼른 무기를 챙겨 들고 급히 싸우러 나가는 군사들 모습이었다.

"한데, 식사시간 아끼는 효과만 있었던 게 아니었던 것이야."

해랑은 코스모스 같은 고개를 가우뚱했다.

"그라모 시간 애끼는 거 말고도, 또 다린 이득이 있었다쿠는 말씀이옵니꺼?"

홍 목사가 되물었다.

"한번 잘 생각해 보거라. 집안에 밥과 반찬은 모자라는데 나눠 먹어야 할 식구는 많고, 그럴 때 그 집 아낙이 어떻게 하더냐?"

해랑은 잠시 생각을 굴리다가 대답했다.

"다린 집은 우찌하는지 몰라도, 지 집에서는 큰 그릇에 밥하고 반찬하고를 같이 탁 털어 넣어 섞어갖고, 식구들 각각의 밥그릇에 덜어서 묵거로 했사옵니더."

홍 목사가 무릎을 탁 쳤다.

"잘 기억하고 있구나. 바로 그거야. 비빔밥은 적은 양의 밥과 반찬을 많게 만드는 그런 효과가 있느니."

"……."

"무슨 말인지 모르겠느냐? 군량미를 효율적으로 이용할 수 있다는 뜻이니라."

"아, 예. 그렇것사옵니더."

그제야 해랑은 이 고장 비빔밥 유래를 똑똑히 알게 되었다. 그런데 홍 목사 표정이 문득 구름그림자 드리워지는 땅바닥같이 어두워졌다.

"자고로 목민관은 그런 지혜가 있어야 자기가 다스리는 고을 백성들을 잘살게 해줄 수 있는 법이거늘, 본관은 모든 게 미흡하여……."

해랑은 더 듣고 있다가는 숨이 막힐 것 같았다.

"영감!"

"아니다. 갑자기 비빔밥 생각이 나는구나. 어디 해랑이 음식 솜씨 좀 보자꾸나."

말은 그렇게 하면서도 그는 해랑의 희고 가느다란 손목을 꼭 거머쥐고 주방으로 가려는 그녀를 놓아주지 않았다.

"언제 적에게 죽을지 모르는 전쟁과 관련이 있는 음식이라니⋯⋯."

"그렇사옵니더. 본디 음식이라는 거는 살라꼬 묵는 것이 아이옵니꺼."

홍 목사와의 기억은 모든 게 그렇게 또렷하기만 한데, 두 번 다시는 만날 수 없는 슬픈 현실 앞에 해랑은 그만 목이 메어 눈물이 날 만큼 캑캑거렸다. 모든 일이 그 비빔밥처럼 함부로 뒤섞여버렸다.

"아, 와 그라노? 옥진아, 괘안은 기가?"

"어, 언니! 매, 맥히서예?"

비화와 재영, 효원이 모두 놀라 해랑을 바라보았다.

"비, 비빔밥이 하도 마, 맛이 있어갖고⋯⋯."

그러면서 해랑은 끝내 숟가락을 내려놓고 말았다. 그 바람에 상 아래로 떨어지는 숟가락 소리가 비화 마음을 이상할 정도로 불안하게 잡아 흔들었다. 그것은 마치 다시는 숟가락을 들지 않으려는 사람의 행동 같았다. 비화는 정신이 혼미해지면서 숨을 쉬기도 힘들었다.

'아, 옥지이가!'

숟가락질하지 않는 사람이라면 그는 어떤 사람이겠는가? 음식을 먹지 않는 사람, 더 말할 것도 없이 죽은 사람인 것이다.

'시방 옥지이 나이가 올만데, 그라고 또 내 나이가 죽음을 이약할 때가?'

비화는 스스로 돌아봐도 너무나 엉뚱하고 또 무서운 상상에, 그녀 자신도 그만 슬그머니 숟가락을 놓고 있다는 사실을 미처 깨닫지 못했다.

악녀들 합창

운산녀는 하도 분통이 터져 도저히 못 살 것 같았다.

'고 인간, 고 인간이?'

배봉이 선수를 칠 줄이야. 뒤통수를 쾅 얻어맞았다. 소긍복이 아직 살아 있을 때 그녀가 배봉이 모르도록 조금씩 빼돌린 종자돈으로 긍복과 동업하여 남긴 돈이라도 좀 있기에 망정이지, 그마저 없었다면 그야말로 하루아침에 알거지가 될 뻔했다.

배봉이 운영하는 동업직물을 겨냥한 운산녀의 증오와 반감은 그야말로 하늘 밑구멍을 찔렀다. 동업이란 그 말만 들어도 이빨이 뿌득뿌득 갈리고 살점이 부들부들 떨려왔다. 나에게 친자식이 있다면 이런 일은 절대 없을 것이란 억울함에 반쯤 미쳐버렸다.

'옛말에, 서방 복 없는 년은 자슥 복도 없다더이, 내가 똑 그짝이다.'

그런 자식이 있다면야 응당 그 자식 이름을 딴 점포를 열지 않았겠는가? 한 다리 건너 천 리라고 했다. 배봉이 제아무리 점박이 형제와 손주들을 좋아한다고 하더라도, 운산녀 자신과의 사이에 태어난 자식만큼 깊은 정이 가겠는가 말이다. 배봉 마음이 그녀에게서 멀어지는 이유 중에 자식 생산하지 못한 게 가장 먼저라고 믿는 운산녀였다.

'문제는, 억호 자슥인 동업이 조노무 새끼 기라.'

만호와 상녀의 딸 은실이를 떠올렸다.

'만호가 논 거는 딸이라서 내 아모 걱정 안 했더이, 우짜다가 분녀가 고마 떠억 아들을 빼냈단 말고?'

운산녀는 눈깔만 딱 붙어 있는 동업이 저 새끼가 화근이라고, 시간만 나면 살풀이라도 하듯 속으로 온갖 저주와 악담을 퍼부었다.

'정끼(경기)가 나서 콱 뒤지삐라. 조거는 와 정끼도 얼릉 안 하노.'

그녀는 다시 한번 석녀石女의 슬픔과 한에 휩싸였다.

'후우. 지 애비 에미는 에나 행핀없이 생깄는데, 그 자슥새끼는 우째서 그리키 신갱질나거로 오데 한군데 흠잡을 거도 없이 잘생깄노?'

삼신에게 기도할 때 해놓는 삼신메가 앞에 있으면 그냥 발로 콱 뭉개 버리고 싶은 심정이었다.

'삼신할매가 눈깔이 멀어도 한참 멀었다 아이가. 고런 눈깔 겉으모 확 빼삐지 머한다꼬 달고 있노?'

시퍼렇게 쌍심지 켜고 보는 운산녀 눈에도 동업은 성장할수록 이목구비 뚜렷하고 살결도 계집애같이 뽀얀 것이, 언제 어디에다 내놓아도 빠질 데 하나 없는 귀골풍이다. 뿐더러 하나를 이야기하면 열을 아는 판이니 더 일러 무엇하랴.

운산녀는 세상에서 제 혼자라는 외로움이 가을빛처럼 짙어갔다. 저 넓은 바다 한가운데 홀로 떠 있는 섬이거니 여겼다. 겨울 들판에 찬바람 맞아가며 앙상하게 서 있는 한 그루 나무거니 했다. 씨를 퍼뜨리지 못하는 후처 신세는 이러한가 생각하니 자꾸 눈물만 찔끔 솟았다. 아랫도리는 그놈의 소변이 잘 나오지 않는 '소변간삽'이란 병에 걸려버렸는데도 말이다.

'이라다가 죽어삐것다. 그리 되모 억울해서 안 되제. 내가 살라 모……'

그럴 때 운산녀가 찾는 사람은 오직 하나, 민치목이다. 미우나 고우나 그 인간밖에 없다. 세상은 큰 오해를 하고 있다. 돈 있고 세도 잡은 사람은 갈 데도 많고 오라는 사람도 많은 걸로 안다. 하나 그건 착각일 뿐이다. 고독하긴 마찬가지다. 아니, 오히려 돈 없고 힘없는 이들이 찾아갈 데나 만날 사람이 더 많은지도 모른다. 물질이 아니라 마음으로 맺어졌으니까.

'그거는 그렇고, 조 인간은 또 와?'

그런데 치목도 어쩐지 그녀를 대하는 게 예전 같지가 않았다. 배봉이 포목점으로 모조리 빼돌리고 내 수중에는 돈이 줄어들었다는 사실을 알아챈 걸까? 마음이 켕기었다. 하지만 두 사람은 소긍복을 살해한 공범자라는 굵은 사슬로 연결되어 있으니 서로가 멀리하거나 홀대할 수 없는 처지라는 믿음에는 변함없었다. 죽더라도 혼자만 죽을 수 없는 이른바 저 '물귀신 작전'의 대상들이었다.

"너모 그리 심없어 하지 마소. 곁에서 지키 보는 사람이 숨 맥히요."

그것은 운산녀 그녀를 위해서 해주는 말인지 치목 자신을 위해서 하는 말인지 사람을 영 헷갈리게 했다.

"참말로 시상 살고 싶은 멤이 안 나서 그라는 기요, 내가."

운산녀는 이해타산을 떠나 실상대로 털어놓는데도 모든 게 엉망이었다.

"천하의 여장부 운산녀 안 답거마는."

치목의 그런 말끝에서조차도 빈정거림이 묻어나는 것 같은 피해의식이랄까, 그런 참담한 느낌을 떨쳐버릴 수 없는 운산녀였다.

"배봉이 조 인간도 그렇고, 비화 고년도 그렇고, 내 귀에 들리온다는 소문은, 고 인간들 잘된다쿠는 이약뿌이니, 이 운산녀가 우찌 살맛 나것는가베요?"

운산녀가 지나치게 죽는소리하니 치목은 마음에도 없는 소리를 했다

"그런 말 벌로 입에 묻히지 마소. 내사 운산녀하고 딱 붙어 지내는 그 맛으로 살아간다 아인가베."

그러나 운산녀는 사내 동정심을 조금이라도 더 얻어낼 요량으로 자존심이고 뭐고 간에 모조리 내팽개쳐버리기로 작심한 여자처럼 굴었다.

"내 아잰께네 한 개도 안 기시고 탈탈 털어놓는데, 시방 내 심정 겉으모 안 있소, 당장 저게 남강 백사장에 코 팍 처박고 뒤지삐고 싶은 기라요."

치목은 왱왱거리며 날아드는 파리나 모기 쫓듯 크고 투박한 손을 휘휘 내저었다.

"허어, 그기 말이라꼬 하요? 농담이라도 더는 하지 마소."

운산녀 목소리는 추위와 굶주림에 다 죽어가는 새 울음소리를 닮았다.

"그리 죽어도 삼년상 아이라 일년상도 지내줄 내 새끼 하나 없으이."

"내가 삼십, 아이제, 삼백년상 모시주것소. 인자 됐소?"

"하기사 사람이 살았을 적이 중요하제, 일단 한분 탁 심 끊어지고 나모 다 필요 없기는 하지만도."

치목은 기분이 너무 나쁘다는 것을 노골적으로 드러냈다.

"어허? 지발하고 그 죽는다쿠는 소리 인자 좀 고만하소, 고만!"

하지만 운산녀는 남의 인생 망쳐놓기로 작정한 여자처럼 굴었다.

"아재, 내 부탁하요. 내 좀 쥑이 주소."

"내 보고 또 살인자가?"

"후우."

치목이 얼핏 관찰하건대 운산녀는 지나치게 의기소침해 있다. 그 마

음이 그 몸에도 바로 영향을 끼쳤는지 약간 뾰로통하니 육감적이었던 입술도 다 말라비틀어진 수숫대처럼 그 매력을 잃어버린 듯하다.

'운산녀도 운산녀지만도 내가 더 큰 문제다. 해나 운산녀가 잘몬되모 이 치목이 신세도 낙동강 오리알인 기라.'

차라리 성가실 정도로 달라붙던 그때가 더 좋았구나 싶었다. 치목은 솥뚜껑 같은 주먹을 들어 보이며 운산녀의 기를 살려주려고 애썼다.

"동업이라쿠는 그 아새끼 하나 없어지모, 상황 완전히 배뀌는 거 아인가베?"

운산녀의 패악 담긴 눈에 겁이 서렸다.

"그, 그 아를 없애것다, 그런 말이요?"

치목은 별거 아니라는 투로 나갔다.

"몬 할 것도 없다 아인가베요."

운산녀는 질긴 음식물을 잘근잘근 씹듯이 말했다.

"할 수 있다……."

치목은 독기 서린 두 눈에서 살의까지 내뿜었다.

"지난번에 그리키나 좋은 기회에 비화 고것을 딱 해치우지 몬한 기 내사 억울해서 몬 살것소."

얼어 죽은 송장이라는 강시殭屍가 일어나는 것 같은 흉내를 냈다.

"자다가도 발딱발딱 일어난다 말요."

입으로는 그렇게 주절거려도 사실 치목은 내심 켕기는 게 있었다. 그날 타오르는 욕정을 채우느라 시간을 허비하지 않고 소금복처럼 바로 강 속에 처넣어버렸다면 비화는 이미 이 세상 사람이 아닐 것이다. 더럽게 목숨 줄이 길고 질긴 년 같았다.

어쨌거나 치목의 그 말을 들은 운산녀는 차츰 기운이 솟아나는 것 같았다. 온몸에 힘이 하나도 없다가도 남자를 가까이하고 나면 얼굴에 없던 화색이 돌고 피가 활기차게 흐르는 것을 느꼈다.

"하기사!"

어느 순간 갑자기 도道를 통한 것처럼 튀어나오는 운산녀의 그 소리에 치목이 자신도 모르게 바짝 긴장하는데 상대는 그게 아니었다.

"호호, 호호."

운산녀는 이제 모든 것을 원상복귀 했는지 상대를 업신여기는 듯한 그 특유의 웃음기를 헤프게 뿌리기 시작했다. 한다는 소리도 점차 거칠어졌다.

"어른 사내 긍복이도 단숨에 쥑일 정돈께네, 여자인 비화 고년이나 아즉 젖비린내 폴폴 나는 동업이 새끼야, 아재가 멤만 묵었다쿠모 끝장 아이것소."

치목은 단단히 질러놓았다.

"멤만 묵었다쿠모가 아이라, 하매 멤 묵었소."

그러자 운산녀는 곧장 목소리가 비단처럼 부드러워졌다.

"내사 아재만 믿어요, 아재만."

동업을 없앨 생각까지는 미처 못 했었다.

'요 인간, 생긴 거는 소도둑눔맹캐 생기도 대갈빼이는 제법 핑핑 안 돌아가는가베. 호훗.'

세상눈을 피해 이날은 또 다른 여관방에 들어 둘이 어울렸다가 집으로 돌아오는 운산녀 발걸음은 연체동물같이 흐느적흐느적하면서도 사뭇 가벼웠다.

성곽 근처에 있는 집들은 대개 크고 넓은 성과 대비되어 상대적으로 무척 왜소해 보이기 마련인데, 그 고을 최고 대갓집인 배봉의 대저택은 전혀 위축된 모습이 아니었다.

'흥! 그래도 집 하나는.'

운산녀는 고만고만한 동네 다른 집들과 대궐 같은 자기 집을 견줘보면서 남편을 향해 지탄과 야유를 보내는 동시에 마음의 위안으로 삼았다.

"어?"

그런데 운산녀가 양쪽으로 행랑채를 거느리고 있는 솟을대문을 열고 들어와 중문 근처를 막 지날 때였다. 거기 가지 많은 석류나무 그늘 밑에서 언네와 딱 마주쳤다.

"……."

운산녀는 언제나처럼 무섭게 두 눈을 부릅뜨고 말없이 언네를 째려보았다. 볼 때마다 불청객같이 달갑잖은 옛날 일이 기억나서다. 그녀는 잡념을 떨치려고 했다.

'석류는 운제 달리려나.'

그녀의 방에도 저런 석류나무를 그린 그림이 붙어 있다. 많은 자식을 거느리는 것과 금 주머니를 상징하는 민화라고 해서 비싼 돈 주고 구입한 거였다.

'방에 들어가모 그 그림 팍 찢어삐까. 머를 마이 거느리? 자슥 하나도 안 주는 사기꾼 그림 아이가.'

그런 생각을 하면서 바라본, 배봉이 푹 빠져서 헤어날 줄 모르던 그 치마폭 아래 드러난 언네의 다리통도, 이제는 물기 빠진 통나무같이 거칠고 메말라 있다.

'시간이 간께, 꽃도 시들고 사람도 늙고…….'

운산녀는 자기가 언네 신체 일부를 칼로 도려내 버렸다는 소문이 괴담처럼 퍼져 있다는 걸 익히 알고 있다. 그건 헛소문이다. 하지만 그렇게 한 것, 이상으로 언네를 망가뜨려 놓은 건 사실이다. 운산녀는 속으로 이기죽거렸다.

'그기 다 자업자득 아인가베? 니년이 낼로 우습기 본 죈 기라. 이런 말 들어봤제? 범을 고양이 새끼로 안다꼬.'

그 일로 인해 언네는 운산녀만 보면 고양이 앞에 달달 떠는 쥐 꼴이 돼 버린다. 아니다. 그런 쥐보다도 더 운산녀를 두려워하며 비실비실 피하곤 한다. 천적인 것이다.

그런데 이게 웬일인가? 이날은 그게 아니다. 완전히 딴판이다. 실로 믿기 어려운 상황이 벌어지고 있다. 언네는 피해가기는 고사하고 도리어 기다리고 있었다는 듯 싱긋이 웃어 보이기까지 한다.

'요년이 미칫나? 아이모 머를 잘몬 처묵은 기가?'

혹시 내가 잘못 본 게 아닌가 싶어 다시 봐도 웃고 있는 게 분명하다.

'낼로 보고 웃다이. 참 살다 본께 희한 빠꼼한 일도 다 안 있는가베.'

내심 그런 생각을 굴리며 운산녀는 그 의문투성이 웃음이 담긴 언네 상판을 뚫어지게 바라보았다. 그런데 외면하지도 않고 이쪽의 눈길을 맞받으며 한다는 소리가 묘했다.

"오데 댕기오심니꺼? 붉다하이 얼골이 에나 좋네예. 화색이 돈다 아입니꺼."

가시 잔뜩 돋친 말이다. 운산녀 가슴이 '쿵' 한다. 족제비 같은 년이 행여 무슨 눈치라도 긁은 걸까?

'시상은 돌고 돈다더이.'

지난날 운산녀도 언네 얼굴 한 번 쫙 훑어보고는, 또 배봉이 이 인간이? 하고 금방 알아차렸었다. 그런 기억이 되살아난 운산녀는 도둑 제 발 저리는 심정으로 냅다 고함부터 내질렀다.

"시끄럽다 고마! 맷돌에 주디이를 싹 갈아삘라."

그러면서 어디 맷돌이 없나 하고 둘러보는 시늉을 했다.

"천한 상것이 오데 건방지거로 감히 안방마님한테 농을 거는 기고,

엉?"

치목과 함께 있다가 오는 길만 아니라면 당장 뺨따귀를 맵게 몇 대
는 딱 올려붙였을 것이다. 켕기는 게 있는지라 그 정도로 해 두는 운산
녀였다.

'허, 조년이야?'

그런데 더욱 알 수 없는 게 돌변한 언네 태도다. 운산녀가 뭐라고 하
든 계속해서 잡고 늘어질 태세다. 그뿐만이 아니었다. 나팔꽃같이 약간
뾰족한 언네 입에서는 이런 같잖은 소리까지 흘러나왔다.

"천한 상것도 알 거는 다 알지예."

"머라꼬?"

"나라님도 모리시는 거는 모리시고예."

"상감?"

석류나무 그림자에 반쯤 가려진 언네의 주름진 얼굴 근육이 씰룩거리
는 게 운산녀 눈에 똑똑히 보였다. 그런 언네 모습은 낯설음을 넘어서 약
간 괴기스럽기까지 하여 운산녀는 한층 바짝 긴장하지 않을 수 없었다.

"마님이 모리시는 거도 지가 알고 있는 줄 우찌 압니꺼?"

언네는 중문이 흔들릴 정도로 목청까지 막 높이고 있었다. 그것은 의
도적으로 집안에서 부리는 종들을 불러 모으려고 하는 게 아닌가 싶기
도 했다.

"요년이 증말?"

운산녀는 이거 안 되겠구나 했다. 어떻게 그 비좁은 틈새를 뚫고 들
어갔는지 집 마당에 있는 닭장 속의 그 많은 닭을 한 마리도 남기지 않
고 모조리 잡아먹은 족제비가 또 떠올랐다. 자칫 내가 닭 신세로 전락할
수도 있다는 위기감마저 들었다.

"사람이 점잖으모 포리(파리)가 이마에서 미끄럼을 탄다더이."

그런 으름장과 함께 언네의 그 부위를 무섭게 노려보며 미친개가 으르렁거리듯 했다.

"진짜로 니년 아랫도리를 싹 도리낼 수도 있다. 알것나, 응?"

"호홋!"

언네가 소리 내어 웃었다. 운산녀는 태어나서 오늘날까지 그렇게 기분 나쁜 웃음은 접한 적이 없었다. 석류나무 가지가 놀라 파르르 떠는 듯했다.

'조, 조년이?'

운산녀는 여우한테 홀려버린 기분이었다. 도대체 상년이 허파에 바람구멍이라도 났는가 싶었다. 더욱이 이번에는 한층 맹랑한 소리까지 해댄다.

"천지로 질바닥에 요리조리 굴리댕기는 쇠똥도 약에 쓸라쿠모 귀하다 글 캤심니더."

안색이 쇠똥 색으로 변하는 운산녀를 건방지게 훑어보기까지 했다.

"그런 이약 들어보싯지예?"

중문이 저 혼자 덜커덩거렸다. 대문 안에 세운 그 문은 그 집안의 대문만 아니라 아주 많은 방문이나 곳간 문 같은 다른 모든 문에게 몸을 활짝 열고 여기를 내다보라고 하는 것 같았다.

"요 똥 겉은 년 봐라? 내가 안 들어봤으모 니년이 우짤 낀데?"

방방 뛰는 운산녀 귀를 언네의 이런 말이 물어뜯었다.

"이 언네가 마님한테 그런 쇠똥이 되는 날이 올랑가 누가 압니꺼? 호호호."

운산녀는 비로소 심상치 않다는 느낌이 들었다. 언네는 한때 배봉이 잔뜩 눈독을 들였을 만큼 제법 예쁘장하게 생긴데다 영리한 면도 있었다. 그런 언네가 이런 식으로 나올 땐 분명 뭔가가 있다.

"니 시방 내한테 말할라쿠는 요지가 머꼬?"

운산녀는 탐색하듯 언네 표정을 살피며 약간 협상조로 물었다. 그런데 언네는 그 수위가 용서받지 못할 만큼 건방진 태도로 나왔다.

"우짜모 생식기도 없어질란지 모릴 천한 상년 주디이에서 머 중요한 이약이 나오것심니꺼?"

숫제 짜증난다는 투로 내뱉었다.

"요지고 머고 없심니더."

그 당당한 태도가 운산녀를 더욱더 곤혹스럽게 몰아갔다. 어둠 속에서 난데없이 기습당한 아찔함이 일었다. 운산녀는 억지로 감정을 삭였다.

'증신 똑바로 채리지 않으모 큰일 나것다.'

언네는 중요한 무언가로 무장하고 있는 게 틀림없다. 어떤 크나큰 비밀 같은 것. 아니면 굉장히 무게 있는 무언가를 알고 있다.

'안 그라고서야……'

그게 무언지 지금으로선 전혀 짚이는 바가 없지만 확실하다. 그리고 알 수 없는 그만큼 마음이 매우 불안하고 초조하다.

'저눔이 안 그래도 어지러븐 사람 더 어지럽거로.'

운산녀는 하늘을 올려다보며 속으로 욕설을 퍼부었다. 거기 창공 높은 곳에서 빙빙 날고 있는 건 솔개다. 아마 지상의 먹잇감을 발견한 모양이다. 운산녀는 혼란스러웠다. 언네와 자기 중 누가 솔개고 누가 먹잇감인가?

"마님은 들어보싯어예?"

그때 언네가 섬뜩한 이야기를 끄집어냈다.

"바로 며칠 전에 엄청시리 커다란 소리개가 동네 얼라 하나를 고마 확 낚아채 갔다쿠는 소문 말입니더."

그러면서 손가락 열 개를 마치 갈고리처럼 만들어 운산녀 앞으로 와락 내밀면서 얼굴을 콱 할퀴는 흉내까지 해 보이는 게 아닌가?

"요, 요년아! 고, 고 손목때기 후딱 저리로 몬 치우것나? 작두로 탁 짤라서 돼지우리에 던지삘 끼다."

그렇게 큰소리로 나무라면서도 운산녀는 한 걸음 뒤로 멈칫 물러서야 했다. 어쩌면 집안 종들을 불러야 하지 않을까 하는 생각까지 했다.

"논두렁에서 개우시 찾았는데예에."

언네는 말꼬리를 길게 늘어뜨렸고, 운산녀는 뜨거운 불에 덴 사람처럼 했다.

"머, 머를 찾아?"

지금 언네는 생식기가 도려내 졌다는 괴담의 주인공이 아니라 되레 괴담을 지어내고 있는 여자 같아 보였다. 심지어 한술 더 떠서 운산녀를 괴담의 주인공으로 만들려는 것처럼 여겨질 정도였다.

"얼라예, 얼라."

언네는 운산녀가 더 입을 열 겨를도 주지 않았다.

"그 얼라는 두 눈 모도 확 뽑히삐고, 내장꺼지도 싹 파묵히서, 고마 뱃속이 동굴매이로 텅텅 비어 있더라 그리 쿠더마예."

"으."

소리개도 오래면 꿩을 잡는다는 말이 떠오르면서 운산녀는 자신도 모르게 오싹 몸서리를 치다가, 혹시라도 그런 나약한 모습이 언네에게 들킬까 봐 얼른 아무렇지도 않은 척 가장하며 크게 꾸짖었다.

"요망한 기 밥맛 똑 떨어지는 소리 늘어놓고 자빠졌다!"

그러면서 발길질이라도 해댈 것같이 해 보였다. 그러나 언네는 운산녀의 그런 행동 따윈 전혀 개의치 않고 너무너무 재미있다는 듯 또다시 실실 웃음기를 날렸다.

"우리 마님은 말입니더."

운산녀는 솔개 까치집 뺏듯 하는 언네를 보고 심하게 힐난했다.

"우리 마님? 우리는 머 말라비틀어진 우리고?"

하지만 언네는 한층 능글능글하게 굴었다.

"해나 그리 죽어삐시모 하고 바래시는 아아는 없으심니꺼?"

그리고 나서 좀 전에 운산녀가 그랬듯 탐색하는 눈빛으로 뇌까렸다.

"똑 있을 거 겉은데……."

"머?"

운산녀 머리털이 쭈뼛이 곤두섰다. 꼭 아까 치목과 자신이 나눈 이야기를 모조리 엿들은 것 같다. 홀연 언네가 귀신처럼 보였다. 귀신이 사람 혼쭐 빼듯 벌건 혓바닥을 계속해서 나불댄다.

"있지예? 있지예?"

"……."

운산녀는 그만 혓바닥이 굳어버린 듯 멍하니 언네만 바라보는데 기어코 이런 소리까지 내비친다.

"이 집안에도 그런 얼라가 있을 수 있고예."

"머? 머?"

운산녀는 그 소리밖에 내지 못한다. 설마 내가 소리개를 매로 보고 있는 것은 절대로 아니겠지 생각했다.

"여자가 한을 품으모, 오육월(오뉴월)에도 서리가 우짠다 쿠던가예?"

그렇게 강압하듯 물어오는 언네 눈빛이 서릿발 같다. 운산녀는 종년 앞에서 체통을 잃지 않으려고 노력했다. 혹 약점이 드러날세라 안간힘을 다했다. 그런 다음에 간신히 떨리는 목소리로 나무랐다.

"니년이 시방 누한테 무신 소리 해쌓고 있는 기고?"

두 손으로 무엇을 찢는 동작을 취했다.

"주디를 쫙 찢어삐라."

하지만 언네는 이제 아무런 대꾸도 없이 눈썹 하나 까딱하지 않고 태평스러운 모습으로 석류나무 둥치에 비스듬히 몸을 기대고는 여전히 그 기분 나쁜 웃음만 보였다.

'호래이가 아이라 조년한테 물리가것다.'

운산녀는 가까스로 마음을 다스렸다. 자칫 종년 따위에게 꼭두각시놀음처럼 놀아날지도 모른다. 특히 운산녀 자신에게 큰 원한을 품고 있는 언네다. 저년이 놓으려는 덫에 절대 걸려들어서는 안 된다.

'진즉 조년을 우리 집에서 쫓아내삐야 했는데. 베름빡에 똥칠하고 초상 칠 그때꺼정 그냥 놔둘 낀가?'

어쩌면 언네는 운산녀가 이 집 장손인 동업을 미워한 나머지 해코지를 하려 한다는 그런 소문을 퍼뜨려서 운산녀 자신을 궁지에 몰아넣을 계략을 꾸밀 수도 있다. 아니면 동업을 가운데 놓고서 배봉과 점박이 형제 그들과 이 운산녀 사이에 큰 벽을 만들어 반사이익을 얻으려는 얄팍한 수법일 것이다.

'종년이라꼬 벌로 얕잡아본 기 큰 잘못이다. 실순 기라.'

운산녀 마음은 갈수록 더한층 조급해졌다. 언네는 동업이 이 운산녀에게 가장 큰 부담을 주는 존재라는 사실을 이용하여, 배봉과 이 운산녀 모두에게 엄청난 타격을 입힐 모함을 할 가능성도 없지 않다. 고을 사람들 사이에서는 언네가 배봉과 운산녀를 해치려 한다는 그따위 풍문마저 나돌고 있지 않은가.

'참아야제. 갱거망동하모 안 되는 기라.'

운산녀는 오늘은 일단 이 정도 선에서 물러나고 다음 기회를 봐서 언네를 요리할 계산을 했다. 그러고는 막 발을 떼 놓을 때였다. 언네가 나무에 기댔던 몸을 바로잡으며 이별을 아쉬워하는 사람인 양 말해왔다.

"와 그냥 가실라꼬예?"

운산녀는 아직 놀이가 다 끝나지 않았다는 언네 그 말투가 더없이 귀에 거슬렸다.

"안 가모?"

발로 애꿎은 땅바닥을 '쿵쿵' 소리 나게 밟으면서 쏘아붙였다.

"니년하고 요 자리서 날 새까?"

그러자 건방지기 짝이 없게 운산녀를 뚫어지게 응시하고 있던 언네는 무슨 선심이라도 쓰듯 했다.

"그라모 가시이소."

운산녀는 가래침 뱉듯 했다.

"미친년!"

그래도 언네는 그깟 욕설 따윈 하루 밥 세 끼 먹듯 이력이 났다는 듯 표정 하나 바꾸지 않았다.

"한 가지만 여쭙것심니더."

그러더니 끝내 마지막 선을 건드렸다.

"마님은 동업이 되련님을 우찌 생각하심니꺼?"

운산녀 눈에 석류나무가 거꾸로 서고 있었다. 그녀는 흠칫하며 간신히 되물었다.

"그거는 또 무신 소리고?"

"……."

솔개는 다른 데로 날아갈 줄 모른다. 인간 족제비도 아직 그대로 남아 있다.

"내가 물었다."

갑자기 입을 다물어버리는 언네였다.

"귓구녕이 썩어빠짓나?"

대문 쪽의 행랑채에서 여종들이 내는 말소리들이 마치 이웃 다른 집에서 내는 소리처럼 낮게 들려왔다. 그 소리 또한 운산녀 귀에는 음모를 꾸미는 소리같이 느껴졌다.

"요 삐딱한 년! 참말로 건방지거로야?"

여종들이 가까이 있다는 그 사실에 용기를 얻은 운산녀는 이제 제법 상전 위엄까지 갖춘 모습을 보였다.

"내가 물었다 안 쿠나?"

그런데도 언네는 묵묵히 집채를 빙 에워싸고 있는 담장처럼 퍼뜩 대답이 없다. 상대방을 무시하는 최고의 방법이 무응대라는 것을 운산녀는 절실히 깨닫는다.

'아, 조년이……'

그 침묵에 화를 느끼기에 앞서 두려운 감정이 덮치는 운산녀였다. 본디 불안한 쪽에서 말이 많아지는 법이다.

"내가 동업이 그 아를 우찌 생각하다이?"

그러자 언네는 안 보는 척 사시斜視처럼 운산녀를 곁눈질로 흘겨보면서 말했다.

"동업이 되련님이 눌로 닮은 거 겉은고 여쭙는 깁니더."

"머라?"

운산녀는 또다시 대체 그게 무슨 소리냔 듯 반문했다.

"눌로 닮다이?"

또 침묵하는 언네였다.

"누가 누를 닮아?"

또 말수가 늘어났다.

"아, 답 안 할 끼가?"

간간이 저절로 움직이던 중문이 그 동작을 딱 멎었다. 그러자 폐가처럼 무서운 정적이 감돌았다.

"그기 무신 말고, 엉?"

마침내 사냥을 시작하는 걸까? 그때까지 끈덕지게 선회하며 계속 기회를 엿보던 솔개가 별안간 지상 어느 한 곳을 향해 창처럼 몸을 내리꽂고 있다. 운산녀는 그 서슬에 놀라 서두르는 사람 목소리로 변했다.

"자슥이 지 부모 닮지, 누 닮을 끼고?"

거의 동의를 구하는 것 같은 운산녀 말에 언네는 참으로 한심하기도 하고 답답하기도 하다는 표정이었다.

"에나 닮았다꼬 생각하심니꺼?"

이번에는 아까보다도 더 운산녀 얼굴을 정면으로 쏘아보았다.

"생각?"

운산녀는 더없이 허둥댔고, 언네는 조금도 조급해하는 빛이 없었다.

"눌로 닮았는고예."

"그, 그거는……."

운산녀는 그만 할 말을 잃었다. 지금까지 단 한 번도 생각해보지 않았던 얘기였다. 아니, 닮지 않았다는 그 생각은 벌써부터 해왔다. 그렇지만 그저 그런가 보다 했었다. 그것에 대해 깊이 궁리해본 적이 없었다.

그리고 자식이 부모를 닮지 않은 경우가 어디 하나둘인가? 저년이 말할 건더기가 없는 모양이지. 운산녀는 이마에 주름을 그으며 최대한 겁먹이는 소리로 꾸짖었다.

"종년이 할 일이 그리키 없는 기가?"

꽉 쥔 주먹으로 언네 입이라도 쥐어박을 것같이 했다.

"비싼 밥 처묵은 고 주디로 씰데없는 소리나 지껄이쌌고."

운산녀는 조금씩 상전 권위를 높여가기 시작했다.

"니년이 우리 집안에 들온 순서가 먼저라꼬, 다린 종들한테 똑 주인매이로 군담서?"

360

"그기사."

언네는 내가 입을 너무 가볍게 놀렸구나 하는 기색이 엿보였다. 그러면서 들으려면 듣고 듣기 싫으면 듣지 말라는 듯 혼잣말처럼 이랬다.

"아랫것들이 버리장머리없거로 주인마님을 자꾸 욕해싸서, 지가 듣기 안 좋아갖고 쪼매 나무랬던 것밖에 없는데…….."

운산녀가 참 같잖지도 않다는 투로 말했다.

"그런 일은 주인인 우리가 싹 다 알아서 할 일이지, 니년이 참갠(참견)할 일이 아이다, 요년아!"

"아, 그거는…….."

막 열리려는 언네 입을 운산녀 말이 직방으로 막았다.

"특히나 쥔집 되련님이 부모 닮았니 안 닮았니, 하는 소리는 맞아 죽을 소린 기라. 아나? 모리나?"

운산녀는 언네의 닮지 않았다는 그 소리를 그냥 예사로 받아넘기는 듯한 인상을 심어줄 필요를 느꼈다. 또한, 말은 그렇게 하면서도 속으로는 언네 이야기에서 무엇인가 큰 것을 얻어낼 수도 있을 것 같다는 기대감에 부풀었다.

그런 한편으로, 언네가 지웠던 배봉의 씨에 대한 기억도 났다. 지금 언네는 동업을 통해, 세상 빛을 보지 못한 채 죽어가야만 했던 자기 뱃속 아기에 대한 크나큰 울분과 슬픔을 되살리고 있는지도 모른다.

누구는 부모 잘 만나서 세상 축복을 받아가며 태어나 저렇게 호의호식을 하는데, 누구는 천한 종년 어미 뱃속에서 죽어가야만 하는 이 불공정하고 한 많은 세상.

그런데 그렇게 숱한 생각의 갈래에 무척이나 혼란스러워하면서도, 운산녀 마음 한복판에 바위처럼 단단히 자리 잡고 있는 말이 있었다. 동업이 누굴 닮았느냐는 언네의 말이었다.

'그렇다모 해나 동업이 저거는 억호가 다린 데서 낳아 데꼬 온 아이 까?'

그러나 운산녀는 이내 고개를 흔들었다. 둘째가라면 통곡할 만치 강짜 많은 분녀가 그런 아이를 눈에 넣어도 아프지 않을 것처럼 애지중지할 리는 만무했다. 무엇보다 분녀 배가 산같이 불룩한 것도 보았었다.

"내 함 물어나 보자."

운산녀는 그대로 무심한 척 넘어가려던 애초의 생각을 바꾸었다. 그러고는 언네를 향해 다짜고짜 말을 던졌다.

"동업이 저 아에 대해 니 머신가 알고 있는 기제?"

언네 얼굴 근육이 미세하게 떨리는 것을 운산녀는 놓치지 않았다. 운산녀는 묻긴 했지만, 굳이 알고 싶지 않다는 듯 심드렁한 어조로 바꾸었다.

"답하기 싫으모 안 해도 된다."

"……."

"알고 싶은 멤도 없다."

운산녀는 한 발짝 양보한다는 듯 말했다.

"하지만도 넘들이 모리는 사실을 알고 있다쿠는 거만은 이실직고해라."

그러자 언네가 얼굴에서 웃음기를 싹 거두며 싸늘하게 말했다. 마치 입에서 차가운 얼음 조각들을 뱉어내는 것 같았다.

"마님 말씀 그대롭니더."

"그, 그대로라꼬?"

운산녀 목소리는 또 어쩔 수 없이 함부로 흔들려 나왔다. 그 반면에 언네 음성은 한층 더 차분하기만 했다.

"하지만도, 방금 마님 말씀매이로 시방은 낼로 쥑인다 캐도 자세한 이약은 몬 합니더.”

운산녀는 벌레 씹은 상판이었다.

“쥑인다 캐도?”

솔개가 사라진 하늘은 신의 영원한 비밀과도 같은 푸른빛만 높이 걸려 있었다. 어쩌면 하늘은 새들 놀이터이자 무덤인지도 모르겠다는 생뚱맞은 생각을 운산녀는 했다.

“예, 마님.”

언네는 그럴 수 없이 공손한 태도로 나왔다.

“그 대신 때가 되모 한 개도 안 냉기고 모돌띠리 말씀을 드리것심니더.”

돌변한 언네 말투에 운산녀는 또다시 현기증이 일었다.

“때? 몸에 때?”

언네는 타협을 요구하는 어조였다.

“우떻심니꺼?”

운산녀는 깊은 신음을 토하듯 했다.

“그라모 한거석 있다, 그런…….”

언네는 이번에도 예의 그 기분 나쁜 웃음을 지었다.

“기대가 되지예?”

기대를 가지라고 강요하듯 했다.

“안 됩니꺼? 되고 안 되고는 상전 멤이지만도, 그 갤가에 대해서는 하인이 책임 몬 집니더.”

운산녀는 ‘엿장수 마음대로’ 라는 말이 뇌리를 때리며 구토까지 동반한 심한 어지럼증을 느꼈다. 언네는 아무리 엄한 매로 다스려도 절대로 입을 열지 않을 독종이다. 세상에 저런 악녀도 드물 것이다.

지난날 배봉과 몸을 섞은 사실을 어서 자백하라고 그렇게 혹독하게 갖은 고문을 가해도, 실신해버릴 때까지 실토하지 않았던 그런 언네가 아닌가? 결국, 제 스스로 모든 진실을 털어놓을 때까지 무작정 기다릴 도리밖에 없을 것이다.

무엇보다 언네는 백번을 죽었다가 다시 깨어나도 운산녀 자신을 위한 일을 할 년이 아니다. 섣불리 잘못 건드렸다간 도리어 큰 화를 불러올 수도 있다. 그런 경계심이 없었다면 벌써 집안에서 내쳤을 종년이다. 조심하지 않으면 큰일 난다. 동업에 대한 저 이야기 밑바닥에는 엄청난 음모가 도사리고 있다. 뱀처럼 똬리를 틀고 있다.

그런데 운산녀를 더욱 당혹케 하는 일이 벌어졌다. 억호 부부 처소 쪽으로 가던 길이 분명한 설단은 뜻하지 않게도 그들 둘과 마주치자 굉장히 놀라는 빛이었다. 집 안에 몰래 들어와 있는 도둑이나 강도를 봐도 저토록 당황해하지는 않을 것이다.

'조년은 또 와 저라노?'

운산녀는 내심 고개를 갸우뚱했다. 설단의 행동이 또 이상했다. 언네 모습도 이해할 수 없었다. 언네 또한 설단이 나타나자 안색이 돌변한 것이다.

'종년들이 웃기지도 안 한다 아이가.'

설단은 두 사람 눈치부터 살폈다. 그들이 지금 거기서 무슨 이야기를 나누고 있는지 궁금하기도 하고 왠지 두려워하기도 하는 기색이었다.

'두 년 하는 꼬라지가 에나 요상타. 요것들이 짝짜꿍 한통속이 돼갖고 무신 몬된 수작을 부리고 있는 것가?'

운산녀는 얼핏 그런 의심이 짙게 밀려왔다. 그렇지만 좀 더 자세히 눈여겨보니 그것들은 서로를 경계하는 빛이 역력하다.

'그거는 아인 거 겉은데? 그라모 도대체 머꼬?'

운산녀로서는 알 턱이 없었다. 동업을 놓고 언네와 설단이 벌이고 있는 신경전을. 총칼만 들지 않았지, 그런 전쟁도 다시 없을 것이다.

'해, 해나 언네가 운산녀한테 동업이 이약을 한 기 아일까?'

이건 설단이 생각이었다. 강한 의구심이 산짐승처럼 덤벼들었다.

'내한테 하는 거매이로, 동업이가 억호와 분녀 자슥이 아이라꼬 일러바치고 있었던 거는 아일까?'

설단은 가슴이 떨려 숨조차 제대로 쉴 수 없었다. 날카로운 석류나무 가시가 심장을 콱 찔러대는 느낌이었다.

'아, 그렇다모 내는 죽었다.'

우리 동업이에게 혹시 무슨 일이라도 생기면, 그것은 전적으로 업둥이 비밀을 알고 있는 설단이 네년 책임이라고, 네년 가랑이를 쫙쫙 찢어 죽일 거라고, 무섭게 을러대던 분녀 모습이 눈앞에 어른거렸다.

'누가 내하고 무신 웬수가 져서 동업이 조것을 요 집구석에 갖다 났노?'

그런가 하면, 언네는 또 언네대로 머릿속이 터질 듯 복잡했다. 설단이 먼저 선수를 치지 않을까 하는 강한 조바심과 불안감이 불같이 일었다.

'조년을 살리놓으모 안 되것고 쥑이삐리는 기 낫것다.'

그랬다. 설사 살인을 치는 한이 있더라도 그것은 절대로 안 될 일이었다. 동업을 이용해 팔자를 고치려고 벼르고 있는 언네였다. 동업은 절대 억호와 분녀 소생이 아니란 것은, 하늘과 땅이 바뀌어도 결코 번복할 수 없는 엄연한 현실이란 것에 큰 자신감을 가지는 언네다. 세상에서 최고가는 비밀 무기를 가지고 있는 것이다.

'올매나 많은 인간들이 초상을 칠지도 모린다.'

상상만으로도 숨이 턱턱 막혀왔다. 동업이 억호와 분녀 소생이 아니라는 게 알려지면 온 고을이 발칵 뒤집힐 것이다. 일찍이 이 고장에 없었던 그런 대지진이 아니고 무어랴. 그 배후에 무엇이 있는지 캐내기 위한 또 다른 세력들이 고개를 쳐들 수도 있다.

'동업이 친부모가 누군고 드러나고……'

아, 그전에 임배봉 가문이 먼저 산산조각 날 것이다. 두 눈에 부처가 거꾸로 선 배봉은, 동업은 말할 것도 없고 억호와 분녀 또한 당장 집에서 쫓아내 버릴 것이다. 동업직물이란 포목점 간판도 즉시 끌어내려 부숴버릴 것이다.

'고 인간, 지 자신도 그럴것제.'

마지막으로 배봉은 제 주먹으로 제 가슴을 땅땅 칠 것이다. 가문의 대를 이어갈 손자가 없음을 한탄하며, 그리고, 어쩌면, 언네 뱃속에 생겼던 씨를 지워버렸던 일을 천만 번도 더 넘게 후회할 것이다. 그보다도 더 큰 복수는 없을 것이다.

'우떤 귀인貴人이 낼로 위해서 동업이 조것을 여 데꼬 왔으꼬?'

또 언네는 굳게 믿었다. 설단은 절대로 제 입으로 동업에 대한 내막을 꺼내지 않으리란 것을. 그것은 곧 설단 자신의 죽음을 뜻하는 거니까.

언네는 천천히, 아주 천천히 목을 젖혀 하늘을 올려다보았다. 솔개가 사라진 지 오래인 하늘은 그저 청명하기만 하다. 그 솔개의 밥이 무엇이었는지는 모르겠지만 한 생명은 벌써 땅 위에서 사라졌다. 약육강식의 세상이다.

'인자 두고 봐라. 끝꺼지 살아남는 승자는 이 언네가 될 끼다.'

언네는 운산녀에게 인사도 하는 둥 마는 둥 하고서 그 자리를 벗어나기 시작했다. 이제 운산녀와 설단도 더 이상 거기 서 있을 필요가 하등 없으니 곧 각자의 처소로 돌아갈 것이다.

언제부터인지 모르게 나루터집은 서민들에게 하나의 살아 있는 전설로 변해가고 있다. 날로 달로 확장하여 상촌나루터 수많은 가게 가운데 어디에도 뒤지지 않을 만큼 규모도 커져만 갔다. 전설이라고 할 만했다.

그러나 비화는 조금도 기쁘거나 즐겁지 않았다. 되레 초조감만 한층 늘어났다. 동업직물 때문이다. 배봉과 점박이 형제가 운영하는 포목점은 다른 고장에도 알려질 정도로 무섭게 번창하고 있다. 나루터집과 동업직물은 시간이 갈수록 그 격차가 벌어지는 듯했다. 하긴 나루터 국밥집과 읍내 중앙통 포목점이 어찌 상대가 되겠는가?

그렇기는 할지라도 비화에 대한 소문은 잔잔한 파문처럼 조금씩 퍼져 나갔다. 사람들은 나루터집 본 주인은 비화이고, 우정 댁과 원아는 자금만 조금 대고 있는 동업자 정도로 여겼다. 사실 나루터집을 개업할 때 필요한 돈을, 비화가 안골 백 부잣집 염 부인에게서 빌린 것이기는 했다. 지금은 원금도 받지 않겠다는 염 부인에게 이자까지 쳐서 모두 다 갚았다.

그리고 사람들이 그렇게 믿도록 만드는 바탕에는 또 한 사람, 박재영이 있다. 나루터집 모든 재산관리는 비화 남편 재영이란 남자가 한다는 엉뚱한 얘기가 나돌았다. 특별한 일자리를 구하지 못한 재영은, 일손도 모자라고 하여 언제나 가게 입구 계산대에 앉아 손님들 음식값 받는 일을 하고 있었다.

한편, 남들이야 알 수가 없겠지만, 재영이 하루 종일 비화 옆에 꼭 붙어 있는 이유는, 민치목에 대한 경계와 우려 때문이기도 했다. 언제 어느 곳에서 놈이 또다시 마수를 뻗쳐올지 모른다.

"그눔이예……."

풀어놓은 동물처럼 이곳저곳 쏘다니는 얼이 입을 통해 지금도 치목이 나루터집 부근을 서성거리며 비화를 노리고 있다는 사실을 알았다.

"인상 한분 더럽더마는."

꼽추 달보 영감도 산적 두목같이 생긴 사내가 나루터를 얼쩡거리는 것을 종종 본다 했다. 그러나 그 말끝에 늘 붙이는 소리가 있었다.

"하지만도 요만큼도 걱정하지 마라꼬. 내가 두 눈 부릅뜨고 그눔을 지키보고 있는께."

그동안 민치목은 소궁복 자리를 꿰차고 앉았다. 운산녀의 정부情夫일 뿐만 아니라 더 나아가 동업자였다. 물론 경비는 운산녀가 대고 치목은 관리인 역할을 했다.

그런가 하면, 운산녀는 치목이 궁복 같은 인간으로 바뀔세라 무척이나 신경을 기울였다. 배봉이 재산을 모조리 빼돌리기 전에 두 사람이 시작했던 사업을 통해 얻는 수익도 제법 짭짤했다.

"아재! 할만은 하지예?"

"하모요. 내 적성에도 딱 맞고."

그즈음 운산녀와 치목은 목재상과 관련된 일을 하고 있었다. 지리산 쪽에서 벌목해 온 목재를 하동 섬진강을 이용해 뗏목으로 실어 날랐다. 이미 벌여 놓은 그 사업 하나만 잘 굴려도 돈벌이는 걱정 없었다. 또한, 그것이 여전히 그들 남녀가 서로 등을 돌리지 않는 가장 큰 이유였다. 정이 아니라 돈으로 맺어진 것이다.

한편 배봉은 낮 동안에는 포목점에 틀어박혀 있다가 밤이면 기방 출입을 했다. 그래서 배봉과 운산녀가 서로 상대 코빼기도 구경하지 못한 날들이 대체 얼마나 되는지 모른다. 그야말로 호적에만 달랑 이름을 올린 서류만의 부부라고 해야 마땅했다.

'고년 꼴 안 본께……'

'고 인간 죽어삔 거나 안 겉나.'

배봉과 운산녀는 서로가 잘됐다 싶었다. 어차피 부부의 정이라곤 지난해 대홍수 때 깡그리 쓸려가 버린 남강 변 모래알처럼 조금도 남아 있지 않았다. 돈 모으는 그 재미가 시들해진 몸으로 애정도 없이 벌이는 부부 행위보다 몇 배 나았다.

그뿐인가? 그들 각자에게는 기녀와 치목이 있다. 원초적인 감정을 불사를 대상이 있으니 무어 답답하랴. 돈 앞에 걸리는 게 있으면 어디 나와 보라지. 어쩌면 지금은 모든 게 일시적인 소강상태로 접어든 것인지도 모르겠다.

억호와 분녀 또한 단 한 시도 동업을 품에서 떼 놓는 일은 없었다. 왕자님 같은 동업 옆에는 반드시 누군가가 그림자처럼 바짝 붙어 있었다. 그래서 제아무리 날고 긴다는 살인청부업자라고 해도 동업을 해칠 수 없을 것이다.

비화도 마찬가지였다. 꼭두새벽부터 밤늦게까지 손님들로 붐비는 밥집 안에 있어 역시 아무나 손 뻗치기가 쉽지 않았다. 혼자 있는 시간이 극히 드물었다. 치목은 크게 안달 나 하는 운산녀에게 말했다.

"휴화산 아요?"

뜬금없는 그 소리에 운산녀는 눈을 끔벅거렸다.

"무신 산요?"

치목은 어디서 주워들었는지 모르지만 그럴싸하게 늘어놓았다.

"죽어삔 사화산이 아이고, 운제 또 각중애 확 폭발할랑고 모리는 휴화산 말입니더."

운산녀는, 저 인간이 입만 살아서 싫었지만, 잠자코 듣고 있을 도리밖에는 없었다. 기실 처음에는 조금 혼쭐만 내주라고 했던 게 운산녀였고, 그러자 그 정도로는 성에 안 차니 목숨까지 어떻게 해버리겠다고 한 건 치목이었다.

"쪼꼼만 더 기다리이소."

운산녀는 치목의 그 말이 이제 지겹다는 빛을 내비쳤다.

"또 쪼꼼만 더……."

치목은 절반가량도 채 피우지 않은 아까운 담배를 재떨이 가장자리에 대고 싹싹 비벼 끄며 단언했다.

"절대 오래는 안 갑니더."

하지만 담배 연기가 싫어 상을 찌푸리고 있던 운산녀는 잔뜩 실망한 빛이었다.

"이라다가 내 생전에는 글러묵은 거 아이요."

치목은 팔을 안으로 굽혀 알통을 크게 부풀려 보였다.

"기다리이소. 이 치목이 휴화산맹캐 한꺼분에 탁 터뜨릴 낀께네."

그런데 솔직히 그때 치목은 운산녀 살인 청부보다도 훨씬 더 골치 지끈거리고 급한 일이 있었다. 하나 있는 아들 맹쭐의 도벽이 극에 달해 있었던 것이다. 지금까지 여러 번이나 관아에 붙잡혀 갔고, 그때마다 점박이 형제 도움을 받아 풀려나오곤 하는 그 짓거리를 수없이 되풀이하고 있었다.

'우쨌든 골 아푸다, 골 아파. 해골이 복잡타.'

뒤벼리와 말티고개 저쪽 선학산을 떠올렸다.

'거게 공동묘지 가갖고 바까오모 좋것다.'

치목은 심지어 운산녀와 한 이부자리 속에 나란히 누워 있는 그 순간에도 마음은 콩밭을 헤맸다.

'배봉이나 점벡이 자슥들이나, 만약 이 치목이 운산녀하고 둘이 그렇고 그런 사이라쿠는 거를 알모, 내는 물론이고 맹쭐도 잡아 쥑일라쿨 끼다.'

입으로 훅 불어 불꽃을 끈 호롱은 다시는 꽃을 피우지 못할 검은 고목처럼 비쳤다.

천을 쓴 여인

말 그대로 찢어지도록 가난했던 세 여인이 서민 음식인 콩나물국밥을 만들어 팔아 돈을 많이 불려가고 있다는 소문이 근동에 쫙 퍼지자 나루터집에는 손님 아닌 이들의 발길도 점점 잦아졌다.

그것은 누구도 상상하지 못했던 일이었다. 그들은 나루터집을 운영하는 세 명의 여인들 중에도 가장 나이가 밑인 비화가 돈 버는 데는 비상한 재주를 가졌다는 이야기를 들었다며 특히 비화를 만나고자 했다.

그리고 비화를 만나보고 돌아간 사람들이 입소문을 내어 방문객은 새끼를 쳤다. 그들 때문에 장사를 하지 못할 판이었다. 비화로선 전혀 예상치 못한 일들이 벌어지고 있는 셈이었다. 그럴 때 문득 떠오르는 게 비어사 주지 진무 스님 말이었다.

— 숨길 비秘, 혹은 신비로울 비秘, 꽃 화花, 그렇게 쓰는 비화냐?

— 허, 그렇구먼, 그래! 숨어 있는 꽃, 신비로운 꽃이라. 하지만 이 세상 사람들이 그 꽃을 발견할 때쯤이면…….

어쨌거나 비화를 찾는 이들은 하나같이 가난하고 힘없는 사람들이어서, 비화는 그 바쁜 와중에도 기꺼이 그들을 맞았다. 그렇지만 지난날 불행했던 자신의 모습을 다시 보는 것 같아 가슴이 아프기도 했다. 그래도 그 일을 멈출 순 없었다.

"또 왔는가베예?"

"하이고, 이리쌌다가 우리 가게가 국밥집이 아이고, 신수 봐주는 관상재이나 점재이 집 되것다."

"조카가 운제부텀 저리됐는지 모리것네예."

"좋은 일 하는데 몬 하라꼬 뜯어말릴 수도 없고."

"신神내린 무당 겉애서 섬뜩할 때도 있다 아입니꺼."

"생사람 잡는 선무당은 저리 가라 아이가."

"우쨌든 조카도 심이 마이 들 끼라예. 장사도 해야 되고 말입니더."

"언청이 아이모 째보라 쿠나?"

실로 기묘한 노릇이 아닐 수 없었다. 우정댁과 원아의 말처럼 언제부터인가 비화는 사람 앞날을 예언하고 부자 되는 비법에 통달한 여자로 알려져 있었다.

"이 죄 많고 몬난 사람이 집 나가 있을 동안, 험한 시상을 부인이 여자 몸으로 혼자서 살아볼 끼라꼬 상구 애를 쓰는 그 과정 속에서, 부인도 잘 모리는 틈에 부인은 살아가는 이치를 터득한 거 겉소."

재영이 속죄하듯 감탄하듯 하는 소리였다.

"아입니더, 그거는."

비화는 당황하여 그런 건 절대 아니라며 손사래를 치고는 했지만, 사실 스스로도 깜짝깜짝 놀랄 때가 한두 번이 아니었다. 접신接神한 여자처럼 그녀도 전혀 생각하지 못했던 말이 입에서 술술 흘러나오면 비화는 자신이 너무 낯설고 무섭기까지 했다.

이날도 이른 아침부터 행색이 초라한 마흔 살가량 되는 어떤 남자가 찾아왔다. 그의 검고 홀쭉한 얼굴에는 오랜 좌절에 절고 거듭된 실패에 지쳐버린 기색이 역력했다. 그는 몹시 허기지고 목마른 사람처럼 말했다.

"부인께 돈 버는 비법을 배울라꼬 왔심더."

비화는 언제나 그렇듯 더할 나위 없이 황당한 얼굴로 말했다.

"돈 버는 데 무신 비법이 있것심니꺼."

남자는 맥이 없어 보이면서도 끈질기게 달라붙었다.

"지는 아모리 노력해도 재물이 모이지를 않는 깁니더."

비화는 총기 있는 눈을 빛내며 말했다.

"사람이 노력해갖고 안 될 일은 없지예."

하지만 그런 일상적이고 상식적인 이야기들은 벼랑 끝에 내몰린 사람들에게는 애당초 먹혀들지 않는 법일지도 몰랐다.

"와 그런지 지발 깨우쳐 주이소. 그런 말씀 마시고예, 예에?"

찾아온 사람은 안타까워했고, 비화는 답답해했다.

"재물을 모으는 데 무신 특별한 비밀 방법이 있을 끼라꼬……."

그러나 남자는 결코 그대로 물러갈 기세가 아니었다.

"그냥 가모 지는 죽은 목심입니더."

"그런 말은 벌로 하는 기 아이지예."

잠시 후에 비화는 조용한 목소리로 차근차근 말을 하고 있는 자기의 모습을 거울 속에 비치는 것처럼 보았다.

"사람이 재물을 모울라쿠모 절대로 서둘모 안 된다꼬 봅니더. 그라고 올바른 길을 밟아 일하고 씰데없는 낭비를 삼가모, 재산은 호박새미 물고이듯 모아지것지예."

남자는 비화 말을 그대로 되뇌었다.

"절대로 서둘지 말고, 올바른 길을 밟아 일하고, 씰데없는 낭비를 삼가라꼬예?"

"……."

비화는 잔잔한 미소 머금은 얼굴로 답을 대신했다.

"증말 고맙심더. 부인의 귀하신 말씀, 운제꺼지고 이눔 가슴에 담고 뼈가지에 새기서 살아가겟심더."

남자는 몇 번이나 고개 숙여 감사를 표한 후 돌아갔다.

'후우. 이거는 아인데?'

비화는 마음 끝에 큰 돌덩이를 매단 듯했다. 배봉가家라는 저 험준한 산맥을 넘으려면 아직도 턱없이 모자라는데, 세상은 김비화라는 여자를 너무나 부풀려 보고 있다.

그런데 비화를 찾아오는 사람 중에는 오히려 비화에게 크나큰 깨우침을 심어주고 가는 이들도 적지 않았다. 바로 그 무렵에 방문한 웬 사내도 그랬는데, 얼굴이 마치 여자처럼 오목조목하게 생긴 그는 신분부터 좀 특이했다.

"아, 징을 맹글던 분이라꼬예?"

나루터집 식구들은 너나없이 신기하다는 눈빛으로 그 사내를 보았다. 비화를 만나러 온 사람이란 사실도 잊어버린 성싶었다. 특히 사물놀이를 좋아하는 송이 엄마가 그중 최고 높은 관심을 보였다.

"와 징을 고만두실라꼬 하시예?"

혹여 상대방 자존심을 상하게 할세라 무척 조심스럽게 묻는 비화에게 돌아오는 답변이 이랬다.

"암만캐도 지한테는 그 일을 잘할 소질이 없는 거 겉어서예."

그런 후에 나오는 그의 말이 왠지 듣는 사람 마음을 강하게 잡아당겼다.

"십 리 밖에꺼정 물에 실어갖고 보낼 수 있는 소리를 낼 그런 징을 맨들 줄 알아야 하는데……."

"그기 무신?"

그게 무슨 말이냐 하면, 무릇 매로 치고 망치로 두들겨서 만드는 '방짜징' 속에, 그것을 제조하는 장인의 영혼이 소롯이 깃들어야 훌륭한 징이라고 할 수 있는데, 자기는 그러지 못한다는 거였다.

"방짜징 속에 장인의 영혼이 깃들어야……."

사내 말 몇 마디를 듣고 비화는 당장 그에게 호감이 갔다. 장인정신이 있고 사려도 깊은 사람이었다. 이런 사람이라면 그가 하고자 하는 일이 무엇이든 돕고 싶었다. 그는 징에 관심을 보이는 나루터집 식구들에게 이런 소리도 했다.

"징을 다루는 기술 중에 으뜸은 '징울음 잡기'라고 할 수 있심더."

징과 울음이라는 말을 한데 붙여 이야기하는 것도 그렇거니와, 그것을 잡는다는 말 또한 그냥 예사로이 마음에 와닿는 게 아니었다.

"그라고……."

그는 징 울의 한쪽에 끈을 꿰고 채로 치는 동작을 취해 보였다.

"바로 이 징울음 잡는 기술의 차이에 따라갖고 징의 좋고 나쁨이 판가름 난다 캐도 되것지예."

그는 스스로의 감정에 겨운 듯 자기가 일하던 곳의 '징점'과 그를 가르친 스승에 대한 이야기도 내비쳤다.

"지가 있던 '점터'는 세 가닥 물줄기가 합치서 흐르는 곳입니더. 풍수지리적으로 최고의 길지吉地에 징점을 여신 그분은, 신기神技에 가차운 기술을 가지셨지예."

"훌륭한 징을 맹글라모 뛰어난 솜씨가 안 필요하것심니꺼."

원아가 말했다. 비화는 원아 그 말끝에서 그녀의 연인 한화주를 떠올렸다. 저 임술년에 형장의 이슬로 사라지지 않고 아직 살아 있다면 자기가 그토록 원하던 환쟁이가 돼 있을지도 모른다. 그러면 원아는 화공의 아내가 되어 있겠지.

"그거는 딱 맞는 말씀입니더."

비록 징을 포기하고 새로운 일을 찾아 나선 사내였지만 아직도 징에 대한 미련을 완전히 떨치지는 못한 듯했다. 징에 대한 그의 이야기는 무궁무진하여 좀처럼 끊어질 것 같지가 않았다.

"방짜, 그런께네 놋쇠를 맨드는 기술에서부텀 징의 크기, 징바닥 두께, 징테두리의 높이, 징바닥과 테두리의 각도, 깎음질, 담금질, 징끈의 소재와 구멍의 위치, 그라고 아까 말씀드린 징울음 잡기에 이르기까지 한도 끝도 없지예."

"……."

보통 사람들은 듣기만 해도 복잡하고 어려워 감히 접근하기도 두려울 판이었다. 아무튼, 쉽게 접할 수 없는 좋은 만남이었다.

'아, 그렇구마!'

비화는 징 하나를 만드는 데도 그런 남다른 기술과 엄청난 노력이 뒤따라야 한다는 그 사실에 마음이 매우 숙연해짐을 느꼈다. 그래, 세상에 쉬운 일은 없다. 그 중에도 사람을 상대로 하는 일이 가장 힘들 것이다.

"징채로 치모 안 있심니꺼."

사내는 자기 스승이 만든 징이 얼마나 뛰어났는지를 이런 말로 전해주었다. 그리고 그때 그의 얼굴은 어두운 기운이 가시고 환한 빛에 싸여 있었다.

"황소울음 겉은 소리가 긴 파장으로 울려서……."

비화 가슴속으로 황소바람이 세게 불어오는 것 같았다. 그것은 자칫 좁아지려는 마음을 크게 열어젖히는 힘을 싣고 있었다.

"사람들은 저 먼 곳에서 그 징 소리만 듣고도, 지 스승님이 맨드신 기라꼬 알 수 있을 정도지예."

우정 댁은 대단히 감동스러운 얼굴이 되었다.

"우짜모! 그 소리만 듣고도……."

사내가 돌아간 후에도 비화 가슴 저 깊은 곳에서는 징 소리가 끝없이 울려 퍼지고 있었다. 인간의 영혼이 살아 숨 쉬고 있는, 십 리 밖에까지 황소울음과 같은 긴 여운을 남기고 있는, 아름답고도 구슬픈 소리의 향연이었다.

그러나 그 사내보다도 훨씬 더 그녀 마음을 사로잡을 사람을, 그 징 소리보다도 훨씬 더 그녀 심장을 터지게 할 소리를, 조만간 맞이하게 되리라는 것을 그때는 몰랐다.

점심때가 막 지나 나루터집이 하루 중 가장 한가로울 때였다.

비화를 찾아온 한 여인이 있었다. 비화는 천으로 얼굴을 온통 가린 그 여인의 방문에 적잖이 당황했다. 지금까지 돈 버는 비법을 가르쳐 달라면서 그녀에게 찾아온 사람은 모두가 남자들이었다. 여자가 찾아오기는 처음이었다.

"저 방으로 가이시더."

어쨌거나 비화는 자기를 찾아온 사람들을 만나는 장소인 맨 구석방으로 그 여인을 얼른 안내했다. 얼굴을 완전히 가리고 있어 짐작하건대 아마도 그 여인은 남의 이목을 아주 꺼리는 듯했기 때문이었다.

'오데 사는 머하는 여자꼬?'

그 여인의 신분이 자못 궁금했다. 어쩌면 본부인이 있는 어떤 부자 영감 하나를 꼬드겨 얻어낸 나쁜 돈으로 무슨 사업을 하는 것이 좋겠느냐고 물을는지도 몰랐다. 혹은 시가에 죄를 짓고 소박데기가 되어 먹고 살 방도가 막막한 나머지 소문만 전해 듣고 무작정 찾아 든 여자일 수도 있다.

'우떤 쪽이든 간에 내한테 온 사람인데 고만 가라 할 수는 없는 기라. 나도 전에 마이 심들고 에려블 적에는 아모나 붙들고 하소연함서 울고 싶었다 아이가.'

그런데 막 방문을 걸어 닫고 둘이 마주 앉았을 때였다. 비화는 전혀 예상치도 못한 돌발 사태에 너무나 경악하지 않을 수 없었다. 지금 꿈을 꾸고 있는 게 아닌가 했다.

"비화 새댁, 내요."

그러면서 떨리는 손으로 얼굴에서 천을 벗겨내는 여인, 그녀는 참으로 놀랍게도 전창무의 부인 우 씨가 아닌가?

"아……."

비화 입에서 무어라 형언키 어려운 소리가 흘러나왔다. 눈앞이 캄캄해졌다가 환해졌다가 또다시 같은 현상이 반복되었다.

남강 백사장에서 효수형 당하고 그 머리가 장대에 내걸렸던 창무의 아내. 남편을 죽게 했다는 세상 사람들의 비난을 견디지 못해 젖먹이를 등에 업고 고개 넘어 어디론가 바람이나 구름같이 사라져버렸던 우 씨. 그녀가 오늘 비화 앞에 모습을 나타낸 것이다.

"아주머이!"

비화 목소리는 세찬 물살에 일렁이는 남강 가장자리의 수초처럼 흔들렸다.

"시방꺼지 오데 계싯던 깁니꺼?"

우 씨는 손에 들린 무색천을 손등의 정맥이 드러나 보일 만큼 꽉 움켜쥐고 있었는데, 그 모습이 이루 말로 표현할 수 없을 만큼 비화 심장을 깎아내리고 저리게 했다.

"우리가 그동안 올매나 찾았는 줄 아심니꺼?"

비화는 울먹이며 말했다.

378

"흑."

우 씨도 끝내 울음을 터뜨렸다.

"내사 참말로 죄 많은 나뿐 년 아인가베. 그냥 가마이 놔뒀으모 안 죽을 남편을 무담시 천주학에 끌이들이갖고……."

"그기 오데 아주머이 잘못입니꺼?"

비화에게서 독실한 신자 같은 말도 나왔다.

"다 하느님이 시키신 일 아이것심니꺼?"

비화는 어느 틈엔가 우 씨의 야윈 두 손을 꼭 잡고 있었다. 그녀 팔목은 대꼬챙이같이 가늘어졌고 얼굴은 반쪽이었다.

"올매나 고생이 심하싯기에 이리 돼삐리신 기라예?"

그 말을 들은 우 씨는 더욱 큰소리로 서럽게 울었다. 계절을 잘못 알고 엉뚱한 서식처를 헤매다가 온 철새와 같았다.

"하느님도 이년이 싫으신 모냥 아이가."

우 씨는 작고 얇은 손으로 방바닥을 내리칠 사람처럼 했다.

"지발 내도 좀 데꼬 가 달라꼬 그리키나 싹싹 빌어싸도 아모 소용이 없는 기라."

"아주머이예!"

비화는 그저 애타게 그녀를 불렀고, 우 씨 입에서는 왈칵 검붉은 피를 토하는 듯한 소리가 이어졌다.

"얼라 아부지도 꿈에 안 비이네?"

"……."

잠자는 중에 생시와 마찬가지로 여러 가지 사물을 보는 것이 꿈일 텐데, 꿈에도 없었던 일이 꿈같이 벌어지고 있었다.

"꿈에서라도 내 당신 사는 데 같이 가서 살란다, 그리 이약하고 싶은데……."

그곳이 강마을에 있는 집이라는 것을 말해주듯 방문이 저절로 흔들렸고, 우 씨는 가슴을 쥐어뜯을 사람처럼 했다.

"흐."

그때쯤 비화 눈에서도 뜨거운 눈물이 줄줄 흘러내렸다.

"아주머이예, 자식을 봐서라도 그런 말씀하시모 안 됩니더."

그러자 아주 궁금하고 염려되는 게 있었다.

"애기는 친정집에 맡기 놓으신 깁니꺼?"

우 씨가 기운 없이 머리를 흔들었다.

"아이요."

비화는 혹시 아이가 잘못된 게 아닐까 싶어 크게 떨리는 목소리로 물었다.

"그라모예?"

우 씨는 구슬픈 노랫가락을 읊조리듯 했다.

"내는 친정집 몬 가요. 아모 데도 몬 가요."

강 쪽에서 물새 울음소리가 간헐적으로 들려오고 있었다.

"그라모 아아는예?"

비화가 또 묻자 우 씨는 문풍지가 나부낄 만큼 깊은 한숨과 함께 대답했다.

"다른 아는 사람한테 잠깐 봐 달라꼬 부탁해 놓고 온 기요."

"아, 예."

안도의 한숨을 내쉰 비화는 우 씨 손을 더욱 굳게 쥐며 말했다.

"아주머이도 우리하고 같이 사입시더."

"새댁하고 같이?"

"예."

잠시 후 한 번 더 확인했다.

"내가 여서?"

"예."

우 씨가 가을바람에 굴러다니는 가랑잎 같은 소리로 쓸쓸하게 웃었다. 섬뜩할 정도로 공허한 웃음이었다.

"내는 곧 돌아갈 끼요."

그러면서 큰 추위를 타는 새처럼 어깨를 움츠리는 우 씨였다. 그 어깨 위에는 살아가면서 평생 내려버릴 수 없는 무거운 짐이 얹혀 있는 듯했다.

"오데로 가신단 말씀입니꺼?"

비화는 더한층 그녀 손을 세게 거머쥐었다. 실수로라도 놓기만 하면 금세 연기나 안개가 되어 어디로 사라져버릴 것만 같았다.

"차라리 아모도 모리는 곳에 가서 사는 기 더 낫을 끼라."

우 씨는 자포자기한 사람처럼 보였다.

"아주머이예!"

비화는 가슴이 막혀 듣고 있을 수가 없었다. 함부로 고함이라도 지르고 싶었다. 아무도 모르는 곳에…….

"요 살다가 내 자슥이 자라서 지 아부지 죽은 사연 알모 지 심정인들 우뙇것소."

우 씨는 시종 울음 섞인 목소리로 말했다.

"그 자슥이 자라모, 갤국 내 입으로 모돌띠리 털어놓을지도 모리것지만…….”

그들 모자의 앞날이 훤히 내다보인다는 것처럼 말했다.

"하기사 틀림없이 그런 식으로 될 끼거마는."

마치 고해성사라도 하듯 했다.

"기신다꼬 될 일이 아이고, 아모리 슬프고 또 괴로버도 알 거는 알아야 하는 벱인께네."

비화는 방문 바깥쪽으로 고개를 돌리며 용기를 북돋워 주듯 말했다.

"상구 걱정했던 얼이도 저리 탈 없이 잘 크고 안 있심니꺼. 우정 댁도 인자 상처가 한거석 아물어지싯고예."

얼굴을 가렸던 작은 천 조각 위로 그야말로 닭똥 같은 눈물방울이 뚝 뚝 떨어져 내리고 있는 우 씨였다.

"이 장사한께 묵고살 만은 합니더. 그라이 아주머이도……."

목이 메어 비화는 말을 계속할 수가 없었다. 하지만 우 씨는 그 어떤 강한 물체로도 뚫을 수 없는 단단한 벽 같았다.

"내 멤은 안 배뀌요. 변해도 안 되고."

"아주머이 아드님을 생각해서라도 멤을 함 바까보이소."

우 씨가 비화 말을 잘랐다.

"그보담도 내가 오늘 비화 새댁 보로 온 거는 안 있소."

우 씨 음성이 진지함을 넘어 자못 비장하게까지 들려 비화는 긴장감에 싸였다. 목소리도 떨려 나왔다.

"말씀을 해보시소."

우 씨는 손에 든 천으로 붉어진 눈두덩에서 눈물을 꾹꾹 찍어내며 그곳까지 온 용건을 털어놓기 시작했다.

"비화 새댁은 시상 뜰 때꺼정 요 고을서 살 끼라 보고, 내 부탁 하나 할라꼬 찾아온 기요."

비화는 진심으로 말했다.

"다 말씀하시소. 지가 할 수 있는 일이모 머시든지 모도 하것심니더. 그라이 쪼꼼도 멤에 걸어 두지 마시고예."

그러나 우 씨는 다시 가슴이 막히는지 한참 동안 말을 하지 못했다. 비화는 그녀의 손을 놓고 가만히 기다렸다. 이윽고 우 씨가 힘겹게 입을 열었다.

"우리 얼라 아부지 무덤 안 있소."

"예."

우 씨 입에서는 누가 들어도 섬뜩할 소리가 나왔다.

"머리가 없이 몸띠이만 묻히 있는 무덤이지만도……."

"그, 그런 말씀은 하지 마시소."

비화는 진저리를 치면서 만류했다. 그들 부부가 겪은 고통에서 벗어
나기 위해서는 제발 잊어야만 할 일이었다.

"몸띠이, 몸띠이만……."

우 씨는 또 말을 못 한다. 비화 가슴도 터질 듯하다.

우 씨는 숨넘어가는 사람이 마지막 유언하듯 가까스로 말을 이어갔다.

"그 무덤에는 비석도 상석도 안 없는가베."

비화 귀에는 우 씨 목소리가 흡사 부장품이 도굴당한 무슨 커다란 왕
릉 내부에서 울리는 것처럼 들렸다.

"그라이 세월이 상구 흐르모, 상구 흐르모……."

세월의 더께가 고스란히 전해지는 느낌이었다.

"그 묘가 누 묘인고 아는 사람이 하나도 없을 끼라."

비화는 이제 그런 이야기는 그만하라고 손을 내저었다.

"안 좋은 생각은 접어 두시고예."

무엇에 쫓기듯 우 씨 말 속도가 빨라졌다.

"그래 내 하는 소린데, 비화 새댁이, 그 무덤이 우리 얼라 아부지 무
덤이라쿠는 거를 잘 기억해놨다가, 그랬다가, 흐……."

비화는 조바심이 났다.

"그랬다가 우짜꼬예?"

몸에서 기운이 빠지는지 우 씨의 말 속도는 다시 느려졌다.

"세월이 짜다라 지나 내중에 천주학이 많은 사람들한테 전파되는 날이 오모······."

마지막 운기를 모으려는 것처럼 잠시 쉬었다가 말을 계속했다.

"그때 가갖고······."

끼니때를 놓치고 늦게 들어왔는지 마당가 평상에 앉아 도란도란 나누는 손님들 이야기가 비화 귀에는 다른 세상에서 나는 것 같았다.

"나라에서 금지하는 천주학 활동하다가 고마 죽어삔 사람을 안됐다꼬 불쌍하거로 여기는 사람들이 나타나서······."

우 씨 말은 끝맺음이 되지 않고 계속 흐려졌다.

"억울한 영혼이라도 달래 줄라꼬······."

마침내 처절하고도 애달픈 마지막 소원을 내비쳤다.

"무덤 앞에 비석 하나라도 세워줄 날이 올랑가?"

그 말이 끝나기 무섭게 비화는 판관처럼 말했다.

"옵니더! 오고말고예!"

우 씨는 눈물 그렁그렁한 눈으로 말했다.

"오까?"

"하모예, 와 안 올 낍니꺼?"

비화는 자신도 모르게 흥분하기 시작했다. 그녀가 만났던 천주학 신자 중 가장 독실한 믿음을 느끼게 하던 전창무 모습이 너무나 또렷하게 바로 눈앞에 나타나 보였다. 비화는 얼핏 광기와 탐욕의 포로가 된 여자처럼 보일 지경이었다.

"창무 아자씨 곁으신 분은······."

잘은 몰라도 신봉하는 사람의 표본과도 같은 그였다. 비화가 이성을 잃는 듯하자 우 씨 음성이 오히려 차분해졌다.

"그란데 그 무덤이 오데 있는고 모리모······."

"무덤."

비화 머릿속에 언젠가 나루터집에 왔던 한양 사람들이 신기하다는 얼굴로 주고받던 흔히 들을 수 없는 그 대화가 되살아났다. 그것은 호주인가 하는 이국땅에서 살아가고 있는 '무덤새'라고 하는 새에 관한 이야기였다.

수컷이 모래나 부식토를 발로 긁어모아 무덤을 만들면, 그 윗부분에 암컷이 달걀만 한 알을 낳는다.

그러자 지금 거기 방 안이 네모 모양의 무덤처럼 보이면서 금방이라도 무덤새라는 새가 두 날개를 활짝 펼치고 날아들 것같이 느껴지는 비화였다. 그리고 암수가 정을 나눌 그 무덤은 무섭거나 껌껌한 공간이 아니라 더없이 안온하고 밝은 곳이었다.

'내세에는 두 분이 부리고 싶은 노래를 멤대로 부리시면서 아모 데나 자유롭거로 훨훨 날라댕길 수 있는 부부새가 되셨으모 좋것다'

그런 염원 끝에 다시 바라본 우 씨 얼굴 위로 전창무의 얼굴이 겹쳐 보였다.

"그렇게 해주고 싶어도 몬 할 끼라."

잠시 다른 상념에 젖었던 비화는 우 씨의 그 소리에 정신이 번쩍 났다. 그래, 슬퍼하거나 흥분만 할 일이 아니다. 눈을 크게 뜨고 현실을 직시하지 않으면 안 된다.

"그런 때 우리 비화 새댁이 나서갖고, 저 묘가 그 묘요, 하고 잘 알카 줘서……."

나루터집 옆에 붙어 있는 밤골집에서 주정꾼들이 함부로 내지르는 고함소리가 아스라이 들려왔다. 저들은 또 무엇이 그리도 화가 나고 힘이 들기에 이렇게 훤한 대낮부터 저런 추태를 보이는 걸까? 산 자나 죽은 자나 원하는 건 마찬가지가 아닐지.

"우리 얼라 아부지가 하느님 나라에서 만세 부릴 수 있거로. 흑흑."

그동안 가슴 밑바닥에 꼭꼭 담아두었던 말들을 하나 남김없이 털어놓고 난 우 씨는 잠시 멍한 얼굴이었다. 어쩌면 기력이 소진해버렸는지도 모른다.

"예, 꼭 그리하것심니더, 아주머이."

비화 뺨에도 우 씨 뺨에도 눈물이 끊임없이 줄줄 흘러내렸다. 그리고 그 눈물방울 속에 비치는 한 천주교인의 얼굴이 있었다.

"우짜든지 아주머이는 귀한 아드님 잘 키우시소."

비화는 마귀의 장난이나 치한의 기습처럼 떠오르는 동업이란 아이 생각을 애써 지웠다.

"창무 아자씨 문제는 지한테 모도 맽기주시고예. 그거는 아모 염려 마시소. 지가 하늘에 대고 맹서합니더."

우 씨가 감격에 찬 목소리로 말했다.

"고, 고맙거마는, 새댁."

비화는 되레 민망하다는 표정을 지었다.

"아입니더, 고맙기는예."

비화는 있는 그대로를 이야기했다.

"우리 모도 창무 아자씨를 존갱하고 있어예."

우 씨는 조금은 속이 후련해 보였다.

"내가 비화 새댁한테 잘 왔거마는. 우짤꼬 짜다라 망설여쌌는데."

"잘 오싯어예. 잘 오싯어예."

비화 눈앞에 선연히 나타나 보이는 듯했다. 그날이 언제일지는 모르지만 무수한 세월이 흘러간 후에, 무두묘를 찾아 고인의 원혼을 기리고 있는 사람들 모습이…….

그렇다. 안토니오 전창무, 그는 후세 사람들 가슴마다에 위대한 순교자로서 영원하도록 살아남을 것이다. 무두묘의 주인공으로 영생하리라.

"그라모 내는……."

우 씨가 다시 천으로 얼굴을 가렸다. 그게 색이 없는 천이라 그런지 비화는 순간적으로 우 씨 얼굴도 없어진 것 같은 착시에 흔들렸다.

"가, 가실라꼬예?"

허둥지둥 그렇게 묻는 비화 가슴이 천 갈래 만 갈래로 찢겨 나가는 것만 같았다. 세상 사람들이 우 씨를 좋은 눈으로 보지 않는다는 그 사실을 비화도 익히 알고 있다. 우 씨는 그들의 손가락질이 죽기보다 싫을 것이다. 차라리 나는 억울하다고, 아무 죄가 없다고, 세상 사람들을 향해 하소연이라도 하면 한결 나을 것이련만, 우 씨는 그럴 사람이 아니란 것을, 비화는 누구보다도 잘 안다. 그리고 그게 우 씨의 비극이라는 사실이었다.

"이왕 여꺼지 오싯은께 따뜻한 국밥이나 한 그럭 잡숫고 가시이소. 지가 상을 이 방에 들고 오것심니더."

그러면서 자리에서 일어서는 비화 치맛자락을 우 씨가 붙잡았다.

"고만두소. 밥 생각 없소."

그래도 비화는 조금이라도 더 우 씨와 함께 있고 싶은 마음이었다.

"생각이 없으시도예."

이번에 얼핏 들리는 건 밤골댁 목소리였다. 아마 더 이상 참지 못해 주정꾼들에게 나가라고 외치는 게 아닌가 싶었다. 하여튼 물장사는 쉽지가 않구나 하는 안타까운 생각이 드는 비화였다.

"딴 사람들이 알아보기 전에 얼릉 갈라요."

우 씨는 사람들 목소리만 들어도 싫다는 듯 고집을 부렸고, 비화도 이대로 보내면 나중에 크게 아쉽고 후회할 것만 같다는 마음에 또 말했다.

"그래도예."

"내 부탁한 거나 들어주모 더 바랠 끼 없것소."

우 씨는 잠깐 연한 갈색의 작은 꽃무늬 벽지가 붙은 바람벽에 눈을 주고 있다가 말했다.

"내 죽을 때꺼정 그 언해 안 잊을 끼요, 새댁."

"언해는 무신 언해예?"

비화가 은혜니 하는 그런 서운한 말은 하지 말라는 표정을 짓자 우 씨가 이랬다.

"내 자슥 눔한테도 다 이약해 놓것소."

비화는 자신도 모르게 예언자처럼 말하고 있었다.

"운젠가는 창무 아자씨가 김대건 신부 겉은 위대한 순교자로 팽가 받으실 깁니더."

"증말 그리 되까? 그런 날이 오까?"

우 씨 눈빛이 꿈꾸는 처녀의 그것 같았다. 한때는 그녀에게도 찬연한 무지갯빛 시간들이 있었을 것이다. 비화 가슴이 쪼개지는 듯 더욱더 쓰렸다.

"하모예. 그때가 되모, 아자씨 묘 앞에는 비석뿐만 아이라 상구 훌륭한 상석도 맨들어질 끼고예."

쉴 새 없이 들려오던 물새 소리도 그 순간에는 고인에 대한 묵념을 하듯 거짓말같이 뚝 끊어져 있었다.

"그라고 아자씨를 기리는 수많은 천주학 신자들, 아니 신자 아인 그런 사람들 발길도 안 끊어질 기라예."

"하느님! 마리아님!"

우 씨는 어느새 두 손으로 성호를 그어가며 기도하는 모습을 보였다.

"또 무덤도 훨씬 좋은 자리에 이장 안 시키까예?"

"아, 그리만 되모!"

"되모가 아이고 됩니더."

"새댁, 잘 사소."

"아주머이도예."

"운제 또 비화 새댁을 만낼 수 있는 날이 있을랑가?"

"와 없어예?"

"내 멤에는 아모래도 그런 날이……."

"아주머이."

"내는 가요."

우 씨가 도망치듯이 나루터집을 빠져나간 후, 비화는 보기 딱할 정도로 맥없이 주방으로 들어갔다. 우정 댁과 원아가 기다리다가 그만 지쳤다는 얼굴로 동시에 물었다.

"그 여자가 우떤 여잔데, 그리키나 시간이 마이 걸릿노?"

"우리 조카를 상구 괴롭히지는 안 했나?"

비화는 시치미를 뗐다.

"사람들은 이 비화를 무신 신통력을 가진 무녀로 아는 거 겉어예."

원아가 찬장에서 깨소금 종지를 꺼내면서 신기하기도 하고 조금은 두렵기도 하다는 듯 말했다.

"솔직하거로 이약해서 비화 조카가 영판 다린 사람 겉다. 우리가 맨 첨 만냈을 때하고는 비교가 안 된다."

"지가 머 변했다꼬예. 하나도 안 그래예."

비화 얼굴에 보일락 말락 미소가 감돌았다. 그새 눈물 자국은 다 말라 있었다.

"이거는 내 말만 아이다. 우리 성님도 그렇다 쿠시더라. 우리 눈에 그리 비이는데, 다린 사람들 눈에는 비미이하까이(오죽할까)?"

우정 댁이 익숙한 솜씨로 대나무 살강에 그릇을 차곡차곡 올려놓으며 입을 열었다.

"잘몬하모 원아 동상하고 내하고만 이 장사를 하고, 비화 조카는 다린 질로 나가는 거는 아인가 모리것다."

그런데 이번에도 비화가 소리 없이 웃어 보이면서 마당가 평상에 앉은 손님들에게 줄 국밥을 막 상 위에 올려놓을 그때였다.

"옴마! 옴마!"

그러잖아도 평소 목청이 큰 얼이가 아주 큰 소리로 우정 댁을 부르면서 주방 안으로 달려 들어왔다.

"어이쿠!"

우정 댁이 깜짝 놀라면서 나무랐다.

"니 호떡집에 불났나, 와 야단 난리고? 그라고 사내대장부는 정지에 들오모 몬 쓴다꼬, 내가 몇 분을 씹어묵거로 이약하더노?"

하지만 얼이 입에서는 뜻밖에도 비화가 감추었던 말이 터져 나오고 있었다.

"그 아주머이 봤어예! 봤어예!"

우정 댁이 또 꾸짖었다.

"이눔아! 두 분만 봤으모 살도 몬하것다. 눌로 봤다 말이고?"

얼이는 한층 높아진 목소리로 말했다.

"와 천주학 하던 그 아주머이 안 있어예?"

일순, 우정 댁과 원아 눈이 하나같이 휘둥그레졌다.

"머시? 우 씨 아주머이를 봤다 말이가?"

"오, 오데서?"

얼이는 아직도 숨을 헐떡거렸다.

"방금 막 나룻배 타는 데서예. 달보 영감님 배 타고 가싯어예."

손으로 나루턱 쪽을 연방 가리켜 보이기에 바빴다.

"아이다."

우정 댁이 죽골에 살던 예전에 비해 살이 약간 더 붙은 고개를 내저었다.

"니가 잘몬 본 기다. 그럴 턱이 없다."

그러자 얼이는 너무 답답해 미치겠다는 듯 거기 주방 바닥이 울릴 정도로 발까지 동동 굴려 가며 우겼다. 그럴 땐 말도 잘했다.

"아이라예! 바람이 쌩 불어갖고 얼골을 가린 천이 팍 벗기질 때 본께네예, 바로 그, 그 아주머이였어예! 낼로 보고 웃으시던데예. 우시는 거 겉기도 하고예."

그러나 그 말이 미처 끝나기도 전에 우정 댁과 원아가 한꺼번에 큰 소리를 질렀다.

"처, 천을 썼다꼬?"

"아, 그라모 방금 우리 집에 왔다가 간 그 여자 아이가?"

두 사람 눈이 화살처럼 비화 얼굴에 꽂혔다.

"조카! 우찌 된 기고?"

"맞제? 우 씨 아주머이 맞았제?"

비화는 더는 어쩌지 못하고 고개를 끄덕일 수밖에 없었다. 원아가 크게 원망하는 얼굴로 몹시 서운한 듯 말했다.

"그란데 와 우리한테는 비밀로 핸 기고?"

말 못 할 만큼 너무나 아쉽다는 빛이었다.

"우리도 한분 만내거로 안 해주고, 응?"

비화는 한숨만 내쉬는데 그냥 있을 우정 댁이 아니었다.

"에나 몬됐다. 에나 몬됐다. 우리를 그리 기실 수가 있는 기가?"

다물고 있던 비화 입에서 말이 떨어졌다.

"시방 우 씨 아주머이 처지가 우떻심니꺼?"

"처지?"

서로 얼굴을 마주 보던 우정 댁과 원아는 그만 똑같이 입을 다물었다.

"내 놀로 나가예."

얼이가 주방에서 뛰어나갔다. 그럴 땐 눈치도 번개다.

"실은……."

비화는 우 씨와 나누었던 이야기를 그대로 들려주었다. 때로는 가슴이 벅차오르는 바람에 중간에 말이 끊어지기도 하고 눈물까지 보였다.

"증말 그런 날이 오까?"

다 듣고 난 원아가 슬픈 눈빛으로 말했다.

"천주학뿐만 아이고 농민군 일도 후세 사람들은 시방하고 다리거로 볼 깁니더."

우정 댁이 비화 그 말에 찬동했다.

"앞날을 훠언이 잘 내다보는 비화 조카 말인께, 반다시 그리 될 끼거마는."

울먹이는 원아더러 말했다.

"우리 그리 믿고 살자, 동상."

그 말을 끝으로 세 여인은 모두 침묵에 잠겼다. 손님들이 어서 국밥 가져오지 않는다고 성화였지만 그들 귀에는 아무 소리도 들리지 않았다.

그들 눈앞에 나타나 보였다. 유춘계와 천필구와 한화주 모습이. 성문 밖 넓은 공터에서 망나니 칼날에 뎅겅 목이 달아나고 있는 저 끔찍한 장면들이.

그리고 전창무 모습 또한 비쳤다. 남강 변 모래사장 위에 목 없는 시신만 덩그러니 남아 있는…….

– 백성 2부 6권으로 계속

백성 5

초판 1쇄 인쇄일 • 2023년 10월 25일
초판 1쇄 발행일 • 2023년 10월 30일

지은이 • 김동민
펴낸이 • 임성규
펴낸곳 • 문이당

등록 • 1988. 11. 5. 제 1-832호
주소 • 서울시 성북구 동소문로 65-2 삼송빌딩 5층
전화 • 928-8741~3(영) 927-4990~2(편)
팩스 • 925-5406

ⓒ 김동민, 2023

전자우편 munidang88@naver.com

ISBN 978-89-7456-557-2 03810